JN117598

『種蒔く人』創刊100周年記念

『種蒔く人』の射程

――一〇〇年の時空を超えて――

「種蒔く人」顕彰会

『種蒔く人』土崎版創刊号（右）と東京版創刊号の表紙。〈復刻版〉

近江谷友治

左から今野賢三、金子洋文、小牧近江＝1926（大正15）年、
東京西荻窪の金子宅にて。

畠山松治郎

明治時代の土崎尋常高等小学校

アンリ四世校のクラス写真。最後列右から２人目が小牧近江、最前列左から３人目が級友のピエール・ド＝サン・プリ。

パリのザトキン（右）のアトリエでの記念撮影。
藤田嗣治（左）、小牧近江（中央）＝1919（大正8）年
〈トリミング〉

留学中の小牧近江

千葉県我孫子町の武者小路実篤宅に寄寓していた当時の金子洋文（左端）。１人置いて武者小路、柳宗悦、志賀直哉、志賀の妻康子。前列左から柳の妻兼子、武者小路の妻房子、愛娘の喜久子＝1917（大正 6）年5月、武者小路宅の庭にて。

26歳ごろの金子洋文（左）と27歳ごろの今野賢三。

村松正俊（1895-1981）
評論家、詩人、翻訳家。東京版創刊号に宣言を起草。

松本淳三（1895-1950）
詩人、政治家。日本初のプロレタリア詩誌『鎖』を創刊。

巻頭写真の収蔵・引用先一覧

▽3頁

（上）『種蒔く人』土崎版創刊号と東京版創刊号〈復刻版〉＝あきた文学資料館

（右下）金子宅の今野賢三、金子洋文、小牧近江＝秋田市立土崎図書館

（左下）近江谷友治と畠山松治郎の顔写真＝秋田市立土崎図書館

▽4頁

（上）明治時代の土崎尋常高等小学校＝秋田市立土崎図書館

（下）アンリ四世校のクラス写真＝秋田市立土崎図書館

▽5頁

（右上）留学中の小牧近江＝秋田市立土崎図書館

（左上）ザトキンのアトリエでの記念撮影＝あきた文学資料館

（下）武者小路宅の庭にて＝秋田市立土崎図書館

▽6頁

（上）金子洋文と今野賢三＝秋田市立土崎図書館

（右下）松本淳三＝『新興文学全集 日本篇』第一〇巻（平凡社、一九二九年一月三〇日）

（左下）村松正俊＝『新興文学全集 日本篇』第九巻（平凡社、一九三〇年一一月一五日）

序

『種蒔く人』は、我が国の解放運動と芸術運動の歴史に活気的な段階を切り開いたとして、日本プロレタリア文学運動の出発と位置づけられてきた。しかし、今日、その評価はさらに広がり、新たな価値を生み出しつつある。

その『種蒔く人』が創刊一〇〇周年を迎えた。一九二一年二月二五日、同誌は、秋田県南秋田郡土崎港町という小さな町で産声をあげた。同町出身の小牧近江が父近江谷栄次に連れ出されたパリで第一次世界大戦を体験し、反戦平和を唱えたアンリ・バルビュスのクラルテ運動を日本に持ち帰って故郷から出発させたのである。

同人は土崎小学校の同級生金子洋文、今野賢三、叔父の近江谷友治、従弟の畠山松治郎という地縁血縁者で、表紙を入れて一八ページのリーフレットにすぎなかった。その小冊子は、土崎から発行されたので土崎版と呼称されているが、反戦平和、ロシア革命の擁護、被抑圧階級の解放を掲げ、日本に最も早く第三インターナショナルを紹介した。土崎版は三号で休刊するが、同年秋、東京で『種蒔く人』を再刊した。通常それを東京版と呼称している。

東京版は、新たに佐々木孝丸、村松正俊、秋田雨雀、松本弘二ら多数の同人を加え、関東大震災で休刊するまで続き、日本の革新運動をリードした。その後も『種蒔き雑記』などを刊行するとともに、その雑誌から育った人材が、それからの解放運動で活躍する。

当初、『種蒔く人』は幻の書とも言われたほど入手困難で、同誌と同人についての研究は進まなかった。しかし、一九六一年に復刻版が日本近代文学研究所からが出版されて以来、『種蒔く人』の研究の幅が広がり、研究者も増えた。

創刊一〇〇周年に際し、「種蒔く人」顕彰会は、復刻版の出版と資料収集についてご尽力下さった一族の方々と関係者各位に感謝しつつ、論文集を出版することとした。原稿を依頼した執筆者は、年代も研究分野も多岐にわたる。テーマも国際的になり、『種蒔く人』らしい研究書になった。自信を持って世に送り出したい。各方面からのご批正を乞う。

「種蒔く人」顕彰会会員一同、『種蒔く人』同人の志を忘れず、今後も精進する所存である。

「種蒔く人」顕彰会会長　北条　常久

目次

『種蒔く人』の誕生と展開

北条　常久

一　土崎版『種蒔く人』の誕生

雑誌『種蒔く人』は一九二一（大正一〇）年二月、秋田県南秋田郡土崎港町に誕生した。土崎港町は一九四一（昭和一六）年に秋田市に合併したが、当時は人口約一万七〇〇〇人で、南秋田郡の郡庁の所在地であった。郡制が敷かれたのは一八七八（明治一一）年であるが、それ以前は秋田郡土崎湊町といった。町は港（湊）の名のごとく、雄物川の河口に開けた港町であった。秋田県の穀倉地帯をゆっくり流れる雄物川はその農作物を土崎港にもたらし、その農産物は秋田杉などとともに北海道、北陸等の各地に送られ、町は古くから秋田の海の玄関として栄えた。

雑誌『種蒔く人』は、一九二一（大正一〇）年の二、三、四月に三号が出版された。通常この三号を後の東京で出版されたものと区別して、土崎版『種蒔く人』と呼称している。

土崎版『種蒔く人』の装丁、表紙等は次のごとくである。サイズは縦二一・七センチ、横一五センチで、三号とも一八頁の小冊子である。表紙にはミレーの「種をまく人」をあしらい、その横に「自分は農夫のなかの農夫だ。自分の綱領は労働である」という言葉が付されている。

目次は次のごとくである。

第一号

生存競争と相互扶助論　赤帽子

無産者と有産者　金中生

短歌二首　石川啄木
戦争に行くなら行つてみろ（詩）
マルセル・マルチネ
恩知らずの乞食　小牧
貧乏人の涙　M生
チエホフの『農人』から（一）　洋文
編輯後記

第二号

第三インターナショナルと議会政略　小牧
女工の群（詩）　洋文
チエホフの『農人』から（二）　金子洋文
この位のことは、あたりまへだ　小牧
理想に生きる者　今野賢三
短歌三首　石川啄木
若き農夫よ　ようぶん
貧乏人の涙　赤毛布
巴里より――十二月九日――　Y生
断章　ユージ
編輯後記

第三号

第三インターナショナルへの闘争　金中生
私だけのこと　今野賢三
鳥屋と兵隊　小牧
自我主義者の手帳から―アナーキストの立場―
XYZ
チエホフの『農人』から（三）　金子洋文
人生のどん底は息を引き取る　若松不知火
編輯後記

奥付は次のごとくである。
編輯兼発行人　東京市赤坂区青山北町一丁目八番地
近江谷　駒[1]
印刷人　秋田県南秋田郡土崎港清水町八九
寺内林治
印刷所　秋田県南秋田郡土崎港清水町八九
寺林印刷所
発行所　東京市赤坂区青山北町一丁目八番地
種蒔き社
（定価　二十銭）
発行部数は創刊号で二〇〇部、二、三号と増刷したと二号編輯後記にあるが、その数は不明である。同人費は毎月一円、会員費は毎月二〇銭。

同人は次の七名である。小牧近江（本名近江谷駉、[2]一八九四年五月一一日〜一九七八年一〇月二九日）、金子洋文（本名金子吉太郎、一八九四年四月八日〜一九八五年三月二一日）、今野賢三（本名今野賢蔵、一八九三年八月二六日〜一九六九年一〇月一八日）、近江谷友治（一八九五年二月五日〜一九三九年八月一八日）、畠山松治郎（一八九四年一二月一五日〜一九四五年一二月二八日）、安田養蔵（一八九五年六月二七日〜一九三〇年七月二三日）、山川亮（一八八七年三月二日〜一九五七年四月一四日）。

小牧、洋文、今野が土崎尋常高等小学校に入学したのは一九〇〇（明治三三）年四月、以後三人は六年間同級生として共に学ぶ。近江谷友治は小牧の母の弟、畠山松治郎は小牧の父の長兄の子、安田養蔵は畠山の親友、山川は洋文の親友であった。

土崎版の執筆者のペンネームは、赤毛布とM生が畠山、赤帽子が安田、金中は近江谷、XYZは山川であり、若松不知火は五城目町の歌人で安田の友人であった（野淵敏・雨宮正衛『『種蒔く人』の形成と問題性―小牧近江氏に聞く―』、秋田文学社、一九六七年一一月一日、参照）。

『種蒔く人』は、小牧の第三インターナショナルの評論に加え、山川亮（XYZ）のアナーキズムの主張や金子洋文、安田養蔵（赤帽子）の人道主義的評論等をミックスした共同戦線的文学運動の雑誌であった。

このような土崎版『種蒔く人』が秋田県の小さな港町から誕生したのは、小牧近江という人物に由来する。小牧の家は豪商で、父近江谷栄次（一八七四年一月二〇日〜一九四二年六月八日）は町会議員、郡会議員、県会議員等を歴任した後、一九〇四（明治三七）年三月、国会議員に当選する。

金子洋文は、「橋本先生によって正義感、広い意味でのヒューマニズムの目を開いた」（『種蒔く人』五五周年記念講演、一九七六年七月、秋田市協働社大町ビル）と述べ、「この橋本教室から、小牧近江、今野賢三、金子洋文の三人の社会主義者が出たことは、偶然とはいえない」（「その種は花と開いた」、『社会党』一九六一年九月〜一二月）とも書く。橋本富治先生（一八八一年九月九日〜一九五六年四月二五日）の指導もあって、幸せな小学校時代であったようである。

小牧は国会議員の父にしたがって上京、父の希望で暁星中学校に入学する。また近江谷友治、畠山松治郎も前後して上京、一緒に暁星中学に学ぶことになる。小牧の父近江谷栄次は南秋田郡一日市村（現八郎潟町一日市）一日市の郵便局経営畠山源之亟・ミノの七男として誕生、後に土崎港町の豪商近江谷家と養子縁組、長女サノの婿となった。松治郎は栄次の実家の長兄鶴松の五男、友治はサノの弟である。二人以外にも秋田から多数の子弟が上京、栄次宅から東京の学校に通学していた。栄治は大変教育熱心であったばかりでなく、一族の絆を強く意識していた人物でもあった。

洋文も、小学校卒業後、栄次の紹介で東京市芝区愛宕町の山本電営社に入社し、休日ごとに栄次の東京宅牛込区富士見町に小牧を訪ね友情を深めた。この東京の電工時代の思い出は後に『天井裏の善公』（文芸戦線出版部、一九三〇年二月）等に結実する。今野は小学校卒業後、三年間秋田市大町の呉服店に奉公、その後鉄道土崎工場に転職する。その土崎工場時代を描いたのが『汽笛』（鉄道生活社、一九二八年四月）である。

小牧の暁星中学校在学中の一九一〇（明治四三）年、第一六回列国議会同盟会議（八月二九日委員会、三〇日から三日間本会議、於ベルギーのブリュッセル）に近江谷栄次が日本代表の一員として参加することになる。一行は尾崎行雄以下一一名の国会議員に書記官一名の計一二名であったが、会にさえ出席すれば往復の行動は自由であった。板倉中等大部分は五月一四日神戸出帆の平野丸による船便を選んだが、栄次は小牧をともなってシベリア鉄道を利用して七月一六日に東京を出発した。そして小牧父子は八月一日パリに着いた。

小牧のパリ行きの理由は彼の自伝『ある現代史』（法政大学出版局、一九六五年九月）に詳しいが、父親のフランス好きと母親の可愛い子には旅をさせよという両親の意向と小牧の暁星中学への倦怠が一つになったものと思われる。

父栄次の帰国後、小牧はパリのアンリ四世校で寄宿生の生活を始める。暁星中学は外国語がフランス語であったが、フランスで学習するためにはその程度の語学力では不十分であり、小牧はアンリ四世校の小学部に編入された。一七歳の若者が八、九歳の少年と同じ教室で学ぶことになる。当時のクラス写真が現存するが、フランス人の小さな子供達の中に一人すっくと東洋の若者の立つ光景は微笑みを誘う。

彼はこのクラスで一人の級友を得る。ピエール・ド＝サン・プリというこの少年は、休暇でも帰宅できない小牧をよく自宅にともなったという。祖父は元大統領、父がセーヌ州裁判長次席という名門の家庭は異郷の彼を温かく迎えてくれた。ピエールには後に社会主義者となる兄ジャン・ド＝サン・プリがいた。ジャンは小牧より二つ歳下、歳の近い二人はすぐ親しくなった。

小牧がアンリ四世校に入学して二年後、栄次は国会議員選挙で落選、家業も破綻し、小牧への送金はストップされた。一九一二（明治四五）年、小牧は授業料、寮費滞納のためアンリ四世校を放校になる。以後パリの工場やパリの日本大使館で働いたりしながら、一九一五（大正四）年、国立パリ大学法学部に入学、同校を一九一八（大正七）年に卒業する。

小牧の苦学時代は奇しくも第一次世界大戦と重なり、日本人としてはあまり例のない体験をした。反戦思想の勃興した時期で、彼はロマン・ロランに心酔し、『ジャン・クリストフ』にとりつかれた。そんな時、彼はジャン・ジョーレスの暗殺に遭遇する。

小牧は次のごとく述べる。

私にとって、この日（一九一四年七月三一日、ジャン・ジョーレス暗殺の日——北条）が生涯忘れられない日になったというのは、その後の私のすべてか、この日から発しているようにしか思えないからです。（中略）当時の私は、イデオロギー的には白紙であったといっていい状態にありました。（中略）ジャン・ジョーレスの暗殺はそんな私の心をいっぺんにとらえてしまいました。平和主義者は国賊であらねばならないのだろうか？だれが真の愛国者なのであろうか？この疑問が、あの夜の労働者たちの〝インターナショナル〟の歌声とともに、私の心をとらえて離しませんでした。（『ある現代史』）

この夜を契機に小牧はアンリ・バルビュスの思想に近づき、クラルテ団の一員となり、第三インターナショナルの運動に参加していく。

以上のごとく小牧はパリにおいて第一次世界大戦の戦中、戦後の平和運動勃興の機運の中で社会主義の洗礼を受け、一〇年ぶりで一九一九（大正八）年一二月に帰国する。それは反戦運動のクラルテ運動を日本に広めるという使命感にあふれる帰国でもあった。

アンリ・バルビュスから「反戦運動のため、ひろく同志を糾合するように」と熱望されて帰国した小牧ではあったが、一〇年ぶりに帰国した彼には急に運動に着手すべき方策も見つからなかった。その間小牧は『或る青年の夢』の著者武者小路実篤を宮崎県児湯郡木城村の「新しき村」に訪問、協力を要請し断られている。

当時近江谷家は秋田を離れ京都に移住していたが、小牧は一九二〇（大正九）年の春懐しい秋田を訪ねている。父の実家南秋田郡一日市村の畠山家を訪問した小牧を歓迎して少年時代ともに東京で学んだ畠山松治郎、畠山資農夫（松治郎の弟）、近藤養蔵（栄治の四兄佐太郎の二男）や村の青年達が土地の景勝地三倉鼻公園で観桜会を催した。その時人々は小牧のパリの話を聞き、旧態依然とした村の現状を打破するために革新的青年会を組織しようと話し合い、その会に小牧が赤光会と命名した。そこに参加した青年達は松治郎を除いて赤光が何を意味するのかも知らなかったという。

畠山松治郎は一九一三（大正二）年三月に暁星中学を卒業した後、山崎・安保合同法律事務所で働きながら夜は神田の工学校採鉱科で学んだ。その後東京中野の養鶏場で見習をして帰郷した。松治郎が採鉱を学んだのは、栄次が経営する秋田県北の尾去沢、阿仁、黒川の近江谷鉱山で働くためであったが、それらの鉱山の経営があまりに不振で廃鉱になり、松治郎は実家で養鶏に従事した。彼が東京で働いていた法律事務所の山崎今朝弥弁護士は著名な社会主義者で畠山はこの時社会主義の洗礼を受けていた。

一方洋文は一年半東京で電工生活をしていたが、北海道に住む長兄長吉（ペンネーム長麿）に学費は援助するからと進学を勧められ、帰郷し、秋田県立秋田工業学校機械科に入学、一九一三（大正二）年三月同科七回生として卒業した。その年彼は母校土崎小学校の代用教員となり一九一六（大正五）年一〇月まで勤務した。洋文は恩師橋本先生を彷彿させる型破りな教員であった。また土地の文学仲間と交流し、『白樺』の熱心な愛読者でもあった。当時の彼は一時期土崎港町に在住した富田砕花からカーペンターの空想社会主義を学び、『白樺』から武者小路実篤の人道主義に強い影響を受けていた。

洋文は一九一六（大正五）年に土崎港町を訪れた茅原華山の手引きで上京、彼の縁で『日本評論』の一元社に入社しジャーナリストの道に入る。しかし一九一七（大正六）年には武者小路宅に娘の家庭教師ということで寄宿したりもするが、それも長くはなく、一九一八（大正七）年、一九一九（大正八）年、一九二〇（大正九）年と種々の新聞社の記者をしながら童話や小説等を書き、世に出るチャンスを窺っていた。

また今野賢三は、鉄道土崎工場を低賃金のため退社し、一九一二（大正元）年九月上京する。上京後店員、工夫、郵便局集配人等をする。その間の一九一三（大正二）年九月、対中国外交問題で群衆が外務省に抗議行動をおこした際暴徒と間違われ二九日間の拘留を受ける。

一九一四（大正三）年、ロマン・ロラン『民衆芸術論』に感動し活動弁士の道に入り、浅草の三友館を振り出しに東京、秋田、土崎港の各映画館を転々とし、一九一八（大正七）年一月、秋田県能代町（現能代市）の渟城館の西洋映画の説明者になる。能代時代の今野は人気と実力を兼ね備えた人気弁士であり、生活も一応の安定を得て、地元の新聞『北羽新報』に創作を発表するようになった。

彼は一九一一（明治四四）年（一九歳）の頃から短歌に手を染め、『秋田魁新報』に掲載されたりもしている。さらに、土崎港町の同人誌『極光』にも一九一七（大正六）年に短歌を発表している。今野は有島武郎のファンであり、能代から自作を同封した弟子入り希望の手紙を有島に送っている。有島からの返事は当初色よいものでなかったが、数度の往復で理解ある手紙が得られるようになった。

洋文が土崎小学校の代用教員を辞して再度上京した時、彼は今野の所に同居しているし、その後も共同生活をしている。小学校卒業後も文学を志す二人の友情は変わることなく続いていた。

帰国後、小牧は、クラルテ運動の活動の端緒が見つからないまま外務省情報部に勤務していた。そこに一〇年ぶりで洋文が訪ねてくる。その時の様子を洋文は次のごとく述べる。

在仏中、一度自作の薄い詩集と写真をおくってきたことがある。頭の真中から髪を左右にべっとりと分けた写真で、日仏文化のちがいと二人の遠い距離をもたらした。小牧が帰ったことはきいていたが、会いたいとは思わなかった。ハイカラな写真からうけた印象と、外務省勤務にこだわっていたのだ。たまたま秋田で、栄次お父さんに会うと「小牧が赤くなって帰ってきたので困っている」ときいたので、帰京するとすぐ省へ電話した。「たのしいね、電話をながれてくる古い友人の声を十年ぶりできくのは……」

もっとうまい、詩のような表現だった。その夜一杯のみながら、雑誌発行の相談をした。(「その種は花と開いた」『月刊社会党』一九六一年九月～一二月)

その雑誌こそ土崎版『種蒔く人』である。

小牧はフランスで武者小路実篤の『或る青年の夢』を読み、その反戦思想に感銘し、それをフランス語訳してロマン・ロランに献呈したほどであった。小牧は武者小路こそ自分の思想の理解者と思い帰国しただけに、先の「新しき村」訪問で武者小路から「趣旨には賛成だが、自分は団体活動に入らぬことにしている。そういうことは、私よりも、むしろ、武郎さんが最適だ」と言われたのは小牧にとってひどい痛手であった。

しかし、そのかわりに武者小路の弟子になっていた洋文に出会った。さらに小学校の同級生今野賢三は武者小路が紹介してくれた有島武郎の弟子になっているという。彼が小躍りして喜んだ姿が目に浮かぶ。そして故郷秋田には従弟の畠山松治郎が赤光会を作っている。さらに松治郎より近江谷友治の情報も得ていた。

その時友治は京都にいた。小牧近江と同年輩で彼の叔父にあたる友治は小牧とともに栄次の東京宅から暁星中学に通った仲間でもあった。友治は暁星中学を卒業した後一時期帰郷し土崎港町で代用教員をしたが、再度上京、慶応義塾大学理財科に学び、一九一八(大正七)年卒業後村井銀行に入行し、京都支店に勤務した。当時近江谷家は京都に居住していたので、彼もそこに住んだ。

友治は慶応義塾大学ですでに社会主義の講義を聞き、卒業後も松治郎の手引きで大杉栄の座談会等に出席、警視庁からマークされていた。友治も家族の反対を押し切って銀行を辞め、『種蒔く人』の同人となり土崎港町に赴いた。彼はそこで土崎商業学校に奉職しながら実践活動に従事することになる。

編集は東京、印刷は費用の安い土崎港町で行なわれ、二三円で創刊号が発行できたという。費用は外務省勤務で高給を取っていた小牧が全額出資したそうであり、思想、物質両面で彼が中心であった。けれどももちろん洋文、今野が『白樺』の人道主義により、畠山、近江谷が社会主義の学習により、小牧の思想を受け入れる土壌ができていなくては雑誌が創刊されるはずもなかった。このようにして、東北の小さな港町からフランス直輸入の『種蒔く人』が創刊されたのである。

しかし、雑誌を発行するための保証金五〇〇円（新聞紙法）の納入を官憲から迫られ、休刊に追いやられる。小牧の証言によれば、この休刊は思想弾圧というほどのものではなかったということである。東京の外務省でも第三インターナショナルなどという知識もなかった頃で、秋田でそのような知識があろうはずもなかったというのである。それは政治的傾向の雑誌を取り締まる便法である新聞紙法を単に適応させただけのことであったのだろう。

二　クラルテ運動と第三インターナショナル

小牧近江が作家アンリ・バルビュスから「反戦運動のため、ひろく同志を糾合するように」と熱望されて帰国した反戦運動は、バルビュスの小説『クラルテ』（一九一九年）の名を冠したクラルテ運動である。小説『クラルテ』は、シモン・ポオランという工場事務員の物語である。シモンは工場労働者とは違う自分の地位に満足し、彼にこの地位を約束している雇主や温かい眼差しを送ってくれる領主に尊敬と感謝を捧げている。彼は工場での地位にさらに地域での小さな信頼も得、従妹のマリーと結婚し、少額ながら貯金もでき幸福を感じていた。

その彼が突然「その幸せを蹂躙する」プロシアとの戦争に召集される。シモンはフランス国家と国民を守るべく従軍して行く。しかし戦場で彼は、戦争は人民のためでも、平和のためでもなく、領主や雇主の共通の利益を持つ人々のための残虐な行為にすぎないという信念に辿りつく。

バルビュスは『クラルテ』の中で次のように述べる。

> 世界的平和は、この人生に於て、万人の権利を平等ならしめるための、避くべからざる結果なのだ。平等の観念に立脚して進むならば、人民のインターナショナルに到達するであらう。若しも其処へ到達しないならば、それは正しい道理に立脚してゐないからな

のだ。(小牧近江・佐々木孝丸共訳『クラルテ』叢文閣、大12・4)

クラルテ運動はこの小説を出発点にした運動である。一九一九年一〇月一一日より隔週刊新聞『クラルテ』が発刊された。バルビュスはその創刊号にクラルテ運動発足の宣言文「われわれは精神における革命を行ないたい」(Nous voulons faire le révolution dans les esprits) を発表したが、要旨は次のごとくである。

旧い世界を打破し新しい世界を樹立しなくてはならない。基本的な原理や新しい一つの思想をこれらに暗く慣れていない大衆に教え、既存の制度の深く永続的な変化に不可欠な精神的、道徳的条件を用意することがクラルテ運動である。クラルテは一つの政党ではない。同一の精神を持つすべての協会、リーグが、この運動に参加することを希望する。ただしクラルテ運動は社会党と兄弟的に連帯し、フランスに限定することなく、インターナショナルな組織と支部を持ち、国際大会を開催する。――

小牧はこの思想を日本に広め、できれば日本支部を結成するつもりで帰国したのである。

小牧自身はクラルテ運動を次のように解説している。

〝クラルテ〟は〝光〟である。誰も何が世の中を暗くさせているかを知っている。誰も光を求めている。それが誰のものであるかをも知っている。それは限られた少数者のものでなく、大多数者のものであるということを知っているゆえに、光の真理は〝無秩序なものを秩序あるものにする〟ことが根本精神である。

それには何よりまず人類の禍いである戦争――文明の野蛮――を克服しなければならない。(中略)そうしてこうした反戦思想の鼓吹は個人個人では無力であるからというので、世界的つながりを提唱したのであった。すなわち労働者には労働者のインターナショナルがある。文芸家には文芸家のインターナショナルがあらねばならぬ。(「クラルテ運動の今日」『東京民報』一九四八年九月九日)

しかし土崎版『種蒔く人』は、小牧の「恩知らずの乞食」(第三インターナショナルの紹介)(一号)、「第三インターナショナルと議会政略」(二号)、金中生の翻訳「第三インターナショナルへの闘争」(三号)で代表されるように第三インターナショナルの色彩が濃厚で、クラルテ運動という言葉は、三号を通じ一度も登場してこない。

ところが小牧にとっては第三インターナショナルもクラルテ運動の一翼を担うものであった。クラルテ運動は第一次世界大戦後の平和希求の時期の平和運動、解放運動を人道主義、社会主義等の立場から世界的に融合しようとした運動だから、第三インターナショナル系の人々もこの運動の重要な一員であった。

小牧の帰国後の一九二〇(大正九)年以降、クラルテ運動は共産主義的色彩を濃くし、雑誌『クラルテ』はフランス共産党の機関誌的性格を強めていく。小牧の在仏時代にいまだフランス共産党も生まれていなかった。

山口俊章氏は、『フランス一九二〇年—状況と文学』(中公新書、一九七八年九月)においてクラルテの初期の精神を次の四点に要約するが、小牧の学んできたクラルテ運動はまさにこの精神であった。

1 不羈独立の知識人による思想集団の志向
2 啓蒙的文化運動の志向
3 インタナショナリズムの志向
4 平和主義の志向

土崎版『種蒔く人』で小牧の述べる第三インターナショナルは以上のごとく、クラルテ運動、しかもその初期の精神の一翼を担うものと考えなくてはならない。

『種蒔く人』は、あくまでフランスのクラルテ運動の初期の精神を体した雑誌であった。その点でも『種蒔く人』は日本のそれ以前の労働雑誌、社会主義雑誌と区別されると思う。

三　東京版『種蒔く人』の誕生

土崎版『種蒔く人』は一九二一(大正一〇)年四月、三号をもって休刊となったが、同年一〇月、東京版『種蒔く人』として再刊された。

土崎版は一八頁のパンフレットといったほうが適切とも思える小冊子であったが、東京版の創刊号は五六頁、発行部数も三〇〇〇部と格上げされた。

表紙には「種蒔く人」の文字を横にあしらい、その下に「行動と批判」と書き、表紙画に爆弾（柳瀬正夢画）を配し、真赤な帯には「世界主義文芸雑誌」と印刷した。

発行人編輯人印刷人は近江谷駉[3]、発行所は種蒔き社、住所はどちらも東京市赤坂区青山北町一丁目八番地、印刷所は東京市京橋区南金六町十二番地英文通信社印刷所である。定価は三〇銭であった。

創刊号の目次は次の通りである。

本欄
思想家に訴ふ（題言）　種蒔き社
石炭がら（小説）　山川菊栄
炎の悔（詩）　福田正夫
罷業の朝（句）　山上正義
労働運動と智識階級（評論）　村松正俊
爛れた眼（詩）　白鳥省吾
刃に刺されて（詩）　松本淳三
三人の乞食（小説）　沼田流人
比叡の雪（感想）　宮島資夫
批評
愚論二種・菊池寛氏の立場（正俊）。三島君の小説を読む――『解放』の「寺田屋騒動と三人兄弟」を読む（洋文）。戯曲切支丹ころび（弘二）。童話集「夜明け前の歌」（孝丸）。詩「少年時代の思出から」（白樺）（小牧）
世界欄
労農露国の大飢饉―赤色露国と学者―「エスペラント」か「イド」か―瑞西より―（Y生）
地方欄
争議の跡を訪ねて（S生）。赤光会便り（M生）。
雑
古事記神話の新研究に就いて（橘井清五郎）。インテリゲンツイアの偽らざる感想―中央公論を読んで―（赤幕）。
静動
編輯後記

同人は土崎版の小牧、洋文、今野、山川亮に村松正俊、柳瀬正夢、松本弘二、佐々木孝丸が加わった。

村松正俊と佐々木孝丸は小牧とのフランス文学仲間で

あった。小牧の『ある現代史』によると東京版『種蒔く人』は最初にこの二人に相談したとある。

村松正俊は東大文学部美学科卒業、慶応大講師の新進評論家であった。佐々木孝丸は苦学してフランス語を学び、秋田雨雀を師として翻訳を業としていた。

三人は吉江喬松を中心とした「フランス同好会」（Amis de France）の若手有力メンバーであったが、さほど親密な関係ではなかった。しかし一九二一（大正一〇）年の日本の第二回メーデーを機に一挙に盟友と化してしまった。第二回メーデーは、日本で初めてデモ行進を行なった記念すべき大会であった。三人はそれぞれ別々に参加したが、警官と大乱闘の後上野の山に落ちのびるとそこに三人ともいた。その晩三人は青山の小牧の自宅で夕食をともにし、村松と佐々木孝丸はそこで土崎版『種蒔く人』の存在を知るとともにその継続を誘われ決意する。

雑誌『我等』の客員であった村松が、長谷川如是閑の知遇を得ていた柳瀬正夢を誘い、洋文が『解放』の編集者の友人松本弘二を伴ってきた。これで八人の同人が揃った。

出版資金については、小牧、佐々木、洋文等の回想を総合すると次のようになる。

(1)『クラルテ』（叢文閣、一九二三年四月）の小牧・佐々木共訳の翻訳料前払い
(2)有島武郎、相馬黒光からの援助
(3)小牧の月給
(4)広告代

東京版『種蒔く人』は資金の調達よりむしろ執筆者の不足に深刻な問題を抱えていた。創刊号の表紙裏には「執筆家」として次の名前が上がっている。

執筆家
秋田雨雀　有島武郎　馬場孤蝶　アンリ・バルビュス　エドワド・カー　ペンタ　クリスチアン・コルネリセン　江口渙　ワシリイ・エロシエンコ　藤井真澄　藤森成吉　福田正夫　アナトル・フランス　ポール・ジル　長谷川如閑（ママ）　林倭衛　平林初之輔　石川三四郎　神近市子　加藤一夫　川路柳虹　宮地嘉六　宮島資夫　百田宗治　小川未明　ホール・ルクリユ　白鳥省吾　富田砕花　山川菊栄　吉江喬松

当時の革新勢力を広く網羅し「反戦運動のため、ひろく

同志を糾合するように」というクラルテ運動にとって格好なスタッフであったが、著名な彼等が海のものとも山のものともつかぬ雑誌においそれと原稿を執筆してくれたとも思われない。長年の外国生活で知人の少ない小牧近江に加え、中央文壇に地縁の乏しい同人には学閥もなかった。しかしそれだけに大胆な企画と新人の登用という利点もあった。

四　『種蒔く人』の手本誌『ドマン』

小牧等は、同人、資金、執筆者の確保になんとか成功し、実際に雑誌作りに着手する。今迄の日本にない斬新でユニークなもの、しかもクラルテ運動を雑誌で具現できるものでなくてはならない。

小牧は、帰国の際『ドマン』という雑誌を持参した。彼はこれについて次のように述べている。

> ジュネーブで私は、大収穫をした。戦時中フランスで禁断の『ドマン』誌の入手だ。出版社主は私のために全巻を揃えてくれた。これが『種蒔く人』の見本になる。（野淵敏・雨宮正衛『〈種蒔く人〉の形成と問題性』）

『ドマン』（DEMAIN）は一九一六年一月創刊、一八年終刊で発行場所はスイスのジュネーブであるが、雑誌はすべてフランス語である。フランス人の評論家アンリ・ギルボー（Henri Guilbeaux）の主宰、発行である。一一号と一二号、二八号と二九号が合冊で三〇号、二八冊のすべてが、平均五〇～七〇頁の週刊誌であった。休刊や遅延がたびたびであった。

『ドマン』創刊号の目次は次の通りである。

本欄

さて、明日は？（随筆）　アンリ・ギルボー
明日の諸問題（論文）　オーギュスト・フォレル
永遠のアンティゴネに（随筆）　ロマン・ロラン
平和に関する未発表書簡　レオン・トルストイ
クレド（詩の翻訳）　エスレ・スイグウイク

婦人と戦争（論文）　　　　　　　　　　　H・M・スワンウィック

事実、記事、解説

各書籍の紹介、各種機関の紹介、人物動静

本誌からの告知

東京版『種蒔く人』はまったくこの『ドマン』のスタイルを踏襲したものと思われる。二つの雑誌で違うのは、小説が『種蒔く人』にはあって『ドマン』にはないことぐらいである。

『ドマン』の終刊の三〇号までの特徴をまとめてみると次のようになると思う。

(1) 戦時下のもので、戦争に抵抗する雑誌である。
(2) 地下組織の直接講読者組織である。
(3) 記事、資料にも力をそそぎ、文学一辺倒でない。
(4) 国際性をもっている。
(5) 抵抗の雑誌であるが、思想性には幅がある。形式だけでなく、内容も類似している。

アンリ・ギルボー（一八八四〜一九三八年）は、第一次世界大戦中、挙国一致内閣のもとで参戦論をとった統一社会党に批判的な立場をとり、スイスのジュネーブで反戦運動を展開していたロマン・ロランに共鳴し、彼のもとに行き『ドマン』を出版したのである。アンリ・ギルボーは第三インターナショナルの立場をとるが、ロマン・ロランの影響もあって『ドマン』は幅広い執筆陣を抱えていた。その全巻の目次を通観すると、ロマン・ロラン、ゴーリキー、ラッコ、レーニン、トロッキー、ルナチャルスキー、タゴール等国際性豊かで豪華な執筆者に目を見張るものがある。

さらに小牧がこの『ドマン』に執着した大きな理由は、彼がアンリ四世校在学中に自宅に招いてくれたド＝サン・プリ家の長兄ジャンが『ドマン』に執筆していたこともある。

ジャン・ド＝サン・プリは哲学者で詩人、ロマン・ロランの弟子で反戦運動家であったが夭折した。彼が『ドマン』に発表した作品は「フランスの知識人について」（論説、一七号、一九一七年九月）、「革命前夜」（詩、一九号、一九一七年一一月）、「抗議の運命」（論説、二一号、一九一八年一月）「夕方の風」（詩、二二号、一九一八年二月）、「人間の叫び」（詩、二七号、一九一八年七月）の五点である。

このうち、「革命前夜」は、「ロマン・ロランの若き弟子たち―ジャンとピエールの二兄弟」（『唯物史観』一九七七年一月）の中で「この夜」という題にして翻訳されている。

また、「フランスの知識人について」は、筆者が翻訳して『秋田文学』第二〇号（二〇一一年九月）に掲載した。

小牧は、『種蒔く人』（第一年第一巻第二号）に、ジャンについての自作の詩を掲載している。

亡き友を憶ふ
―ジャン・ド・サン・プリをおもつて―

友よ君は今夜のやうな寒い晩
まだ療りもせぬ君の弱いからだを
無理をしてあの集会に出てくれたが
友よ　かなしい友よ

それがもとでわづか一週間もたゝぬ間に
君は死んでくれた　あゝ友よ！
あゝ友よ　君はなんといふ熱と狂喜で
〇〇〇〇の統御をうたつてくれた
一九一七年の初冬　十一月七日
友よ君はなんといふすさまじい反抗と憤怒で日和見の見方をのゝしつた
友よあの頃多くの味方は〇〇〇〇〇の敵であつた
友よ　君はプロレタリアの独裁を肯定した
そして君は〇〇〇〇を絶体真理としたのだ
あゝ先見の友よ賢明の友よ
いまはかくある

十月の末プランタンの落葉は
あてどもなく地上をさまよう
僕たちはカフエ・リラのテラスで
秋の最後の日を浴びてゐる
老主義者と私
そしてラポポールは小汚な髯をビールの中に入れる
友よ　僕たちはいま君の憶にふけてゐる
君はまだ少年であつた
君はあの弱々しい身で老主義者を襲つた
そして君は手ひどく彼の態度をのゝしつた
あゝ友よ君は〇〇の真理には何ものもなかつた
やがて　老主義者は君の真理を肯定しなければな

かつたのだ
僕たちはカフエ・リラ・テラスで
秋の最後の日を浴びてゐる
老主義者と私
そしてふたりは君の憶ひふけてゐる
あゝ　友よ　亡き友よ　二十歳の友よ！
ジュネーブの旅窓にて一九一九年一一月七日

このジュネーブでの一九一九年一一月七日が、小牧が帰国する時であり、『ドマン』を全巻入手した日である。小牧が厳しい官憲の目を逃れて『ドマン』を秘蔵し続けたのは、これが『種蒔く人』の手本誌であるばかりでなく、彼の青春の思い出の雑誌であったからである。

五　『種蒔く人』と秋田

土崎版『種蒔く人』は中心人物小牧近江の叔父、従弟、小学校の同級生といういわば身内の雑誌という色彩が濃かった。それだけに、土崎版から同人、装丁ともに新しくした東京版は一見別な雑誌に映るが、小牧等は土崎版を三号をもって休刊と呼び廃刊とは呼ばない。けれども土崎版の同人畠山松治郎、近江谷友治は東京版では同人でなくなっている。

今、この土崎版の旧同人と東京版との関係を考え、『種蒔く人』運動全体について考察する。

東京版『種蒔く人』には第一号から「地方欄」がある。その「地方欄」は第一号では「争議の跡を訪ねて」という神戸の川崎・三菱造船所の大争議のルポルタージュと「赤光会便り」という前述の南秋田郡一日市村の赤光会が主催した「第一回種蒔き社講演会」の記事であった。

この第一回種蒔き社講演会には小牧、洋文、今野以外に近江谷友治、畠山松治郎も参加し講演者となっている。そしてその会の様子を東京版第一号に「赤光会便り」として報じたのはM生（畠山）であった。この講演会が行なわれたのは一九二一（大正一〇）年八月二〇日、土崎版も発刊されておらず、東京版もいまだ発行されていない時期である。すなわち雑誌が発行されていなくても種蒔き社の活動は行なわれていた。まさに廃刊でなく休刊であった。

畠山松治郎も近江谷友治も東京版の同人ではなかった

が、東京版の同人と行動をともにし、種蒔き社秋田支部の役割りを演じていた。『種蒔く人』が土崎版から東京版に移行する際、理論、文学の担い手は東京版に参加し、実践家は秋田に残り、実践面を担当した。しかしこの理論家と実践家は一体であった。『種蒔く人』はある団体や政党の機関紙ではなく、雑誌を発行する大きな母体があるわけでもない。雑誌を核に活動を展開しようとするグループであった。それだけに東京版の創刊号が発行された時点で地方との関わりがあろうはずもなく、東京版の「地方欄」は初めから秋田を想定していた。

東京版『種蒔く人』第一巻第二号で「飢ゑたるロシア」救済の特集が組まれ、以後何度も救済は訴えられる。すると秋田から七カ月後の第三巻第一〇・一一号で次のような反応があった。

> 種蒔き社同人及愛読者諸君僕たちはロシア飢饉の惨状を黙視することが出来ず非常な意気と決心で、奮起しました。種蒔き社支部、労農社、はまなす社、街道社、文化教会、少仏教会、真言会等の人々それに婦人団体中等学校の生徒まで加はつて活動し初めました。たゞこの挙を拒んだのは人道を保護する筈の官憲のみです。

秋田の実践部隊畠山松治郎、近江谷友治は種蒔き社支部を名乗り、東京版で示されたキャンペーンを実践し、それを『種蒔く人』の地方欄に報告する。その報告が日本全土に広まり、『種蒔く人』の理論と実践は実りあるものになっていくのである。

この関係は以後も続く。洋文の名作「地獄」（『解放』一九二三年三月）も「赤い湖」（『改造』一九二八年一二月）も、ともに秋田での畠山松治郎、近江谷友治の実践活動を小説化したものである。

たとえば秋田の八郎潟を赤い湖と見立てた小説「赤い湖」は、南秋田郡払戸村（現男鹿市）の海道家の小作争議をもとにしたものであるが、作者洋文は争議に参加することなく実践部隊の畠山からの情報によって小説を書いた。東京版の理論を秋田支部が実践し、その結果を東京版の人々が作品化するという、理論と実践の相互作用が『種蒔く人』運動の真髄であった。

六　その活動と同人達

東京版『種蒔く人』創刊号の宣言は次の通りである。


　嘗て人間は神を造つた。今や人間は神を殺した。造られたものゝ運命は　知るべきである。

　現代に神はゐない。しかも神の変形はいたるところに充満する。神は　殺されるべきである。殺すものは僕たちである。是認するものは敵である。二つの陣営が相対するこの状態の続く限り人間は人間の敵である。この間に妥協の道はない。然りか否かである。真理か否かである。

　真理は絶対的である。故に僕たちは他人のいはない真理をいふ。人間は人間に対し狼である。国土と人種とはその問ふところでない。真理の光の下に、結合と分離とが生ずる。

　見よ。僕たちは現代の真理のために戦ふ。僕たちは生活の主である。生活を否定するものは遂に現代の人間でない。僕たちは生活のために革命の真理を擁護する。種蒔く人はこゝに於て起つ——世界の同志と共に！

種蒔き社

　なんとも観念的で要領を得ない文章であるが、佐々木孝丸に言わせれば「当時はこれぐらいのところがせい一杯」であったそうである。しかも二号からは「革命」の二文字が、五号からは「見よ」以下「種蒔く人はこゝに於て起つ」までが伏字となり、文章はますます分かりづらくなった。

　しかし、要領を得ない宣言文ながらおおよその見当はつく。インターナショナルの精神のもと現代の社会を革命しようとする信念が明確で、表紙の「行動と批判」と帯の「世界主義文芸雑誌」の言葉を合わせると『種蒔く人』の目指すところが理解できる。

　東京版の「世界欄」には毎号小牧の手元に送られてくるヨーロッパ直輸入のニュースがあふれていた。執筆者に国際的人物を揃えているばかりか、雑誌の企画も「飢ゑたるロシアの為めに」（第二号、一九二一年一一月）、「赤色プロレツトカルトインタナシヨナルの研究」（第一二号、一九二二年九月）等まったく世界的である。しかも先に紹介したように「飢ゑたるロシアの為めに」というキャンペーンは企画だけに終わらず民衆を行動にかりたてる。表紙の「行動と批判」に偽りはない。

手本誌『ドマン』にない小説というジャンルを重視している『種蒔く人』は文芸雑誌としての色彩が濃い。しかもその文芸もアンリ・バルビュスやロマン・ロランの紹介でも分かる通り国際的である。しかしながら、『種蒔く人』を文学の面からのみ見るのは妥当ではない。しかも芥川龍之介、谷崎潤一郎等の活躍した日本文学の黄金時代ともいえる大正末期に、『種蒔く人』に掲載された個々の作品の良し悪しで『種蒔く人』運動全体を評価するのは不当である。

『種蒔く人』はクラルテ運動を基調とした世界革命のための実践をともなった思想雑誌なのである。『種蒔く人』はあくまでもインターナショナルなクラルテ運動と秋田の農村を結びつけた実績や国際婦人デーの普及（第一七号、一九二三年三月）、関東大震災における官憲の暴挙への抵抗（『種蒔き雑記』一九二四年一月）等で評価されるべきであろう。

とは言え、文学的にも、今野賢三「火事の夜まで」（『種蒔く人』第一七号、一九二三年三月）、金子洋文「眼」（第三号、一九二一年一二月）等の佳作もあるし、同人達が他の雑誌に発表した洋文「地獄」（『解放』一九二三年三月）、山川亮「泥棒亀とその仲間」（『解放』一九二三年九月）や中西伊之助『農夫喜兵衛の死』（改造社、一九二三年五月）等は日本プロレタリア文学の初期の傑作に違いない。

評論面でもそれまでの日本文学を唯物史観の立場から整理し未来の展望を切り開いた平林初之輔や階級闘争と芸術運動を明確に論じた青野季吉の活躍は目覚ましいものがあった。『種蒔く人』に発表したものでは、平林には「文芸運動と労働運動」（第九号、一九二二年六月）、青野には「階級闘争と芸術運動」（第一六号、一九二三年二月）があり、これらの評論は日本プロレタリア文学の指導理念となった。

同人達の代表的作品が『種蒔く人』以外に発表されていることについて洋文は、生活防衛のために原稿料の出る商業雑誌に良質な作品を送らざるを得なかったという。

平林、青野の同人への加入は小牧の「社会主義運動は、理論が先行しなければならない」という方針によるものであるが、次のように次々と同人を迎え雑誌は充実していった。

佐々木孝丸、村松正俊に加えて、一九二二（大正一一）年一月から平林初之輔、津田光造、松本淳三、一九二三（大正一二）年一月から青野季吉、同三月から上野虎雄、同四月から中西伊之助、前田河広一郎、佐野袈裟美、同七月から山田清三郎、武藤直治が同人となった。

共同戦線を標榜する小牧は雑誌の充実と運動の展開のために有力な同人をこのように加えていったが、ボル系の小牧と相入れない人々も加わり分裂を予感させる同人構成となった。

しかしながら、『文芸戦線』が『種蒔く人』の後裔である以上、人脈の面から見てもこの同人達の『種蒔く人』は、日本プロレタリア文学の祖であることは間違いない。

七 『種蒔く人』の影響

『種蒔く人』は労働運動側から全面的に支持されたわけではない。いやむしろ一部からは敵視されていた。それは『種蒔く人』の持つ国際性や文芸性が当時の日本の労働階級とあまりに相容れないものであったからであろう。労働者からするなら文学＝知識階級＝ブルジョア階級という固定観念が成立していた。その意味ではプロレタリア文学が解放戦線に有効に働くのにはいましばらく時間が必要であった。

しかしながら、『種蒔く人』が文学ひいては日本文化全般にプロレタリア文化を広めた功績は大きい。

次に「三人の会」の例をひく。『種蒔く人』の第三年第五巻第一号（一九二三年七月）に「苦闘の三氏へ」という企画が発表され「小川未明、秋田雨雀、中村吉蔵三氏の、文壇二十年、しかも虐げられたものゝ為めの苦闘を慰労し、記念するため記念会を催ほす」と説明がある。会は一九二三（大正一二）年六月二五日神田仏教青年会館で行なわれ、二二〇名の出席があった。秋田と小川は『種蒔く人』の執筆者であったが、会は三人の「苦闘を慰労」することは勿論であるが、もう一つ「プロレタリア文学者とか称せられるところの、急進的な思想団体や思想人の旧文壇や社会制度に対する広義のデモンストレーション」（前田河広一郎）という理由もあった。その会は主催者の種蒔き社の思惑通り、その場で過激思想取締法案反対の決議をする。「三人の会」を通じ旧文壇や旧社会に対する新しい文化の流れを形づくる勢力が形成されていった。

『種蒔く人』の同人達は多くは無名に近い人々であったが、行動力と企画力によって日本のプロレタリア文化の先頭に立っていった。

四回の発禁を受けながらも、一九二一（大正一〇）年一〇月から一九二三（大正一二）年八月まで発行された東京版『種蒔く人』は関東大震災によって廃刊になった。

しかし、彼等はさらに四頁の「帝都震災号外」と「種蒔き雑記」を発行した。この二冊は、関東大震災の混乱に乗じた社会主義者、朝鮮人の迫害をペンによって告発した歴史的なものとなった。震災後の虐殺、不法弾圧の代表的事件である大杉栄・伊藤野枝夫妻殺害の甘粕事件、平沢計七・川合義虎等の社会主義者を刺殺した亀戸事件に『種蒔く人』の同人達がいかに対処したか今井清一著『日本の歴史23・大正デモクラシー』（中央公論社、一九六六年一二月）は次のように伝える。


大杉のほかにも多くの思想家や文学者が検束されており、その生命にも危険がおよぶことが憂慮された。社会主義文芸誌『種蒔く人』の小牧近江らは、馬場孤蝶・小川未明・青野季吉・千葉角雄らと相談して、戒厳司令官に請願書を出した。

小牧近江らの『種蒔く人』では、早くも十月一日に「帝都震災号外」を出した。これは、青年団その他の、朝鮮人にたいする悲しむべく憎悪すべき事実がなぜおこったのか、できるだけ冷静に考察し、抗議すべき目標を明らかに見きわめよ、と訴えた。亀戸事件の全貌がわかってくると、小牧や金子洋文らが、このままにしておいてはいけないと立ち上がった。総同盟にいって相談すると、「今のわれわれには、この事件を世に訴えることは無理だ。こういうときは文士の諸君に限る。たのむ」と、調査記録を貸してくれた。これをもとに金子が亀戸の殉難記をまとめて、翌年一月に『種蒔き雑記』を出した。金子は憤りをおさえて事実を簡潔に書いたが、そこには被害者たちの美しい人柄が浮き上がっていた。


この洋文の筆になる「平沢君の靴」以下の小品は、自由法曹団（山崎今朝弥、布施辰治外一四名）の艱難辛苦の調書「亀戸労働者殺害事件調書」から抜粋したものであるが、いくら綿密な調書があっても彼によって『種蒔き雑記』として発表されていなければ、事件は私達にこれほど生々しく伝わってはこなかったに違いない。今さらながらペンの力に驚く。

かくして『種蒔く人』はこの『種蒔き雑記』を最後に幕を閉じる。

〔注〕

（1）～（3）　小牧近江の本名は近江谷駉が正しいが、活字がないこともあり、小牧自身あまりこだわらず駒を使用していた。ちなみに土崎版の奥付は駒となっており、東京版の奥付は駉となっている。

〔付記〕

本稿は、拙著『『種蒔く人』研究―秋田の同人を中心として―』（桜楓社、一九九二年）に基づく。

『異国の戦争』における世界史認識
――小牧近江の言葉による連帯の実践――

小森　陽一

一．発信者と受信者の関係の意識化

『異国の戦争』は、小牧近江（本名近江谷駉、一八九四～一九七八年）の唯一の小説である。日本評論社の「新作長篇小説選集」の一冊として、一九三〇（昭和五）年一一月に出版された。小説の冒頭は、読者の意表を突く、近称と中称と遠称の対比的な使い分けで構成されている。

　こんなこと、また、繰り返されることもあろう。が、これから先のジェネラションと、あの頃の僕らとは、まるで違った時代だといえる。あの幼稚な、しどろもどろの頭が、僕らの、いや、僕のせいいっぱいの意識だったのだ。だが、それは僕たちばかりのせいだろうか。

　あの怖しい事実が世界中をごたくさにする大手術に終わるだろうと、誰が想像したろう。むろん、それをきっぱりといい切ったものがないでもない。が、もし、一切が口先でいうだけで済むものなら、つねに少年期は無心で過される。

　他の者ときては、あの怖しさを他人（ひと）ごとのように思っていたのだ。

「なあに、科学と科学の決闘さ、ちょっと、火花を散らしただけで片づく戦争だ！」

こうして、パリではベルリンを、そして、またベルリンではパリを、一週間内には自分たちのものだと自惚(うぬぼれ)ていた。

小説の冒頭で、いきなり「こんなこと」という近称の代名詞が使用されることは、私の知る限り『異国の戦争』だけである。小説の冒頭である以上、その小説内部で指示することの可能な「こんなこと」は、これからの読書過程で読者自身が探し宛てるしかない。「こそあど」言葉としての発信者と受信者と話題との距離を表現する指示語とは何かを、根源的に問う小説叙述の出だしである。つまり、この叙述主体の時間的空間的な距離感に、『異国の戦争』の読者は、冒頭の第一文から意識的にならざるをえなくさせられていく。

第二文の冒頭も「が、これから先」という近称の指示語から始まっていく。そして「ジェネラション」という、フランス語で「世代」を意味する言葉のカタカナ表記を間に置いて、「あの頃の僕ら」という遠称が突出して来るのである。「こんな」と「これ」という近称と、遠称としての「あの頃」が明確に対比されていく。では「あの頃」とは何時(いつ)なのか?一九三〇年という小説発表時から回顧される「あの頃」とは、当然それ以前の一九二〇年代、あるいは一九一〇年代、さらに一九〇〇年代、ということにもなる。

ここまで考えた時、「ジェネラション」というカタカナ書きのフランス語の、思想史的意味を認識しうる読者にとっては、きわめて重要な歴史認識が開示されていくことになる。小牧近江より一歳年上の(つまり同じ「ジェネラション」に属する)カール・マンハイム(一八九三〜一九四七年)が学位を取得した『認識論の構造分析』(一九二二年)についで、『イデオロギーとユートピア』(一九二九年)をも出版していたのが『異国の戦争』の発表時であった。

マンハイムが自らの社会学的分析概念として重視した「世代」という概念の基本は、父とその子どもの三十年程の年齢的な差を前提にして、「世代」的状況としての歴史的・社会的な空間的帰属、「世代」的関連としての歴史的・社会的に共通した運命への参与、そして「世代」的関連の中で体験や行動様式に独自の共通性を持った人々の集団ということになる。

日本語で書かれた『異国の戦争』という小説の第二文

に、カタカナ書きフランス語の「ジェネラション」が記されているのだから、「あの頃の僕ら」という、同じ「世代」の複数の集団を表象する時間の遠称と同一集団への言及の背後には、日本とフランスという少なくとも二つの国家と日本人とフランス人という複数の国民が形成し、そして日本語とフランス語という複数の言語を使用する集団の、二十世紀に入ってから三十年間の経験が表象されているはずなのである。

そのことが見えて来た瞬間、同時に「これから先のジェネラション」という、現在時を前提として未来を想定した表現が、今まさに『異国の戦争』という長篇小説を読み始めたばかりの若い読者を指示する言葉となり、近称と遠称とを使い分けているこの文の表現主体と、小説『異国の戦争』の読者とを世代として分離しつつつなぐことになる。

そうすると第三文の「あの幼稚な」の「あの」という遠称の指示語は、「あの頃」と同じ時代を指していることが明らかになり、一旦第二文と同じ「僕ら」と複数形で述べたうえで、それを「いや」と否定し「僕の」と言いかえている。もちろん日本語の一人称単数形の「僕」を使用するのは、日本人として日本語でこの文章を書いている主体なのだから、フランス語の「ジェネラション」を共有するフランス語使用者たちとは分離されることになる。

ここまで近称と遠称の使用方法に注意を向けて、『異国の戦争』という長篇小説の、冒頭第一段落を読み込んでみると、第四文に現れる「それ」という中称が、特別な意味を持って迫ってくる。なぜなら「それ」という中称は「空間的・心理的に聞き手の圏内にある事物・場所・方向を指示するのに用いる代名詞（『広辞苑』）だからである。すなわち「それ」という代名詞が、何を指し示しているかは、「聞き手」であるところの、私たち読者が判断する責任を負うことになるのだ。

しかし「それ」が具体的に、これまで読んで来た第一段落の三つの文の中の、何を指し示すのかを、ただちに判断することは難しい。直前の文章の「せいいっぱいの意識」や「しどろもどろの頭」のことなのか。「あの」という遠称は、話し手と聞き手両方から「隔たった事物・場所・方向を指示するのに用いる代名詞」（同前）だから、私たち読者の判断責任は、この文の解読のときに既に問われていたのである。『異国の戦争』を読み始めたばかりの読者は、この瞬間、小説を読み進めていく共同責任を、語り手の

「僕」とともに担っていくことになる。

　第二段落の第一文は共同責任を前提として「あの怖しい事実」と述べ、その「事実」が「世界中をごたくさに」したと指摘し、第二文は前文の内容を「それ」という私たち読者に判断責任が委ねられる中称で受けている。そして第三段落では再び「あの怖しさ」という遠称で受けている。ここで「こんなこと」「あの怖しい事実」「あの怖しさ」が結ばれていく。

　そして次の括弧の中の「科学と科学の決闘」「戦争」という表現と、「パリ」と「ベルリン」というフランスとドイツの首都名が続くことによって、「こんなこと」「あの怖しい事実」「あの怖しさ」という指示語の連鎖が、第一次世界大戦を表象しているかもしれない、という推測が、読者の意識の中で成立して来ることになる。その瞬間「自分たちのもの」が、戦争による軍事的占領を意味する言葉になるのである。

二．第一次世界大戦前夜の記憶

三つのアステリスクを正三角形に並べた記号の後、「ある事変が、何かのきっかけに、突然、どっかり爆発するためには、ながい間いろんな形になって発酵しているものだ。僕たちの眼で見た世界大戦もそれに洩れない」という二つの文が現れる。

　「事変」とは、宣戦布告のないままの、国と国との戦闘状態のこと。それに対して「世界大戦」は、一九一四年七月二八日にオーストリアがセルビアに宣戦布告することで始まった、ドイツ、オーストリア＝ハンガリー帝国、オスマン帝国といった「同盟国」と、フランス、イギリス、ロシア、イタリア、日本などの「連合国」との間の総力戦のこと（『異国の戦争』が発表された一九三〇年の段階で、「世界大戦」はまだたった一回であった）を指す。

　この二文に続けて、ただちに「世界大戦」開戦のきっかけとなった「サラエボ事件」に言及されていく。そして同じ文の中で後半は、「それまでに幾度か危なっかしい瀬戸際をわたって来ている」と「それまで」という中称により、「世界大戦」前史の記憶が想起されていくことになる。

　最初の「僕だけの記憶」は、「中学生」の頃のこと。「ドイツの外相」が「モロッコ問題で駐仏大使に招電を発した」新聞記事が想起される。この出来事が「国交の断絶を意味するもの」であることを、日本人である「僕」は「日露戦争」で「知っている」と明記している。「日露戦争」は一九〇四年二月八日開戦、翌一九〇五年九月五日にアメリカのポーツマスで講和条約が結ばれたのだから、先の「モロッコ問題」は、第二次の「アガディール事件」であることが読者には示されているのである。なぜなら「第一次モロッコ事件」である「タンジール事件」は一九〇五年三月のことだったからだ。いずれも地中海に面する、アフリカ大陸北西部のモロッコ王国をめぐる、フランスとドイツとの間の植民地獲得紛争である。

ドイツ皇帝ウィルヘルム二世が、日露戦争後のロシアとフランスの同盟関係の弱体化に乗じて、自らモロッコのタンジールに上陸し、フランスのモロッコ進出に反対したのが「タンジール事件」である。この紛争について一九〇六年一月から四月にかけて、スペインのアルヘシラスで欧米十三ヶ国の国際会議が開かれ、モロッコに対するフランスの優位的地位が認められた。欧米列強による露骨なアフリカ分割をめぐる象徴的出来事だ。

ドイツとフランスの資本が、この後モロッコに進出する。そうした中で一九一一年二月首都フェズで、大規模な現地民の反乱が発生する。これに対して居留民保護を口実に、フランスは四月に派兵、これに対抗する形でドイツが砲艦をアガディール港に派遣した。

この事件で「僕がフランスとドイツとはいつかは戦争するだろうと思った最初の印象である」と述べたうえで「一九一一年はアガディール問題でやかましかった」と指摘し、次に「僕は数え年で十八だった」と付け加えられる。小説の作者小牧近江と「僕」が、同年齢であることがここで明らかになる。そしてただちに「それから、こうした不安がたびたび重なった」と、中称と近称を使用した表現で指摘されたうえで、「バルカン戦争、トリポリ戦争」と「あのカイヨー夫人事件」が遠称で並べられていく。

「バルカン戦争」は、まず一九一二年にロシアが仲介して、民族的にスラヴ系、宗教的にはギリシア、ロシア正教系のセルビア、ブルガリア、ギリシア、モンテネグロの四国が、オスマントルコ帝国に対抗するバルカン連盟を結成し、イタリア戦争の最中であったオスマン帝国に戦争を仕掛けた第一次が一三年五月まで。一ヶ月後、マケドニアに対する領土支配をめぐってブルガリア、セルビア、ギリシアが対立し、ブルガリアの敗北で八月にブカレスト講和条約が結ばれた。
「トリポリ戦争」は、北アフリカのトリポリとキレナイカ（リビア）をめぐっての、一九一一年から翌年にかけてのトルコとイタリアとの戦争である。いずれも帝国の時代の終焉と、帝国主義への転換を示す戦争にほかならない。民族主義と結びついたナショナリズムが、ユーラシア大陸のそれぞれの地域で、戦争にむかう精神的動員力となっていった。

ベネディクト・アンダーソンが『想像の共同体』（一九八三年）で看破したように、出版資本主義、とりわけ日刊新聞によってナショナリズムは構成され、強化されていったのである。「あのカイヨー夫人事件」とは、フランスにおけるそのプリント・キャピタリズムの中心人物、「ル・フィガロ紙主筆、カルメット氏を射殺してしまった」のが、一九一一年六月に首相となり、「アガディール事件」におけるドイツとの交渉によって、戦争の勃発を遅らせたジョセフ・カイヨー（一八六三〜一九四四年）の妻だったのだ。

「ル・フィガロ」は、一八五四年に創刊されたフランスで最も古い朝刊紙で、カトリック系保守の立場であった。ガストン・カルメット（一八五八〜一九一四年）は、その編集に携わっていた保守系ジャーナリスト。「ル・フィガロ」はこの時期、ドイツとの戦争遂行をするための「三年兵役案」を、そのカルメットを中心に主張していた。この時ドイツとの戦争を回避し、「三年兵役案」に反対していた「ブルジョア・リベラリズムのカイヨー氏一派」と対決する「三年兵役案支持の軍国主義的ポアンカレー一派」が対峙していたのである。

この事件の紹介の中で、小説『異国の戦争』の読者は、語り手である「僕」の「一身上の境遇」を受け止めさせられることになる。

ここで僕は、僕の一身上の境遇に立ちいらねばならないのだが、そのことはいずれ別の機会にゆずるとして、ここでは単に、物質上の事情で中学の中途退学を余儀なくされた僕は、パリの大使館に書生として住み込むことになっていたと述べておこう。そして、苦学中に独学で法科に入れた僕は、石田大使の厚意によって、午前のうちは引続き大学で講義を聴くことを許されていたのである。

ここで明らかにされた「僕の一身上の境遇」こそが、『異国の戦争』という小説における、主人公であり日本語を使用する語り手でもある「僕」による、読者に示される自己同一性（アイデンティティ）にほかならない。「物質上の事情で中学の中途退学を余儀なくされた僕」という自己規定はきわめて重要である。フランスでは「リセ」などの中等教育を受けて修了すれば、中等普通教育修了資格証明と大学入学資格証明としてのバカロレアが与えられる。けれども「中途退学」であれば、とても難しい試験を受けて合格しなければ、大学に進学することは出来ない。「独学で法科に入れた僕」という表現には、かなりの誇りが組み込まれている。中学を卒業していないので、ネイティヴ仏語使用者にとってでも突破困難なバカロレア試験を受けて、それに合格して、パリ大学の「法科」に入ったのが「僕」なのである。

大学の授業に集まった学生たちは、開戦派のポアンカレー支持派と、非戦派のカイヨー支持派に分裂し、講義前に「総立ち」になって大声で叫んでいる。その授業で最近知り合いになった「安南（あんなん）人のニュエン・ジャック君」と「僕」は遭遇する。ここから『異国の戦争』は、一人称複数の「僕ら」の物語に転換する。

三．植民地と宗主国の人種主義

友人である「ニュエン・ジャック」を、日本人である「僕」が、あえて「安南人」と規定することには、特別な意味が組み込まれている。「安南」はヴェトナムの中部を指し示す、発音はほぼ同じである中国語（安南）ないしはフランス語（Annam）である。七世紀後半の唐の時代に「安南都護府」がおかれたのが、この名称の由来と言われている。八世紀半ばには阿倍仲麻呂が安南都護に任命されている。十世紀後半にヴェトナムは独立するが、「安南」という呼称は続いた。

「アンナン」という音声で「ニュエン・ジャック」の出身地について、彼と「僕」は共通認識を持っていたように思っていたが、違っていたのである。

僕は、彼が金の勘定をする時、フランという代りに、ピアストルと呼ぶので、ローマ字の代りに漢字を書くものとばかり思い込んでいたが、その見当はすっかりはずれた。インド支那だと思ったのはこっちだけの考えで、彼によると、「インド支那がフランスの植民地になってからすでに六十年になるのだから、母国語をローマ字綴りにしか書けない」ことは正当な理屈だった！彼は漢字を読めなかったのだ。

ここには紀元前からの帝国と、十九世紀の帝国主義との認識枠組の違いが、正確に記述されている。「安南」（現在のヴェトナム）出身の「ニュエン・ジャック」が、フランスの貨幣単位を「フラン」と言わずに、地中海沿岸中近東地域で使われていた、「ピアストル」という補助通貨単位の呼称で呼んでいたので、「漢字を書く」漢字文化圏に属していると、「僕」は「思い込んでいた」のだが、ニュエン・ジャックは「母国語をローマ字綴りにしか書けない」のであった。

このエピソードにも『異国の戦争』が、日本語とフランス語という複数の言語使用圏を、意識して書かれていることが現れている。漢字文化圏で「印度支那」と文字化される地域である「安南人」だから「漢字を書」けると、この地域を「インド支那」とカタカナ＋漢字交りで表象する日本語文化圏に属する「僕」は思い込んでいたのだが、ニュエン・ジャックは、「インド支那がフランスの植民地になってからすでに六十年になる」ため、「母国語」であっても「ローマ字綴り」でしか書けないのである。

「六十年」という「フランス」による「植民地」化をめぐる、ニュエン・ジャックの歴史認識は正確である。このエピソードが第一次世界大戦が勃発する一九一四年のことだとすれば、一八六二年の「サイゴン条約」に至る、フランスによるヴェトナム植民地化の歴史的経緯が「六十年」と表現されていることがわかる。宣教師とキリスト教徒の迫害を口実に、フランスが阮朝ヴェトナムと戦争を始めたのが一八五八年。迫害の事実告発は一八四八年にさかのぼり、フランス海軍はトゥーラン（ダナン）を攻撃し、一八五九年にはサイゴン（現ホー・チ・ミン）を占領した。列強が仕掛ける戦争こそ、植民地化の継起にほかならない。だからニュエン・ジャックは「インド支那」をIndo-Chinaとしか書けないのである。

ニュエン・ジャックは共和国であるフランスが、帝国と同じように植民地主義を遂行している事態を痛烈に批判している。「あの大革命のブリュヴォーズ十六日のコンヴァンションが満場一致で、フランスの領土内の奴隷禁止を宣言しているのに、我々の安南では二十世紀の世に依然として黄色奴隷制度が大手をふっているのだ。そうした矛盾だらけの共和国だ、仲間同志が死刑を無罪にするなんて、軽い仕事じゃないか」。彼の予言通りカイヨー夫人は「無罪」となった。

これだけの正確な世界認識を持っているニュエン・ジャックではあるが、フランス人から「日本人」に間違えられると喜ぶのだ。「僕」は「こっちはいつも支那人さ！」と応じる。

日本人と呼ばれようが、支那人と呼ばれようが、また安南人と呼ばれようが、喧嘩にはならないのだからどうでもいい。が腹が立つのは、何かにつけ人間を人種別に扱いたがる癖である。

ところが、ジャックの場合は話がちがう。彼にしてみれば、はっきりとそうされて欲しいのだ。日本人に！そこに属国民の哀しさを見る。

ここに列強の仲間入りをしようとしている大日本帝国臣民と、フランスに植民地化された「属国民」との違いが刻まれているのである。そしてここまで読み進めて来た読者は、すぐ次の頁に「b章」と記されていることに気づき、これまで読んで来たのが、やはりローマ字と漢字が合体した「a章」であったことを自覚する。通常の章立てを表現する数字は使われていないのである。そして「b章」は、「わが友ニュエン・ジャックの予言が適中した。民衆の激昂のうちに、カイヨー夫人は無罪になったのである」と始まる。冒頭の「指示語」を共有する一人称複数の「僕ら」の内実が、ローマ字しか使えない植民地出身の「安南人」と、漢字仮名（カナ）交じり表記を使う「日本人」であることが明らかにされ、両者に共有される「僕ら」の章題になっていることが、読者に明示されていくのである。

四．日本語読者に向けてのメッセージ

「フランス社会党の機関紙リュマニテ紙」を一九〇四年に創刊したジャン・ジョレスの暗殺（一九一四年七月三一日）をめぐるc章とd章では戦争前夜の、開戦派と非戦派の厳しい対立が描かれてゆくが、『異国の戦争』は、明確に一九三〇年時点での「僕」から、日本の読者に向けられた

小説であることが、d章の冒頭近くで明示されていく。

それは遠くから聞えてくる囃子のようなものだ。初めあなた達は、隣の村の笛の音に耳を藉す。そして、お祭があるのだと気づく。ところが、耳が慣れるにつれて太鼓の響きが大きくなる。それが近づくのを感じる。そのうち、その音がこっちへやって来るようだ。あなた達の一歩が、そっちへ向いているのだ。音はますます、乱調子になる。もう黙ってはいられない。あなた達の方から急いでそっちへ近づいて行く。そして馬鹿囃子の前についた時には、あなた達はそれと一緒になって浮かれている時なのだ！

「それ」という空間的時間的心理的に、相手（小説の場合はその読者）の側にあるものを指し示す語（指示語）から始まるこの部分が、先に分析した『異国の戦争』という小説の、指示語使用を方法化した冒頭部分の表現戦略と呼応していることは明らかである。想定されている読者は、日本文化を良く知っている日本語使用者である。なぜなら「それ」は能や歌舞伎、あるいは民俗芸能における日本音楽用語である「囃子（はやし）」に喩えられているからである。

引用した段落の末尾では、あらためて「馬鹿囃子」と表現されている。一八世紀前半葛西囃子から始まったと伝えられている、江戸囃子の別称である。先の引用部に続く段落変えの二文では、「こうして、戦争は人々を浮わつかせる。その前には何人（なにびと）も躊躇することが出来ない」と「それ」の内実が明示される。『異国の戦争』という小説の中で、小説の読者への数少ない直接の呼びかけである。そして「八月一日動員令が下った」「八月三日、ドイツはフランスに宣戦布告をした」と日を追って事態の推移が語られたうえで「戦争はお祭のようだった」と執筆時の感慨が記されていく。日本の読者への明確なメッセージ。

e章では、ドイツ軍の進撃の中での、日本大使館のボルドー移転に際して、ひたすら「僕」は外交文書を焼き続ける。大切だった極秘扱いの外交文書が、戦争が始まった瞬間反古紙になる「紙屑外交」。

「パリから挙国一致内閣が引越して来た」ので「ボルドー人は得意」になる。前線からの帰還兵が英雄扱いされ、日本の参戦が問題化するe章。大日本帝国が参戦すると、それまで面倒な電報の取扱いで嫌がられていた郵便局の職員が、「青島（チンタオ）の陥落はいつ頃ですかね？」と親しげに声をかけてくるエピソードが語られるg章では、大使の南仏への旅行に随行した「僕」の貴重な体験が語られる。「夜行列車」の「穢ない」「三等車」の車室で、フランス軍の「黒奴兵」としての「セネガル兵」と、「僕」は一緒になったのだ。

「僕」と同室となっていたのは、この「セネガル兵」と、フランス人の「行商人」「お百姓さん」、そして「青物屋のおかみさん」である。眼覚めた「セネガル兵」の、「ぎろりとした眼玉と真白にむき出た歯」を「薄暗がりのなか」で「みた」皆は、心なしか緊張している。戦場で、「チュルコ」と言われている「アルジェリアの狙撃兵」が、「射殺したボーシュ（独兵）共の耳を片端から切りとって、そいつを首飾りにする」という噂が広がっていた。「行商人」は「セネガル兵」に、その噂の真相をたしかめる。

当初フランス人たちの差別意識に反感をあらわにしていたセネガル兵は、「マルヌの後」の悲惨な戦場の現実を同室の乗客に語りはじめる。「セネガル兵」が語るのは、一九一四年九月五日から一二日にかけての「第一次マルヌ川の合戦」についてだ。ジョッフル将軍の指揮下でフランス軍がドイツ軍に勝利している。ジョッフルは軍人として、それ以前に西アフリカに勤務しており、「セネガル兵」が動員されるのも、そのためである。植民地支配と帝国主義戦争は不可分なのである。「セネガル兵」の話の最後の言葉は痛切だ。

「そりゃ考えるさ。フランスが勝ったからって俺たちはどうなるというわけでもなし、何のために、俺たちは生命を投げ出しに来たろうって、誰だって考えたくなるよ。黒ん坊の俺たちだって可愛い嬶や餓鬼が待っているんだ」

植民地宗主国の帝国主義戦争に動員された、植民地兵の現実が正確に表現されている。南フランス観光地の大使の休暇旅行へのつきそいからボルドーに戻った「僕」のところに、h章では、パリの友人フランクの戦死の知らせが来る。フランクの記憶は、もう一人の友人の記憶と共にg章で想起されている。

フランクの亡くなった父さんはイギリスの血をう

けた人だった。葡萄酒や酒類のブローカーをしていたとかで、居間に飾られている写真を見るだけでも、人品の卑しい人ではなかった。
そういう母子暮しの家庭の子だったので、フランクは他の生徒とはちがって身形(みなり)の質素な、何となく控目の少年だった。異国の学友に対しても、他の茶目たちとはちがって、やさしい方だった。そんなことから、僕たちフランクやエルンストは運動場の仲間だった。

「エルンスト」とはa章でわずかだけ言及されていた、アンリ四世中学校の友人の中で「たった一人のドイツ少年」で、「アガディール問題」が起きたとき「フランス軍に志願した」「夢」を見た「僕」は、「翌朝」「エルンストに済まない」と思う。「エルンスト」もまた、『異国の戦争』冒頭部に現れた同じ「ジェネラション」に属する「僕ら」という一人称複数の代名詞の一員なのだ。

i章で「僕」は「ボルドーを引き揚げ」、「パリに帰れる」ことになる。到着してすぐに、フランクの家に息子を亡くした母と兄を失った妹を訪ねる。戦場からの兄の手紙を仲立ちにしながら、「僕」はフランクの妹アンナと兄の残した「ロマン・ローラン」の『ジャン・クリストフ』が共有されていく。文学を仲立ちとした新たな関係が創り出されていく。

j章では大学に復帰し、「文科の講義を聴く」中で、「戦争になって最初の編集であるロマン・ローランの『争いの上にあれ』が與論の憤慨を買った頃である」と記されている。ここから文学的記憶が媒介となって、第一次世界大戦時の歴史的事象が位置づけられていく。『争いの上にあれ』は一九一五年に発表された“Au-desus de la meléct”(「戦い(戦乱)を越えて」の意)のことである。国際主義的な平和主義の立場から、フランスとドイツ両国の偏狭な戦時ナショナリズムを批判した論集である。フランス国内ではドイツ寄りだと批難され、「ロマン・ローラン」はスイスに亡命する。そしてこの年受けたノーベル文学賞の賞金を、一九一六年国際赤十字に寄付した。

「僕」が戻った日本大使館では、ドイツ系とフランス系の大日本帝国軍人が真向から対立する。「ヴェルダンの激戦の跡を視察して」という会話がなされているので、一九一六年二月二一日から一二月一八日にいたる十ヶ月間にわたって繰り広げられた、フランス東部の要塞をめぐる攻防戦の終った後のことである。フランス軍約三十六万、ドイツ軍約三十四万の死傷者を出した戦闘だ。

k章では、ドイツ軍の飛行機、そして「ツェペリン」による空爆にさらされるパリでの、フランクの妹アンナとの束の間の恋愛と別離が記され、「僕」を雇用していた「石田大使がめでたく外務大臣に就任された」ため、帰国することになり、大使館を辞して、「アンチーブ」の「友人の画家夫妻」のところに行くことになる。

l章ではアンチーブでの半年間と、卒業試験前後のパリでの生活が記されていく。「一九一八年四月十七日、ヴァンセンヌの刑場で銃殺されたボロ・パシャ」という記述で歴史的時点が明確にされ、「一九一七年に起こった」「独探といわれる」「マタ・ハリ」の「死刑」にもふれられていく。

m章では「戦争が生み、戦争が悩ませ、戦争が殺したひとりの少年の悲しい憶い出」が語られる。その「少年」の名は「ジャン・ド・サン・プリ」、父は「セーヌ州控訴院次長」、母は「前大統領エミル・ルーベ氏の愛娘」という設定だ。エミル・ルーベ（一八三八～一九二九年）は一八九九年に大統領に就任してドレフュス事件を解決した実在の政治家である。その娘の息子「ジャン・ド・サン・プリ」が「戯曲『寄宿舎』三幕」を発表したのだ。「僕は彼を訪ね」る。二人は「僕ら」となる。

> 僕は生れて初めて、フランス人とか日本人とかいう、ちがった気持ちをもてなかった。禍をともにしているという感情が、世界中の新しい、若いジェネラションが、古い、頑迷なジェネラションのために亡ぼされてゆくという憤怒に代って行くばかりだった。

『異国の戦争』冒頭第二文にあらわれた最初の「ジェネラション」というカタカナ書きのフランス語の、正確に呼応する二度目と三度目の使用である。「僕ら」の一人である「ジャン・ド・サン・プリの最も血を湧かしたのはボルシェヴィキ革命」であり、「ロマン・ローランに走った彼は、スイスでレーニンやルナチャルスキーの風貌に接したのだった」。そして、「一九一九年二月の初め」、「武者小路実篤氏の『或る青年の夢』」の「フランス」語への「翻訳の大部分をもって彼の戸をたた」く。「ジャン・ド・サン・プリ」は弟の「ピエール」と共に「セーヌ州の青年社会党の集会に出たのがもとで」「俄に発熱」していた。「医師の厳命で面会は謝絶され」たが、「僕」も「急激な流行性感冒にやられて」しまう。第一次世界大戦中の一九一八年三月初頭、アメリカのカンザス州ファストン基地からヨーロッパ西部に入ったアメリカ軍兵士から感染がヨーロッパ全域に広がったインフルエンザ、いわゆる「スペイン風邪」である。『異国の戦争』は、コロナ禍の二〇二一年の私たち読者とも応答的な小説なのである。

n章では一九一八年一一月一一日の休戦条約から、「インターナショナルの建直しが叙述され、「一九一九年十月のある金曜の午後」「僕たち、吉江氏、高野君と僕の三人は、ファドー街十二番地のクラルテ本社に、アンリ・バルビュスを訪ね」たのだ。「クラルテ！その連絡船が徐々に抜錨した」と運動の始まりが、船出の比喩で語られていく。

「一九一九年の秋」「憧れていた」「若いスイス」に「僕」が入るのが、最終章としてのo章。そこで「成立したばかりの」「第三インターナショナル」の運動と連系した「統一ある学生運動の中心」をつくるために、「スイスの青年」「シャルル・R」とつながっていく。帰国にあたっての別れの場面。『異国の戦争』という小説の末尾直前の一節。

「君、忘れてくれるな！」

同胞以上の友、兄弟以上の友、ヨーロッパを越えての友、アジアを越えての友、主義の友！僕はどうしてあの永久の声を忘れることが出来よう。

ここに『異国の戦争』の一人称複数の共有する思想の全体がこめられている。

ドイツから見た『種蒔く人』
——ある私的回想——

ヴォルフガング・シャモニ

ドイツから見た『種蒔く人』について書こうとすると、自分が関係していた、または自分がたまたま知っていることしか書けず、いきおい自分の歩んできた道について綴ることになってしまいますが、予め読者の寛恕を願う次第です。

私は一九四一年生まれで、高校時代に漠然と東洋に興味を持つようになり、独学で日本語を勉強しようとしましたが果たせず、いくつかの屈折を経て、一九六二年にボン大学の日本学科に入学、日本文学の勉強を始めました。そのころボン大学には同年齢の日本人留学生はいなかったような気がしますが、ボンに研究留学していた何人かの日本の研究者を通して、大学の授業以外にも日本の政治・社会について広く学ぶ機会が得られたのは幸運でした。そして一九六六年の秋に、奨学金を受けて日本に留学することができ、一九六八年の春まで早稲田大学で留学生活を送ったのです。当初の目的は近世文学の勉強でした。しかし日本滞在中、ちょうどベトナム戦争や中国の文化大革命が進行中であったこともあって、私は、ちょっと古い言葉でいいますと、左傾化したわけです。

帰国して近世文学に関する博士論文を提出した後、一九七一年にミュンヘン大学日本学研究室で「助手」という職にありつきました。日本でもそうでしたが、当時の西ドイツも私が帰った一九六八年ごろから学生運動が盛んになり、ミュンヘン大学の学生もその例外ではありませんでした。
「日本学」というのは日本に関することなら何でも包含する妙な科目で、学生たちは自分の政治的・社会的興味に近いことを勉強したいという気持ちを抱くようになっていました。外から入った私に対しても、日本の社会や政治について勉強したいという期待を寄せていました。学生と年齢は近かったのですが、左傾化したとはいえ、文学畑の私は学生の期待に応えにくく、しかも駆け出しの助手として日本語教育を請け負っただけでしたので、独立して授業をすることが許されなかったのです。そのため学生たちと日本の社会主義文学について学ぶ小さな「勉強会」を作ったのです。

社会主義文学といえば、まずプロレタリア文学がテーマとして浮かんできましたが、私はそういう正当なものよりも、プロレタリア文学以前のものを勉強しようと提案しました。私はまだマルクス主義の教条の束縛がない時期の、アナキズムやマルクス主義、果ては白樺派のヒューマニズムが混沌として共存した時代に一番興味を持っていただけでなく、学生の勉強の対象も多方面に広がると思ったからです。学生たちはまだ日本語を習い始めたばかりでしたので、それはかなりの冒険でした。当時は（残念ながら現在も多かれ少なかれそうなのですが）プロレタリア文学以前の社会主義文学についてドイツ語はもちろん、英語の文献もほとんどありませんでした。そういう状況のもとで学生たちと一緒に勉強するというのは大変なことでした。

それでもなんとか続けて、勉強会の成果として一九七三年九月に短編小説と文芸評論のドイツ語訳を集めた一つの冊子を作り上げました。すべての原稿は私がタイプライターで打ちましたが、当時のタイプライターは打ち間違えると修正液で修正するか、訂正の紙を貼り付けるかでしたから、時に満身創痍の原稿になったこともありました。それらをコピーして製本してもらったのです。『日本における左翼文学　1912―1923』[1]という題の本になりました。

さて、一九一二（大正元）年から一九二三年の関東大震災までの左翼文学という、欧米では当時未踏の広い分野を「盲蛇に怖じず」式に開拓しようという若者の無謀さには、振り返ってみると驚くばかりです。今見ると誤植や翻訳の間違いだけでなく、作品の分析、文学史の把握にも物足りないところも多くあるものの、とにかく一冊の本として残っています。「印刷」はその辺のコピー屋、「出版元」

としてミュンヘン大学日本学研究室と勝手に記しましたが、研究室の主任教授は寛大な人で私の越権行為をとがめることはありませんでした。表紙は『種蒔く人』土崎版をもとに、ミレーの「種を蒔く人」のシルエットを借りました。見開きのページに「一九二三年九月に殺された人たちを記念する」という文章を書き入れました。大震災に紛れて殺された朝鮮人たち、亀戸で殺された平沢計七とその仲間、また大杉栄と伊藤野枝を記念するつもりでした。

その本の内容は『種蒔く人』を中心に、広く同時代のテキストも入れようと努力しました。学生たちと私で翻訳を分担し、短編小説として平沢計七の「赤毛の子」、新井紀一の「工夫の夢」、金子洋文の「眼」、荒畑寒村の「光を掲ぐる者」、細井和喜蔵の「或る機械」、それにレポルタージ『種蒔き雑記』から「平沢君の靴」が入っています。つまり六点のうち三点が『種蒔く人』に発表されたものです。評論は大杉栄のもの三点、平林初之輔三点、平沢計七、藤井真澄、小牧近江、青野季吉それぞれ一点、それに『種蒔く人』の宣言を加え、あの時代に活躍した作家の略伝などを付けました。反響はと聞かれると返答に困るのですが、日本では何人かの方が感想を寄せてくださいました。部数は一五〇部と記憶しています。西ドイツ国内各地の図書館、日本のいくつかの図書館にも送ったので、見たい人はいまも閲覧できますが、本の流通機構に入らなかったので、一般人の目に触れることはありませんでした。

勉強会の学生からこの本を土台にしてさらに徹底した研究をしてくれる人が出ることを期待しましたが、だめでした。翻訳を受け持った学生はその後ほとんどが四方に散り、日本文学関係の勉強は続けませんでした。ただ一人、大杉栄の評論を翻訳したイルゼ・レンツ（Ilse Lenz）さんが、友人と伊藤野枝についての本を発表し[2]、ついに社会学の大学教授になり、女性史研究を続けています。『種蒔く人』とは直接の関係はありませんが、この企画とは全く独立してハンブルク大学のヘルベルト・ヴォルム（Herbert Worm）さんが明治期の大杉栄について熱意のこもった大部の研究書[3]を一九八一年に発表したことは特筆に値します。

それでは同じころの東ドイツはどうかといいますと、東ドイツの唯一の日本学研究室の主任教授、フンボルト大学のユルゲン・ベルント（Jürgen Berndt）先生がかなり前から精力的に日本近代文学を翻訳していました。その中にプロレタリア文学作品（例えば宮本百合子の作品）もあり、筆者が知るかぎり『種蒔く人』に関してはベルント先生が金子洋文の「眼」を翻訳し、その訳は一九七五年出版の『日本近代文学短編集』[4]に収録されています。当時東ドイツのこういう一般読者向けの本はかなりの部数が発行されていましたので、金子洋文のその迫力ある短編は多くの読者の目に触れる可能性があったと思います。この短編に関して筆者は自らの恥を告白しなければなりません。自分の訳は例の翻訳集にベルント先生のそれより早く出たのですが、どういうわけか、当時の編集事業に忙殺されていたせいか、訳文の一部を落としてしまったのです。それでベルント先生のものが初めての完全なる翻訳というべきですが[5]、「眼」だけはドイツ語訳が二種も存在しているのです。

また、ベルントさんの弟子ウルズラ＝エレノーレ・ヴィンクラー（Ursula-Elenore Winkler）さんの博士論文「『種蒔く人』とプロレタリア文学運動の始まり」[6]が一九七五年にフンボルト大学に提出されました。これは『種蒔く人』の概観、また号を重ねるにつれての思想的変遷、主な作品の紹介などを含み、その後の研究の基盤を作ったものといえます。ドイツ語圏では『種蒔く人』について唯一の研究書なのですが、こんにゃく版のようなもので、わずかな部数しか作られず、ほとんど読まれるチャンスがなかったようです。しかも当時、東西ドイツの間の学者の交流が非常に難しかったので、私がそのことを初めて知ったのは、しばらく後になってからのことでした。ドイツ統一の後、一九九〇年にベルント先生とベルリンでお会いし、意気投合しました。しかし残念なことにベルント先生は一九九三年に急逝されました。なお、一九八五年に東独のライプツィヒで出版された『東アジア文学事典』（編集者代表 Jürgen Berndt）に、おそらくベルント先生執筆の「種蒔く人」という短いながら充実した項目があることを付け加えておきます。

一般的に東ドイツでは、公的政策としても世界の社会主義文学の遺産を吸収しようという努力があったので、五〇年代から日本のプロレタリア文学の翻訳などが行われていましたが、博士論文や研究論文の多くが紙不足のため印刷されないまま、研究所などに保管されていました。そのため一般向きの翻訳しか文献目録には載っていないのです。先に記したもの以外にも研究が行われていたかもしれませんが、今のところ確認できていません。

西ドイツでは、戦後の反共政策のため、日本の社会主義文学の研究も翻訳も行われていませんでしたが、一九六八年以後の学生運動のなかで、一九三三年以前に出たプロレタリア文学を翻訳した安い複製本がわずか二三点出ていました。例えば徳永直の「太陽のない街」の一九三〇年のドイツ語訳の複製本が一九七二年に左翼系の小さな出版社から出たりしました。私たちのミュンヘンの企画もこういう時勢のなかで生まれたわけです。

ほぼ同じときにフランスでパリ大学のチュダン(Jean-Jacques Tschudin) 先生が『Tanemakuhito : la première revue de littérature prolétarienne japonaise』(1979年)という研究書を発表しました。政治的壁こそありませんでしたが言語的壁のために西ドイツで遅れて知ることになったのは大変残念なことです。もしお互いに連絡しながらそれぞれの研究を進めることができたら、どれほど励みになったことでしょう。このように東にも西にも研究について話し相手になれる人がいたのですが、ミュンヘンの私たちの小さな勉強会は孤立していたのです。

私自信にとって大きな収穫は、私たちの翻訳集をきっかけに種々の貴重な人間関係ができたということでした。翻訳権のことで著者たちに連絡したあと、一九七八年九月一二日に鎌倉の小牧近江さんを尋ねました。女房と子供二人を連れての訪問でしたが、長時間にわたり歓談できたのは、貴重な一生の思い出になりました。残念ながら小牧さんはその年の一〇月に亡くなられてしまいましたが、お嬢さんの桐山清井さんとはその後長く親しくお付き合いいただきました。

小牧さんを訪問した同じ九月に、荒畑寒村翁にお会いできたことも忘れられない経験でした。寒村翁は非常に思いやりの深い方で一九八〇年のミュンヘンのオクトーバーフェストのテロ爆破事件に際し、すぐに電報で私たち家族の安否を気遣ってくださったのには感激いたしました。悲しいことに寒村さんも一九八一年の三月に亡くなりました。また翻訳集の編集作業を通して、秋田の小幡谷政吉さんや北条常久先生と連絡ができたことも重要な「収穫」でした。

その後、私は日本の原爆文学をドイツに紹介することに力を入れたり、森鷗外の研究に没頭したりして、大正時代の社会主義文学の研究や翻訳から遠のいてしまいました。そして一九八五年にハイデルベルク大学に移り新しい研究室の立ち上げという非常に忙しい時期を経験し、少し落ち着いてから、再び学生と一緒の研究会を組織しました。学生のほか、助手二人、図書館員の方など何人ものスタッフが参加しての研究会でした。今度は学生たちがさらに進んでいただけではなく、ミュンヘン時代と比べて自分を含めた参加者が「おとな」になっていた反面、政治熱が少し薄らいで興味も多方面的となっていたため、社会主義文学に集中というわけではありませんでした。そのため対象とする時代を少し広げ、日露戦争から満州事変までを扱うことにしたのです。日本の初期社会主義の研究家堀切利高さんの全面的な支援を得てその研究会の成果は、一九九〇年に開催した『本と文学、日本 1905—1931』と題した展示会に結実しました。

この展示会はハイデルベルク大学中央図書館の展示場を借りた大がかりなもので、夏目漱石からプロレタリア文学までの日本文学を紹介し、その際、特に本の装丁などを中心に文学の「物質的な」側面も見せるように努力しました。当然『種蒔く人』とその周辺を（一部は複製本を使って）細かく紹介しました。その際、いつか小幡谷政吉さんが送って下さった一九二三年の「土崎演説会」の障子紙に毛筆で描いたスケッチが、展示会のハイライトの一つになりました。展示会のカタログの表紙は私のデザインで、漱石の「門」の表紙と一九二三年の『種蒔く人』の毎号を飾った柳瀬正夢の駒絵を合わせたものです。(8) なお展示会は当時のボンの朝日新聞特派員の雪山伸一さんが朝日新聞に小さな紹介記事を書いてくださいました。

この研究会・展示会がどんな効果があったかといいますと、またも答えに躊躇します。決して小さくない、またドイツの一番古い有名な大学とはいえ、ハイデルベルク大学図書館内の展示会が一般社会へ及ぼす影響力は限られています。展示カタログはちゃんとした解説カタログで、二〇〇ページ以上の研究書といってもいいものでしたが、印刷は図書館内のコピーのようなもので、市販はされず、市販されたとしても、当時は人目を引くようなテーマでもなかったのです。とはいえ、参加した人々のなかから、展示会のテーマから出発して広津和郎、永井荷風、大正時代の女性運動について博士論文などを書いて、今はハイデルベルクや他の大学で教えるようになった人が何人も出ていますが、残念なことに社会主義文学を選んだ人は一人もいませんでした。私も啄木の詩と評論の翻訳に力を入れましたが（『種蒔く人』の創刊号には啄木の短歌も掲載されていますが）、直接『種蒔く人』に関わりのある仕事はその後もほとんどしていません。

それとは関係なく、九〇年代にボン大学の日本学科でマイク・ヘンドリク・シュプロッテ（Maik Hendrik Sprotte）さんが日本の初期社会主義の研究に取り組み、二〇〇一年に『専制主義的支配体制における紛争解決—明治期日本初期社会主義運動の歴史的事例の研究』という充実した研究書[9]を出しました。その後、シュプロッテさんは何年もハイデルベルク大学で講師を務め、現在ベルリン自由大学で研究に従事しています。その本で主に政治学的な方法で社会運動の作戦と為政者の政策の相互対応の研究を目指し、その後も精力的にその辺のテーマを追求していますが、『種蒔く人』には及んでいないようです。

時代がまた下がりますが、二〇〇六年にハイデルベルク大学日本学科の学生カレン・ディープナー（Karen Diebner）さんという女子学生が水平社運動に興味を示して、修士論文においてその創立を細かく調べて発表したのです。ディープナーさんは大変真面目に水平社創立の文献（宣言、綱領など）を分析した上、細かい注釈をつけた翻訳も作ったので、当時、研究室が出版していた小雑誌『hon'yaku』（翻訳）の第六号のほとんど全ページを使ってそれらの翻訳と研究を発表しました。数ページの余白があったので、拙訳で高橋貞樹の「人間権の奪還」（『種蒔く人』一九二三年二月号）を載せました。この小雑誌は翻訳と並んで必ず原文も掲載するという原則があったので、『種蒔く人』の該当ページをそのまま（柳瀬正夢の駒絵と一緒に）掲載させていただきました。[10]

この『翻訳』もまた市販される雑誌ではなく、いわば研究室内の同人雑誌でした。そしてその同じ二〇〇六年に私が定年退職し、第六号が最終号になってしまいました。私は大学の雑務から解放され、まずは出発の研究対象の江戸時代に戻って、三〇年前から書きかけていた「近世日本の自伝」についてのアカデミックな研究書を完成させました。二〇一六年にこの古い仕事を片付けて肩の荷が降りた気持ちですので、これからは日本における反戦思想の歴史を課題にしていきたいと思っています。一つ一つのテキストの翻訳と注解を中心にしながら、せめてはドイツ語圏の読者に近代日本のもう一つの伝統である「反戦」を紹介したいという思いです。今のところは『平民新聞』に取り組んでいる段階ですが、何時かまた『種蒔く人』まで進んでゆくでしょう。考えれば回り道の多い、失敗もたびたびあった長い路程を歩んできました。その途上、早い時期に『種蒔く人』に巡り合ったことが私にとって幸運であり、また一道標にもなっているのです。

〔注〕

（1）*Linke Literatur in Japan 1912-1923*. Redaktion: Wolfgang Schamoni. München: Seminar für Japanologie der Universität München 1973, 209 p.

（2）Akiko Terasaki, Ilse Lenz: *Ito Noe. Frauen in der Revolution. Wilde Blume auf unfreiem Feld*. Berlin: Karin Kramer Verlag 1978, 183 p.

（3）Herbert Worm: *Studien über den jungen Ôsugi Sakae und die Meiji-Sozialisten zwischen Sozialdemokratie und Anarchismus unter besonderer Berücksichtigung der Anarchismusrezeption*. Hamburg: Gesellschaft für Natur- und Völkerkunde Ostasiens 1981, 542 p.

（4）*Träume aus zehn Nächten. Moderne japanische Erzählungen*. Herausgegeben von Jürgen Berndt. Berlin: Aufbau Verlag 1975, 681 p.（1980, 1992 再版があった）.

（5）筆者はその後、自分の間違いをなおして、完全な訳を自分のホームページで発表しました。https://wolfgangschamoni.jimdofree.com/moderne-japanische-literatur-und-geistesgeschichte/

（6）Ursula-Elenore Winkler: *Die Zeitschrift "Tanemaku hito"（Der Sämann, 1921 - 1923）und der Beginn der proletarischen Literaturbewegung in Japan*.（Dissertation）. Berlin: Humboldt Universität 1979, 187 p.

（7）Jürgen Berndt（Leitung des Autorenkollektivs）: *BI-LEXIKON Ostasiatische Literaturen*. Leipzig: VEB Bibliographisches Institut 1985, p.273.

（8）*Buch und Literatur Japan: 1905 – 1931*. Herausgegeben von Wolfgang Schamoni, unter Mitarbeit von Misako Wakabayashi-Oh, Ulrike Wöhr und Guido Woldering. Heidelberg: Universitätsbibliothek Heidelberg 1990, 221 p.

（9）Maik Hendrik Sprotte: *Konfliktaustragung in autoritären Herrschaftssystemen. Eine historische Fallstudie zur frühsozialistischen Bewegung im Japan der Meiji-Zeit*. Marburg : Tectum Verlag, 2001, 408 p.

（10）この雑誌はデジタル化されて、簡単にハイデルベルク大学日本学科のホームページを通して読める。https://www.zo.uni-heidelberg.de/md/zo/japanologie/institut/hon_yaku_6_mai_2006.pdf

韓国における『種蒔く人』考察

李　修京

二〇二一年二月二五日は秋田の土崎港清水町で『種蒔く人』が産声を上げてから一〇〇年目になる。ちょうど一世紀前、帝国主義の展開と植民地統治支配、超国家主義のうねりが高まっていた日本で、言わば人類平等[1]と世界市民の連携、反戦平和を唱えながら文化知識人の社会的責務を促していたフランスのクラルテ運動（The Clarté Movement 一九一九年一月〜一九二五年一一月）に触発されてフランス留学から帰国した小牧近江とその仲間の金子洋文、今野賢三らは、「偽りと欺瞞に充ちた現代の生活に我慢しきれなくなって〝何うかにしなければならない〟という気持ちが一つとなって」『種蒔く人』を誕生させたのである。小牧の留学時代の人脈（スヴァリヌら）による第三インターなど、目まぐるしく変化する国際情勢も紹介しつつ、『種蒔く人』は地方の一同人誌を超えて日本の国際主義市民文学運動への導火線となった。だが、小牧の給与だけでは運営資金（保証金）不足となり、土崎版は第三号で一旦休刊したが、同年一〇月、東京で発行趣旨に賛同する錚々たる顔ぶれによって『種蒔く人』が復刊され、発行部数を増やした。その東京版『種蒔く人』は、民族固有の文化や言語が制約され、思想統制の窮屈な空間となっていた朝鮮から東京の神田に留学中であった金基鎮（キム・ギジン、一九〇三〜一九八五年。号は八峰。以下、金）の目にも留まった。金は当時、立教大学予科に在籍する傍ら、フランス文学に興味をもち、神田のアテネフランセ（一九一六年に独立校舎）に通っていた。そこで金は、フランス帰りの小牧らが再刊した東京版『種蒔く人』の第二年第三巻第一〇・一一号（種蒔き社、一九二二年八月）に掲載された「ロマン・ロラン対アンリ・バルビュスの論争」を読んで、二人の文学者が交わした全五通の和訳手紙の内容に感銘を受ける。そして、文学者のスケールの大きさや知識人の社会的役割、実践的行動の主張に魅せられ、のちに『種蒔く人』とともに、バルビュスらのクラルテ運動の趣旨や意義などを朝鮮に積極的に紹介した。第一次世界大戦によって壊滅状態にあったヨーロッパから芽吹いた反戦平和と人類平等への切望の種を、日本の支配下にあった朝鮮に蒔いたのである。

　バルビュスが明かした、殺戮の悲劇を生み出す好戦的特権支配層と戦争の構図を告発する文化知識人の社会的責務論は、国家主義体制が強まる日本で文芸活動の

사전
種蒔く人
たねまくひと [種蒔く人]
문예잡지. 1921년 小牧近江・金子洋文 등이 창간. 1923년 폐간

フロンティアの文學　雑誌種蒔く人の再検討
지자 『種蒔く人』『文藝戦線』を読む會 / 編
출판 論創社 · 2005.3.1.
동영상
種蒔く人 / 香栄 紹介動画
조회 1.3천 · 2014.11.29.
Youtube · 香栄official

통합검색　어학사전　웹문서　이미지　동영상　뉴스
어학사전
たねまくひと [種蒔く人] 일본어
① 문예잡지
② 1921년(大正;たいしょう 10) 小牧近江こまきおうみ・金子洋文かねこようぶん 등이 창간
③ 1923년 폐간
④ 「文芸戦線ぶんげいせんせん」의 전신으로 사회주의문학의 맹아(萌芽)
더보기

대산문화재단 웹진

写真：上は韓国のインターネット上の『種蒔く人』紹介写真。下は二〇一五年六月二七日に撮影したパリの Cimetière Père Lachaise のアンリ・バルビュスと盟友ヴァイアン・クーチュリエのお墓

『種蒔く人』として表れ、儒教の桎梏と植民地支配という二重苦に喘いでいた朝鮮では知識人の社会的・民族的役割を促す運動に繋がった。特に『種蒔く人』は、前田河廣一郎が「『種蒔く人』は勇気ある新しい人々の雑誌だ。標榜するところは世界主義であるが、何のせいか創刊一ヶ年にして発売禁止を三度も食らってゐる。それほど世界主義といふものが警視廳に癪に触るならこれではどうかと、大概の雑誌屋なら地球主義とでも名を代へようものを、依然として世界主義で押通して行くところに『種蒔く人』の凛とした力が潜んでゐる[2]」と評価しているように、『種蒔く人』は三回も発禁になりながら国家権力に屈しないで自分らの趣旨を貫いていたのである。強い権力を相手に妥協せず、愚直に抵抗する『種蒔く人』の姿は、知識人の責務が問われていた植民地朝鮮での文芸活動の道標になった。日本の文芸活動から触発された金は帰国後、意を共にする仲間らと組織的大衆文芸活動・民衆啓蒙運動に繋がるプロレタリア文学運動組織KAPF（朝鮮プロレタリア芸術家同盟）を結成するに至る。皮肉にも祖国を支配している国に留学し、そこで世界主義文芸運動の影響を受けたのである。

本稿では、上記の内容を踏まえつつ、かつての植民地であった韓国では『種蒔く人』がどのように紹介されてきたか、を再確認する。なお、周知のように、朝鮮は一九四五年の解放後、韓国（大韓民国）と北朝鮮（朝鮮民主主義人民共和国）に分断されている。ここでは、主に解放後の韓国での『種蒔く人』に関する紹介及び評価を取り上げる。但し、『種蒔く人』のみを研究対象にしているのは未見であり、日本語による原典分析が必要であるため、初期の紹介を踏襲する傾向にあることを指摘しておく。また、二〇〇〇年以後に『種蒔く人』を取り上げている研究には筆者の著書や論文に沿った構成の展開も散見されるため、それらの詳細は割愛する。

一　混沌とする植民地朝鮮

『種蒔く人』がなぜ朝鮮に紹介され、関心を集めるようになったのだろうか。その背景には、儒教による身分階級制度の弊害と、日本の植民地支配下での弾圧が存在していた。文学を含む芸術は王族や貴族ら特権階級（両班を含む）が享有するものとされ、多くの民衆（百姓）はその支配下で読み書きもできず[3]、無産労働者として搾取されてきた。[4]混迷する社会情勢の中で流入された欧米発の近代思想や列強の動きは、国を奪われた植民地青年たちに民族再建とそのための大衆啓蒙運動の必要性、そして朝鮮社会の変革が焦眉の問題であると自覚させた。象牙の塔にこもる消極的知識人ではなく、歴史や社会状況を変革させるための大衆啓蒙運動や実践活動に邁進する積極的な知識人の役割や責務が問われ、多様な民族運動を模索するのである。そして、アジア初の民衆運動と評価される三・一独立万歳運動（一九一九年）が拡大すると、総督府はそれまでの武断統治から文化統治へと宥和策を取り、言論統制の緩和の一環として、一九二〇年に民間三紙[5]や本格的な総合雑誌『開闢』（計八二号まで発行）の発行を許可する。言論緩和の動きはそれまで抑圧されてきた朝鮮民衆の意思表示を可能にし、文士たちは先端的近代思潮を積極的に紹介する。しかし、帝国主義統治支配に抵抗する思想闘争が激化し始めると、日本は治安維持法を以って民族運動や思想活動を徹底的に弾圧し始める。一九二七年に結成された抗日民族統一戦線体（民族主義と社会・共産主義の連携）の新幹会が解散すると抗日民族運動は日本、中国、ロシアなどに活動の場を移した。日本では留学生を中心に、反帝国主義民族運動や在日朝鮮人労働者擁護の闘争運動が展開され、日本の社会主義活動家との連携も行われた。中でも共産主義思想で労働闘争を展開した金天海[6]、金斗鎔[7]、韓徳洙[8]らは一九四五年一〇月に「在日本朝鮮人連盟（朝連）」を結成し、在日組織活動を行った。一方、同時期に大逆事件で二二年二ヵ月の獄中暮らしから出獄した朴烈[9]や右派民族主義勢力は朝連の思想闘争とは一線を画し、一九四六年一〇月三日に反共民族主義を掲げた「在日本朝鮮居留民団（民団）」を結成する（初代～五代目団長は朴烈）。これら在日社会の分裂の動きは一九四九年の朝連解散と一九五〇年の韓国・朝鮮戦争、一九五五年の朝鮮総連の発足などで祖国の分断・対峙よりもっと複雑な葛藤様相を見せながら今に至っている。なお、韓半島における南北分断、同族間の戦争（米ソ代理戦争的）、そして、日本における在日コリアン社会の分裂と深刻な葛藤は、韓国内の文学、思想、学術研究などを大きく制限する要因となった。特に、反共民族主義を政治政策としてきた軍部政権下でプロレタリア文学や労働運動のような共産主義的左派活動について言及することはタブー視されてきた。こうした長年の状況要因が韓国でのプロレタリア文学や『種蒔く人』関連の研究や評価に影響してきたことを指摘しておきたい。

以上、植民地朝鮮と在日の思想活動について掻い摘んで述べたが、当時の植民地状況を臨場感をもって描写した作品を掲載した『東亜日報』からいくつかを抜粋して紹介する。

「植民地時代に次のような歌が歌い広がっていた（引用した記事は筆者の仮訳、作品掲載誌や発表年度は筆者注）。

口が達者な奴は裁判にかけられ（逮捕され）／仕事ができる奴は共同墓地に埋められ／子が産める女は娼婦に売られて行き／天秤棒くらい担げる奴は日本へ行く。

朝鮮の人々の酷な状況が皮肉に歌われているのだが、中でも農民（小作人）と都市貧民は非人間的な生活を強いられていた。崔曙海の小説「脱出記」（『朝鮮文壇』一九二五年三月号）には、捨てられた果物の皮を拾って食べる惨めな貧民の姿が描かれている。また、李孝石の小説「都市と幽霊」（『朝鮮之光』一九二八年七月号）には、都市の貧民と農村からの人たちが橋の下や川の堤防に洞穴を掘って蓆を敷いて生活する凄惨な姿が描かれている。洞穴で生活する彼・彼女たちは「土幕民」と呼ばれ、その土幕民のところから漏れる光を幽霊火と言って怖がっていた。本稿の中心人物である金基鎮は随筆「京城の貧民―貧民の京城」で、京城の人口二八万人の中二〇万人が失業者であると言い、〝京城はお化けの世、朝鮮はお化けの世〟と嘆いている。

知識人、インテリたちはまた別の次元で苦しい劣等感と侮蔑感に堪えながらの煩悩の毎日を送っていた。玄相允が小説「逼迫」（『青春』一九一七年八号）で述べている通り、〝…強盗や詐欺取財のような犯科がないのだから警察に捕縛されることはない。しかし彼（警察）が私を見ている。私をとがめているようだ。私を捉えようとしているらしい。足を一歩一歩運ぶにつれ近寄ってくるようだ…〟。朝鮮人は、このような強迫観念にとらわれ、理由もなく自らを罪人視しながら生きていかなければならなかった。

日本に併合された朝鮮で最も深刻な絶望に晒されていたのは知識人たちであった。閉ざされた現実の中、自分の知識や能力を使うところがなく、末端の公務員になって民族的自尊心を捨てて日本の下手人になる以外に道がなかった。家族の面倒を見ることもできず、糊口の道を絶たれ彷徨い、自虐する知識人たちを、廉想渉は、小説「標本室の青蛙」（『廃墟』一九二一年）で、〝四肢をピンセットで固定されたまま、ぴくぴくと震えながら死んでゆく〟カエルにたとえている。知識人にとって、気狂いにならないと生きていけない時代であった。だから、玄鎮健は小説「酒勧める社会」（『開闢』一九二一年一一月号）において、〝私に酒を勧めるのは女でもなく、ハイカラでもないのよ。この社会が酒を勧めているんだよ。朝鮮社会というものがわしに酒を勧めているのよ〟と自虐的に吐き捨てている。

当時の作家たちは抵抗と解放の念願を込めた作品を残している。李相和は、詩「奪われた野原にも春は来るのか」（『開闢』一九二六年六月号）の中で、奪われた国土に対する喪失感とそれを再び回復させるべきだという強い意志が現れている。〝豊かな乳房のような柔らかいこの土を／足首がしびれるほど踏んでみたり、いい汗さえ流してみたい…〟と、暗澹とした現実の中で揺るぎない自分を立たせてみせるという覚悟を詠っている。さらに、沈薫は、詩「その日が来れば」（一九三〇年）で、〝その日が来れば、その日が来れば、頭蓋骨が破けて粉粉になっても／死にたいほどうれしくて、何の未練が残るでしょうか…〟と解放の願いを叫んでいる[10]」

こうした閉塞感漂う時代の中で『種蒔く人』というチャンネルを通して世界の動きや知識人の責務を訴えるクラルテ運動が紹介され、朝鮮文壇にもプロレタリア文芸運動への関心が高まったことは時代の強い要求でもあったと言える。

二　朝鮮における『種蒔く人』の紹介

『種蒔く人』の紹介や評価は、韓国や日本の近代文学（史）

論の中で行われる場合が多い。植民地朝鮮に『種蒔く人』とクラルテ運動について紹介したのは主に金基鎮である。金は一九二一年から一九二三年までの東京留学中、麻生久らに刺激され、労働文学やプロレタリア文学に心酔し、後に朝鮮のプロレタリア文学運動の土台となるKAPF（朝鮮プロレタリア芸術家同盟）結成の中心人物となった。一〇年間におよんだKAPF活動とその中心的人物であった金の韓国での文学的・社会的影響が大きかったので、彼に影響した日本のプロレタリア文学の動向と『種蒔く人』が考察の対象になることが多い。

金は、ソウル培材高等普通学校在学中に三・一独立万歳運動に加わって逮捕されるが、釈放後、混沌とする朝鮮を後にし、近代化が進む日本に留学する。立教大学英文学科予科に在籍中、アテネフランセ(11)へ通いつつ、労働組合運動家の麻生久宅を三回訪問し、労働文学に関心を抱くようになる。また、『種蒔く人』の雑誌名も気に入ったが、何より労働運動家として活動していた麻生久からの後押しもあって、朝鮮に戻ったら〝種蒔く人〟になる決心をする。当時、発禁を繰り返していた『種蒔く人』は既に巷の話題になっていた雑誌であった。そこに、自宅を訪ねてきた金に対して麻生久は、「金君は朝鮮の鏡になりなさい。そうなるためには、故国に戻って種を蒔きなさい。（中略）僕のように直接行動する労働運動でもなく、金君がやるべきことは文学運動、思想運動でしょう。金君たちが朝鮮で働く間、日本国内ではまた我々が仕事を推進(12)しますから」と言われ、金は故国で種を蒔く人になるための使命や思想的に意識を高めるようになる。さらに、『種蒔く人』の一九二二年八月号に掲載されていた「アンリ・バルビュス対ロマン・ロランの論争」五通全訳を通して文学者の社会的・実践的行動に共感を覚え、バルビュスの日本語訳作品を全読する。そして、小説『クラルテ』に感動し、前述の論争全訳の朝鮮語訳とクラルテ運動を積極的に紹介するのである。一九二三年五月に帰国した金は、『開闢』第三九号（同年九月号）に「クラルテ運動の世界化」を掲載し、「アンリ・バルビュスは現実にたくましい哲学を持つ勇敢な芸術家だ。彼の小説『クラルテ』即ち『光明』が出版されて、翌年の一九一九年にロマン・ロラン（中略）らとともにバルビュスは世界主義の意味を持つ〝クラルテ〟の趣旨に即して〝光明と真理と愛〟の世界的運動を行った。即ち〝クラルテ〟運動である(13)」と紹介し、文末では革命とは新秩序であり、〃クラルテ〃はバルビュス個人やフランスのものではなく、万人が仰望する輝かしいものであり、そのクラルテが朝鮮で動き始めることを切願しているのが見受けられる。同年の『開闢』一〇月臨時号には「バルビュス対ロマン・ロランの争論」として彼らの論争を全訳して発表し、翌月の第四一号（一一月号）には「再び「クラルテ」について—バルビュス研究の一片」の中で小説『クラルテ』の内容一部を紹介している。初期思想形成に影響したクラルテ運動とバルビュスを知る契機となった『種蒔く人』について金は次のように述べている。

「当時漸く『種蒔く人』（雑誌）同人達を中心としてプロレタリア文学運動の烽火が上って其の気勢盛んであった故に従来日本文壇の類派や傾向に親しみ且つ模倣して居た朝鮮の文壇はこれに刺激されたこと多かったのも決して（歪？）めないものである」[14]（本文のまま）、「（略）アンリ・バルビュスの『クラルテ』を読んで、またロマン・ロランとバルビュスの長く続いた論争を読んで、日本の社会主義者の麻生久と時には接触しながら彼の薦めも聞いて・・・あれこれ思想の変化を起こしていた。その時、日本には『種を（ママ）蒔く人』という雑誌があった。小さい総合雑誌であった。私はこの雑誌の名前がとても気に入っていた。それで私も〃種蒔く人の一人〃になりたかった」[15]「（略）『クラルテ』が翻訳されて、『種蒔く人』にバルビュス対ロマン・ロランの論争全文が掲載されてから、日本のプロレタリア文学はより活発となった。私はこの時にそれらから大きな影響を受けた。プロレタリア側でやる反・・・文学、今日の朝鮮人の文学もこのほかには真実なものになりえない。朝鮮文学はこの道に歩むべきだ。私はその時このように考えていた。『白潮』雑誌を朝鮮における『種蒔く人』のように作ってみよう！これが私の希望であった[16]。」

これらの引用からわかるように、金は帰国後、一九二一年に創刊された『開闢』を中心に論評を続けながら、朝鮮社会の変革のための知識人の責務を訴えていくのである。また、金のほか、夜影（筆名）が当時の社会主義文壇で論争されていた〃階級と芸術と美学〃を問うために、一九二四年一二月号の『霊臺』で『種蒔く人』の内容の一部を引用し[17]つつ、金が朝鮮でクラルテ運動を紹介しながら民衆教化の種蒔く人になるため頑張っていることに触れている。

三　韓国の単行本や論文で紹介されてきた『種蒔く人』

金の盟友であった朴英熙の研究者である孫海鎰は、「金八峰は東京留学時代、社会主義者の麻生久と付き合いながら階級文学に傾倒され、雑誌『種蒔く人』等に刺激を受け、学業を中断したまま一九二三年五月に帰国した[18]」「当時の日本文壇は本間久雄の「民衆芸術の意義及び価値」『早稲田文学』(一九一六年八月)、中野秀人の「第四階級の文学」『文章世界』(一九一九年九月)、「有島武郎の宣言」『改造』(一九二二年一月)などに続いて登場した『種蒔く人』の発刊を契機としてプロ文学運動が本格的に台頭するようになって労働組合運動も加熱された時期であった[19]」と記している。また、文学者の金允植は、雑誌『白潮』の発行期の日本と朴英熙・金基鎮考察のため、長谷川泉の文献を引用し、プロレタリア文学とは、「自由民権運動を背景にして明治初期の政治小説、ヒューマニズムを基にした日露戦争以後の社会小説、反戦文学、戦争批判文学、ロマン・ロランの民衆芸術論、労働文学、第四階級の主張などをもとにした一九二三年（ママ）の『種蒔く人』の創刊により全面に現れた階級意識の文学である[20]」と紹介し[21]、「普通日本プロレタリア文学運動の出発は『種蒔く人』の出現から始まると知られている。しかし、この言葉は西欧文明を受け入れて資本主義前期に入った日本近代社会の矛盾を克服する社会の努力がプロレタリアとの結合に接近したのを意味するだけである。このような動向は（一）自由民権イデオロギーを背景とした明治初期の政治小説（韓国の場合、新小説に近い）、（二）人道主義に根付いた社会小説、反戦文学、戦争批判文学、（三）民衆芸術論、労働文学、第四階級文学、（四）民衆詩、（五）プロ演劇前史にあたる先駆的諸劇団活動などを背景にしたのである[22]」。「その中、民衆芸術と第四階級文学が重要である。（中略）その狭間でインテリのあり方の問題が問われ、〝白樺派〟の巨頭である有島武郎の「宣言」（『改造』一九二二年一月）が発表されたりした。このような思想的背景下でアンリ・バルビュスの影響を受けて帰国した小牧近江が『種蒔く人』（一九二一年二月三号で終刊）

を発行したことで、実質的プロ文学が出発するようになる[23]」と述べている。このほか、『韓国近代文芸批評史研究[24]』では土崎版『種蒔く人』の創刊号の宣言と東京版『種蒔く人』の創刊辞が原語で紹介されている。だが、上記の両引用文では『種蒔く人』の発行年度が間違っていたり、『韓国近代文芸批評史研究』では「この雑誌『種蒔く人』は一九二三年東京大地震の時、韓国人虐殺の告発で発禁される[25]」という誤認が見られる。ちなみに、朝鮮人虐殺の告発文とは、関東大震災直後に出された「帝都震災号外」を示すが、この号外は秋田で今野賢三と金子洋文によって発行された四頁のものである。[26]また、『種蒔く人』は一九二四年一月に『種蒔く雑記』を最後に発行しており、発禁の言葉は見当たらない。金允植の「帝都震災号外」による『種蒔く人』の発禁論誤認[27]のような間違いがその後の『種蒔く人』の紹介に多く引用されている。金栄敏も、「（略）一九二一年一〇月、日本プロ文学最初の雑誌である『種蒔く人たち[28]』が創刊され、一九二二年以降、この雑誌は益々勢力を得て行った[29]」と述べつつ、「雑誌『種蒔く人たち』に翻訳発表されたロマン・ロランとアンリ・バルビュスとの間で四回（五回—筆者注）に分けての民衆運動に関する論争文を読みながらバルビュスの立場に共感する。（中略）（麻生久—筆者注）の影響のもとで『種蒔くたち』を耽読していた金基鎮は、一九二三年五月に土月会の演劇公演を契機に帰国する[30]」という記述で雑誌名や発行回数を間違えている。朴明用は、日本語による本文の引用と三四頁に及ぶ『種蒔く人』に関する記述から、原文に触れていると考えられるが、「この頃彼の精神世界に変化を与えたのが日本プロレタリア文学の出発点として定説になっている『種蒔く人』である。彼はこの雑誌に掲載していたアンリ・バルビュスとロマン・ロランが四回にわたって論争した論文(ママ)の翻訳ものを読んで〝文学が従来考えていたように小さい象牙の塔に入っているものではなく、その領域は宇宙のように広い〟と覚る[31]」と、ここでも五回の手紙数の間違いが見られる。

韓国と日本のプロレタリア文学を比較した林奎燦は、「『種蒔く人』時代」という項目を別途設けた六頁の中でバルビュスと小牧近江とを関連づけるとともに、『種蒔く人』について比較的詳細な内容分析を行っている。例えば、民衆芸術論と労働文学論の発展によって実った『種蒔く人』は、クラルテ運動の日本での延長として出発し、当時成長していた階級文学運動と結合することで日本プロレタリア文学運動の中心的役割を果たすが、第三インター支持はするものの昭和期の政治的共産主義とは違った理想主義的・人道主義的色彩を有するものだと評価している。(32) また、『種蒔く人』は少数の同人が世界の時流に参加しているという自信を持って力を結集した先駆的思想運動の実りであり、彼らの功績は問題解決よりも問題の提起にあったと評価した後、文学的作品が目立たなかったのは六四頁の少ない紙面に一因があることを指摘している。(33) その一方、『種蒔く人』を通して、金子洋文や前田河廣一郎、今野賢三、中西伊之助、山田清三郎、吉田金重、細井和喜蔵のような作家が輩出されたことにも注目している。(34) さらに、『種蒔く人』を、大正期から昭和期へ移行する架け橋の役割を果たした雑誌であり、海外の潮流を迅速に伝えた点と水平社運動、無産女性問題、農村問題などの社会的諸問題を積極的に取り扱ったその存在意義は高いと評価している。(35) 部分的な誤字は見えるが、日本と韓国における『種蒔く人』の位置づけや組織活動の究明を総体的にまとめているといえる。

『日本社会主義運動と社会主義文学』(36) をまとめた金采洙は、同書で「アナ・ボル論争と『種蒔く人』」の項目を設けて、四頁の中でクラルテ運動と日本における『種蒔く人』の動きについて紹介している。著者の小牧近江に関する理解には補足が要るが、小牧近江が土崎版では反戦平和、ロシア革命の擁護、被圧迫階級の解放を主張し、東京版ではアンティミリタリズムと国際主義思想を土台に広範な思想上、芸術上、行動上の統一戦線を作ろうと試みたと評価している。また、金子洋文を、『種蒔く人』を通して生まれた日本労働文学の代表的作家の一人であると記述している。(37)

前述のように、韓国で『種蒔く人』だけを扱った文献ないし学術論文は見当たらないが、韓国近代文学（金基鎮を含む）や日本プロレタリア文学・近代日本文学の動きと関連して『種蒔く人』に触れている文献は多い。『種蒔く人』の執筆者関連の内容を翻訳・編集したものとして、コジェソクが一九九八年に韓国で翻訳出版した『日本現代文学史』（保昌正夫ほか編、小学館、一九九〇年）と趙鎮基編訳『日本プロレタリア文学』（ソウル、太学社、一九九四年）なども出されている。

一九八八年になると、『金八峰文学全集』が発行され、(38) 豊富な作品資料とともに『種蒔く人』の動きや文壇への影響、知識人の役割、金基鎮と『種蒔く人』及び当時の日本の文学者たちとの繋がり、近代思潮の動向と朝鮮の状況などが詳細に紹介されるようになる。それまでの文献には『種蒔く人』については簡単な紹介か、日本の文献からの訳文引用が多かったのに対し、『金八峰文学全集』には多量の作品資料が載っていて、金の活動や文学的動向はもちろん、『種蒔く人』との関連も比較的詳細に述べられている。ただ、金基鎮の記憶違いや編集上の未確認による誤認・誤植が散在するため、間違いがそのまま再引用され、誤った情報が受け継がれる可能性があった。例えば、「『種を蒔く人』」、『種蒔蒔人』」、バルビュスとロマン・ロランの論争が四回」というような誤記が少なくない[39]。その他、金允植の『韓国近代文芸批評史研究』などに見られる誤情報が、そのまま再引用されるケースも少なくない。宋庚彬の修士論文「八峰金基鎮小説研究」(忠南大学、一九九〇年)の『種蒔蒔人』や〃一九二三年の韓国人虐殺で発禁される〃、李炫于の修士論文「八峰金基鎮研究―KAPF活動を中心に」(又石大学、一九九一年)における多くの再引用、趙洪奎の修士論文「八峰金基鎮の批評文学研究」(朝鮮大学、一九九七年)の一〇回以上の『種蒔蒔人』など、『種蒔く人』関連の間違いの多くが人名・地名の誤用や原典確認作業なしの右の全集や文芸批評史研究の再引用から発生していると見られる。もちろん、内容的には当時の時代状況や思潮を包括的に理解し、『種蒔く人』の社会的・時代的影響について究明し、紹介する研究もある。

金の初期研究者の張師善は、修士論文「八峰金基鎮研究」(ソウル大学、一九七三年、二五頁)で上掲書を引用しつつも、ロシア革命の影響下で「イデオロギーを背景とした明治初期の政治小説、ヒューマニズムに基調した社会小説、反戦文学、民衆芸術論、労働文学、第四階級の文学論、民衆論、民衆芸術運動など先駆的要素をもつ『種蒔く人』の出現は日本プロレタリア文学の出発点とみなされている」と分かりやすく述べており、『種蒔く人』が、日本留学中の金基鎮に影響を与えたことを詳述している。また、シンチョラは博士論文「金基鎮の文学研究―文学と理念の関連様相」で復刻版『種蒔く人』や土崎版の創刊号について述しつつ、東京版で取り上げた諸論争について、「当時の資本主義の矛盾と社会主義的ユートピア意識に憧れていた知識人と労働者階級に相当な反響を呼び起こしたと評価できる。言い換えれば、金基鎮はこの雑誌の傾向芸術と文化運動等に関する見解を身につけた後、それを当時の韓国文壇と文化運動に繋げる必要性を強く感じて、その意欲を果敢に実践したのが『開闢』を中心に広げられた彼の詩評形式のエッセイだといえる」（漢陽大学、一九九六年、二九頁）と論評している。

そのほか、筆者が一九九五年から追究・発表してきた金基鎮と『種蒔く人』とクラルテ運動の関連及び近代思潮と知識人研究の文献や論文の流れを引用した論文も垣間見ることができる。(40) 例えば、韓国と日本におけるクラルテ運動の研究でハワイ大学（マノア校）の博士学位請求論文（二〇一七年一二月受理）を出したQuillon Arkenstoneは、クラルテ運動の趣旨と日韓におけるクラルテ運動の動向、そして『種蒔く人』(41) と金基鎮について辿っており、内容から筆者の先行研究を多少参考にしていることが見受けられる。

むすび

以上、韓国における『種蒔く人』の紹介と評価について概括してみた。上記の他にも多様な『種蒔く人』の紹介がなされている(42)が、短編的な訳文や内容の重複が多く、紙面上それらは対象から除外したことを断わっておく。

揺れ動く時代の中で手探り状態で始まった『種蒔く人』活動は、時代を反映した労農運動、無産労働階級の解放、国際主義思想の紹介など大きな役割を果たしてきた。政治闘争に徹する側には、初期『種蒔く人』はインテリ青年層の同人活動にすぎないと物足りなさを感じたであろうが、冷静に文芸運動という立場を崩さず、国際社会の動きを通して国内外の社会的・時代的諸問題を探索しようと努め、日本の初期プロレタリア文学運動を導いたことは否定できない。小田切秀雄はのちに、「この雑誌は、進歩的文学の意義と存在理由を社会的に明らかにし、革命運動の全体の展開のなかに、文学・文化の運動を位置づけた、ということがあります。(43)（略）」と評価している。そのような雑誌だったからこそ、それを通して文学者のスケールの大きさに感銘し、文芸活動による知識青年の社会参画を促し、朝鮮の民族解放のための大衆啓蒙運動に繋げようとした動きが植民地の空間にあったのである。もっと広くみれば、長年『種蒔く人』研究に携わってきた大﨑哲人が言うように、「種蒔く人運動」は「国際的な反戦と平和主義による統一戦線の一翼を担う文化運動であった(44)」のであり、綾目広治が指摘しているように、「もっとも、『種蒔く人』が広い視野から様々な問題に眼を向けているため、その志向性は単に雑多なもののように見られるかも知れない（中略）もしも『種蒔く人』にあった広い可能性がそのまま伸長していれば、その後の変革運動においてもっと別様のあり方があったのではないか…」[45]と考えられる。そもそも無理なボリシェビズム一本化によって種蒔く人運動の多様性とその可能性が失われたことがこの運動の限界であったといえる。[46]

日本と韓国・朝鮮での『種蒔く人』の評価は各地の状況によって異なってくる。だが、労働者のインターナショナルや万国の虐げられる無産階級の解放・生活向上、人類平等の普遍的価値を訴えてきた『クラルテ』や『種蒔く人』の〝種〟はフランスや日本を超え、韓半島の多くの研究者に伝播された。金基鎮によって紹介され、蒔かれた種は韓国の文学運動や思想活動への一つの潤滑剤役を担ったと言っても過言ではなかろう。

二〇二一年現在、日韓関係は二〇〇〇年代の蜜月状態からは想像もできないほど険悪状態になっている。不安定な社会情勢から嫌韓や反日を煽り立てる勢力も見え隠れするものの、先人たちが国境を跨って蒔いた種で育まれてきた市民文化交流の蓄積は揺るがない交流の懸け橋になっている。その〝懸け橋〟はトモイキへの可能性を内在し、平和な未来への導き役として機能するはずである。

『種蒔く人』創刊一〇〇周年を迎えるに際し、我々はこの先の一〇〇年も考える叡智を結集したい。複雑化し混迷を深めているグローバル社会だからこそ、地球上に〝人種は人間一種類しかいない〟と断言したバルビュスのクラルテ精神を受け継いだ『種蒔く人』の意義を人類普遍の人権意識から見出し、違いを違いとして認め合える多様性と平等性、命の尊重、そして多文化共生に求められる知の飛翔を文化的統一戦線を以て実践することが時代を紡いで行く我々の責務でもあろう。

〔附記〕
本稿には筆者が二〇〇二年に発表した「韓国における『種蒔く人』の評価」（『山口県立大学国際文化学部紀要』（第八号）の内容の一部が含まれている。

〔注〕

（1）Henri Barbusse「地球には一つの人種しかいない」（『クラルテ』）、李修京『近代韓国の知識人と国際平和運動―金基鎮、小牧近江、そしてアンリ・バルビュス』（明石書店、二〇〇三年）七八頁で再引用。

（2）前田河廣一郎「クオ・ワヂス?―「種蒔く人」創作號―〔二〕」（『読売新聞』大正一一（一九二二）年一〇月二九日付）七面参照。なお、この「クオ・ワヂス?」は一〇月二八日、二九日、三一日の三回連載となっている。また、一〇月三〇日七面の「月曜附録」には、「バルビュッスの生立から現在まで　彼は言ふ、俺の作は「宣傳文學に非ず」と」という記事が、「如是閑氏に似たバルビュッス氏」としてバルビュスの似顔絵付きで紹介されている。『読売新聞』一九二二年一〇月三〇日七面参照。

（3）一九二九年一月一一日の『朝鮮日報』に「文盲退治と新年三計画」を述べた金ジングッの話をノヨンテッは、「朝鮮王朝時代には全てが両班特権階級中心であったため、平民階級は字を学ぶ必要がなく、農民は農奴として仕事だけをした。（中略）田舎者・ド田舎奴・常人（サンノム）・農クンと呼ばれ、賤しまれながらの生活であったため、全国民の八割、九割が文盲（読み書きができない人）になったということである」と解釈している。ノヨンテッ「日帝時期の文盲率推移」（『國史館論叢』第五一巻、国史編纂委員会、一九九四年）一〇九頁。

（4）一九世紀後半から近代教育が始まるものの、学校教育が普及していた一九三〇年代の識字率でも二二・二%（男性：三六%、女性：七・九%）である。なお、男性より女性の方が圧倒的に識字率が低い。KOSIS国家統計ポータル参照、二〇二一年三月二二日閲覧。

（5）文化宥和策による柔軟な統治支配のため、総督府は一九二〇年一月六日に『東亜日報』『朝鮮日報』『時事新聞』の民間三紙を許可するが、同族とはいえ、親日系二紙と民族系一紙の許可となった。李修京『近代韓国の知識人と国際平和運動』（明石書店、二〇〇三年）一五八～一五九頁、参照。

（6）一八九九～?年　韓国慶尚南道蔚山出身。日本大学中退。共産主義活動家。朝連最高顧問と日本共産党中央委員を歴任。一九五〇年六月に韓国釜山への密航後、北朝鮮に渡る。死亡時期は不明。

（7）朝鮮の咸鏡南道咸興出身。朝鮮プロレタリア芸術家同盟（KAPF）東京支社で活動。反帝国主義プロレタリア文芸運動を展開。東京帝大中退後、思想闘争への実践的活動へ。日本共産党の幹部や朝連幹部として活動後、一九四八年に北朝鮮へ。李修京「金斗鎔の思想形成と反帝国主義社会運動」（『日本語文学』第三八輯、二〇〇七年）三六一頁、参照。

（8）一九〇七～二〇〇一年。韓国慶尚北道出身。日本大学中退。共産主義活動家。朝連初代中央常任委員会議長。一九五八年から二〇〇一年まで在日本朝鮮人総連合会（総連）の中央委員会議長。一九六七年に北朝鮮の最高人民会議代議員。

（9）一九〇二～一九七四年。韓国慶尚北道聞慶出身。京城高等普通学校中退後の一九一九年に渡日。無政府主義者として黒濤会、不逞社などの組織を結成。一九二一年四月に開催された〝足尾銅山メーデー〟で朴烈は聴衆の前に小牧近江を引っ張り出して発言させている。金子文子と同棲するが、一九二三年九月の関東大震災の際に二人とも逮捕される（朴烈事件）。二二年二ヵ月の収監後、一九四五年一〇月二七日に秋田刑務所から出獄し、初代～五代民団長を務める。連任に失敗し、一九四九年に帰国。翌年から勃発した韓国・朝鮮（コリア）戦争中に拉致されて北朝鮮へ。北で南北平和統一委員会の副委員長などを務めるが、スパイ容疑で一九七四年に処刑される。朴烈については次の論稿を参照。李修京「在日同胞社会の葛藤と岐路に立たされてぃた朴烈と金天海」（『人物を通してみた民団七〇年史』、ソウル、二〇一六年）一三～六二頁。

(10)「一〇〇年の記憶、一〇〇年の未来／日帝強占期の韓国と日本⑥文学の中の日帝強占期」（『東亜日報』二〇一〇年七月六日）参照。

(11) 金基鎮はアテネフランセについて次のように述べている。「お昼は大学に出席して、午後は〝アテネフランセ〟に通いながらフランス語を学び始めた」（『金八峰文学全集Ⅱ―回顧と記録』文学と知性社、一九八八年、三四〇頁）再引用。当時のアテネフランセには、小牧近江も通っており、坂口安吾や中原中也などの進歩的青年文学者たちが自由に集まる場となっていた。

(12) 金八峰「麻生氏とのある日」（『文学思想』一九七二年一二月号）三七一頁。

(13) 金基鎮「クラルテ運動の世界化」（『開闢』第三九号九月臨時号、開闢社、一九二三年）一五頁。

(14) 金基鎮「朝鮮におけるプロレタリア芸術運動の過去と現在」（『思想月報』第一〇号、京城高等法院検査局、一九三二年一月）九八～九九頁。

(15) 金基鎮「新傾向派の台頭」『金八峰文学全集Ⅱ―回顧と記録』（文学と知性社、一九八八年）九九頁、再引用。

(16) 金基鎮「私の文学青年時代回顧」（『新東亜』第四巻第九号、一九三四年九月）一三二頁。

(17) 夜影「芸術と階級」（『霊臺』第四号、ソウル、マイクロフィルムの複写、一九二四年一二月）六二頁、参照。

(18) 孫海鎰『朴英熙文学研究』（ソウル、詩文学社、一九九四年）五五頁。

(19) 同右、五六頁。

(20) 長谷川泉『近代日本文学評論史』（有精堂）四六頁、再引用。

(21) 金允植『朴英熙研究』（釜山、ヨルム社、一九八九年）三三頁。

(22) 次の文献でもほぼ同じ内容で『種蒔く人』の紹介がなされている。金允植『林和研究』（文学思想社、一九九〇年）五八～五九頁。

(23) 前掲、孫海鎰『朴英熙文学研究』五〇頁。

(24) 金允植『韓国近代文芸批評史研究』（ソウル、一志社、一九九三年）。

(25) 同右、一八頁。

(26) 以下の文献で状況を詳細に述べている。今野賢三『「種蒔く人」解説書』（「種蒔く人」顕彰会、一九六二年）二三～二四頁、参照。野淵敏・雨宮正衛共編『「種蒔く人」の形成と問題性―小牧近江氏に聞く―』（秋田文学社、一九六七年）三三頁。金子洋文「喜びは人とともに無限」（『種蒔く人復刻版別冊』、日本近代文学研究所、一九六一年）三頁。今野賢三「回想の中から」(同書『種蒔く人復刻版別冊』)五頁。
(27)『種蒔く人復刻版別冊』で小田切進は、創刊号と一九二二年の一月号、九月号、一一月号の計四号が発売禁止となり、「帝都震災号外」は二百部発行していると明記している。小田切進「解説」(同書『種蒔く人復刻版別冊』)九~一〇頁、参照。
(28) 金允植の『韓日文学の様相』でも『種蒔く人たち』と表記されている。同書(ソウル、一志社、一九九六年)七三頁、三九〇頁、参照。
(29) キムヨンミン『韓国文学批評論争史』(ソウル、ハンギル社、一九九二年)四五頁。引用文の表記では、吉田精一、奥野健男『現代日本文学史』(柳呈訳、ソウル、ジョンウム社、一九八四年)一五六~一五七頁が挙げられている。
(30) 前掲『韓国文学批評論争史』四六頁。
(31) 朴明用『韓国プロレタリア文学研究』(ソウル、クルボッ社、一九九二年)三〇頁。
(32) 林奎燦編訳『日本プロ文学と韓国文学』(ソウル、研究社、一九八七年)一六頁、参照。
(33) 同右一七~二〇頁、参照。
(34) 同右二〇頁。
(35) 同右一七~二〇頁、参照。
(36) 金采洙『日本社会主義運動と社会主義文学』(ソウル、高麗大学校出版部、一九九七年)。
(37) 同右二二七頁。
(38) 洪廷善編『金八峰文学全集』(ソウル、文学と知性社、一九八八~一九八九年)。
(39) 同右『金八峰文学全集Ⅴ—論説と随想』(一九八九年)一四五頁。同『金八峰文学全集Ⅱ—回顧と記録』(一九八八年)三四三頁。
(40) 一例として、李ウォンドンの「韓国プロ文学の形成とクラルテ運動の受容—バルビュス的なものと金基鎮の初期プロ文学論」(『国語国文学』Vol.9,No.172 韓国、国語国文学会、二〇一五年)三五七~三九一頁がある。
(41) この博士論文には①Anzai Ikurō and I Sūgyon (Yi Su-gyong), eds. Kurarute undō to "Tane maku hito": hansen bungaku undō "Kurarute" no Nihon to Chōsen de no tenkai. Tokyo: Ochanomizu Shobō, 2000. ② I Sūgyon (Yi Su-gyong). Kindai Kankoku no chishikijin to kokusai heiwa undō: Kim Ki-jin, Komaki Ōmi, soshite Anri Barubyusu. Tokyo: Akashi Shoten, 2003. が参考文献として用いられている。なお、筆者は自分の英語名表記を Yi Sookyung にしている。人名はその人のアイデンティティにも繋がるため、使用の際は確認が必要であることを指摘しておきたい。二〇二一年三月一九日閲覧。https://scholarspace.manoa.hawaii.edu/bitstream/10125/62316/2017-12-phd-arkenstone.pdf
(42) 例えば愼根縡は、「一九二〇年代初期の韓国で、芸術至上主義をブルジョア芸術と攻撃していた理論が『種蒔く人』の宣言とその論旨に基づいている・・・が、芸術至上主義をめぐる論議が初歩的段階に止まっている」と述べている。『韓日近代文学の比較研究』(ソウル、一潮閣、一九九五年)二〇八~二一〇頁、参照。

(43) 小田切秀雄『所報六号』(日本近代文学研究所、一九六二年八月) 四頁。
(44) 大崎哲人「戦争をさせない文化の統一戦線」(『週刊新社会』、二〇二一年一月一日、五面)。
(45) 綾目広治「『種蒔く人』創刊一〇〇周年にあたって、一九二一年~二〇二一年」(『週刊新社会』、二〇二一年一月一日、五面)。
(46) 同右。

ロシア飢饉救済運動をよびかけた『種蒔く人』

長塚　英雄

はじめに

二〇一一年三月一一日、東日本大震災の突然の悲報は全世界を駆け巡った。翌日の土曜日、モスクワの駐露日本大使館を取り巻くロシア市民の長蛇の列は衝撃的な光景であった。静寂の中、手に手に花を手向け、祈るモスクワ市民。月曜日には花束と手書きのメッセージの山で日本大使館の入り口は勤務員が通り抜ける事さえ不可能だった。震災一週間後、ロシアで一番人気のロックバンド「マシーナ・ヴレーメニ」がチャリティコンサートを行い、総立ちの観客の頭上を大きな募金箱が舞った。若者たちは次々と小銭を箱に投げ込んでいく。演奏会終了後にバンドリーダーは札束を箱に入れ、「俺たちのギャラだ。持っていってくれ」と言った。当時、駐露日本国大使館の河野雅治大使はその瞬間を『続々 日露異色の群像30』（二〇一九年）の序文で感動的に述べている。

ロシア非常事態省は即座に緊急救助隊を日本の被災地に派遣することを決定し出発した。その救助隊は自給自足のプロフェッショナル集団で、移動の車両も燃料も持参、人命救助、遺体の回収だけを目標に日本側に頼る事なく全力で被災現場に臨んだ。ロシア非常事態省消防救助局次長ウラジーミル・レゴーシン氏率いる総勢一六一名という大勢の救助隊グループが仙台を中心に救援に全力を注いだ。被災地では燃料不足が大きな問題だった。ロシア救助隊は二つの班に分かれて交替で新潟に移動して、新潟に到着したロシアからの燃料を運んだ。移動は夜間に行い昼間は被災地での活動に従事した。メドベージェフ大統領（当時）は液化天然ガス供給量の増加などの援助を約束、毛布は八六〇〇枚がロシアから被災地に届いた。日夜救助に奮闘する救助隊の隊員達に、被災地元の少女から感謝のリンゴの差し入れがあり、救助隊を喜ばせた。

冒頭にこのようなことを述べたのは、大正時代に『種蒔く人』がよびかけたロシア飢饉救済運動は、日露両国市民、民衆が歴史上最初に災害支援で連帯しあった運動であり、その絆が今日まで脈々と受け継がれていると感じるからである。一九二三（大正一二）年の関東大震災には救援物資を積んだレーニン号が横浜港に入港したが軍部によって拒否されるという事件があったものの、記憶に新しい二万五〇〇〇人の死者を出した一九八八（昭和六三）年のアルメニア大地震救援運動、一九八六（昭和六一）年のチェルノブイリ原発事故被災者救援運動は、日本の市民団体によって長期にわたって粘り強く続けられたのである。

現代史上の大事件であるロシア十月革命で混沌とする世界における一九二〇年代のロシア飢饉救済運動は、国際政治に少なからぬ影響を与えたムーブメントであった。ある意味で今日の国際友好・連帯運動の出発点として位置づけられる。この運動を主導的に日本で展開したのが小牧近江らによる『種蒔く人』であった。この実践を通じて、この運動のインターナショナルな性格が形成されていくのである。当時の「飢えたるロシアを救え！」運動はどのような意義を持ち、どのようなものであったのかを明らかにすることが本稿の目的である。

一　『種蒔く人』とロシア飢饉救済運動

1　ロシア飢饉救済運動を『種蒔く人』はどのように位置づけていたか

小牧近江の代表的著作の一つである『ある現代史』（九〇頁）には「いろんなことに手をだしたり、出させられたりしましたが、しかしまた、反感も買いました。本筋は〝飢えたるロシアを救え〟でしたから、私たちは地方で文芸講演会を催したり、芝居をしたりして基金集めをしました」と書かれている。この文ではロシア飢饉救済運動を『種蒔く人』運動の「本筋」という言葉で位置づけている。また、一九六二（昭和三七）年七月二八日発行の『日本近代文学研究所所報』第六号（二〇頁）において、小牧近江は、「私どもの文学運動は「飢えたるロシヤを救え」…飢えて死んで行くロシヤの子供たちに手を差し伸べなかったならば、それを見殺しにするならば、人道上から言ってもゆゆしい問題であるということから始まったのであります」と述べている。これらは『種蒔く人』の原点を示している言葉であり、こうした主張は彼の著作の随所に見られる。同じ日本近代文学研究所の『種蒔く人』復刻版別冊では、「「飢えたるロシアを救え」でスタートをきり、「シベリア出兵から手をひけ」につづく文芸雑誌『種蒔く人』はその表紙にうたっているように「世界主義」を旗じるしとし、「行動と批判」を信条としているのである」（小牧近江、一頁）と述べ、同書で今野賢三も、「「飢えたるロシアの為めに」を叫びだしたとき、雑誌として、この飢饉救済に起ちあがったのは『種蒔く人』がはじめてであった」と自負している。

さらに、秋田文学社の『『種蒔く人』の形成と問題性』（一九六七年）のなかで小牧は、「「飢えたるロシアを救え」でスタートした「種蒔く人」は、むろん「シベリア出兵」に反対したが、その基調としてはインターナショナル精神の鼓舞と婦人の前進であったようだ」と述べている。

こうした『種蒔く人』の中心メンバーの考えのもとに、一九二二（大正一一）年八月の『種蒔く人』号外では、「飛びゆく種子」と題したリーフレットが出され、ロシア飢饉救済のために尽力していたノルウエーのナンセン博士の講演を収録し、「露国飢饉の実情とその救済＝各国民の最大急務は、現下の飢えたるロシアを救うにあり＝」と見出しをつけた。

ロシア飢饉救済運動が『種蒔く人』の原点という根拠は、再刊第一号の巻頭の「思想家に訴ふ」と題されたよびかけにある。

とうとう黙つて居れぬ時が来た。
それは資本主義や帝国主義に呪はれたロシアの民衆が、更らに自然の敵し難い災禍に魅せられ、草や木とともに涸死しやうとしてゐる。
誰が赤色ロシヤは我々の光であると言はなかつたか。そう言つた我々の言葉はかりそめの言葉であつたか。無産者のためにパンを叫んだのも、みんなかりそめの叫びであったか。

このよびかけは、ロシア革命後の飢饉に対する同情と救援を日本の思想家に訴えたものであり、以後に同人と協力者たちは積極的な救援活動を展開したのである。

2 『種蒔く人』第一年第一巻第二号は「飢えたるロシアの為めに」を特集

『種蒔く人』第一年第一巻第二号は、表紙に「飢ゑたるロシアの為めに」をテーマとして編集していることを示し、一九二一（大正一〇）年一一月一日に発行されている。売り捌き店は第一号と同じく、東京堂・上田屋・北隆館・至誠堂・東海堂の五店。第一号が発売禁止になった経験から、大勢の読者に渡すことができるように、内務省の「内閲」を受けることになったが、序文の「マキシム・ゴルキーのために」が三七字抹消されたのをはじめ、全文削除されたのは「現実のロシアと架空のロシア」（平林初之輔）、「露西亜民衆に与ふ」（加藤一夫）、「神様と露西亜」（金子洋文）、「血の日曜日」（井上康文）の四本、ほかにも各所で文章が抹消されている。編集後記で「無惨無惨ちぎられることは忍びない。僕たちは執筆家に対してお詫びする。読者よ、印刷の白い箇所は盡く血まみれになつたものと知つて欲しい」と述べ、責任と無念の心情を吐露している。

一九二三（大正一二）年八月まで雑誌二〇冊を発行し、四回の発売禁止の弾圧を受けた。九月号は「無産青年号」を企画し、今野賢三が内務省から原稿を抱えて帰社するとき、関東大震災の地獄の惨状に見舞われた。これにより、『種蒔く人』は休刊に追い込まれる。小牧近江は「大震災とともに休刊の止む無きにいたった。しかしそれはウヤムヤに立ち消えになった野垂れ死にではなかった。最後の火花は、朝鮮人と亀戸の虐殺事件にたいする痛烈な抗議であった」と語る（『新日本文学』一九五〇年一一月号）。一九二四（大正一三）年一月二〇日、レーニンの命日に発行された『種蒔き雑記』は、実質的に『種蒔く人』の最終号となった。

「種蒔き社」としての実践的活動は、ロシア飢饉救済のための寄付金募集、巡回講演会、ナンセン博士の講演のリーフレットの発行と普及、対露非干渉同志会への加盟、英国のガンジー捕縛に抗議、飢えたるロシアの児童救済、無産運動犠牲者防援会などである。特筆されるべきは、国際婦人デーとロシア十月革命記念日の記念行事を日本で最初に行ったのは種蒔き社であったことである。また、当時は、山川均を背景とした「前衛」、青野季吉や平林初之輔が入っていた「無産階級」と『種蒔く人』の三団体合同での取り組みが進んでいた。

「種蒔き社」からは、『種蒔く人』少年版も『種蒔き少年』という題名で出され、「小さい種子飛んでゆけ」と見出しがつけられ、救済金を募集するための「ロシア児童救済規定」が添付されていた。また、リーフレットは、ナンセン博士の講演「ロシアを救へ」を一四頁で発行した。定価二銭。それでは秋田におけるロシア飢饉救済運動の実態を見てみよう。

3　秋田におけるロシア飢饉救済運動

『種蒔く人』第三巻第一二号（一三三頁）に「秋田に於けるロシア飢饉救済運動」（寺延衛夫）、第一〇、一一号に「ロシア飢饉のため秋田の青年奮起す」が掲載されており、それを要約紹介し、あとは今野賢三著『秋田県労農運動史』（一九五四年）で補強する。

秋田県の土崎港町では、土崎新報、裏日本、南秋時報（以上新聞社）、土崎仏教会、九行会、婦人信友会（以上仏教団体）、街道社、ハマナス社、草人社、秋田労農社、種蒔き社支部、文化協会、ミナト倶楽部、汀友会有志（以上雑誌社及思想、文芸団体）といった団体が決起して一九二二（大正一一）年にロシア飢饉救済運動を起こした。

これらの諸団体の代表者は七月一七日に同町の久寶寺に会合し、第一回発起人会を開き実施要項を協議した結果、第一回の試みとして同町祭典に慈善鍋とバザーを行うことに決めた。「官憲は何を思ってか「第一日の試み」として二名の私服を「遊び」に派遣した。発起人側は激昂するものがあったが、元種蒔き社の関係のある人達が奔走したためか、東京の諸団体と連絡関係があると睨んだらしく執拗に官憲の「御親切」が続いた。県当局でも血眼になって探したらしいが、何分にも全国に取締上の前例がない催しとして、「理解」ある奥村署長の苦心は一通りではなかった。」（『種蒔く人』一二号）という記述が当時の秋田におけるる救済運動を取り巻く厳しい情勢を物語っている。

七月二〇日は名物の港っ子の宵祭、午後三時には「飢えたるロシアを救へ」の大きなビラが貼られ、「ロシア飢饉救援会バザー」の長旗も立てられて店は出来上がった。実行委員の学生有志は二手に分かれ、一方は土崎商業生徒十五、六名の応援を得て、電車停車場前に陣をおき、ハマナス社の帰省学生の一団十数名は肴町に陣取った。純真な青少年の手から道行く人にビラが配られ、熱烈な声を絞って「飢えたるロシア」を人々の胸に訴えた。若者たちによる訴えは、秋田市及び近隣の町より集い来る人々に刺激を与えずにおかなかった。この日の売り上げは百円を超した。

翌二一日は急ごしらえの山車が増えたので港の空気は一層の活気を呈した。午前九時開店、炎天の街頭に声を枯らし、奮闘する青年の熱情に動かされ、何度も引き返しては買う人や、涙を流して感謝していく人もあった。食事をとる間もなく客足が続いたという。一一時過ぎ疲れ切った委員は一五〇円以上の売上げに慰められ、この催しに特に便宜を計ってくれた大橋商店、物産会社、播磨商店、枡屋薬舗などに口々に感謝をのべた。

翌二二日の秋田三大新聞は筆を揃えて、青年の奮闘振りとバザーの成功を伝え、学生に対する当局の処置（参加学生の家庭を訪問した威嚇行為）について工藤警部補の弁明を掲載した。又、この日突如として秋田魁新報紙上にロシア飢饉救済義捐金募集の檄文と広告が現れた。

二四日第二回発起人会を開き第二次の実行方法を協議した結果、愛国婦人会南秋支部総会会場に再びバザーと慈善鍋を設けることにした。秋田魁新報、秋田新聞、秋田朝日新聞は三社合同して義捐金募集にあたり全国に範を示した。二六日、秋田魁紙は「飢えたるロシアを救へ」と社説に掲げ列国に遅れるなと叫んだ。早朝数十枚のビラが貼られた会場前には慈善鍋とバザーが設けられ、昼食もとらずに青年たちは、バザーに、慈善鍋に、ビラ撒きに必死の活動をした。百姓の老婦人は涙を流さんばかりに熱心に説明を聞いた。そして必ず募金を忘れなかった。貧者の一灯は三二円九一銭集まった。

二九日に第三回の委員会を開き、全県にわたる運動方法を協議した。バザー慈善鍋の純利益八九円四銭を確認し、三一日を第一回としてこれを国際連盟に託し、ナンセン博士の手を経て飢民に送金した。

以上のような形で、近江谷友治らが中心になって進めた秋田でのロシア飢饉救済の基金募集運動は、新聞社を巻き込んで当時の大衆運動としては画期的な成功をおさめた。

4 東京および全国的なロシア飢饉救済運動

それでは東京の救済運動を見てみよう。一九二二（大正一一）年五月二二日に前衛社が号外をもって開始した露国飢饉救済基金の募集は、各方面から多大な支持と賛同を得た。責任者は荒畑勝三、田所輝明、上田茂樹、西雅雄、山川均。会計責任者は布施辰治、山崎今朝弥、堺利彦。協力した団体は次の通りである。

種蒔く人、無産階級、解放、高原、熱風、労働週報、革新（岡山）、社会思想、我戸等、文化（京都）、自由人（小田原）、社会問題研究（京都）、社会主義研究、労働、労働者新聞（大阪）、平原（北海道）、改造、読売新聞、東京毎日新聞、弘前新聞、三丹日々新聞、社会通信、民衆新聞、丹波新聞、大衆時報、対露非干渉同志会、露国飢饉救済婦人有志会、覚醒婦人会、新人会、早大文化会、労働総同盟大阪連合会、交通労働組合、労働総同盟京都連合会。

「前衛」八月号誌上には八月二〇日までの寄付金として芳名と一九九五円五五銭を発表している。九月号には一〇八円十銭、十月号には一四七二円三二銭、十一月号には二一八八円六〇銭、翌一月号には一七七円五銭、二月号には五四一円一八銭、三月号には九九七円二三銭、が報告され、ロシアへの送金額は第一回二一五四円十四銭、第二回送金三三〇三円七四銭が明記されている（『前衛』大原社会問題研究所）。

大原社会問題研究所は、森戸辰男著『ロシヤ大飢饉と其救済運動』（パンフレットNO.７）を一九二二（大正一一）年一二月一八日に発行し、飢饉の実態と救済運動の実情を詳細に訴えた。それによると、「（ヴォルガ上流地方のサマラ県の）多くの畑にはまるで草1本生え残っていない」「（ロストフでは）汚れてこわばったボロを着た痩せ細人間を見て、始めて此の災禍の凄惨を充分会得し得る」「パンは大部分廃物から出来ている。馬鈴薯の皮や向日葵の種子はまだよい成分である。それを見ただけで身震いがする。」「（ブスルクでは）或る停車場で貨車を一つあけて見た。さうするとその中には小児の死骸が積み重ってゐた」などと実態を紹介し、「約二四〇〇万人が災禍の下にあり、十六歳以下の小児は一一〇〇万人で、東京市の全人口の約十倍」の人々が災危に直面していると訴えている。

日本労働総同盟関東大会（一九二二年七月三〇日）では、

帽子を廻し集めた二七円五〇銭をロシア飢饉救済労働者委員会に託した。各労働組合の連合会では八月六日に東京全市にわたって飢饉救済デーを行い、絵葉書を売りアピールした。それに先立つ一九二一（大正一〇）年一一月二八日に、堺利彦らのよびかけで三六団体が参加して露国飢饉同情労働会が発足、世話人一二名、委員四四名が選出された。日本労働総同盟は飢饉救済委員会を軸に全国で基金募集活動を展開した。

また、与謝野晶子、中条百合子、大竹しず、平岩きみの、鈴木余志が発起人となり、一九二二（大正一一）年七月に露国飢饉救済婦人有志会を結成、露国児童絵葉書などを販売し募金を進めた。彼女たちの趣意書では、「私共日本婦人も同じ人間としてロシアの惨状を聞き過すに忍びず、左記賛助員諸氏の御援助を得て茲にロシア飢饉救済の運動を起こし、下記規定に遵って寄付金を募集することとなりました。飢えたる子らのため、人道のために、奮って微力な私共のために御力添へを願います」と訴えている。

一九二二年七月、三浦環の帝国劇場での救済コンサートも大きく成功した。小牧近江によると、これは平林初之輔の発案で、ロシア飢饉義捐音楽会を当時人気のあったソプラノ歌手三浦環（一八八四〜一九四六年）を起用して帝劇で開催することになった。表の主催者は読売新聞社である。小牧（種蒔く人）は市川正一（無産階級）、西雅雄（前衛）とともに三浦環を訪問し、フランケットというマネージャーと会ったが最初はけんもほろろに扱われた。小牧が主催は読売新聞で、場所は帝劇、幕間に女優さんが花売り娘になるだろうと粘り強く説明してやっと承諾を取り付けるという舞台裏があった。このロシア飢饉義捐音楽会は大成功をおさめ、義捐金四〇〇〇余円がモスクワに贈られた。数年後、三浦環はモスクワで大人気だったという。

一九二二年八月一七日、金子洋文、今野賢三、佐々木孝丸らは劇団表現座を結成、講演会と合わせて秋田へロシア飢饉救済公演に出かけた。また、講演会には秋田雨雀、藤森成吉、小牧近江らが演壇に立った。一九日は能代町で、二二日は本荘で講演した。いずれも盛況だった。秋田では帝劇に倣ってダリヤ会、ムラサキ会の芸者がナンセン博士のリーフレットと絵葉書を販売し飛ぶように売れたという。秋田雨雀は九月一〇日に郷里の黒石でも講演している。

二　ロシア飢饉救済運動をめぐる国際情勢と対露非干渉運動への発展

ロシア一〇月革命後の一九二一～一九二二年のこの飢饉は、ロシア全土規模の飢饉であったが、とくにヴォルガ流域、ウクライナ南部、西シベリアにおいては激しいものであった。飢饉は第一次世界大戦、内戦による農村の疲弊、異常乾燥・大旱魃の天候、戦時共産主義による強制的な穀物徴発政策などが原因となった。ウクライナだけで約一〇〇〇万人、全体で三〇〇〇万人の犠牲者が出た。

国際連盟は拒否したが、純然たる人道精神から、経済的復旧の資本家的利害関係から、プロレタリアの階級的連帯の要求から、大規模なロシア飢饉救済運動が欧米諸国に巻き起こった。アメリカはロシア飢饉救済法を議決し、物資救援をただちに始めた。当時の大原社会問題研究所によると、主要各国の同年救済金額はフランス六〇〇〇万フラン、イギリス一〇〇万ポンド、イタリア六〇〇〇万リラ、スイス一〇〇万フラン、スエーデン一五〇万クローネ、ノルウエー一五〇〇万クローネ、北米合衆国二〇〇〇〇万ドルで、世界の政府で何もしなかったのは日本政府だけであった。

「ロシア飢餓民国際救済委員」はノルウエーの探検家として知られるナンセン博士が統括する団体である。同博士は飢饉地方の実情視察に赴き、ヴォルガ地方の凶作の実態、疫病の発生したサラトフ、サマラ、ブスルクなども踏査した。国際労働組合同盟、国際労働者救済団などは精力的に活動を展開した。

こうしたロシアの困難を背景に、日本では米騒動・シベリア干渉戦争(一九一八年)、日本社会主義同盟結成(一九二〇年)、『種蒔く人』創刊(一九二一年)、対露非干渉同志会設立、日本共産党結成(一九二二年)という大正時代の歴史の展開は、必然的に労農ロシアの承認・シベリア出兵反対の運動へと傾斜していくが、その契機は『種蒔く人』のよびかけたロシア飢饉救済運動であった。『種蒔く人』も対露非干渉同志会に加盟するとともに、シベリア出兵反対の論陣を張ることになる。

『前衛』号外(一九二二年八月二二日)は、対露非干渉同志会への加盟のよびかけを種蒔き社・無産階級社・前衛社の共同で発表している。そして、次のように主張している。

「此の団体は、要するに労農ロシアに関する日本資本階級の一切の政策に対する、日本無産階級の独自の批判、直接の監視、最も公然の闘争である。そこで、対露非干渉同志会は当面の実際問題に即してその綱領を掲げ、之が実現の手段を全く大衆運動の中に求めている」と組織の基本方針を強調し、「吾等は茲に、対露非干渉同志会の検討を希望し、全国の労働大衆に対して此の共同事業に参加せん事を訴へる。万国の無産階級よ団結せよ。失ふところは鉄鎖のみ！」と宣言、「ロシヤに駐屯せる日本兵の即時無条件撤退」「ロシヤに対する通商貿易の即時開始」「ロシヤの飢饉に対する救済金品の贈与」の三点をスローガンに掲げた。

このように、『種蒔く人』が広くよびかけたロシア飢饉救済運動を契機に、シベリア出兵反対・撤退、日露通商貿易開始、飢饉救済をメインスローガンに対露非干渉同志会が発足、対露非干渉、労農ロシア承認の運動は大きく発展することになる。そして、イギリス、イタリア、ノルウエー、オーストリアのソビエト政府承認に次いで、ギリシャ、スエーデン、カナダ、デンマーク、フランスが相次いでソビエト政府を承認。これらから遅れて日本政府も一九二五（大正一四）年に日ソ基本条約を締結しソビエト政府を承認、国交を樹立する。ロシア飢饉救済運動は日本で最初に誕生した社会運動としての、国民サイドの国際友好連帯運動の萌芽をここに見てとることができる。

土崎尋常高等小学校時代の同級生三人（小牧近江、金子洋文、今野賢三）が中心となって誕生した『種蒔く人』運動は、第一次世界大戦、社会主義国ソ連の誕生、第二インターナショナルの崩壊と第三インターナショナルの出現という歴史の推移の中で知識人、国民大衆に多大な影響を与えたことは事実である。当時の国民の間に広がる戦争と暮らしへの不安感を打破すべく果敢に時代に挑戦した大正時代の青年たちの勇気に惜しみない拍手を送ると同時に、二一世紀において地球温暖化による自然災害の大規模化、貧富の格差拡大、やむことのない紛争・戦争の絶えない今日において、「種蒔く人」運動の経験と教訓を生かしていくことの意義をあらためて噛みしめるものである。

文芸雑誌としての『種蒔く人』

――労働文学とプロレタリア文学の狭間で――

大和田　茂

はじめに

筆者に与えられたテーマは「雑誌としての『種蒔く人』」という課題である。『種蒔く人』は、だれもが認めるとおり、一九二一（大正一〇）年から二三（同一二）年まで発行されていた文芸主体だが文化・社会思想を含む総合誌的性格を持っていた。純粋な文芸雑誌とは言えない。多岐にわたる社会問題、時事問題をも対象に報じ、論じていた。私事になるが筆者はこれまで、『種蒔く人』に関するいくつかの論文を書いてきた。その拙文の多くは同誌の様々な側面に光を当てたものであり、雑誌的性格にも多少言及してきたつもりである。(1)

たとえば「行動と批判」を表紙に掲げた点に関連して、「〈行動〉の意味するもの――『種蒔く人』の事業概観」（『彷書月刊』、一九九八年一一月）という文章では、つぎのように書いた。

『種蒔く人』は不思議な雑誌だ。立役者小牧近江の言にならえば、単なる文芸同人誌ではなく、多分に「政治の臭み」のある雑誌で、以下の活動に見られるように数々の政治的目的をもって発刊された。しかしそれでいて誌面を見ると二三の特集号を除きほぼ一貫して、文芸関係の記事が全体の六七割を占めている。文芸面をふやすことはいくらか検閲対策になるにしても、同誌は絶妙に社会運動と文芸運動を組み合わせ、また前者における後者の果たす役割を初めて堂々と提示したのである。少なくともここにおいて、日本のプロ文運動は幸福な出発をした。

創刊号の巻頭文「思想家に訴ふ」は、飢饉に瀕しているロシア民衆を救うため、思想家の決起を促している。（中略）しばしば誌上で募金を呼びかけ、対露非干渉同志会へ参加、飢饉救済の三浦環独唱会を成功させ、秋田県下では講演と演劇の会を組織した。その会場では号外である「飛び行く種子」第四号の『ロシアを救へ』（ナンセン博士）が蒔かれている。

過激社会運動取締法案に対してもどこよりも早く反応、まず文芸懇親会を開き、三二名の文士、思想家を集め反対決議をあげ、自由思想家組合を発足させた。平林初之輔の抗議文は全面削除の憂き目にあうが、同文を「飛び行く種子」第一号にして貴衆両院議員全員に送った。（中略）雨雀・未明・吉蔵を慰労する「三人の会」では二二〇名を集め、法案反対を提起した。

地方重視の方針から講演会は、秋田で数回、大阪と神戸でも弾圧をくぐり抜け開催している。東京では、ロシア二月革命記念に講演と革命劇「ダントン」上演を予定したが、禁止になる。十月革命五周年の会は、途中で出た中止命令で会場は混乱、しかしじきに革命歌「インターナショナル」の合唱が沸き起こった。日本での第一声で、訳詞は佐々木孝丸。（中略）

「赤色スポーツ大会」というのもやった。（中略）国際婦人デーにあわせて女性弁士ばかりの講演会を赤瀾会と主催し、三千人を集めた。仏のルール占領反対声明、ガンジー捕縛で英政府への抗議、来日のアインシュタインへの質問状などの俊敏な行動は「世界主義文芸雑誌」の名に恥じないものだった。（中略）

震災下で行われた権力の不当な弾圧を座視せず朝鮮人虐殺を告発した『帝都震災号外』と亀戸事件の犠牲者を追悼した『種蒔き雑記』発刊という、歴史上貴重な仕事＝行動をやりとげて、『種蒔く人』は時代から去っていった。

このような「行動」の側面をかつて私は注目して、数々列挙し（右に略したものもある）、プロレタリア文学雑誌としての『種蒔く人』のすぐれた特徴とした。実に精力的で活き活きとアイデアに富んだ活動の数々だった。同人の多くが社会主義の前途を夢見る青年たちだったからでもあろう。しかし、このような文芸・文化と行動が必然的に結びついた幅広く柔軟な活動を、後継誌である『文芸戦線』をはじめとした関東大震災以後のプロレタリア文学諸雑誌は重視して継承したのだろうか。はなはだ疑問である。

　さて、『種蒔く人』を語るとき、このように、中心にいた小牧近江、金子洋文、今野賢三の三人に備わった行動力に導かれた種蒔き社の全体的な事業に目を向けてきたことがあったが、今回は、『種蒔く人』の文学性、つまり文学的方面を見直し、私個人が見落としがちであった要素を拾っていき特徴づけていきたいと考える。それは、大きくいえば『種蒔く人』に流れる労働文学的・民衆詩派的底流というべきものと、プロレタリア文学理論の発生点といえる場の再検討である。この二つの検討をおこないたい。

労働文学的底流（一）

　イデオロギーとの関係性の深いプロレタリア文学以前の一九一〇、二〇年代の労働文学や民衆詩派を長く研究してきた者として、『種蒔く人』の文学性ということを考えるとき、本誌創刊前の数年間に現出していた労働文学や民衆詩の土壌と『種蒔く人』は地続きで、それらの潮流を受け継いでいたのではないか、とずっとそう思ってきた。まず労働文学作家、民衆詩人の名をあげるなら、創刊第三号まで名前が掲げられていた特約の「執筆家」たちの中で、これらの範疇にいる、あるいは当時そうみられていた人物たちである。すなわちそれは、秋田雨雀、藤井真澄、福田正夫、加藤一夫、宮地嘉六、小川未明、富田砕花、神近市子、宮嶋資夫、百田宗治、白鳥省吾など、「執筆家」三二名中一一名、実に三分の一以上を占めている。ついで、ここにいない作家・詩人たちで実際に執筆している者をあげれば、新井紀一、井東憲、井上康文、堺利彦、佐野袈裟美、津田光造、内藤辰雄、中西伊之助、新居格、新島栄治、細井和喜蔵、吉田金重などと、労働文学や民衆詩派の主流にも入る人々がほかに多くいることがわかる。人物を見ただけでも『種蒔く人』はいかにも労働文学色、民衆詩色が濃厚だという印象はぬぐえない。

　民衆詩はともかくここでは労働文学、とくに労働小説に絞って考察したいが、『種蒔く人』再刊東京版一九二一年一〇月創刊から二三年八月終刊（『種蒔き雑記』は除く）まで、小説とみなせる作品は総計三五篇ほどである。むろん様々な素材が扱われ一様に「労働」や「労働者」を対象にしているとはいいがたいが、都市労働者のほかに鉱山、農村の労働や生活が描かれている作品も少なくない。

創刊号の巻頭二頁目に山川菊栄の小説「石炭がら」があるのは、いかにも労働の文学を重視した意味で象徴的だ。海外の小説の一部を翻案（原作不明）したごく短いものだが、落盤事故で救いがたい鉱山労働者（坑夫）たちの死の場面とぜいたくを極める鉱山主の生活を対象的に描いている。同人だった細井和喜蔵は、工場を舞台にした二篇の労働小説を書いている。その一つ「死と生と一緒」（第二巻五号、一九二二年二月）は、紡績工場から社宅、託児所を用意されるが、自宅で食事もできないほど連続一四時間の「機械そこのけ」の労働を強いられる共働き夫婦が健康を害して、夫が死を迎えるときに妻は四人目の奇形の子を産む悲劇を淡々と描いている。ここには労働者同士の助け合いも組合もない。巧みに雇い主、資本家にいいようにされて人生を破壊される「虐待史」（細井が遺著『女工哀史』に考えていた当初の題名）の一部をみる思いがする。

ルンペン的下層肉体労働者の世界を描いた内藤辰雄の代表作『空を指して語る』（天祐社、一九二一年）の一節が『種蒔く人』第一巻三号（一九二一年一二月）に載っている。「奴隷小舎」と呼ばれる河川敷の飯場のようなあばら家に流れ着いて暮らす八人の工場労働者の生態を、その中の「俺」がモノローグ的に語る。「俺」はこの地獄のような生活にうんざりしながらも、資本主義の犠牲者である彼らを助けたいと思ったり、どうせ人間は争い合うどうしようもない動物だから利己的に生きようと考えたりと揺れ動く。表現主義的な描写を取り入れながらも、組織に属さない原初的労働者を描いているという点ではプロレタリア文学というより自然主義の残滓を引きずる労働文学の領域内の作品であろう。

井東憲の「乱舞」（第二巻四号、一九二二年一月）は、タコ部屋同然の木工所に長時間労働させられる青年たちが、蓄積された憤怒と怨念を木工品に向けて火をつけることで破壊の快感に酔いしれる結末を描く。今野賢三の小説「火事の夜まで」（第四巻一七号、一九二三年三月）にも、新聞配達員の男が吹雪の中で燃え盛る近所の火事を見て「おれの心のどつかで叫ぶ」「『もつと燃えてくれ！もつと燃えてくれ！』と……」「なにもかも焼き払はれたらどんなに快い気持だらうと思ひながら、おれはひた走りに走つてゐるのだ……」という結末の叫びにあるように、自分の苦しい人生を火による破壊の中に解消しようという点が共通している。ただし、今野の作品は、好き合って夫婦になることを約束した女が、家族離散し極貧の中で体を売って不当にも警察に拘留されたあげくに肋膜炎にかかる悔しさと権力や世の中に対する恨みが、井東作品より深く掘り下げて描かれている。

大杉栄は「生の拡充」（『近代思想』、一九一三年七月）において、すでに「新しき生、新しき社会の創造」のための「徹底せる憎悪美と反逆美との創造的文芸」を主唱していた。右の二作に大杉の思想的影響もあるかもしれないが、はたして火事の破壊に託した憎悪と反逆の美的形象を通して、新たな社会的創造の域に達したかといえば、はなはだ疑わしい。労働文学のひとつの限界であろう。

プロレタリア文学雑誌『種蒔く人』における文学的な実態とその位相は、いまだ労働文学的世界が主流を占めていた。それはそれで等身大であり、当時も労働文学は現役真っただ中であったから必然といえる。社会的存在として個が描けていない、「階級」的視点が導入されていない、闘争も扱われない等々、これらは作品の優劣を決する重要基準ではないが、プロレタリア文学としてのこのようなメルクマールといえる要素には乏しい作品群ばかりであった[2]。

労働文学的底流（二）

マルクス主義やアナキズムのイデオロギーを背景にまたはそれらを導入して、「階級」的社会事象とそこに生きる人間を描くプロレタリア文学が登場するのは『種蒔く人』からだという定説があり、のちその流れは様々な文学運動と組織的離合集散の波を起こして、国家権力による多くの弾圧とその犠牲を負いながら発展持続していき、一九三〇年代半ばにその運動は潰えたと、概括ができよう。

では、『種蒔く人』以前に「プロレタリア文学」はなかったのかといえば、そうではない。イデオロギー色濃厚な狭義のプロレタリア文学はなかったが、虐げられた民衆＝農民や労働者の姿を描き国家や社会を告発した作品もあったし、それらはときには発禁にもなった。労働文学の一つのピークといえる宮嶋資夫の小説『坑夫』(近代思想社、一九一六年、発売即発禁)は足尾鉱山暴動の余波を引きずる気概ある一人の坑夫の、閉塞状況の中での自暴自棄的な生き方とその破滅を描いている。宮嶋と並び称される代表的労働文学作家の宮地嘉六は一七年に及ぶ放浪的職工生活をもとに、「煤煙の臭ひ」(『中外』、一九一八年九月)、「放浪者富蔵」(『解放』、一九二〇年一月)などの作品を書き労働文学作家として文壇に躍り出た。私小説的な彼の作品にも呉海軍工廠で参加し検挙されたストライキの影が漂う。新井紀一も陸軍の工場で旋盤工をしていた作家だが、下級兵士らの抑圧と窮状を描いて軍隊生活の不合理を告発し、「友を売る」(『中央公論』、一九二二年七月)という小説では、ストライキが未遂に終わる官立工場における職工たちの暗澹たる生態を描いた。

かれらがコアな労働文学の作家たちだが、労働文学は従来の文学史の中では自然発生的、散発的といわれてきた。しかし、多くの作家たちが青年時代、幸徳秋水や堺利彦らの『平民新聞』をよみ、大逆事件に衝撃を受け、大杉栄や荒畑寒村らの『近代思想』や堺の『へちまの花』『新社会』を購読し、それらに接近していたという経歴を持つ。そして、それらの体験を経て、小川未明を中心に集まった藤井真澄、内藤辰雄らの文芸雑誌『黒煙』(一九一九年)と加藤一夫を中心に民衆派詩人たちも加わった雑誌『科学と文芸』(一九一五年創刊)及び後継誌『労働文学』(一九一九年創刊)が労働文学の拠点であった。[3] 一方また、福田正夫が一九一八年に創刊した詩誌『民衆』にも白鳥省吾、富田砕花、加藤一夫、津田光造、井上康文たち詩人たちが結集して、民衆詩のムーブメントをつくった。

このように一定の組織的運動ではないが、明らかに広く民衆的、あるいは社会主義的な傾向の作家、詩人はプロレタリア文学のプレヒストリーとして主に労働文学、民衆詩の潮流、あるいはアナ・ボル未分化の社会主義グループに存在していたが、一九二一年一〇月以降、いわば『種蒔く人』という大河にいくつかの小河が流れ込むように一大結集し、狭義のプロレタリア文学に進化する可能性をもっていた。[4]

つまり、小説や詩の面では、『種蒔く人』は依然としてイデオロギーに先導された「プロレタリア文学」の領域にはまだ進入していなかった。「闘いの芸術」を待望し、自然主義、文壇小説の体質を引きずっている労働文学に対して点数が辛かった大杉栄が「労働運動と労働文学」(『新潮』)を書いたのは、一九二二年一〇月、『種蒔く人』刊行の真っただ中だった。「労働文学」というタームがメディアで取りざたされ、既成文壇作家も労働小説や戯曲に手を染めた隆盛期は一九一九年だと筆者はみている。そのエビデンスとしては、同年七月に『中央公論』が「労働問題創作」を特集し、宮地嘉六、小川未明、加藤一夫、沖野岩三郎のほかに、岩野泡鳴、上司小剣、菊池寛、久米正雄までが「労働」を描いているし、一〇月一二日付『読売新聞』も「労働文学号(労働文学者)」を特集して、同じく宮地、加藤、小川、沖野に加え江口渙、堺利彦、葛西善蔵、大泉黒石ら八名の顔写真を掲げ、和辻哲郎が「労働問題と労働文学に就て」、宮地嘉六が「小説「煤煙の臭ひ」――十三歳から卅歳まで十七年間鉄工場に働いた私の生活記録」というエッセイを書いている。後述する平沢計七も六月には作品集『創作労働問題』(海外植民学校出版部)を出している。一九一六年以来、文壇を一時席巻した感のあった民衆芸術論争もまだ続いていた。

前掲の『黒煙』や『労働文学』の発刊時期を見ても、まさに一九一九年であり『種蒔く人』創刊の二年前にすぎない。プロレタリア文学雑誌『種蒔く人』が出たからといって、労働文学も民衆詩派も消えたわけではない。むしろ彼らは『種蒔く人』の中に入り込んで結集し、その命脈を保っていたといってもいい。のちにはっきりと階級文芸を掲げた『文芸戦線』には労働文作家たちはあまり入っていかなかったが、少なくとも関東大震災まではかれらは健在であった。また、その後もしばらくは書き続けていた作家も少なくない。

主だった労働文学作家とその周辺の知識人作家(小川未明、秋田雨雀ら)、民衆詩派をも網羅して平凡社から刊行された『新興文学全集』日本篇全一〇巻(平凡社)は、半ば「労働文学全集」といっていいほどで、いわばわが国最初の、また戦前唯一の「プロレタリア文学全集」だといっていい。この刊行期間が一九二八年から三〇年である。文戦派、ナップ派両軸にプロレタリア文学運動が展開していたこのころに労働文学も民衆詩もその命脈は尽きつつあったが、短い作家自伝をつけたこの全集の作品選択は秀逸であった。

山田清三郎は、一九二九年、当時「プロレタリア文学作家」と目された人々にアンケート（経歴と作品、プロ文作家になった動機など）を採取している（原資料のコピーはＤＶＤ版『昭和前期プロレタリア文化運動資料集』丸善雄松堂に所収）。回答数は四二人で、金子洋文、今野賢三、葉山嘉樹、黒島伝治、平林たい子、中野重治などがいる中で、宮嶋資夫、宮地嘉六、新井紀一、井東憲、内藤辰雄、吉田金重たちもしっかりと回答していることは注目に値する。多分に労働文学作家や「第四階級の文学」の作家（葉山、前田河広一郎ら）を結集した雑誌『新興文学』（一九二二～二三年）を編集していた山田の思い入れもあろうが、労働文学の命脈はこの時期までも続いていて、けっして「短命」ではないことを示している。関東大震災後の数年間は、イデオロギーに導かれた「プロレタリア文学」が徐々に前面化するなか、衰退する労働文学的作品と混然一体の状態にあった。

平沢計七と小牧近江、そして秋田

小牧近江の『種蒔くひとびと』（かまくら春秋社、一九七八年）所収の「種蒔き雑記」という一文には次のような一節がある。

平沢計七は組合運動家で、労働文芸家として、知られていた。私は堺利彦翁から話があったので、私たちの陣営に入ってもらいたいと思い、南葛飾労働組合を訪ねた。その日集会があった。生憎平沢君は不在であったが、組合の若手連に会えた。

文壇外にいた生粋の工場労働者出身の作家平沢計七を、小牧が亀戸・大島地区に出向いて『種蒔く人』同人にスカウトしようとしたことを語っている。いつ頃のことだろうか。平沢が友愛会から追放され創設し属していた組合は純労働者組合で、同地区を拠点にしている。小牧はマルキスト川合義虎らの南葛労働会と混同しており、実際にどちらへ訪問したのか、あるいは両組合が関係した集会でのことか、または回想の中の記憶違いか。南葛労働会は南葛労働協会として一九二二年一〇月に発足、翌年四月に南葛労働会に改称している。よって小牧が平沢を勧誘しようとしたのは、二二年一〇月以後であろうが、翌月の一一月七日、ひそかに種蒔き社が主催したロシア革命五周年記念の「新興芸術大講演会」（於・牛込会館）で、平沢は呼ばれて労働演劇について講演している。勧誘するならこの時にすればよいはずだが、小牧が平沢を同人にしようとしたのは、おそらく二三年の四月以降と思われる。というのは、平沢はそれまで労働戦線の統一をもくろむ『労働週報』の編集責任者として弁護士山崎今朝弥の事務所（兼自宅、芝区新桜田町）に住み込んでいて、同誌終刊にともない四月に大島町に戻ってきた。その五か月後に平沢は大震災の戒厳令下、陸軍の手で殺されるわけで、小牧が亀戸・大島に出向いたのはその間ということになる。

ちなみに『労働週報』には『種蒔く人』の広告が出ていて『種蒔く人』には『労働週報』の広告は見いだせないがわずかな紹介はある。平沢と『種蒔く人』同人たちの交流は行われていたとみるべきだろう。また『労働週報』には、少ない紙面に宮嶋資夫、堺利彦が「社会講談」を連載し、他の労働文学作家も書き、平沢自身も作品や文芸時評などを書いている。堺の推挙で平沢を同人にと小牧が動いたのも頷けるが、『種蒔く人』東京版創刊当初から、若い時に小説家であった堺利彦に小牧近江（金子洋文も）は何かと人選や雑誌企画で相談もしていたのではないか。ただし、小牧が平沢を同人に誘っていたのが『種蒔く人』の初期ではなく、一九二三年前半であったことに注目したい。平沢はマルクス主義にもアナキズムにも傾倒していない、狭義のプロレタリア文学の作家でもなかったので、またもや労働文学作家を同人に選んでいるということになる。

ところで武塙（たけはな）白龍という人物が、平沢が死んで約ひと月半後に「刺殺された平沢計七が秋田へ来た事」という記事を『秋田魁新報』に発表している（一九二三年一〇月一七〜二一日四回連載）。私はこの記事をめぐって、二〇二〇年二月二一日付の同紙に「平沢計七と秋田」と題して、平沢が東京で男に捨てられた女性を伴ってその男の故郷秋田市へ直談判に来たことを書いた。ときは一九二三年の八月一六日から一九日、まさに死の半月前であった。平沢は純労働者組合時代から人事相談所を開設して労働者のみならず困っている人のよろず相談を受けていた。女性もその一人で同棲していた男が大学を卒業するや彼女を捨てて帰郷したのは許せないという。女性とともに男の家に乗りこんで来た平沢に男の一家はうろたえ、その女性とも面識のある武塙に仲裁を頼み、武塙は緊張した面持ちで「労働者首領」平沢と対面するが、たちまち平沢の並々ならぬ正義感と思慮深さに惹かれ、平沢も武塙に信頼を寄せ後事を託して帰京したという。そのすぐあとに平沢が亀戸事件で虐殺されたことを知り衝撃を受け、武塙はその死を悼むとともに、彼が騒擾を煽動するような男ではないことを熱を込めて訴えた。(5)

私の記事ではほかに武塙白龍とはだれかということを考察し、年齢経歴から推して戦後一九五一年から二期秋田市長を務め市民から「文人市長」とよばれた武塙祐吉（号は三山、『秋田魁新報』の記者で社長も歴任）ではないかと結論付けた。ところが、後日、『秋田魁新報』の拙文を読まれた祐吉の次弟にあたる武塙永之介のご子息から、武塙白龍とは祐吉のすぐ下の弟の眞宮祐太郎（婿養子に出た）であるとのご教示があり、祐太郎の娘さんを紹介してくれた。しかし、ちょうどコロナ禍になって私は秋田へ調査取材に行けず、秋田の北条常久氏と『秋田魁新報』の三戸忠洋記者がご息女に面会され、白龍名の平沢追悼記事ほかも保存されていることを確認した。祐太郎は祐吉同様に早稲田大学卒、『報知新聞』記者や秋田の農業共済組合などに勤めていたようであるが、詳しい経歴については調査が進んでいない。

二〇二〇年二月に書いた記事の事実訂正をここでさせてもらった。再び平沢の秋田行きに戻るが、それにしても一人の女性の色恋沙汰のためだけに、平沢は遠く秋田まで出向いたのであろうか。疑問が残る。時期はちょうど盆休みの後半、三泊四日の旅である。秋田市に隣接する土崎には、小牧、金子、今野のトリオが帰省していても不思議はない。ここからは想像の域を出ないが、平沢は『種蒔く人』同人勧誘にからんで、小牧近江から秋田来訪を誘われていたのではないか。雪国新潟・小千谷出身の平沢は関西方面にはよく出向いたが、同じ雪国だが未知の東北・秋田に旅心をそそられたかもしれない。

いくつかの作品にも書いているが、平沢は一貫して社会主義者であることを否定している。一九二〇年成立の日本社会主義同盟にも加盟していない。(6)そこで二三年ころにはだいぶマルクス主義的色彩を鮮明にしてきた『種蒔く人』の同人を承諾しただろうか、あるいは、小牧たちと土崎の海を眺めながら酒を酌み交わし、心を通わせて同人勧誘を受け入れたかもしれない。同誌は本来は「世界主義文芸雑誌」と表紙にあるようにコスモポリタニズムが基調であり、平沢も「非逃避者」（『労働立国』、一九二三年一月）などの戯曲・小説で「世界人」としての視野から社会問題を描いていた[7]。震災で九月号は焼けてしまったのだから、何とも言えないことだが。なお、小牧は二三年一二月一五日夜に開かれた山崎今朝弥宅での文学者中心の平沢計七追悼会に出席している。ほかに出席した『種蒔く人』同人は、判明の範囲で松本弘二、中西伊之助のみである[8]。

プロレタリア文学理論の発生点

平林初之輔は、創刊時には「執筆家」の一人であったが、第一巻二号（一九二一年一一月）に三頁全部削除の「現実のロシアと架空のロシア」という評論を書き、翌年の前半には文学理論派の第一人者として同人に迎えられ、第二巻九号（一九二二年六月）に「労働運動と文芸運動」を発表し反響を浴びた。これこそが『種蒔く人』に初めて掲載されたプロレタ文学論、運動論の嚆矢であった。要旨は、プロレタリアの文学運動は純粋に文芸運動であるよりも、まず階級の中での有効なプロレタリアの運動でなければならない。「プロレタリヤの解放――それがプロレタリヤ文芸運動の唯一の綱領である」。この運動は大衆に密着した困難で地味な運動であるうえに、「決勝力をもたない、一種の補助運動、牽制運動だ」「しかし、大衆運動の一部、圧迫されたものゝ運動の一員としてたとい隅っこの一部でも、或は前衛隊の一員でもを分担することは光輝あることではないか」という主張であり、プロレタリア文学運動を階級闘争の一翼を担うものとして位置付けた。

小田切進は「『種蒔く人』の出発」（『昭和文学の成立』勁草書房、一九六五年）でこの評論を「プロレタリア文学の意義と存在理由を明らかにし、解放運動の全体の中での思想・文学運動の役割と位置をはじめて規定した歴史的な主張だった」と評価したが、一方でほかの研究者によっては、この平林の評論は、のちの青野季吉の目的意識論から、蔵原惟人のプロレタリア・リアリズム論、小林多喜二や宮本顕治らの「党の任務と結合」した文学へと局限化を辿るいわゆる政治の優位性論の第一歩とみる理解が今日まで根強い。しかし、どんな運動にも当然目的があり、プロレタリア文学運動が民衆や労働者階級の解放を目的とするのは当たり前であり、他の分野の運動と連携していくのも疑う余地がないほど常識的なことだろう。このことが「政治の優位性」論の原形の根拠となるとは、はなはだ疑問である[9]。

たしかに「決勝力をもたない、一種の補助運動、牽制運動」という部分は、のちすぐに「無産階級のプログラム」(平林『プロレタリア文学綱領』、一九二三年四月)で文芸運動を政治闘争と並行すべき文化闘争だという確たる位置づけに修正したものの、この点が政治に従属する文学・芸術運動という印象を与えかねなかった。だが、ほぼ同時期他誌に発表した「唯物史観と文学」(『新潮』、一九二一年一二月)、「第四階級の文学」(『解放』、一九二二年一月)とともに、この評論は文学運動の基本を述べたに過ぎない原則論であり、後期の平林を視野に入れて「唯物史観による最初の文学理論の建設者たる平林初之輔だったにもかかわらず、プロレタリア文学運動の功利主義的限界にもっとも早く気づいたのもわが平林初之輔ではなかったか」(「平林初之輔のこと」『図書新聞』、一九五六年九月一日)という千古不磨ともいえる平野謙の平林への評言のとおり、初期プロレタリア文学理論において、平林にも『種蒔く人』同人たちにも、政治の支配やその優位性を前提とする意識も主張もほとんどなかったといっていい[10]。

平林の「文芸運動と労働運動」以後、つらつら『種蒔く人』の誌面を眺めると、プロレタリア文学論にかかわるしっかりした評論が見つからない。青野季吉を同人に迎えたのが一九二三年一月ころであるが、意外にも青野には「階級闘争と芸術運動」(一九二三年二月)という雑感のようなものがあるだけで、『種蒔く人』では正面からプロレタリア文学論を発表していない[11]。青野の注目すべきプロ文論は「自然成長と目的意識」(『文芸戦線』、一九二六年九月)まで待たなくてはならなかった。

ところで、政治の優位性の問題とかかわって、『種蒔く人』は、小牧近江による第三インターナショナルすなわちコミンテルンを日本で最初に紹介した雑誌としての名誉を保持している。国際共産主義運動の総本山コミンテルンの成立は一九一九年三月であり、以後片山潜、大杉栄、近藤栄蔵、佐野学、荒畑寒村など多くの社会主義者たちがコミンテルンに接触、あるときは資金を得たり、あるいはモスクワの本部に出向きレーニンや幹部と会議を持ったりしたが、「二二年テーゼ」「二七年テーゼ」「三一年テーゼ」「三二年テーゼ」など、コミンテルンから日本共産党への指示がそのつど出て、日本の運動家たちはさまざまな対応をしたり、あるいはそのテーゼに振り回されることになる。

第一次日本共産党は、『種蒔く人』刊行時、一九二二年

八月に秘密裡に成立したが、コミンテルンの紹介者である小牧近江は党員だったのだろうか。党員だったと断言している研究書もあり、真偽の検討が必要だ。[12] まず小牧自身の発言にこのようなのがある。

――平林のほかにマルキスト、あるいはコミュニストはいませんでしたか?

小牧　この頃、私の想像では共産党内部に新しい動きがあって、平林、青野は入党したようだ。大正十三年、私は青山檜町に住んでいたが、晩春の雨しょぼ降る夕暮れ青野が訪ねてきて、私を麻布十番のソバ屋の二階に誘い、「入党しろ」と、しきりに勧めたのだ。私は「へたに振りまわされるのは、ごめんだ」と断わった。それに私はそんな柄ではない。それでなにもかも〈ニエット〉になった。

（注(4)の『「種蒔く人」の形成と問題性―小牧近江氏に聞く』）

ここで明らかに小牧は時間的な記憶違いをしている。関東大震災直後「大正十三年」に、解党したばかりでまだ再建もされていない共産党入党の勧誘をするわけがない。

平林初之輔も青野季吉も入党したことはたしかで、[13] 青野が小牧にこのように勧誘したのは一九二三年の五月ころであろう。六月には第一次共産党事件で、堺利彦以下八〇余名の検挙が行われている。小牧は日本へのコミンテルン紹介者であったにもかかわらず、ソビエトのコミンテルン本部、あるいは極東の支部とは連絡を取っていないはずである。本来、社会運動家ではないし、しかも小牧のコミンテルン情報は、フランスにいるコミンテルン執行委員の友人ボリス・スヴァリヌ経由だったから、モスクワと連絡を取っていたわけではない。第一次共産党の中心にいた堺利彦や山川均たちと懇意であることはたしかだが、どっぷり共産主義、レーニン主義に浸かっていたわけではなく、彼にはもう一つの使命、バルビュスから託されたクラルテ運動の普及というのがあり、バルビュスも最後はボリシェビキになったが、本来は、知識人のインターナショナル、広く共同戦線を呼びかけるスタイルをとり、その方が小牧にもあっていた。そもそも『種蒔く人』自体が共同戦線体であり、社会主義者として思想の自由を追求した自由人という位置ではないか。

もう一つ小牧非党員説を裏付けるのは、小牧の『ある現代史』(法政大学出版局、一九六五年)ほかに出てくる『種蒔く人』終刊(小牧は「休刊」という)を決めた一九二三年の暮れの会議で、平林初之輔が「これまでの運動は誤っていた。自由主義へかえって運動をやり直すべきだ」と発言したことにふれ、これに反発を感じた小牧も金子洋文もこれが共産党の発想だったと折にふれ言っていることである。この発言からも小牧が党員ではないことは明白であろう。

ちなみに平林の主張はコミンテルンから日本共産党に出された「二二年テーゼ」の方向と酷似するが、普選運動を認め議会をも利用した当面の民主主義革命を目標としたこのテーゼをめぐり、堺や山川はじめ議会政策反対の多かった共産党内は決して一本にまとまっておらず綱領にも生かされずに終わったという[14]。だから、平林の発言は、少数派ながら「二二年テーゼ」を咀嚼したものとも考えられるが、たとえば「反動に対する所論」(『進め』、一九二三年四月)や「戦線をつくる必要」(『赤旗』、同年五月)などの評論に表れているように、日本の「プロレタリアが決勝力をもたぬ」弱小の存在であり、強大な軍国主義政府とブルジョアジーに立ち向かうには、山川の大衆路線への「方向転換論」だけでは不十分であり、敵に立ち向かう前にときには社会主義をいったん捨てて戦線をさらに広く組織化する必要を平林は訴えた。その後大震災を挟んでいち早く日本の民主主義運動を再検討した『日本自由主義発達史』(日本評論社、一九二四年)を出版したことや、青野が平林の共産党への違和感を察知していた証言[15]などを考えると、自由主義からのやり直しという提唱は、本来、平林の独自の考えだったのではないか。

代々木の小料理屋で行われたその終刊をめぐる会議で、平林の発言に表立って反発したのは当時アナルコ・サンジカリズムに傾倒していた中西伊之助のみ、小牧も金子も平林を否定したかったが、大杉栄や平沢計七ら社会運動家が官憲の手で虐殺された直後の「冬の時代」、白色テロの恐怖の余波が覆っているとき、だれもこれまでのように雑誌を出そうと言い出せなかった。ここに翌年一月、歴史に残る『種蒔き雑記』を勇敢にも刊行して、『種蒔く人』はその使命を終了した。

おわりに

以上みてきたように、『種蒔く人』は、全きプロレタリア文芸雑誌とはいいがたい、過渡期的な内実をはらみつつ、徐々にプロレタリア雑誌化しながら進化していったというのがふさわしい。その進化を関東大震災が断ち切った。後継誌『文芸戦線』が出たとしても、それは『種蒔く人』のいわばDNAによる発展形とも言えず、雑誌の性格はかなりちがっていた。

小牧近江が「私たちは、時に街頭に出、行動の文学として、革命の真理を追求しようとしたのだった。従って個々ばらばらな従来の労働文学とは、本質的にちがっているのだ」(前掲『「種蒔く人」の形成と問題性』)と言ったとき、前半は正しいが、後半は実態としては、実作の面では労働文学性を引きずり、いまだ労働文学の時代からの脱却は終わっていなかった、といわねばならい。素朴な作品も多かったが、その代わり、イデオロギーに先導される作品もほとんどなかった。

また、プロレタリア文学の理論も単純であり原則的であったというべきだろう。しかし、それは否定されるべき側面ではなく、そこを起点、基礎として日本のマルクス主義的文学運動は始まったのである。

以上の二点は、『種蒔く人』の弱点ではなく、冒頭にふれた様々なる行動の展開とともに、この雑誌の他に類を見ない強靭なリアリズムであったと考える。

〔注〕

(1) 筆者の『種蒔く人』関係文献は以下の通り。「〈行動〉の意味するもの―『種蒔く人』の事業概観」、「『種蒔く人』のブックガイド」、「『種蒔く人』の消滅点」。以上は、雑誌『彷書月刊』一九九八年一一月号に掲載。『種蒔く人』執筆者人名録及び索引」(『フロンティアの文学―雑誌『種蒔く人』の再検討』、論創社、二〇〇五年三月)。「小牧近江『種蒔く人』への道程―大逆事件、社会主義同盟の関係からの考察」、「土崎版三冊の意義」、『種蒔く人』における〈地方〉――投書欄を中心に」、「『愛国』と「過労」をめぐって―労働文学と『種蒔く人』」、「『種蒔く人』研究の現在」。以上は、拙著『社会運動と文芸雑誌―『種蒔く人』時代のメディア戦略』(菁柿堂、二〇一二年五月)に所収。

(2) 小田切秀雄は「プロレタリア文学という言葉は、日本では、その最初から、単に労働している者の文学、無産の者の文学という意味でなく、革命的なプロレタリアの文学を意味していた」として、『種蒔く人』において「はじめてプロレタリア文学の理論と運動が成立したのである」(「世界及び日本のプロレタリア文学概観」、『社会文学・社会主義文学研究』、勁草書房一九九〇年所収)と述べている。また、労働文学的傾向とは別に『種蒔く人』諸作品の別の重要な傾向として、反軍・反戦的作品を列挙することができる。金子洋文がその第一の作家だが、「眼」「廃兵を乗せた赤電車」などすぐれた作品を同誌で発表した。ただし、「労働」にも通じる農民小説「地獄」は『種蒔く人』ではなく、『解放』(一九二三年三月)で発表され、当時高い評価を得ている。

(3)一九一〇年代の「大正政変」をへてデモクラシー的な気運の高まり、普通選挙運動、軍縮的傾向、ロシア革命、民衆芸術論争などを背景に、労働文学が自然発生的に登場してきたものではないことについては、『大正労働文学研究』第一〜七号の諸論、秦重雄氏と筆者との対談「「労働文学」成立百年」(『社会文学』第四六号、二〇一七年七月)などを参照されたい。また、プロレタリア文学運動の開始を『種蒔く人』より以前、一九一二年創刊の『近代思想』に置くという見方を検討した拙論「プロレタリア文学の出発点として」(『大杉栄と仲間たち―『近代思想』創刊100年』、ぱる出版、二〇一三年)も併せて参照されたい。

(4)金子洋文は、小牧近江に対して野淵敏と雨宮正衛が行った聞き書き『「種蒔く人」の形成と問題性―小牧近江氏に聞く』(秋田文学社、一九六七年)において、『種蒔く人』がプロ文の始原ではないことを聞き手の二人が主張していることに次のように反論している。「多くの人々が「種蒔く人」をプロレタリア文学の始まりであり、源泉であるというのを否定し、その前にもプロレタリア文学があったと「平民新聞」や「火鞭」や「筆と鍬」をあげている。両君は「種蒔く人」が如何なる思想による変革を志向した文学運動であったか、くわしく調べているにもかかわらず、それを唯物弁証法の観点から把握することができないために、こういうあやまりをおかしているのだ」(「わが若き日々」、『種蒔く人伝』、労働大学、一九八四年所収)。これがマルクス主義、唯物史観に基づく文学創造や文学運動こそがプロレタリア文学だという、純正というか狭義の文学観である。金子は極言すれば唯物史観、マルクス主義思想によって書かれた作品を称揚しているわけだが、実は『種蒔く人』には、このような作品はほとんど存在しないと言っていい。一方、祖父江昭二は『二〇世紀文学の黎明期『種蒔く人』前後』(新日本出版社、一九九三年)第七章において、金子には後年(『新選金子洋文集』(改造社、一九三〇年)の「後記」)、『種蒔く人』時代の自身の作品が「プチブル的夾雑性」を表象していたという自己認識があったことを指摘している。また現在、労働文学を「初期プロレタリア文学」と称呼する場合もある。

(5)武塙白龍の文章全文と筆者の解説は、『初期社会主義研究』第二八号(二〇一九年一一月)に掲載した。

(6)平沢が社会主義に距離を置いていたことについては、『二人と千三百人 二人の中尉 平沢計七先駆作品集』(講談社文芸文庫、二〇二〇年)の大和田「解説」を参照されたい。また、日本社会主義同盟名簿については、『初期社会主義研究』第二〇号(二〇〇八年二月)〜同第二二号(二〇一〇年六月)に関係資料と論稿がある。名簿は『日本アナキズム運動人名事典』増補改訂版(ぱる出版、二〇一九年)に収録されている。

(7)詳しくは拙稿「平沢計七における中国・朝鮮人労働者問題―関東大震災前夜、戯曲「非逃避者」の意味」(『初期社会主義研究』第二九号、二〇二一年三月）を参照されたい。

（8）この追悼会については拙稿「平沢計七の追悼会記事及び写真」（『初期社会主義研究』第一七号、二〇〇四年一一月）を参照されたい。

（9）「文芸運動と労働運動」については、拙稿「平林初之輔・中西伊之助・尾崎士郎――「ごろつき」論争をめぐって」（『社会文学・一九二〇年前後』、不二出版、一九九二年）を参照されたい。

（10）平林初之輔の前期をめぐっては、（9）の前掲書所収の諸論を参照されたい。

（11）「階級運動と芸術運動」は、ブルジョアが芸術を悪宣伝に使うことに対抗して、プロレタリアの芸術運動が階級闘争としての使命をもって「支配階級の詐術を暴露し、新興階級の歴史的使命の「光り」を」遍くあてていくべきだという主張である。平林同様「政治の優位性」論から書かれたものとはいえない。同時期、『新興文学』同年一月号に「労働階級と文芸運動」という評論を青野は書いている。「階級運動と芸術運動」が載った『種蒔く人』同号に、山川亮は「「脱船以後」其他（新興文学新年号総評）」という時評を書き、「労働階級と文芸運動」が平林の「労働運動と文芸運動」とあわせ読む文献であることを述べている。

（12）根拠が不明だが、黒川伊織『帝国に抗する社会運動―第一次共産党の思想と運動』（有志舎、二〇一四年）では、「一九二一年二月に秋田でのちに党員となる小牧近江により創刊された『種蒔く人』が…」（四五頁）とあり、ほか二か所（五二頁、一三〇頁）でもそのように叙述している。一方、北条常久の『種蒔く人』研究―秋田の同人を中心として』（桜楓社、一九九二年）と『種蒔く人 小牧近江の青春』（筑摩書房、一九九五年）の両著には、党員としての叙述は見当たらない。

（13）青野の平林を主人公にしたドキュメント小説「批評家」（『文芸』、一九五四年一月）によると、二人の入党は、一九二二年暮れころらしい。

（14）この辺の事情は松尾尊兊『大正デモクラシー』（岩波書店、一九七四年）の第8章の4「日本共産党と普選問題」にくわしい。

（15）青野「平林初之輔論」（『新潮』、一九三一年八月）

「思想集団」としての種蒔き社

水谷　悟

はじめに

近代日本において結成された思想集団は多様であるが、特に学校教育の浸透に伴い中等・高等教育機関の同窓生を母体とする結社は典型であった。[1] 一八八八年四月に志賀重昂・三宅雪嶺らが結成し雑誌『日本人』を創刊した政教社の初期同人は東京大学文学部と札幌農学校の出身者が大半を占めた。種蒔き社と縁の深い白樺派は、一九一〇年四月に武者小路実篤・志賀直哉ら学習院の出身者を中心に創刊された雑誌『白樺』によった文学者集団であった。こうした系譜に種蒔き社を置くとき、特質として挙げられるのは雑誌『種蒔く人』を創刊した小牧近江・金子洋文・今野賢三が小学校の同級生であった事実と、「東京版」再刊後に新たな同人たちが加わり運動を展開した点である。

従来、小牧をはじめ洋文・賢三ら「土崎版」創刊以来のメンバーに加え、「東京版」より参加した同人たちへの研究が積み重ねられてきている。[2] 対して本稿は、編集・活動の主体であった種蒔き社を雑誌メディアを用いて運動を展開した「思想集団」と見なし、その言論活動を時代社会の中で捉え直すことを目標に次の三点より考察を加える。[3]

第一に、小牧・洋文・賢三を中心に結成される種蒔き社の「原型」を、彼らが成長した時代状況、特に教育制度と地域特性に注目して抽出する。第二に、「土崎版」休刊から「東京版」再刊に至る過程を、対策の内容・同人の加入・運動の方法から検討し、同社の「再生」として位置づける。

第三に、同人を相次いで補強した事情と戦略を、国内外の情勢に留意しながら読み解き、集団と運動が「拡張」していく内実を「編輯後記」「同人消息」を含む誌面分析より明らかにしたい。

一　種蒔き社の「原型」

近代日本の初等教育は一八七二年八月の学制公布に始まるが、当初は学齢の規定はなく校舎の建設や維持経営費も受益者負担とされた[4]。欧米模倣の教科書を使うものの教員の養成は進まず、授業内容が人々の生活実態と乖離し、家の働き手であった子供たちの就学率は男女ともに上昇しなかった。一八七五年に学齢が誕生日を起点に満六～一四歳と定められ、一八八六年の小学校令で尋常科四年以内が義務化されたが授業料負担もあり定着しなかった。

浸透の契機は日清戦争の勝利により学校教育の成果が評価され、小学校の重要性が広く認識されたことであった。一九〇〇年度に小牧・洋文・賢三は土崎尋常高等小学校に揃って入学しているが、同年八月二〇日に第三次小学校令が公布された。これまで地域住民に課されてきた諸費用は自治体の負担となり、五七条に「市町村立尋常小学校ニ於テハ授業料ヲ徴収スルコトヲ得ス」と、尋常科の授業料廃止が明記された[5]。三二条は年度替わりの四月を起点に「児童満六歳ニ達シタル翌月ヨリ満十四歳ニ至ル八箇年ヲ以テ学齢トス」と定め、同年九月一日より施行とされた。つまり、小牧たちこそ初等教育が浸透していく「画期」かつ「過渡期」を経験した第一世代であった。小牧は自らを「日清戦争の落し子[6]」と称しているが、戦勝で得た賠償金の一部が教育基金となり尋常科の無償化を促し、結果として種蒔き社の創立メンバーを同学年・同教室に集める契機となったのである。

だが一方、これまで学校に通えなかった児童たちが教室に集ったため、使用する教材は不足し、服装や持参する文具・弁当などが格差を可視化・実感させることにもなった。洋文は恩師として橋本富治先生の名前を挙げ、「正義感、ヒューマニズム等を知らされた[7]」と語り、その教室から小牧・賢三と自分の「三人の社会主義者が出たことは、偶然とは言えない[8]」と回想している。

こうした言葉の背後に「義務教育」を体験した最初の世代として共有された価値観を窺い知ることができる。授業や行事を通して時間と空間を共有し、勉強や運動で競い合い、学力や才能、統率力や親切心、「腕白」や「品行方正」、体格や健康状態など、当時の価値観に影響を受けつつも自己と他者の存在を認め合う要素を発見し、集団内の正義＝秩序を形成していく道程に「人道主義」の初穂があった。ここにおける人格形成を礎に人間や社会への眼差しが開かれ、資本主義社会の弊害を克服することをめざすプロレタリア文化運動の「原型」が形成されていく。とはいえ、種蒔き社が結成される要件として土崎港の近代と小牧・洋文・賢三それぞれの歩みを追跡する必要があろう。

土崎港は、江戸初期に佐竹氏が久保田城を構えて以来、城下の外港となり雄物川舟運の拠点として栄えるとともに、北前船の要港として上方と蝦夷地を結び、領地内外から人・物・情報が集まる地であった。だが、雄物川の土砂で河口の水深が浅くなるため汽船が入れず、明治から昭和に及ぶ「ながいあいだ」「古い港のすがた」でありました[9]と賢三は回想する。港一面に帆前船の柱が林立し、「川が浅いから荷物をつんだハシケ船を、仲仕たちの幾人かが綱を肩にかけて、「ソーラホウ、サーノサ」と、カケごえも勇ましく、波止場のカミ（上）のほうへ曳いてくる」との描写は在りし日の賑わいを懐かしむ表現とも読める。だが、築港よりも鉄道事業が優先されて港町が寂れ、家も傾き上京していく若き賢三の目には船を人力で引き上げるほかない故郷の姿はどのように映っていたのか。

土崎港の盛衰に関わる鉄道とは県下で一八九三年に敷設が始まった官設鉄道「奥羽線」であった。[10]奥羽線は東北本線の福島駅から分岐し山形県南部の板谷峠を越え奥羽山脈の西側を北上し、米沢・山形・横手各盆地を経て秋田・能代平野を通り、大館盆地から津軽平野に出て青森に至る全長四八四・五kmの幹線鉄道である。一八九四年一二月に青森〜弘前間が「奥羽北線」、一八九九年五月に福島〜米沢間が「奥羽南線」として開通し、順次延長され、一九〇五年九月の湯沢〜横手間の開通で全線開業し「奥羽線」と改称された。土崎には五城目〜秋田間の開業に伴い一九〇二年一〇月二一日に開通した。小牧らの少年時代は「奥羽北線」の開業が相次ぎ、港町の経済が変動した時期と重なり、金子家の廻船附船問屋も今野家の商人宿も困窮し生活に追われる日々であった。

このとき土崎港町の近代化を推進したのが小牧の父・近江谷栄次（一八七四〜一九四二年）であった。[11]一日市町の旧家畠山家に生まれた栄次は、土崎の豪商「近栄」の養子に入り、一八九四年の土崎・米穀取引所の設置認可、一八九九年の第四十八銀行復興および土崎信用組合創設など地域経済の発展に尽した。一九〇一年に県内で初めて石炭火力による「近江谷発電所」を設立し一般家庭に配電を行った。翌年一〇月、奥羽線全通をうけ岩見川の水利権、水力発電所の計画、将軍野の所有用地三万坪を無償で国に提供し「帝国鉄道院土崎工場」を誘致した。一八九七年より郡会議員、一九〇三年より県会議員を歴任し、翌年の第九回総選挙に立候補して当選し、二期連続で衆議院議員を務めた。

なかでも力を注いだのが土崎築港事業であった。汽船が入港できず時勢に遅れることを憂慮した栄次は「土崎築港同盟会」を結成し、古市波止場を設計した「土木工学の権威」古市公威の指導を仰いだ。港湾整備の候補を船川港と競っていたが、一八九九年に就任した武田千代三郎秋田県知事に土崎築港の必要を訴え、帝国大学工科大学の広井勇教授を私費で招いて調査・設計を進めた。そして一九〇〇年に県会で土崎築港が決議されると「広井波止場」に着手した。

一九〇六年九月、小学校を卒業した小牧は、父が代議士として東京の麹町区富士見町に構えた別邸に近江谷友治・畠山松治郎ら親類と転居し、ともに暁星中学校に入った。暁星は一八八八年にフランスのマリア会が創設したミッション系の私立中学であった。全七学年とも一週の授業が計二八時間で、一年生から第一外国語＝「仏語」五時間、第二外国語＝「英語」四時間と語学重視の課程となっており、読書・作文を指導する「和漢学」五、「数学」四、「唱歌」「図画」各二、「倫理」「地理」「歴史」「博物」「体操」「習字」各一時間であった[12]。

一九一〇年、栄次は国会議員としてブリュッセルで開催される第一六回列国議会同盟会議に出席する折、小牧を随伴しシベリア鉄道経由で渡仏した。小牧は暁星中学を中退し、パリの名門「官立アンリ四世校」に入り寄宿舎生活を送った。だが、一九一二年に栄次が衆院選に落ち、事業が行き詰まって送金が滞ると、授業料・寮費滞納で「放校」処分を受けることとなった。人生初の貧乏を経験した小牧は、自活する難しさと尊さを痛感するも、フランス語の力を買われて日本大使館雇員となり、石井菊次郎大使の許可を得てパリ大学法学部に進んだ。

小牧が進学した一九一四年の七月二八日、第一次世界大戦が勃発した。大戦は当初の予想に反して長期化し、毒ガス・戦車・航空機などの新兵器が開発され、夥しい数の人命を奪った。戦時下のパリを体験した小牧は、J・ジョレスが国際社会主義の指導者として仏独の和解を訴えるも右翼狂信者に暗殺されたことに衝撃を受け、第二インターの欺瞞を看取した。R・ロランが戦中はスイスから平和を訴え、戦後には反戦運動の先頭に立った姿に人道主義の実践を見た。そして従軍体験をもとに反戦を唱えるH・バルビュス（一八七三〜一九三五年）が展開するクラルテ運動に接し、戦争の愚劣を避けるには為政者の手先として使われる敵・味方の兵士が反戦的に結束する以外にないという思想に強く共鳴し、運動に身を投じた[13]。

一九一八年六月、大学を卒業した小牧はバルビュスの「反戦運動のため、ひろく同志を糾合するように」との熱望をうけ、運動を広める使命を胸に『クラルテ』『ドマン』を携え帰国した。だが、神戸に着いた彼には思想を共有できる仲間も運動に着手する方法も見出せなかった。在仏時に『或る青年の夢』を読み感銘を受けた武者小路実篤を「新しき村」に訪ねて協力を求めるも断られ、父の実家・一日市村を訪れて従弟の畠山松治郎らと交流し「赤光会」を作るのみであった。種蒔き社の誕生にはなお洋文と賢三の存在が必要であった。

洋文は、近江谷栄次の紹介で東京の電気会社で一年半ほど働き、毎週日曜に小牧の家に赴き同人誌『おもの』を発行した。県立秋田工業学校を卒業し、母校で代用教員をしながら『白樺』と茅原華山・石田望天ら益進会が創刊した評論誌『第三帝国』を愛読した。普選・減税を提唱して読者の結集をはかり独自の思想運動を試みた『第三帝国』が一九一五年七月に講演旅行を実施した際に洋文は土崎地区幹事を務め、投書を続け、翌年に茅原の勧めで上京し『日本評論』の記者となった[14]。我孫子の武者小路宅に寄寓するも独立し、記者の傍ら童話や小説を執筆した。

一方、賢三は呉服屋奉公・新聞販売員を経て上京し、クリーニング屋・鉄道職工・郵便集配人等として働いた。一九一四年にR・ロラン『民衆芸術論』に感動し活動弁士となり、浅草「三友館」で人気を博した。東京や秋田県下の映画館を渡り歩く一方、『北羽新報』『秋田魁新報』に創作や短歌を発表し、有島武郎に弟子入り希望の手紙を送った[15]。

洋文・賢三の道程は、白樺派に憧れる文学青年の顔を残しつつも、日々の労働に苦闘する生活者と重なるものであった。だが、高等教育も大戦の洗礼も受けていない二人には、同人を結集し運動を導く体系的な思想はなかった。小牧とクラルテの存在が不可欠だったのである。

二　種蒔き社の「再生」

一九二〇（大正九）年の秋、クラルテ運動を持ち帰った小牧は、洋文と一〇年ぶりの再会を果たした。二人が意気投合し新雑誌創刊の計画を立て、翌年二月二五日に『種蒔く人』（土崎版）を世に送り出したことは周知のことである。編集・活動の主体である種蒔き社は小牧・洋文・賢三に、小牧の叔父に当たる近江谷友治と小牧の従弟である畠山松治郎、畠山の友人で一日市出身の安田養蔵と洋文と友人で労働文学作家の山川亮の七名で結成された【表1】。誌面を確認する限り、結成時に社則や綱領を定めていた形跡はない。

「土崎版」第一号は、小牧の評論「恩知らずの乞食」を掲げ、「第三インターナショナル」の宣言を日本で初めて公表した。「編輯後記」には、誕生の理由が「偽りと欺瞞に充ちた現代の生活に我慢しきれなくなって「何うかにしなければならない」といふ気持が一つとなって生れた」と示されているが、保証金が払えずにわずか三号で休刊となった。それから半年後、同年一〇月三日に第二次『種蒔く人』（東京版）は再刊されるが、種蒔き社は「土崎版」の反省から次の四点に関して対策を講じて再出発を図った。

まず一点目は、種蒔き社同人の新規加入である[16]。運動を継続するためには「クラルテ」「第三インター」の本質を理解し表現できる同志が必要であった。「東京版」より近江谷・畠山・安田に替わり村松正俊・佐々木孝丸・柳瀬正夢・松本弘二の四名が加わった。

一九二一年春、早稲田の吉江喬松教授を中心に結成された「フランス同好会」がヴェルレーヌ祭を計画した際に小牧は村松・佐々木と知り合った。同年五月一日、第二回メーデーに参加し群集の中で警官隊ともみ合う佐々木を発見し、日本初のデモ行進を共有したことを機に親交を深め、小牧から村松・佐々木に相談し「東京版」の再刊が決まった。

再刊号で同人は題言「思想家に訴ふ」を掲げ、「資本主義や帝国主義に呪はれたロシアの民衆が、更らに自然の敵

【表１】種蒔き社同人一覧

第一次『種蒔く人』(土崎版) 第1巻第1号(1921.2/25)～第1巻第3号(1921.4/17)

第二次『種蒔く人』(東京版) 第1年第1巻第1号(1921.10/1)～第3年第5巻第2号(1923.8/1)

	氏名(本名)	生没年	出身地	学　歴	職　歴	期間
1	小牧 近江 (近江谷 駉)	1894.5/11 ~1978.10/29	秋田県南秋田郡 土崎港町永覚町	土崎小学校 卒業 暁星中学校 中退 アンリ四世校 中退 パリ大学法科 卒業	外務省嘱託員 (欧米局情報部)	1-1 ~3-5-2
2	金子 洋文 (金子 吉太郎)	1894.4/8 ~1985.3/21	秋田県南秋田郡 土崎港町古川町	土崎小学校 卒業 秋田県立秋田工業学校機械科卒業	山本電営舎、土崎小学校 代用教員、 『日本評論』雑誌記者	1-1 ~3-5-2
3	今野 賢三 (今野 賢蔵)	1893.8/26 ~1969.10/18	秋田県南秋田郡 土崎港町	土崎小学校 卒業	呉服店、鉄道職工、クリーニング店、 ガス作業員、郵便集配人、活動弁士	1-1 ~3-5-2
4	近江谷 友治	1895.2/5 ~1939.8/18	秋田県南秋田郡 土崎港町	土崎小学校 卒業 暁星中学校 卒業 慶應義塾大学理財科 卒業	土崎小学校 代用教員、 村井銀行 銀行員、 土崎商業学校 助教諭	1-1 ~1-3
5	畠山 松治郎	1894.12/15 ~1945.12/28	秋田県南秋田郡 一日市村	一日市小学校 卒業 暁星中学校 卒業	山崎今朝弥の手伝い、 近江谷鉱山、養鶏業	1-1 ~1-3
6	安田 養蔵	1895.6 ~1930.7	秋田県南秋田郡 一日市村	一日市小学校 卒業 明治大学政治経済科 卒業	広川病院事務局、 酒類薪炭販売業	1-1 ~1-3
7	山川 亮 (山川 亮蔵)	1887.3/2 ~1957.4/14	福井県遠敷郡 竹原村	早稲田大学文科英文科 中退	小学校教師、新聞記者、 労働文学の作家	1-1 ~3-5-2
8	村松 正俊	1895.4/10 ~1981.9/20	東京府芝区	東京帝国大学文学部 美学科 卒業	第五次『新思潮』同人、 詩人	1-1-1 ~3-5-2
9	佐々木 孝丸	1898.1/13 ~1986.12/28	北海道釧路 →香川県端岡村	神戸通信生養成所 アテネ・フランセ	赤坂葵町電信局、 翻訳家、演出家、 エスペランチスト	1-1-1 ~3-5-2
10	柳瀬 正夢 (柳瀬 正六)	1900.1/12 ~1945.5/25	愛媛県松山市	日本美術院研究所	洋画家、 『読売新聞』漫画家	1-1-1 ~3-5-2
11	松本 弘二	1895.9/21 ~1973.6/29	佐賀県佐賀郡	佐賀県立佐賀中学校 中退 葵橋洋画研究所	雑誌『解放』の編集補助、 洋画家	1-1-1 ~3-5-2
12	平林 初之輔	1892.11/8 ~1931.6/15	京都府竹野郡 深田村字黒部	京都師範学校 中退 早稲田大学文科英文科 卒業	『やまと新聞』記者、 国際通信社外電翻訳	2-2-5 ~3-5-2
13	津田 光造	1889.12/2 ~没年不詳	神奈川県足柄上郡 南足柄村	神奈川師範学校 卒業 早稲田大学文科英文科 中退	小説家、評論家	2-2-5 ~3-5-2
14	松本 淳三	1895.1/1 ~1950.10/9	島根県美濃郡 高城村神田	島根県立浜田中学校 卒業 慶應義塾大学理財科 中退	久原鉱業、 九州佐賀関製錬所、 『中外』雑誌記者	2-2-5 ~3-5-2
15	上野 虎雄	1894 ~没年不詳	福岡県三池郡 駛馬村白川		三井鉱山 社員、 評論家、戯曲家	2-2-6 ~3-5-2
16	青野 季吉	1890.2/24 ~1961.6/23	新潟県佐渡郡 沢根町	新潟県立佐渡中学校 卒業 新潟県立高田師範学校 卒業 早稲田大学文科英文科 卒業	小学校教師、 読売新聞社会部記者、 国際通信社翻訳記者	3-4-16 ~3-5-2
17	佐野 袈裟美	1886.2/2 ~1945.11/13	長野県埴科郡	早稲田大学文科英文科 卒業	文芸雑誌『シムーン』創刊、 劇作家、評論家	3-4-18 ~3-5-2
18	前田河 廣一郎	1888.1/13 ~1957.12/4	宮城県仙台市 川内大工町	宮城県立第一中学校 中退	渡米：皿洗い、ボーイ、庭師、 『中外』編集長	3-4-18 ~3-5-2
19	中西 伊之助	1887.2/7 ~1958.9/1	京都府久世郡 槇島村	大成中学校 編入 中央大学 中退	掃除夫、職工、車夫、 『やまと新聞』記者、 『時事新報』記者	3-4-18 ~3-5-2
20	山田 清三郎	1896.6/13 ~1987.9/30	京都府京都市下京区 間之町通竹屋町	小学校 中退	給仕、丁稚奉公、新聞販売、 『小説倶楽部』記者	3-5-2
21	武藤 直治	1896.1/27 ~1955.2/4	神奈川県 横浜市初音町	長崎県立島原中学校 卒業 早稲田大学文科英文科 卒業	同人誌『十三人』創刊、 評論家、劇作家	記載 なし

し難い災禍に魅せられ、草や木とともに凋死しやうとしてゐる」と告げた。「災禍」とは一九二〇年代初頭にロシアを襲った大飢饉を指す。[17]第一次大戦の長期化、一一月革命と対ソ干渉戦争により国土が疲弊し、二〇年春からの旱魃で飢饉が発生した。二一年の冬には飢饉がヴォルガ川中下流域からシベリア・中央アジア部まで拡大し、全七四県のうち三四県に及んだ飢餓者数は総人口の四分の一に当る三五〇〇万人に達した。だが、共産主義政権への干渉を狙う日本政府はシベリアからの撤兵を渋り、救済対応が立ち遅れていた。ゆえに、種蒔き社は思想家の「任務」として「汝の行動と汝の叫びによって、瀕死せんとする同胞に、パンと醫藥を與へしめよ」と主張したのである。

題言と並んで同社の思想的位置を考える上で重要なのは小牧が村松に執筆を依頼した評論「労働運動と智識階級」であった。同論は、労働運動の最終目的は「労働階級或は無産階級が社会的及び政治的にその支配権をにぎり、以って無産階級の独裁政治を現出する」ことにあると断言する。その一方、労働階級が自己の生活体系の完成をはかるには、「生活の一機関」であることを自覚し「真理」を追求している知識階級との連携が必要であると説いた。

村松の紹介で同人となった画家の柳瀬は「東京版」の表紙カットを担当した。小牧が「思いきって〝バクダン〟を書いてくれました。見たところ〝ザクロの実〟です。でも中味は赤い（『ある現代史』七七頁）」と記している通り、表紙中央には炎を噴き出す爆弾が描かれた。洋文の紹介で同人となった松本も画家で、「種蒔き社の後援で画会を開く」[18]との報告が見られる。広義の文化運動を展開しようと試みる同社の意図を見出すことができる。

二点目は保証金を含めた活動費・印刷費の確保である。一九〇九年五月六日公布の新聞紙法に基づき、新聞・雑誌等の定期刊行物を出す場合、内務大臣に「題号」「掲載事項ノ種類」「時事ニ関スル事項ノ掲載ノ有無」「第一回発行ノ年月日」などを届け出、発行と同時に内務省・管轄地方長官・地方裁判所検事局等に納本することが義務付けられていた。[19]さらに「時事ニ関スル事項ヲ掲載スル新聞紙ハ管轄地方官庁ニ保証トシテ左ノ金額ヲ納ムルニ非サレハ之ヲ発行スルコトヲ得ス（一二条）」と定められ、地域人口と刊行期間により納入額が六段階に区分された。この規定によれば、時事を論じる月刊誌を赤坂区青山北町の小牧宅に「発行所」を置いて出すためには一〇〇〇円を納める必要があった。

佐々木は師・秋田雨雀の仲介で叢文閣主人の足助素一に相談し『クラルテ』の訳本を出版する翻訳料を前払いしてもらい、新宿中村屋の相馬黒光からも支援を受けた。小牧らは武者小路の紹介と同人となった松本の勧めで有島武郎宅を訪れ、「陣中見舞」に梅原竜三郎の油絵を授かり、同郷出身の武藤重三郎を訪ねて六〇〇〇円に替えた(『ある現代史』七九頁)。ほかに小牧が仙北郡高梨村の池田大尽より五〇〇〇円の寄附を、洋文が土崎港町の眼科医・保坂銀蔵より一五〇〇円の「陣中見舞」を受けた[20]。さらに「土崎版」にはなかった広告を毎号三～五頁掲載し、『白樺』『我等』『日本及日本人』などの雑誌社、叢文閣・改造社・新潮社などの出版社、そして三越呉服店から広告料を集めた。これらに小牧の外務省の月給と諸々の原稿料を加えたという。ここで重要なのは小牧らが「東京版」をあくまでも時事を論じる月刊誌として再刊しようとしていたことである。同誌の性質ゆえに厳しい検閲と処分を受ける選択であるが、これこそ筆者が種蒔き社を「思想集団」と捉える所以である。

三点目は同人を含む寄稿者の充実である。「土崎版」は全一八頁の小冊子であったが、全三号の掲載記事は「編集後記」を除けば、「詩」七、「評論」五、「紹介」三、「小説」「感想」各二、「翻訳」「短歌」「通信」各一の計二二本であった。そのうち小牧が「評論」二と「詩」二で計四本、洋文が「紹介」三と「詩」二で計五本と奮闘する一方、賢三「感想」二、友治「評論」「翻訳」各一、松治郎「小説」二、安田と山川は「評論」各一であった。

モデルとした『ドマン』は一九一六年一月にジュネーブで創刊された週刊誌で、戦地が欧州全土に拡がり戦況が変遷するなかで言論を発し終戦とともに終刊している。対して『種蒔く人』は創刊時にパリ講和会議も閉幕し、再刊時にはワシントン会議が開催されようとしていた。「反戦平和」思潮と「軍縮」が広がる情勢のもとで毎月五〇頁超の誌面を満たすのは容易ではなく、小牧は「土崎版」の反省から様々な会合に出席し知己の輪を広げた。

再刊号の表紙裏には「執筆家」として有島武郎、馬場孤蝶、カーペンタら二九名に及ぶ国内外の論者が列挙されている。寄稿の確認できる一八名から本誌の傾向を示す記事を摘記すれば、再刊号には岩盤崩落で炭坑に閉じ込められた坑夫たちの命を石炭の燃え滓に見立てた山川菊栄の小説「石炭がら」が掲載された。同号の福田正夫による民謡「種蒔き車」では「種蒔き車を引き出して、黒種、赤種、ふり散らせ」とアナ・ボル混成による革命が提唱されている。続く「第二号」には平林初之輔の評論「現実のロシアと架空のロシア」と加藤一夫の詩「ロシア民衆に与ふ」が掲載予定であったが検閲により「全文削除」された。ゆえに同号の「編輯後記」は「感情のむき出しである可き筈の詩には、調子の高いも低いもない。それを無惨無惨ちぎられることは忍びない」と執筆家に詫びながら、「読者よ、印刷の白い個所は尽く血まみれになったものと知って欲しい」と訴えたのである。その後も吉江喬松の評論「平和私観」や「ロマン・ロラン対アンリ・バルビュスとの論争」等が掲載されていく。

四点目は、読者への「クラルテ」の普及である。種蒔き社の運動を拡大していくためには、同人らの言論を理解・支持する読者の育成も課題であった。再刊号の「編輯後記」は、読者に『種蒔く人』を広く読ませる「事業の一つとして、海外の世界主義的傾向の文芸ものを翻訳する」と宣言し、「最初の事業として、正俊、孝丸はアンリ・バルビュスの「光」及び「地獄」の翻訳に着手した」と報告している。翌年一〇月、その成果としてアンリ・バルビュス著／小牧近江・佐々木孝丸共訳『クラルテ』が叢文閣より出版された。

さらに語学研究会・運動部・青年思想研究会を置き、『無産婦人号』『無産青年運動』等の特集を組むとともに、文芸講演会を開催し、講演や詩の朗読、R・ロランの民衆劇『ダントン』上演などの企画を実行した。加えて、一読者となった近江谷友治と畠山松治郎が労働運動や小作争議を指導し「赤光会便り」などを寄せたことも重要であった。「東京組」と「秋田組」が理論と実践の連関を体現したからこそ説得力を持ったのである。

三　種蒔き社の「拡張」

種蒔き社は、創刊一周年を迎える第二年第二巻第五～六号（一九二二年二～三月）より新たに平林初之輔・津田光造・松本淳三・上野虎雄の四名を同人に迎えた。二度目の加入は前号が「東京版」創刊号以来二度目の発禁処分を受けた影響が強かった。同五号の「編輯後記」には「発売禁止は否定することの出来ない真理を当局が裏書するといふものだ」とある。[21]「東京版」の発禁処分は計四度確認できるが、小牧の回想によれば、創刊号の発禁に際して電通へ赴き、広告部員に「創刊号、発禁！次号、近刊！」と組み替えの指示を出し、それが『朝日新聞』に掲載されて宣伝効果があったという（『ある現代史』八一頁）。

ただし、治安警察法違反等を理由に編集責任者が検挙・刑事裁判という事態になれば、言い渡しから一〇日以内に罰金を完納しないと保証金から諸費用が差し引かれ、それを補充するまで次号は発行できない。拘束期間が長引けば、編集の要が不在となり雑誌の寿命は縮まる。不測の事態に備えて代役可能な実力ある同人を補強することが急務であった。

平林・津田・松本は師範学校・中学校を卒業し記者や小説家の経験を持ち評論家としても見込まれていた。特に平林は唯物史観に依拠したプロレタリア文学理論の建設を主張する点で期待が高く、小牧の強い勧誘で加わり、同年八月の『新潮』に「民衆芸術の理論と実際」を発表した。同五号より検閲を免れるためか、表紙裏に掲げられてきた「嘗て人間は神を造った。今や人間は神を殺した」で始まる「宣言文」の最終段落がほぼ伏字に変更された。

三度目の加入は、第二年第三巻第一二号・一四号（一九二二年九、一一月）と発禁処分が相次いだ後、青野季吉、佐野袈裟美・前田河廣一郎・中西伊之助の四名であった。同一六号の「編輯後記」は「我が社は、今度青野季吉君を同人の一人として、新たに戦闘の先陣に起たしめることゝした。彼は、彼の大きな体軀に正比例するところの、勇敢な戦闘ぶりを見せてくれるであらう」と報告している[22]。マルクス主義の文芸理論家である青野を加えたことは「分水嶺」となる。青野は平林と早稲田の同窓で親交もあり、同号掲載の「階級闘争と芸術運動」は、検閲による削除が多く入るも、階級闘争における文学と芸術の位置・意味について根拠を明らかにしながら説いた力作である。以降、青野は実質的に編集責任を負いながら、同一九号の「大衆の創造性」で「プロレタリヤの藝術運動は、大衆を闘争へと導くものでなければならぬ」と唱え、運動の方向性を指し示していった。

佐野・前田河・中西の三者は理論家の青野とは異なる個性の持ち主で、それぞれ特異な生活体験を経て記者となり、プロレタリア文化運動に加わった。なかでも前田河は徳富蘆花に師事した後に渡米して様々な仕事に就いて苦労し、帰国後に創作集『三等船客』を発表して人気を博した。同一九号の小説「暴力」に象徴される、彼の平易かつ諧謔にみちた文体は、語りかけられているような錯覚を読者＝大衆に抱かせる独特の力を持っていた。

三度目の背景には、アナルコ・サンディカリズムとボルシェビズムが一九二二年九月の日本労働組合総連合の創立大会で両派の組合の団結をめざすも瓦解したことが挙げられる。[23] 総連合の中央集権を求めるボル派と地方分権的自由連合を主張するアナ派が互いに譲らず、両派の組合が抗争するうちに大会は解散された。これを機にアナ派は退潮し、ボル派が運動の主流を占めていく。同年一二月三〇日にロシア＝ソヴィエト連邦社会主義共和国に、ウクライナ、ベラルーシ、ザカフカースの三つのソヴィエト社会主義共和国が加わり「ソヴィエト社会主義共和国連邦」が成立したことがこの情勢を後押しした。

ここで想起しなければならないのが「東京版」再刊号に掲げた村松の評論「労働運動と智識階級」である。小牧の回想によれば「アナ系かボル系かわからぬように程よく書いてもらいました」（『ある現代史』七八頁）という。この立ち位置こそが『種蒔く人』の特質であると同時に「限界」でもあった。「クラルテ運動」と「第三インターナショナル」を謳った種蒔き社には、当初から反資本主義・反軍国主義の点では一致するものの、運動の方向性や方法論をめぐってはアナ派とボル派が共存していた。むしろ両派の差異を認めつつ、共通の敵を生活の場からさぐり出すために「行動と批判」を起こす実行性にこそ、同社が『種蒔く人』によって展開した思想運動の意義があったと言える。共通の敵を見据えるよりも、かつての同志を「アナかボルか」「黒か赤か」「AかBか」と問い質し始めるとき、左翼運動に限らず反権力闘争は内向きに権威化すると同時に形骸化していく。だが、革命以降のソ連の拡大、政府による弾圧の強化、そして何よりプロレタリア運動が労働者・農民らに想定以上に浸透しない現実を前に、「統一」の道が選ばれていったのである。

以上、種蒔き社同人を「土崎版」の七名を踏まえ、「東京版」より加わった一四名を三段階に分け、それぞれの事情と戦略に注目しながら分析してきた。彼らは「クラルテ」「第三インター」「マルクス主義」の理論を軸に政治や社会を「批評」する評論家として、生活の場に根差した「小説」「童話」「詩」をもって民衆の生活苦と資本主義の矛盾を表現する作家として、「漫画」「戯曲」をもってプロレタリア文化運動を体現する画家・演出家として、各自の役割を担いつつ、言論と企画を通じて読者に「批判と行動」を示し続けた思想集団であった。経歴に着目すると、彼らは日清戦争前後に生まれた同世代に属し、全国各地から上京していた。小学校教育を受けた後に複数の職業を経験し生活の苦闘から運動に参加した「叩き上げ」型と、地元の中学校・師範学校で学んだ後に早稲田・慶應などに進み「クラルテ」「第三インター」に際会した「インテリ」型が共存していた。[24]その多様性こそが種蒔き社による雑誌『種蒔く人』の運動の「豊饒さ」の源泉であった。

おわりに　～種蒔き社の「解散」

一九二三年九月一日の関東大震災は種蒔き社にも甚大な被害を与えた。土崎港旭町の「太陽堂印刷所」で刷られた『種蒔く人』帝都震災号外には「同人消息」が掲載され、「金子洋文―無事。代々木の家もつぶれなかった」などの動静が伝えられている。翌年一月、同社は「編輯発行兼印刷人」金子洋文の名前で『種蒔き雑記―亀戸の殉難者を追悼するために』を世に送り、大震災の混乱に乗じて労働運動家の平澤計七・川合義虎・鈴木直一ら一一名が軍隊・警察に不当検挙・虐殺された事件を詳報したが、これが「最終号」となった。

翌年六月一〇日、『文芸戦線』が創刊された。青野季吉による巻頭論説「「文芸戦線」以前（「種蒔き社」解散以後）」には、種蒔き社の解散理由が「旧「種蒔き社」はそれ以前から漸次に団体としての統制を失って来てゐて、「種蒔き社」の成立の約束からするとそれを如何ともすることが出来なかった為めである」と記されている。

その反省からか創刊号には「文芸戦線社同人及綱領規約」が明記されている。「綱領」には「我等は無産階級解放運動に於ける芸術上の共同戦線に立つ」「無産階級解放運動に於ける各個人の思想及行動は自由である」と記され、規約八カ条に加え、「雑誌編輯の規約」も掲げられた。同人として賢三、洋文、中西、武藤、村松、柳瀬、前田河、松本弘二、小牧、佐野、佐々木、青野、平林の一三名が挙がっている。結ぶ実の色がわからない「種」を蒔く季節は終わり、「無産階級解放運動」という明確な方針が示されたのである。

果たして、文芸戦線社とはいかなる集団で、どのような運動を展開していくのか。本稿では十分に成し得なかった一次史料に基づく雑誌『種蒔く人』の歴史学研究と合わせ、今後の課題とすることを「宣言」し筆を擱きたい。

〔注〕

(1) 中野目徹『政教社の研究』(思文閣出版、一九九三年)、同『明治の青年とナショナリズム』(吉川弘文館、二〇一四年)、山口直孝「〈白樺派〉という安全装置―民主主義文学者たちが否認したもの」『有島武郎研究』二〇号(二〇一七年五月)を参照した。

(2) 主に北条常久『『種蒔く人』研究―秋田の同人を中心として―』(桜楓社、一九九二年)、『『種蒔く人』の潮流―世界主義・平和の文学』(文治堂書店、一九九九年)、安斎育郎＋李修京編『クラルテ運動と『種蒔く人』―反戦文学運動〝クラルテ〟の日本と朝鮮での展開』(御茶の水書房、二〇〇〇年)、『種蒔く人』『文芸戦線』を読む会編『フロンティアの文学―雑誌『種蒔く人』の再検討』(論創社、二〇〇五年)、大和田茂『社会運動と文芸雑誌―『種蒔く人』時代のメディア戦略』(菁柿堂、二〇一二年)を参照した。

(3) 拙稿「結社―益進会と大正地方青年」(中野目徹編『近代日本の思想をさぐる―研究のための15の視角』(吉川弘文館、二〇一八年)をご参照いただきたい。

(4) 文部省編『学制百年史』(帝国地方行政会、一九七二年)、菊池城司『近代日本の教育機会と社会階層』(東京大学出版会、二〇〇三年)などを参照した。

(5) 大蔵省印刷局編「官報」第五一四〇号(一九〇〇年八月二〇日)。

(6) 小牧近江『ある現代史―〝種蒔く人〟前後』(法政大学出版局、一九六五年)二頁。

(7) 金子洋文「特集「種蒔く人」創刊五十五年記念講演　第二部　秋田の県民性」『原点』五四号(一九七六年一一月七日)一七頁。

(8) 金子洋文「その種は花と開いた」『金子洋文作品集(一)』(筑摩書房、一九七六年)三五七～三五八頁。

(9) 今野賢三著「「種蒔く人」とその運動―解説書」(「種蒔く人」顕彰会、一九六二年)。

(10) 中山助治『奥羽鉄道北線の道しるべ』(岡崎屋書店、一九〇二年一〇月)。

(11) 『近江谷井堂　復刻版』(みなと(土崎)文人展企画同人、二〇〇一年一一月)、『土崎港町史』(土崎港町、一九四一年)、男鹿市編『船川開港史』(一九六一年)を参照した。

(12) 『暁星百年史』(学校法人暁星学園、一九八九年)四〇六頁。

(13) 前掲、小牧近江『ある現代史―〝種蒔く人〟前後』三四～四〇頁。

(14) 拙著『雑誌『第三帝国』の思想運動―茅原華山と大正地方青年』(ぺりかん社、二〇一五年)第四章第三節をご参照いただきたい。

(15) 今野賢三著・佐々木久春編『花塵録』(無明舎出版、一九八二年)。

(16) 種蒔き社同人の変遷については、主に小牧近江『『種蒔く人』

回想」『新日本文学』第五巻第八号（新日本文学会、一九五〇年一一月）、佐々木孝丸「「種蒔き社」まで―わが半生の記―」『小説新潮』第一一巻第一五号（新潮社、一九五七年一一月）、同「『種蒔く人』と柳瀬正夢」『文化評論』第二〇五号（新日本出版社、一九七八年五月）、青野季吉『文学五十年』（筑摩書房、一九五七年）、および山田清三郎『日本プロレタリア文藝運動史』（叢文閣、一九三〇年）などを参照した。

(17) 村知稔三「1920年代初頭のロシアにおける飢饉と乳幼児の生存・養育環境」『青山学院女子短期大学紀要』六〇号（二〇〇六年一二月）一七七～一九九頁。

(18)「静動」（『種蒔く人』第一年第一巻第二号、一九二一年一一月一日）一二二頁。

(19) 大蔵省印刷局編「官報」第七七五六号（一九〇九年五月六日）。

(20) 小牧近江「「種蒔く人」と秋田」前掲、今野賢三著「「種蒔く人」とその運動―解説書」二七～二八頁。

(21)「編輯後記」（『種蒔く人』第二年第二巻第五号、一九二二年二月一〇日）裏表紙。平林については、青野季吉「平林初之輔論」『新潮』（一九三一年八月）、平林初之輔「プロレタリア文学運動の理論的及び実践的展開の課程」『平林初之輔遺稿集』（平凡社、一九三二年）などを参照した。

(22)「編輯後記」（『種蒔く人』第三年第四巻第一六号、一九二三年二月一日）裏表紙。青野については、主に『青野季吉選集』（河出書房、一九五〇年）を参照した。

(23) 後藤彰信「文学におけるアナ・ボル論争―思想史からのアプローチ」（『初期社会主義研究』二八号、初期社会主義研究会、二〇一九年）を参照した。

(24) 特に早稲田大学文学科出身者が多かった理由には仏文学者の吉江喬松が関係していよう。吉江は大戦中にソルボンヌ大学に留学し小牧と行動をともにした間柄であった。帰国後に母校の学部再編に携わり私立大学初の「仏文科」を創設し学生への影響力も強かった。

『種蒔く人』と部落解放運動

北条　常久

一

小牧近江（本名近江谷駉）は、一九一九（大正八）年一二月に、アンリ・バルビュスと「日本でクラルテ運動を推進します」と握手して、日本に反戦平和運動を展開する気持ちを強く持ち、一〇年ぶりに帰国した（『ある現代史』）。それは、彼が在仏中に第一次世界大戦の開戦から終戦までを見聞し、戦争の悲劇を体感したからである。

小牧の父近江谷栄次（号井堂、一八七四年一月二〇日～一九四二年六月八日）は、一九〇三（明治三六）年九月秋田県会議員、一九〇四（明治三七）年三月代議士を務め、一九〇一（明治三四）年一一月には地元土崎に五万円を投じて秋田県で初めて電気会社を起こしたりした、型破りの政治家であった。

一九一〇（明治四三）年秋には、第一回万国議員会議に出席するために長男小牧を帯同してシベリア鉄道でヨーロッパ入りした。会議への出席は自由で、尾崎行雄を団長とした多くの出席者は海路を選んだが、栄次はシベリア経由を選んだ。

栄次が小牧を伴ってシベリア鉄道を選んだのには彼なりの思惑があった。ロシアと協力しシベリアの森林を切り開き、二国の貿易港として土崎を発展させたいという強い願いが栄次の頭にあった。

万国議員会議終了後、父栄次は、小牧をパリのアンリ四世校に入学させて帰国してしまう。

帰国後栄次が政治や事業に金を費い尽くし、家運傾き、小牧の帰国時は弟晋作が旧制第三高等学校の学生であったこともあり、近江谷家は秋田県南秋田郡土崎港町（現秋田市土崎港）永覚町より京都市岡崎に移住していた。ために、神戸港に着いた小牧は、京都に直行した。

　その小牧が帰国後、最初に出会った社会問題は、反戦平和運動ではなく、部落問題であった。


　私は大正九年（実際は八年）暮、一〇年ぶりでパリから帰ったが、その頃両親は京都岡崎のはずれに住んでいた。私はこの国では人民は民草にすぎないのにおどろいたが、さらに驚いたのは、その中に部落民というものがあって、垣根をめぐらされていることだった。ひどく胸をうたれた。もともと私は東北の生まれだから、それまで思ってもみないことであった。

　私の母は隣家の靴屋さんと親しくしていたが、至極あたり前のことと思っていたし、結婚してみたら、福沢諭吉の門弟だった義父（前田正吾）は隠れた部落史の研究家であった。というように、水平ムードがどうやらわが一家の身についていたのである。（『部落』一九六三年一月号）

　文中の靴屋さんは部落民に違いない。部落問題は、まったく東北人には馴染みのない話であって、一般の人々に理解されるようになったのは、住井すゑの『橋のない川』が大ベストセラーになってからのことである。

『種蒔く人』が、秋田県の小さな港町から創刊された理由を次に記す。

　小牧近江は、一八九四（明治二七）年に土崎港町の豪商の長男として誕生。地元の土崎尋常高等小学校に入学し、同校を卒業するが、父近江谷栄次が国会議員に当選したので、上京し東京の暁星中学校に入学する。暁星は、パリのマリア会の経営なので、履修外国語はフランス語であった。フランスに留学した画家藤田嗣治もフランス語を暁星の夜間部で学んだ。

　一九一〇（明治四三）年、小牧の父栄次が小牧をパリのアンリ四世校に入学させ帰国してから二年もすると、家からの送金が途絶えてしまう。それから小牧は一〇年間苦学してフランスで学ぶことになる。

　時は第一次世界大戦前後で、日本人として、他にあまり例のない独特の経験をした。小牧は開戦から終戦まで体験し、戦争の悲劇をつぶさに見て反戦平和の重要性を学ぶ。彼は一九一九（大正八）年に帰国し、故郷土崎港町で、反戦平和を標榜するプロレタリア文学雑誌『種蒔く人』を創刊する。

小牧は、一六歳から一〇年、異国で生活したので、学閥も同僚もなく、『種蒔く人』の創刊当時の同人は、小牧の叔父近江谷友治、従兄畠山松治郎、小学校の同級生金子洋文、今野賢三に、畠山の友人安田養蔵と金子洋文の新聞記者仲間山川亮といった地縁血縁の少人数であった。その一八頁にも満たない小雑誌を、同年一〇月から東京で発行される東京版と区別して土崎版と称する。

『種蒔く人』には、クラルテを範として、反戦平和を目指すという大きな括りはあったが、通常のプロレタリア文学雑誌や同人雑誌のように、組織やグループが先にできて、自分たちの主張を表現するために発行した雑誌とは違う。一〇年の間、異国の地フランスにあり、日本での組織、人脈に疎かった小牧は、雑誌を発行することを出発点として、そこに集ってくる人々によって『種蒔く人』運動を展開して行こうとしたのである。

東京版『種蒔く人』の創刊号の裏表紙に名を連ねた人々も同人ではなく執筆家であった。そしてその執筆家も広範囲に亘っていた。それだけに、各号のテーマも毎号違っていて一貫性に乏しいものであった。それが逆に他の雑誌では思いもつかないユニークなものも生んだ。表紙に付されている特集号のメッセージをいくつか次に記す。

第一年第一巻第二号（大正一〇年一一月）
　飢ゑたるロシアの為めに
第一年第一巻第三号（大正一〇年一二月）
　―非軍国主義号
第二年第三巻第一〇・一一号（大正一一年八月）
　ロマン・ロオラン対アンリ・バルビユスの論争五通

そして『種蒔く人』（東京版）は、一九二二（大正一一）年三月三日の京都岡崎公会堂での全国水平社創立大会に呼応して、第三年第四巻一六号（一九二三年二月）に「水平社運動」の特集号を企画した。

小牧は、帰国して最初に部落差別に出会ったのが水平社創立大会の会場の京都岡崎であったこともあり、特に高い関心を寄せた。が、同人達は、その運動を理解しても、本格的に水平社運動に取り組もうとする者はいなかった。
　小牧は、『種蒔く人』創刊と時を同じくして設立された山川均を中心とした社会主義グループ「水曜会」の西雅雄（一八九六年四月二四日～一九四四年四月一六日）と上田茂樹（一九〇〇年七月二七日～一九三二年四月）に声をかけ、部落解放運動家高橋貞樹（一九〇五年三月八日～一九三五年一一月二日）を紹介された。
　高橋は、大分県御越町（現別府市）に生まれ、大分中学から東京商科大学（現一橋大学）に入学したが、大学の教育に飽き足らず中退し、山川均の水曜会に参加し社会主義運動の第一線で活躍していた。彼は一九二二（大正一一）年、水平社運動を知り、奈良の坂本清一郎に学び、三月三日の京都岡崎での全国水平社創立大会にも参加した。
　小牧近江は、その新進気鋭の高橋貞樹について次のように書く。

　高橋貞樹の第一印象は、はっきりいって私たち同人にとって、とりつくしまのない青年に見えた。どう切りだしていいか戸惑うほどのむっつり屋だったからだ。かれの眼に私たちは「無信念のインテリ共」に見えたのかも知れない。どうやら「賤民」は、思いあがっているととられたのはこちらの方らしかった。事実、こちらはまったく無方針だったにちがいない。だが、そのうち会合の機会を重ねるにつれ、私たちはこの青年の肚の底に燃えたぎっている情熱にうたれた。やがて、かれも私たちの真意を素直に理解してくれたようだった。

かくて、『種蒔く人』に特集号が刊行された。目次は次の通りである。

　題言「人間権の奪還」……編集部
「水平社運動の経過」
「水平社とは？」…………青十字凡人
「或る夜のこと」…………平野小劔
「水平社訪問記」…………佐野学

　題言は、無署名であるが、高橋貞樹の筆である。文章の調子は激しく、西光万吉（一八九五年四月一七日～一九七〇年三月二〇日）の「水平社創立宣言」そのままである。

（前略）社会のどん底に、畜生は四つ足よと罵られながら、獣を屠り、その皮を剥ぎ、其の肉を喰ふ一群の人々が呻いて居た。悲しくもその人々に人間の権利はなかつた。生々しい人間の皮を剝ぎ取られ、暖い人間の心臓は引裂かれて居た。

これがヱタであつた。吾々の祖先の運命であつた。しかし、畜生を呼ばれた我々も人間である。（中略）時は過ぎ行く、ヱタも人間だと叫ぶ時が来た。奪はれた人間権を奪還すべき時が来た。（中略）

ヱタも人間だ。三百萬の兄弟よ団結せよ。

この特集号の中心となるべきであった高橋の論文が締め切りに間に合わず、次号（第三年第四号第一七号）に回された。その号が「無産婦人号」であったので、本来は「吾等の反逆と水平革命」という題であったのが、特集号との兼ね合いで「無産婦人と水平革命」と改題されて掲載された。

小牧はこの高橋の「無産婦人と水平革命」を、後に「高橋貞樹と『種蒔く人』」（『部落』一五七号、一九六三年一月）で絶賛する。高橋が「水平社運動」を「水平革命」と呼び（「革命」という言葉は当時の禁忌であった）、彼はそれを社会発達史の角度から書き出していると紹介して、小牧は「引用文が長くて恐縮だが」と断って千字にも及ぶ文を引用する。ヨーロッパ生活が長く、東北出身の小牧には、高橋が自分の意のあるところを十分に紹介してくれていると思ったからであろう。

小牧が引用した部分は以下の通りである。

近代のブルジョア社会は前代の凡ゆる因襲と惰性を打破した。極端な個人主義が唱へられ、私有財産制が確立した。しかし、それと同時にブルジョア社会は自己に有利な一切の社会制度、習慣を壊すことはしなかった。唯しなかったのみならず、これを助長もし、支持もした。我が国のブルジョア階級は、早くから当初の革命気分を忘れ、旧貴族のそれの如き有様となったため、殊にその現象が甚しかった。

徳川時代の因襲で破壊し去られたものは少ない。或は其儘で、或は変形して残存して居る。古い封建的、鎖国的な風と、若い時代的ブルジョアとは、国家の政策の上にも、社会組織にも、私的生活にも随所にこれを見出し得る。

近代の日本は其の外殻には近代的な真に資本主義的な種々の要素を含んで居るにも拘らず、内部には依然たる徳川時代的要素を保存している。

と喝破し、米騒動と結びつける。

かつてあった反逆は悉く、一時的或は個人的のものである。個人的反逆は少なくない。「うぬ！この恨は」と云ふ叫びに端を発する個人的反逆は、部落民を強制的に或る方法へ向わせた。伊勢の五寸釘寅吉、河内の北海熊等は、其の部落出身なるが故に、遂に大罪を犯し凶族となるに至ったものである。

……また生活窮迫のため、騒動を起し、また他の騒動に参加した場合もある。先年（大正七年）の米騒動の如きその最なるものとする。

米騒動は全く民衆が生活そのものに脅かされて遂に騒擾を起すに至ったものである。部落民は卑屈になれて居た。全日本を四十四日間あの恐怖に陥れた騒動は部落民を脅す飢の力が起こしたものである。米騒動に加はったものが処罰されたとき、極刑に処せられた三人のものは部落の出身であったと云ふ。

吾々は殊更に叛乱を好まぬ。暴動も好まぬ。しかもこれを吾々に敢てせしむるのは飢えである。部落民は飢えて居る。経済の自由を奪はれ、劣悪な生活を余儀なくされて居る。しかも、社会的には迫害と侮辱の絶え間がない。

……吾等の進み行く方向は吾等が最もよく知って居る。吾等の運動が如何に必要なものであり、不可避のものであり、真剣なものであるかは吾等のみがこれを理解して居る。

私はいつか或る人に、君等の仕出かすのは水平革命だろうと嘲笑されたことがある。ヱタと呼ばれ、四つ足とよばれたのと同様に、吾々の、この生命がその真剣な運動に無理解な心意に対して私は心から憤った。しかし、また私は、吾等に投げ与へられて水平線下に踏みつけられてものが、全て水平線上に浮び上がる其の日は吾等は望む。吾等はただこの一点を目指して進む。吾等が熱望し希求する、熱と輝く水平の革命！

と結んでいるのである。

当時、高橋は弱冠二一歳で十分発表の場が与えられていたわけではない。しかし、一九二四（大正一三）年には『特殊部落一千年史』の初版が発行されているのであるから、特殊部落を歴史的に捉える彼の考えは頭の中で構築されていたはずである。それを小牧は十二分に認めたのである。

『特殊部落一千年史』は発行直後に発禁となっているので、彼の発言が活字になったものが少なく、『種蒔く人』に掲載された論文は、水平社運動者以外の人々に部落解放を知らせるという意味で大きく貢献したはずである。

小牧に『種蒔くひとびと』（かまくら春秋社、一九七八年四月一〇日）という『種蒔く人』に関わった人物の思い出文集があるが、パリ時代の青春群像、バルビュス、藤田嗣治、有島武郎、葉山嘉樹、秋田雨雀、前田河広一郎等とともに高橋貞樹がリストアップされている。部落解放運動に未熟であると認識していた小牧にとって、高橋貞樹は良き代弁者でもあったのだろう。

二

住井すゑは、売れない文士が多く住む新興住宅地の東京府滝野川中里に住んでいた。隣には、歌人山川登美子の弟で『やまと新聞』の記者山川亮がいた。彼は『種蒔く人』の同人金子洋文の記者仲間であった。彼は独身であったので、住井家の居候のようで、たまには『種蒔く人』の編集会議に彼女の家を借用したこともあった。

住井すゑが、被差別部落の存在を知らないはずはない。彼女は、奈良県磯城郡平野村（現田原本町）に誕生し、田原本技芸女学校卒業後、村の小学校の代用教員をしながら、東京の雑誌に投稿して、賞品の図書券やメダルを獲得していた。

田原本町にも部落差別の悲劇はあった。彼女は部落民ではないが、子ども時代、村中で部落差別が渦巻いていた。『奈良県部落解放史年表』（奈良県部落解放研究所、一九九六年六月一五日）にも、一八九九（明治三二）年四月の項に「磯城郡田原本町、浄照寺で蓮如上人四〇〇回忌法要の際、列座差別事件」という記述がある。

部落は一般に浄土真宗であるが、寺まで差別されていて、部落民と一般の人々が、同じ寺の檀家になることはない。一八九九（明治三二）年四月に、田原本町浄照寺で、浄土真宗本願寺の中興の祖蓮如上人の四〇〇回忌が行われたが、被差別部落の寺の僧には、座席が与えられなかった。

この事件が契機となり、宗教社会の弊風刷新と部落の向上啓発を目的とした「大和同心会」が田原本町で誕生し、全県的広がりをみせた。それは全国最初のものであった。

しかし、住井すゑは、『種蒔く人』（一九二三年二月）の「水平社運動」特集号で、初めて「水平社宣言」を読み、部落解放運動が具体的に運動として展開されていることを知った。そして『種蒔く人』の翌号（一九二三年三月一日）の「無産婦人と水平革命」で部落解放運動家高橋貞樹の存在を知った。

住井すゑは、この『種蒔く人』の「無産婦人号」を目にして、少女時代を思い出す。しかし、住井の部落解放運動への思いは、夫犬田の農民文学運動への協力と家庭経済を支える多忙さに追われ、心の中にしまわれたままになっていた。

昭和も進むにしたがって国家の弾圧が厳しくなった。肺が弱く重い喘息持ちだった犬田は東京の生活に耐えられなくなり、一家は空気の綺麗な犬田の故郷茨城県牛久村へと転居した。

住井は、夫の病状を気にかけ、子どもの食事を心配しながら、童話を量産して一家の生活を支えたが、一九五七（昭和三二）年七月二一日、犬田は彼岸の人となった。夫に死なれてみると、彼女の心は故郷奈良県の田原本町に帰って行く。差別されている部落民たちが、脳裏に浮かんだ。

彼女は、東京、青山霊園の「解放運動無名戦士墓」に夫を分骨して、「これで家庭のことは終わりました。あと残された人生は、自分のために使いますよ」と大きな墓石に話しかけた。心の奥に仕舞いこんでおいた部落解放運動への思いに火がついたのである。

彼女は、青山墓地からその足で神田神保町の部落解放同盟の東京事務所に行き、同盟への参加を申し出た。

戦時体制による弾圧で水平社は消滅したが、部落解放運動は戦後再建され、昭和三〇年代に入ると、各地で盛んになった。住井は、京都の部落問題研究所を紹介してもらい、そこの研究員と知り合い、機関誌『部落問題研究』を手にした。夫に「残された人生、自分のために使う」と宣言したが、それは、部落問題への取り組みであった。彼女は、夫の万年筆を握って机に向かった。

『橋のない川』の第一回は、部落問題研究所の機関誌『部落』の一九五九（昭和三四）年一月から連載が始まる。その号の目次を見てみると、当時の部落解放運動の方向性が窺える。

目次
沖縄から部落へ　竹内好
人権と国民教育　勝田守一
道徳という名において　中村拡三
特別レポート
部落はかくしてつくられた　馬原鉄男
座談会　文学の条件・作家の条件
住井すゑ　五味川純平　土方鉄　佐藤直孝
詩　もつとふかく滲み通れ　酒井真右
小説　橋のない川（連載第一回）　住井すゑ

『部落』は、広範囲にわたる、まさに部落解放運動の機関誌である。その中にあって、人気作家五味川純平まで動員して、文学に力を入れようとしているのが分かる。

連載に先がけて、『部落』の編集部から次のようなメッセージも送られている。

新年号から小説『橋のない川』を連載する予定です。現在、部落解放運動のなかで、つよくのぞまれていることの一つは、すぐれた文学作品を生み出すことです。この国の矛盾とゆがみを集中的に背負っている「人間の壁」――いわゆる未解放部落の問題に真正面からとりくんだ、国民文学を期待する。

『橋のない川』は、それから一九六〇（昭和三五）年一〇月まで連載され、一九六一（昭和三六）年に単行本『橋のない川』として刊行された。時は六〇年安保の真っ盛り、大学には部落問題研究会が立ち上がり、『橋のない川』がテキストにさえなった。映画になり、文庫本にもなり、民衆解放の時代に部落問題が多くの人の関心を呼んだ。

同年には、書き下ろしで第二部、一九六三（昭和三八）年には第三部、一九六四（昭和三九）年には第四部と出版して、一つの物語は終了する。

住井の活躍で、文学活動が部落解放運動で重要視されるようになる。『部落』一九六三年一月号では、「部落解放の思想と文学」という特集が組まれた。目次を次に記す。

人間差別と文学　金達寿
底辺の運動と思想の一断面　秋山健二郎
沖縄の現実と日本の解放　霜多正次
山谷をつくる条件　山下竹史
麻薬の町からのレポート　西田秀秋
ミシシッピー事件の背景　レオ・ヒューバーマン
「破戒」論序説　佐古純一郎
岩野泡鳴と部落の問題　猪野謙二
高橋貞樹と「種蒔く人」　小牧近江
戦後宗教界の変化と解放運動（上）　森竜吉
「笑の影」をめぐって　飛鳥井雅道
アルジエリヤの解放と文学　本田烈
部落の母　酒井真右
筑豊風雲録　馬原鉄男
教育の深さと広さと　中村拡三
わしらポタじやない　岡崎柾男

気鋭の文学評論家が、本格的に部落問題を論じている。部落解放運動には文学活動がぜひ必要であるということが、部落解放運動の側から認められた。

小牧近江の「高橋貞樹と『種蒔く人』」という論文も掲載されている。彼は、高橋貞樹を『種蒔く人』に採用した理由を語り、彼が水平社運動を水平革命と記したことを述べている。当時「革命」という言葉は禁忌であったが、彼はそれを社会発達史の角度から説き起こしていたという。『種蒔く人』が部落解放運動にも有効であったことを述べる機会が小牧に与えられた。

住井すゑが水平運動を『種蒔く人』（一九二三年二月）によって初めて知らされ、『橋のない川』の成功で、文学が部落解放運動に大きな役割を演じることを証明もされた。

住井すゑが、夫犬田の墓前でした「あと残された人生は、自分のために使いますよ」という宣言は、水平社運動のために使いますよということであった。そしてそれは、『種蒔く人』からの発信によるものであった。

〔付記〕
本稿は、拙論「『種蒔く人』から住井すゑ『橋のない川』へ」（『秋田風土文学』第一六号、二〇二〇年三月三一日）と一部重複する。

関東大震災と『種蒔く人』

竹内栄美子

はじめに　『近代思想』から『種蒔く人』を振り返る

昨年、創刊百年であった『種蒔く人』については、北条常久『『種蒔く人』研究―秋田の同人を中心として―』[1]をはじめとして、これまで多くの研究が蓄積されている。かねてより筆者は、初期社会主義思想からプロレタリア文学への系譜とその思想的文学的事績に関して、飛鳥井雅道『日本プロレタリア文学史論』[2]に啓発されてきた。飛鳥井は、日本プロレタリア文学運動史において『近代思想』と『種蒔く人』を、発想とその型において同一のものとし第一期と位置づけている。その議論は、それまでの、例えば山田清三郎のプロレタリア文学史が『種蒔く人』を嚆矢として『近代思想』にほとんど触れないことへの異議申し立てでもあった。プロレタリア文学の嚆矢として『近代思想』を位置づけるという議論は、大和田茂「プロレタリア文学の出発点として」[3]にも見られ、筆者も同様の意見を持っている。ただし、飛鳥井が『近代思想』と『種蒔く人』創刊時のそれぞれの姿勢を分析しつつ「結論から書きつければ、アナ・ボルの違いはありこそすれ、実際には、社会主義者が世をしのぶ仮の姿だったのである」と述べていることには、少し留保をつけたい。政治運動が圧殺された時にどう行動していくか、「運動」としてのプロレタリア文学を考える時『近代思想』と『種蒔く人』は同じ傾向を持っているということだが、「世をしのぶ仮の姿」という文言は「文学」を狭く捉えすぎているように思われて、「仮の姿」などではなく文学批評のかたちをとった「運動」であり「革命思想」であったはずだと筆者は考えている。いずれにしても『近代思想』にまで遡って『種蒔く人』を考えるという見解、プロレタリア文学運動の第一期としてこれらを位置づけることに異論はない。飛鳥井は、関東大震災以後の『文藝戦線』『プロレタリア藝術』『前衛』などの時期を運動の形態として最も有効だった第二期として、第三期は三・一五事件以後『戦旗』『ナップ』『プロレタリア文学』『文学新聞』の時期、第四期は一九三三年夏以降のプロレタリア文学崩壊期と転向の時代だと分類している。つまり、大逆事件のあと関東大震災あたりまでが第一期とされているのである。

そこで、本稿では、第一期の区切りとなる関東大震災と『種蒔く人』について、その思想的歴史的意義を明らかにしたい。関東大震災を契機として廃刊になった『種蒔く人』は、一九二三年八月発行の第五巻第二号の農村特集のあと、九月の震災直後に『帝都震災号外』（一〇月一日発行）を、翌年一月には『種蒔き雑記』（一九二四年一月二〇日発行）を刊行した。これらについて『復刻種蒔く人別冊』解説で小田切進は、震災後の朝鮮人虐殺や大杉事件および亀戸事件に触れつつ「ただちに『種蒔く人』はこの強権の暴虐を記録し、強い抗議をこめて『帝都震災号外』（同年十月、二百部）と『種蒔き雑記——亀戸の殉難者を哀悼するために』（大正十三年一月）を出し」たと評価している。以下、この評価を踏まえつつ、関東大震災に関わるいくつかの資料を瞥見していて了解された『種蒔く人』の独自性や意義について論じたい。

一　朝鮮人虐殺について

関東大震災時の朝鮮人虐殺については、近年、悪辣な歴史修正主義に対して加藤直樹『九月、東京の路上で　1923年関東大震災　ジェノサイドの残響』（ころから、二〇一四年）、同『TRICKトリック「朝鮮人虐殺」をなかったことにしたい人たち』（ころから、二〇一九年）などが反論し、関東大震災九〇周年記念行事実行委員会編『関東大震災　記憶の継承』（日本経済評論社、二〇一四年）や西崎雅夫『関東大震災朝鮮人虐殺の記録』（現代書館、二〇一六年）も当時の資料を提示して朝鮮人虐殺の事実を明らかにしている。

前掲の『帝都震災号外』『種蒔き雑記』は「関東大震災の混乱に乗じた社会主義者や朝鮮人の迫害をペンによって告発した歴史的書物[4]」と言われているように、同時代の資料として高く評価され、また、震災直後の日本および朝鮮の報道状況を踏まえて「種蒔き社」がいかに優れた報道精神を示していたかも李修京によって明らかにされている[5]。この二誌は、歴史修正主義が広まっている現在においていっそう価値ある資料といえるが、当時のほかの資料をいくつか確認しておきたい。

震災後には、『大正大震災大火災』(大日本雄弁会講談社、一九二三年一〇月一日)をはじめとして多くの関連本が出た。たとえば荒野耕平編『震災ロマンス』二巻本[6]のうち『惨話と美談の巻』では「自警団夜話」として九月三日夜の出来事が語られている。三日の夜になって新しく「焼け跡の東京の市部から郡部にかけて脅威(?)を加へたのは、〇〇〇〇の襲来といふ、おそろしい流言であつた」。「不逞〇〇の放火に注意すべし」という蒟蒻板で印刷された藁半紙が配布され、在郷軍人がいきり立ち、私設警邏が日本刀の抜き身をひっさげている様子や自警団を組織する様子が活写されている。そして、本書の『哀話と佳話の巻』扉には、図1のような「自警団―祖先伝来のこのダンビラを提げたいばかりにあっちこっちと走り廻る人」という挿絵が掲載されていた。本文の〇〇という伏せ字は「不逞鮮人」という語であろう。伏せ字にするのは、次の資料のように朝鮮人保護と自警団の統制が発令されていたからだと推測される。

図1『震災ロマンス 哀話と佳話の巻』扉絵

東京朝日新聞社編纂『関東大震災記[7]』は、全五〇ページの冊子で、巻頭に詔書を置き、東京、横浜、湘南地方、房総半島、埼玉県と山梨県の被害について焼失戸数や死傷者数などのデータを掲げながらそれぞれ詳述、さらに通信機関、鉄道、皇室と皇族、全国的救援、飛行隊の活躍、戒厳令と警備、経済界、他国からの救援、帝都復興、諸法令などについて記している。震災後一ヶ月のあいだで、これだけの情報を収集するのは大新聞だから可能であったのだろう。なかでも「戒厳令と警備」では、政府が戒厳令を出し、九月一日から五日までの陸軍省と警保局とによる警備の概要を記している。たとえば、陸軍省は九月一日に「在習志野騎兵旅団及騎兵学校、在国府台砲兵隊、在下志津野戦砲兵学校、在赤羽工兵隊、在千葉歩兵学校、在千葉付近鉄道両連隊、在松戸工兵学校をして為し得る限り多数の部隊を東京に派遣せしむ」とある。また、警保局は九月三日に、警備会議において次の十項目を決定している。

一、皇城赤坂離宮其他宮邸の警衛並重要官公衙の警衛に関する件
二、各避難地の保護取締に関する件
三、市街及一般民衆の保護取締に関する件
四、一般朝鮮人の保護に関する件
五、要視察人の取締に関する件
六、民衆自衛団の統制に関する件
七、出版物及印刷所の取締に関する件
八、警備に関する通信連絡の整備殊に電話の速成を図る件
九、交通整理及交通路の設備に関する件
十、宣伝の取締並宣伝を実行に関する件
民心を安定せしむる為宣伝ビラ作製配布せしむ
（傍線引用者）

傍線部のように、九月三日の時点で、一般民衆、一般朝鮮人、要視察人の保護や取り締まり、また自衛団の統制が列挙されている。また「民心を安定せしむる為宣伝ビラ作製配布せしむ」とあり、流言蜚語による妄動を防ぐ措置が一応はとられていたことが分かる。だが、この資料だけを見て政府が朝鮮人を保護し虐殺はなかったなどと判断してはいけない。

『朝日新聞』一九二三年九月三日の記事には「二日正午戒厳令発布と東京を追払はれた約二百名の不逞漢いろくの兇器を携へ八王子市に入り込み不穏の形勢あり、夕方に至り悪化して暴徒と化し市民は付近の山中に避難し、警察署は官公吏、青年団に武装を許し相対峙してゐる、列車は

八王子に入るを得ず、右不逞漢は東京、横浜に連絡を有するものと伝へらると」「横浜の罹災民避難地へ不逞漢多数暴れ込み出兵を要求したと」「横浜地方ではこの機に乗ずる不逞鮮人に対する警戒頗る厳重を極むとの情報が来た」（傍線引用者）とあり、「不逞漢」「不逞鮮人」による暴徒化が報じられていた。しかし、この記事自体が「伝へらると」「要求したと」「との情報が来た」という伝聞形で書かれていて、実際に取材したうえでの記事とは思われないことに注意したい。噂をそのまま記事にして、いたずらに危機意識を煽り青年団の武装をうながしている。むしろ『震災ロマンス』の「自警団夜話」のほうが語り手の経験した実話に基づいていて、いきり立つ在郷軍人を批判的に眺めているのがうかがえる。

これらの資料と比較して『帝都震災号外』の叙述はどのようなものだったか。『帝都震災号外』は、わずか四ページ、表裏一枚の号外である。「大正十二年九月廿八日印刷納本、大正十二年十月一日発行」、発行人編集人印刷人は今野賢三で、三つの記事「講読者に与ふ」「休刊に就て 種蒔く人の立場」「同人消息」が掲載されている。本誌において特筆すべき第一点目は、群衆心理による軽挙妄動すなわち朝鮮人虐殺の事実を語っていることであり、その語り方である。「休刊に就て 種蒔く人の立場」ではこう言われている。

震害地に於ける朝鮮人の問題は、流言蜚語として政府側から取消が出たけれども、当時の青年団その他の、朝鮮人に対する行為は、厳として存在した事実である。悲しむべき事実である。呪詛すべき事実である。憎悪すべき事実である。拭ふても拭ふても、消すことの出来ない事実である。（略）

『帝都震災号外』表紙

果してあの、朝鮮人の生命に及ぼした大きな事実は、流言蜚語そのものが孕んだに過ぎないのだらうか？流言蜚語そのものゝ発頭人は誰であつたか？如何なる原因で、その流言蜚語が一切を結果したか？中央の大新聞は、青年団の功をのみ挙げて、その過を何故に責めないいか？何故沈黙を守らうとするか？

事実そのものは偉大なる雄弁である。此の偉大なる雄弁に僕達プロレタリヤは、あくまでも耳を傾けなければいけない。そして僕達は、此の口を縫はれても猶かつ、抗議すべき目標を大衆と共にあきらかに見きわめなければいけない。

右の引用で「政府側から取消が出た」と言われているように、警視庁は流言蜚語を取り締まるビラ一〇万枚を配布した[8]。けれども、震災による多数の死者とともに、引用部のような朝鮮人への加害が特筆され、「中央の大新聞は、青年団の功のみ」取り上げてその過ちを報道しないのは何故かと批判している。「青年団の功」ばかりではない、先に確認したように伝聞による新聞記事はいたずらに「不逞漢」「不逞鮮人」が暴徒化したと述べていたが、『帝都震災号外』での記述の特徴は、まず事実を伝えるということ、そして抗議すべきは抗議するという姿勢を明確にしている点である。虐殺という語は使用されていないものの「朝鮮人に対する行為は、厳として存在した事実である」「悲しむべき事実」「呪詛すべき事実」「憎悪すべき事実」「消すことの出来ない事実」「朝鮮人の生命に及ぼした大きな事実」と述べて「事実」という語が繰り返し書かれている。「事実そのものは偉大なる雄弁である」とも言われている。東京朝日新聞社など大手メディアによる『関東大震災記』が警保局の発表をそのまま列挙するのとは違って、さらに伝聞による報道とも異なり、『帝都震災号外』は流言蜚語による朝鮮人への加害を「事実」として明記し、その流言蜚語の発頭人は誰であったのか抗議している点が注目される。

二　資本主義社会の本質を見極める

二点目として注目したいのは『帝都震災号外』が資本主義の本質を見極める観点を提示していることである。小森陽一「現代史の中の『種蒔く人』[9]」では、『帝都震災号外』の巻頭文章「講読者に与ふ」における「資本主義社会では自然さへ全く公平とは言へない、貧しき者の多く住んでゐる、地の不利な本所、深川の両区は一番凄惨な災害に遭つたのである」という記述に着目し『種蒔く人』同人が資本主義の本質を見極めていたと評価している。この巻頭文章と同様に「休刊に就て 種蒔く人の立場」でも被害の甚大であった地域が貧困者居住地であったことを明記していることに着目したい。『帝都震災号外』の論調は、朝鮮人虐殺についてのみではない。貧困層の被災者に対する視線がもう一つの特徴であり、階級的都市計画を批判して平等を求めている。

僕達は今まで、思想の高楼より、現実への飛躍下降を叫んで来た。僕達は実際問題として都市計画に対しても、階級的計画より、平等的計画を要求する。今日、焼死した大部分は、無産階級でないと誰か言ひ得るか。本所深川に於ける惨害、浅草吉原に於ける惨害を観る時、無産階級は、あらゆる意味からして、損失をより多く受けてゐることをすぐにうなづかれるであらう。

都市計画は断じて階級的であつてはならない。平等的でなければならない。

×

実際問題として、震災当時を回想しながら今一つ忘れることの出来ないことがある。非常徴発令はどの程度に於て実行されたか、後藤内相が要求した、富豪の邸宅解放（ママ）がどの程度に於て実行されたか？といふことである。

（傍線引用者）

右の引用では、被害が大きかった地域として、本所深川、浅草吉原があげられている。現在、東京都慰霊堂（旧震災記念堂）のある横網町公園の本所区陸軍被服廠跡地では火災旋風によって多くの焼死者が出た。また、隣接する本所区と同じく隅田川の東側に位置する深川区でもほとんどが焼失し、公娼制度で人身売買の被害者であった女性たちの浅草吉原があげられているところに『種蒔く人』同人（筆者は今野賢三か）の行き届いた視線がみてとれる。被害が大きかった地域は、本所区被服廠跡地のほか、浅草区田中小学校、本所区太平町、本所区錦糸町駅、浅草区吉原公園、深川区東森下町、深川区伊予橋際、本所区枕橋際などとされているが、被服廠以上に死者が山積されたのが浅草区吉原公園だったという。[10] 引用文では、階級的な都市計画ではなく、平等的な都市計画が望まれるとあるように、震災時の被害は、総じて中産階級の居住した山の手では比較的小さく、労働者の多く居住した下町が大惨事であった。労働力以外に売るものがない無産階級労働者がこのような震災時にも、よりいっそうの被害をこうむることになってしまう。資本主義社会が階級社会として弱い階級に負荷を押しつける仕組みになっていることを明示していることに着目したい。『種蒔く人』は、震災時の被害状況を目の当たりにすることで、資本主義社会の本質をこのように洞察するのである。

もう一点、非常徴発令のことにも触れておこう。震災直後には、食糧、建築材料、衛生材料、運搬具などをはじめとした必要物資に関する非常徴発令が公布された。内務省令としても徴発すべき物件として食料品、飲料、薪炭油其他燃料、家屋、建築材料、薬品其他の衛生材料、船車其他運搬具、電線、労務などがあげられた。[11] 右の引用文では、傍線部のように、後藤内相すなわち後藤新平内務大臣が富豪の邸宅開放を要求したことは、その後、どうなっているのか、きちんと実行されたのかと指摘している。このことに関連して、一九二三年九月六日の『東京朝日新聞号外』では「富豪邸宅解放（ママ）」「鮮人は習志野で保護」という見出しで臨時閣議の様子が報じられていることを見ておこう。「五日午前十時から永田町首相官邸で開会山本首相始め各大臣全部出席後藤内相罹災民の現状並に救護の状況田中陸相警備の状況並に陸軍の食料供給の現況等の報告を始めとし犬養逓相田農相其の他から震災善後措置の各報告あつて審議の結果左の諸件を決定して正午過散会」とあり、次のような項目が列記されていた。

一、戒厳区域を更に千葉、埼玉両県下に拡張する事
一、在京朝鮮人一万五千名を習志野兵舎に収容し百人に付き一名宛の警官を伏して護衛する事
一、陸軍工兵隊をして宮城前、新宿御苑、深川区内宮内省御用地にバラックを急造する事
一、軍隊を派遣して銀行を保護して営業を開始せしむる事
一、富豪の邸宅を解放（ママ）せしむる事
一、食糧の配給は陸軍から四日重焼パン十万人分、一両日中に更に百万食分到達すべきを初め近県各

地から米、沢庵、梅干等続々到着し居り、既に市民の給与に十分なる見込みであるが、何分配給宜しきを得ざる虞れがあるので各町協力してこれに当る事

一、罹災民の郵便を無料とする事　（傍線引用者）

朝鮮人を習志野兵舎に収容したことは本論一節とも関わるが、紙幅の関係上ここでは触れない。傍線部にあるように、罹災民のために富豪の邸宅を開放することは、臨時閣議で決定されたと報じられている。『大阪朝日新聞』一九二三年九月七日記事にも「富豪邸の非常徴発」「開放を承知せぬ時は」「罹災民のために当局に於ては富豪貴族の邸宅の開放を勧誘し万一応ぜざる時は法規の力を借りて非常徴発をなす旨発表した」とあった。前掲『関東大震災記』によれば「全国的の救援」の項目に「政府は取敢ず最初に九百万円の救済金を支出し避難民の収容所を急設し、宮中に於ても御所御料地を御開放、富豪も邸宅を開放し、さながら戦時の如く各軍港の艦隊は挙げて警戒、救護、輸送の任に当る」などと報じられていた。大規模な救援活動がなされたようだが、それはそれとして『帝都震災号外』が弱者に負荷を押しつけるという階級社会としての資本主義社会の本質を見抜いていたこと、罹災者のために富豪の邸宅開放を約束したのであれば実行されるべきと述べていたことは、罹災した被害者の側に立った立場表明とみなされよう。困難を抱えた人とともにあるという立場表明は重要で、『種蒔く人』の思想的立場を表している。

三　相互扶助の協同精神

三点目として注目するのは、相互扶助の協同精神である。これは、右二点目の資本主義の本質を見極める視点とともに、弱者の側に立つ立場表明にも通じるものである。

報知新聞編集局による『大正大震災写真帖』は、関東大震災直後に刊行された書籍のなかでもよく知られたもので、図2にあるように、表紙には浅草凌雲閣が被害を受けて倒壊しつつある写真が掲載されていた。この『大正大震災写真帖』は、震災直後の九月一三日印刷、九月一五日発行で、定価一五銭、全一二ページ。製本もカットもしていない、開くと大きな一枚の紙になるグラフ誌である。

二ページ目の上段には小さな囲み記事で本誌の趣旨が

掲げられ、被害の概略を伝えるとともに、安政二年の江戸大地震以来、火災としては開闢以来の大惨事で「この大災の実情をうつして、ひろく世間に伝ふる為、こゝにこの写真帖をつくりました」とされて、山本権兵衛が庭の椅子に腰掛けて安堵している様子の写真が大写しで掲載されている。この写真には「裏庭へころげこんだ権兵衛伯（水交社から逃げ出すと同時に天井は墜落した）」というキャプションがついているが、山本権兵衛は、第二次内閣の組閣中で、ちょうど築地の水交社において組閣の検討中に震災に遭遇し、裏庭に逃げ込んだところを報知新聞編集局によって撮影されたのだった。このほか、避難民で埋まった宮城前の広場や、避難民を輸送する東海道線の汽車、避難民で大混雑の品川駅、芝浦海岸から船で避難する人々など、また焼け落ちた電信電話の復旧のために出動する中野電信隊や、不眠不休で活動する陸軍鉄道隊、徹宵の作業で新大橋の修理を進める工兵隊など、被害や復旧の様子がくっきりと写っている。

表紙には「社告　其筋の注意により無残なる死傷者の写真は掲載せす御了承を乞ふ」とあり、報道規制のもとで、無残な死傷者の写真は掲載していないことがこの説明から分かるが、このような配慮は現在でも共通するだろう。裏表紙には「定価十五銭」「送料二銭」とあり（定価は表紙にも書かれている）、さらに「焼け残った報知新聞」「今月分ニ限リ　月極実価　一ヶ月金六十銭」「来月分ヨリ月極実価　一ヶ月金八十銭」とある。つまりは、このグラフ誌を契機として本紙購読者を増やそうという目論見であろうか、商魂たくましい様子がうかがえて複雑な思いになる。「地震ぶとり火事ぶとり」という、思わぬ儲けで嬉しがる商売の様子は『震災ロマンス』でも多くの事例があ

図２『大正大震災写真帖』表紙

がっていた。そして、これらとともに注意したいのは、表紙に掲載されている「禁転載複写」という文言である。

この『大正大震災写真帖』は、多くの罹災民が荷物を抱え着の身着のままでひしめいている様子、電信隊や工兵隊が復旧作業に当たっている様子がいくつもの写真に収められているグラフ誌である。途方に暮れた被災者が困難を極めている様子が手に取るように分かるが「禁転載複写」は、ライバル会社への警句であろうか。各地の困難な様子をビジュアルな情報で広く知らせるという方針ではなく、権利を独占するコピーライトを主張しているこのグラフ誌は、被害の実態を伝えながらも、厳しい言い方をすれば、むしろ被災者を利用して商売の道具にしているようにも思われた。

それとは対照的に想起されるのが『種蒔き雑記』の「この雑記の転載を許す」という文言である。『種蒔き雑記』は「亀戸の殉難者を哀悼するために 第一冊」というサブタイトルが付され、扉には「この雑記を亀戸で暗殺された同志 平澤計七、川合義虎、鈴木直一、山岸実司、近藤広造、北嶋吉蔵、加藤高寿、吉村光治、佐藤欣治の霊に捧ぐ」とあり、「平澤君の靴」をはじめとした九編のタイトルが連なる目次ページの一番下に「この雑記の転載を許す」と書かれているのである。本誌刊行は日本労働総同盟の協力によるものとされ[12]、収録の九編は、自由法曹団の調書「亀戸労働者殺害事件調書」から抜粋して金子洋文がリライトしたものであった。それぞれのタイトルは「亀戸労働者殺害事件調書」には記載されていない。この調書では、単なる「聴取書」「陳述書」であり、「平澤君の靴」などのタイトルは、リライトした金子によるものであろうか。それぞれの文末に、松谷與二郎、山崎今朝弥、布施辰治、黒田

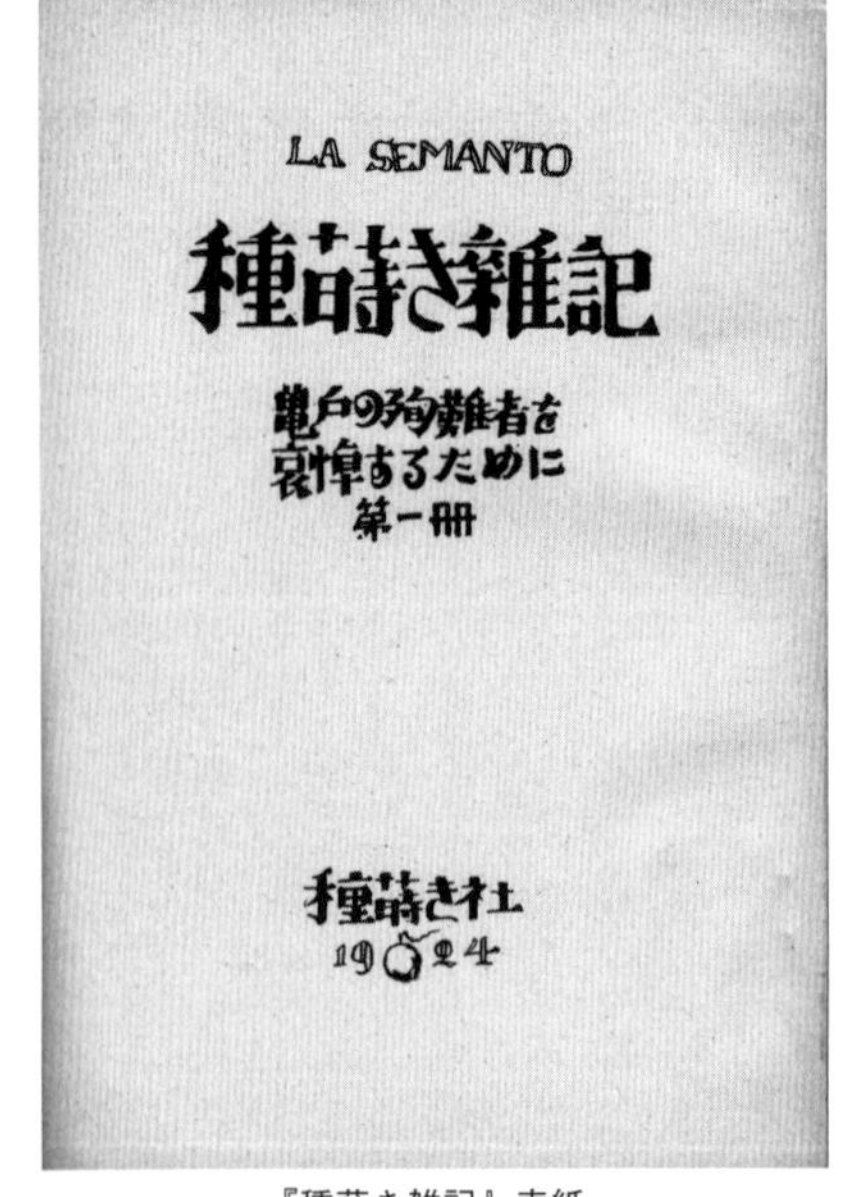

『種蒔き雑記』表紙

寿男、田坂貞雄、吉田三市郎、細野三千雄、三輪寿壮、東海林民蔵、牧野充安ら弁護士が聴取人となって、関係者の供述をまとめたものと記され、情報の出所が明らかにされている。編集後記にも「この記録は総同盟でつくつた（亀戸労働者事件調査）から抜粋したものである。総同盟はやがて全文を発表するであらう。僕等はやゝあいまいの裡に葬り去られたこの事件をはつきりした姿として世に訴へたかつたのである。さういふ立場から殆んど感情を殺して事実を忠実に書取つた。また禁止になるのをおそれて惨酷な情景や、殺しの場などを特に全部ぬいてしまつた」とあり、本誌成立の事情が明らかにされている。九月三日から四日にかけて生じた亀戸事件は、警察はすぐには発表せず、一〇月一〇日になって初めておおやけにされたため[13]であろう、転載を許可するのでこの残酷な事件について広く知ってほしいという同人の意図がうかがえる。広く知ってほしいというのは、自由法曹団や総同盟の意図でもあったに違いない。本論一節で確認した朝鮮人虐殺とともに亀戸事件の周知も『種蒔く人』の優れた役割であった。

もとより大手メディアの商業新聞と『種蒔く人』のような文芸雑誌とは性格を異にする。とはいえ『種蒔き雑記』が示す転載許可は、事件の周知とともに、経済的目的とは異なる人道的目的によってなされた出版だったということである。本誌最終ページには「この雑記の収入の一部を受難者の遺族におくる。心ある読者は何分の志を東京市芝区三田四国町日本労働総同盟に送られるやう」という寄付の呼びかけが、逆三角のかたちに活字を並べてなされている。これは、柳瀬正夢による視覚的にもすぐれたデザインで、最終ページ見開きの空白のなかに、呼びかけの言葉がくさびのように配置されているのが印象的である。権利を独占するコピーライトにこだわらない転載許可や、遺族への救援基金としての募金活動の呼びかけは、被害を受けた人々とともにありつつ闘っていこうという意志がうかがえる。『帝都震災号外』「休刊に就て　種蒔く人の立場」でも同様にこう書かれていた。

僕達、プロレタリヤ思想家、及び芸術家の大部分は幸にして死傷をまぬがれたとは言ひ、その住所を失ひ、その生活の資を失ひ、路頭に迷はねばならないものが少なくない。けれども、僕達より、より以上の惨害をうけたプロレタリヤの生活を考へる。そしてそれ等の人のために僕達の力は微弱であらうとも救済を考へずにゐられない。読者諸君はその地方〱に於ける救済運動に是非参加するか、またはすゝんで救済運動を起してほしい。

ここでは、震災によって生活の基盤を失った人々への救援運動が呼びかけられている。先に『帝都震災号外』で確認した、本所深川や浅草吉原など被害が甚大であった地域の労働者階級への連帯の気持ちが表明されていたのと同じく、亀戸事件の被害遺族への救援も『種蒔き雑記』には見られた。このような立場表明は、人権意識に基づいたものであり、苦しんでいる人々と助け合いたいという相互扶助の協同精神によっているだろう。この人権意識による協同精神を三つ目の特質としたい。

四 『種蒔く人』の意義

以上のように、関東大震災当時のいくつかの資料と比較しながら分析してきたが『帝都震災号外』『種蒔き雑記』を刊行した『種蒔く人』の特質として、朝鮮人虐殺や亀戸事件への抗議と周知、資本主義社会の本質への洞察、被抑圧者の側に身を寄せる人権意識による相互扶助の協同精神という三点を確認した。[14]

冒頭引用した飛鳥井雅道が述べるように『近代思想』と性格を同じくする『種蒔く人』は、第三インターナショナルを紹介し、その擁護を目的とした一面があった。東京版創刊号の村松正俊「労働運動と知識階級」が「労働運動の最後の目的は、いふまでもなく労働階級或は無産階級が社会的及び政治的にその支配権をにぎり、以つて無産階級の独裁政治を現出するのにある」「プロレタリアの独裁が正しい」と述べていることは、当時の文脈のなかで再読されねばならないだろう。その後のコミンテルンとスターリニズムの末路、ソ連の崩壊という歴史的経緯を知っている者からすれば、プロレタリア独裁をそのまま受け取るわけにはいかないからである。

しかしながら、『種蒔く人』が階級のない平等な社会、搾取や抑圧や貧困や戦争がない社会を建設するために闘う「行動と批評」の文学運動であったこと、反戦運動や世界平和を掲げ、被抑圧者の解放を目指しつつ、関東大震災のような未曾有の大惨事に遭遇しながらも、その基本精神を忘れることなく、上記の三点を示して見せたことは『種蒔く人』の存在意義が示されたというべきである。祖父江昭二「『種蒔く人』の基本的性格―その民主主義性をめぐって―」(15)で『種蒔く人』は「平和」「民主主義」の希求と実現を中軸に据えて活動したと評価されているように、日本では、社会主義を志向する人々によって民主主義が担われてきたことが『近代思想』『種蒔く人』からの流れとして理解することができるだろう。民主主義だけでなく、人権という概念を加えてもよいと思う。

現在、一九九五年の阪神淡路大震災から四半世紀を超え、二〇一一年の東日本大震災からでさえ早くも一〇年が過ぎた。近年のこれら大きな災厄が生じたさいにも根拠のない流言蜚語が飛び交ったが、とりわけ東日本大震災時には福島原発事故が生じて、放射能汚染を恐れるがゆえに被災者への差別的扱いが社会問題にもなった。それは、二〇二〇年に始まった新型コロナウィルス感染症における現在の根深い差別問題にも通じている。差別的言辞が飛び交い人心を惑わすような大きな災厄が生じたさいに『帝都震災号外』のような発言ができるかどうか。

人は死んだ。家は焼かれた。帝都は全く滅亡したと言つてい丶。一切の機能は失はれてしまつた。従つて残念ながら種蒔く人も普通号を出すことが当分の間出来なくなつてしまつた。

しかし、僕達の兄弟よ、諸君はたゞ一つ安心していゝことがある。それは如何なる自然の暴力でも、僕達の思想を伺うすることの出来なかつたことである。僕達の思想と行動は一切の喜憂を越えて民衆と共に進むばかりである。

僕達は帝都の新設に努力すると同時に、僕達の仕事をつゞけて行くつもりである。時々号外を出しそしてやがては普通号に帰つて活動するつもりである。何うぞ少しの間我慢してほしい。

如何なる自然の暴力でも自分たちの思想は変わらないと『種蒔く人』は言う。また、その思想によって、民衆とともに仕事を続けていくとも述べている。関東大震災による『帝都震災号外』と『種蒔き雑記』は、その変わらない思想を示した大事な歴史的資料である。

〔注〕

（1）北条常久『『種蒔く人』研究―秋田の同人を中心として―』（桜楓社、一九九二年）

（2）飛鳥井雅道『日本プロレタリア文学史論』（八木書店、一九八二年）

（3）大和田茂「プロレタリア文学の出発点として」（「大杉栄と仲間たち」編集委員会編『大杉栄と仲間たち―『近代思想』創刊100年』ぱる出版、二〇一三年）

（4）前掲注（1）に同じ。

（5）李修京「関東大震災直後の新聞報道と〝種蒔き社〟の行動」（『種蒔く人』『文芸戦線』を読む会編『フロンティアの文学―雑誌『種蒔く人』の再検討』論創社、二〇〇五年三月）

（6）荒野耕平編『震災ロマンス 哀話と佳話の巻』『震災ロマンス 惨話と美談の巻』は、ともに誠進堂書店より一九二三年一一月五日発行。これらについては拙稿『震災ロマンス』が語る「東京」上・下」（『日本古書通信』第一〇四四号および第一〇四五号、二〇一六年七月および八月）で紹介した。

（7）東京朝日新聞社編纂『関東大震災記』（東京朝日新聞社、一九二三年一〇月一〇日）。なお、本書中「戒厳令と警備」において、甘粕事件については「右戒厳中東京憲兵渋谷分隊長甘粕大尉（正彦）は社会主義者大杉栄が震災の混乱に乗じ不穏の行為あらんことを憂ひ九月十六日某所に於て同人外二名を殺し軍法会議に廻され、二十日これがため憲兵司令官小泉六一少将、東京憲兵隊長小山大佐は停職、戒厳司令官も福田大将が山梨大将に更迭になつた」とある。

（8）『朝日新聞』一九二三年九月七日記事には流言蜚語を取り締まる記事があり、次のような文言のビラが一〇万枚配布されたとある。「ありもせぬことを言ひ触らすと処罰されます。朝鮮人の兇暴や大地震が再来する、囚人が脱監した等と言ひ伝へて処罰せられた者は多数あります、時節柄皆さん注意して下さい」。なお、大地震が再来するという流言蜚語については『震災ロマンス 哀話と佳話の巻』でも「流言蜚語の一例」として、在郷軍人の帽子をかぶった男が触れ回っていたことが特筆されている。

（9）小森陽一「現代史の中の『種蒔く人』」（『社会文学』第三五号、二〇一二年二月）

（10）吉村昭『関東大震災』（文春文庫、一九七七年）による。

（11）前掲注（7）東京朝日新聞社編纂『関東大震災記』による。

（12）前掲注（1）に同じ。大和田茂「『種蒔く人』の消滅点」（『彷書月刊』一九九八年一一月号）によれば、資金は同人の松本弘二が提供し、総同盟は文芸誌の『種蒔く人』ならば調査報告発表が可能であろうと、資料を提供したという。資金の提供が松本弘二によることは、金子洋文『種蒔く人伝』（労働大学、一九八四年）にも記載がある。ほかにも、二村一夫「亀戸事件小論」（『二村一夫著作集』http://nimura-laborhistory.jp/kameidojikenshoron.html）を参照、同資料には「亀戸労働者殺害事件調書」が掲載されていて参考になった。参照年月日は二〇二一年一月二〇日。

（13）『読売新聞』は、一〇月一一日に「習志野騎兵連隊の兵　労働運動者十名を刺殺す　〇〇少尉と部下の兵三名が　九月四日夜亀戸警察署内で」「未曾有の大震災大火災の生んだ結果とは云へ人心を戦慄する虐殺事件が至る所で殆ど公然に行はれた事は此記念すべき震災と共に千載に遺る文明史の一大汚点である」と報じている。

(14)『帝都震災号外』『種蒔き雑記』は、朝鮮人虐殺と亀戸事件について記録しているが、大杉事件の記述はない。大杉栄が伊藤野枝と橘宗一とともに殺されたのは九月一六日で、九月二〇日『大阪朝日新聞号外』や九月二五日『東京日日新聞』『読売新聞』などで報じられたため『帝都震災号外』に掲載するのは時間的に間に合わなかったものと思われる。「休刊について　種蒔く人の立場」は九月一七日の執筆日付となっているからだ。『種蒔き雑記』の目的は、総同盟の資料提示による亀戸事件の周知であったから、大杉事件はここでは扱われていない。『種蒔き雑記』は「亀戸の殉難者を哀悼するために　第一冊」とあるので「大杉事件の殉難者を哀悼するために　第二冊」として大杉事件が扱われる可能性もあったかもしれない。

(15) 祖父江昭二「『種蒔く人』の基本的性格―その民主主義性をめぐって―」前掲『フロンティアの文学―雑誌『種蒔く人』の再検討』所収。

『種蒔く人』と表現座

村田　裕和

はじめに

『種蒔く人』と演劇との関わりについては、多くの回想や研究がある。藤田富士男が「築地小劇場・プロレタリア演劇の隆盛を生み出す源となった[1]」と評しているように、その意義はつとに指摘されている。だが、組織としての「種蒔き社」が、演劇に何を求め、どのように関わったのかについてはまだ不明の部分も多い。本論では、プロレタリア演劇運動の前史的エピソードとして簡単に扱われることの多い『種蒔く人』とその周辺の演劇活動について、全体像を確認した上で、個々の事例について考察する。

一　「種蒔き社」の実践活動

一般にプロレタリア演劇の歴史は、秋田雨雀の「土の会[2]」から発展した「先駆座」を「母体[3]」として急遽結成された「トランク劇場」が、一九二六（大正一五）年二月二六、二七日に共同印刷争議の応援に駆けつけたところから始まったとされる[4]。この争議応援時の演目は武者小路実篤作「或る日の一休[5]」と長谷川如是閑作「エチル・ガソリン[6]」で、演出は佐々木孝丸、装置は柳瀬正夢であった。

「或る日の一休」は、一九二二年八月に『種蒔く人』同人が秋田で文芸講演会を開いた時に「表現座」を名乗って芝居を企画した際の演目であった。また、「エチル・ガソリン」は一九二五年五月の「先駆座」第三回試演でこちらも佐々木が演出、柳瀬が装置を担当していた。いずれも『種蒔く人』とその周辺での小規模な演劇活動にルーツがあったのである。

これらの演目について当日参加した佐々木孝丸や佐藤誠也は、適当なレパートリーがなかったと証言している[7]。しかし――「或る日の一休」については後述するが――「エチル・ガソリン」は、ガソリン製造会社の社長が、工場で発生する毒ガス被害を放置した末に皮肉な結末を迎える喜劇であり、失業者が社長に忠言するシーンなどは争議応援にぴったりだった。

佐藤誠也は、「私は「エチル・ガソリン」で失業者の役だったが、肝心なセリフを正面切って、わざと演説の気持ちで観客にぶつけた。つまり観客に話しかけた。演技ではなく地だったろうと思う。他の諸君にも多かれ少かれ、この調子があったのではなかろうか[8]」と述べている。

「観客にぶつけた」という言葉が象徴するように、彼らが求めたのは観客との直接的なコミュニケーションであった。また、「この社長と失業者は佐々木と私のコンビで、トランク劇場末期まで、他の台本が禁止されるとその穴埋めに出したものである[9]」ともある。「穴埋め」が務まる台本というのも実際問題として重要であった。また、佐々木孝丸（一九五九年）は、この「エチル・ガソリン」について、「表現派風な諷刺喜劇」（八九頁）と記していた。『種蒔く人』創刊の一九二一年は、日本に表現主義が本格的に紹介された最初の年で、一九二〇年代の終わりまで表現主義の隆盛が続いた。『種蒔く人』は表現主義演劇とどのような関係を構築したのか。このことも併せて考察する必要がある。

その前に、「種蒔き社」の文芸関係の実践活動全体の中で、演劇関係の活動はどれくらいあったのだろうか。以下がその一覧である。ここでは「種蒔き社」の実践活動を文芸関係に限って演劇公演の有無にかかわらず列挙した（①～⑫）。また、「種蒔き社」と関係の深い劇団の公演予定（Ⅰ～Ⅳ）も本論に関わる範囲で加え、時系列順に並べた。なお、実際の開催状況を【　】内に注記し、「種蒔き社」関連（①～⑫）の内、上演には◆を、朗読には●を付した。ゴシック体は本論で言及する演目である。

一九二一（大正10）年

① 第一回種蒔き社講演会（八月二〇日）【開催】 主催「赤

光会」。会場「一日市小学校」（一日市村、現八郎潟町[10]）。
②新劇試演（九月二日）【開催】◆主催「土崎文化協会」。会場「料亭池鯉亭」（土崎港町）。協力「玫瑰社（ハマナス）」（文学青年グループ）、「ダリヤ会」（新柳町芸者会）。演目、金子洋文作「老船夫」、菊池寛作「父帰る」。演出、金子洋文[11]。
③第二回種蒔き社講演会（一二月二七日）【開催】主催「種蒔き社支部」。会場「了賢寺」（五城目町[12]）。

一九二二（大正11）年

④文芸講演会（三月一一日）【開催】主催「種蒔き社」「シムーン社」。会場「ときわ」（神田小川町）から「池国」（不明）に変更。過激思想取締法案反対の決議。「自由思想家組合」結成[13]。
⑤種蒔き社第一回文芸講演会（三月一五日）【当日禁止】◆→●主催「種蒔き社」。会場「基督教青年会館」（神田美土代町）。「余興」としてロマン・ロラン作「ダントン」の第三幕「法廷之場」（革命裁判所）を予定。詳細は後述。
⑥種蒔き社第一回講習会（四月一〇〜一五日）【不明[14]】
⑦異端座文芸講演会（四月二一日）【開催】●主催「異端座」。会場「天王寺公会堂」（大阪市）および「YMCA会館」（神戸市）か。大阪、金子洋文作「洗濯屋と詩人」朗読[15]。
⑧ロシア飢饉救済文芸講演会（八月一七〜二二日）【開催】◆一七日、主催「秋田文芸協会」、会場「記念会館」（秋田市）。演目、武者小路実篤作「或る日の一休」。「表現座」の初舞台。詳細は後述。一八日、土崎港町。一九日、能代港町。二二日、本荘町。上演は一七日のみか[16]。

Ⅰ表現座試験（九月下旬）【実施されず】会場「有楽座」。演目、中西伊之助原作・京谷周一〔金子洋文〕脚色「赭土に芽ぐむもの」。詳細は後述[17]。
⑨新興芸術大講演会（一一月七日）【中止・検束】主催「新興文学社」。会場「牛込会館」（神楽坂）。佐々木孝丸訳「インターナショナル」を歌う予定であった[18]。
Ⅱ表現座公演（一二月二二、二三日）【実施されず】会場「鉄道倶楽部」。演目、前掲「赭土に芽ぐむもの」、秋田雨雀作「旧藩主と火事」。澤田柳吉のピアノ演奏[19]。

一九二三（大正12）年

Ⅲ先駆座第一回試演（四月二一、二二日）【開催】会場「土蔵劇場」（麹町区平河町）。演目、秋田雨雀作「手投弾」、ストリンドベルヒ作・先駆座訳「火あそび[20]」。

⑩『クラルテ』出版記念講演会・懇話会（五月七、八日）【開催】主催「クラルテ会」。会場「中央仏教会館」（神田駿河台）。翌八日、仏教会館二階「サロン・ピース」で懇話会。(21)

⑪『地獄』出版記念講演会・『地獄』四幕上演（六月一八日）「表現座」が金子洋文作「地獄」を朗読。(22)【開催】◆→● 主催不明。会場「中央仏教会館」。

⑫三人の会（六月二五日）【開催】● 主催「種蒔き社」。会場「サロン・ピース」。中村吉蔵「税」（戯曲）、小川未明「野ばら」（童話）、秋田雨雀「国境の夜」（戯曲）を「先駆座」が朗読。過激思想取締法案反対をめぐり混乱。(23)

Ⅳ 表現座第一回公演（九月中旬）【実施されず】演目、エルンスト・トラア作、黒田礼二訳「転変」(24)。

「種蒔き社」が主催または実質的に主催したイベント（①～⑫）のうち上演（◆）または朗読（●）が予定されていたのは②⑤⑦⑧⑪⑫の六つである。「種蒔き社」の同人たちが積極的にかかわった文芸イベントの半数で演劇公演や朗読が組み合わされていたことになる。

このように文芸講演会と演劇や朗読あるいは合唱などを組み合わせる興行スタイルは、一九二六（大正一五）年一〇月二五～二八日の「前衛座」の秋田公演(25)に受け継がれ、後の左翼演劇における移動公演や大衆演芸的要素を含む複合型イベントへと発展していったと考えられる。

図１　異端座文芸講演会 集合写真（天王寺公会堂 1922.4.21）
手前右より金子洋文、佐々木孝丸（その他不明）。金子、佐々木、村松正俊、平林初之輔が講演し、金子洋文「洗濯屋と詩人」が朗読された。当日は神戸会場と同時進行となったため、平林・金子は神戸から大阪へ、村松・佐々木は大阪から神戸へ移動した。4月20日夜に「道頓堀のカフェ」（参照：注15金子洋文）で撮影された可能性もある。異端座は1921年1月創立。後、大阪戦旗座につながる。[秋田市立土崎図書館所蔵 金子洋文資料（木箱入資料16）]

二　幻の「種蒔き座」

前章の一覧からもう一つ明らかになることは、実際に上演が実現したのは②⑧の二回しかなく、しかもそのいずれも秋田で開催されたイベントであったということである。

また、当初は公演（上演）を予定していながら、朗読に変更されたものもあった。⑤種蒔き社第一回文芸講演会と⑪『地獄』出版記念講演会である。⑤については、禁止当日から比較的近い日に執筆されたと考えられる無署名「種蒔き社第一回文芸講演会禁止さる」（『種蒔く人』第七号、一九二二年四月）に、「ダントン劇の朗読」という文言が見え、実際には「朗読劇」であった可能性が高い[26]。⑪も事前予告には「四幕上演（表現座出演）」とあったが、実際には「朗読」（朗読劇）であったようだ。これは、当初から「朗読」（朗読劇）が予定されていたと解釈すべきかもしれない。

ここで特に検討したいのが⑤種蒔き社第一回文芸講演会の「余興」である。この予告は『種蒔く人』（第六号、一九二二年三月）に掲載されているが、開催日が三月三日であることや、講演の一部が題未定であることなどから、最終版とは考えられない。

一方、松本克平（一九七五年）七六三〜七六四頁には、演題・配役などが以下のように記されている（／は改行を示す）。

種蒔き社第一回文芸講演会／（〔大正十一年〕三月十五日午後六時）／ロマン・ローランと民衆劇（吉江孤雁）／自作詩朗読（白鳥省吾）／断片（藤森成吉）／セルマ・ラガレフ夫人（神近市子）／文壇に向つて（前田河広一郎）／小劇場と民衆劇（秋田雨雀）／余興　ロマン・ローラン作／〔ダントン〕（第三幕目）／ダントン（佐々木孝丸）／カミーユ（松本弘二）／ファーブル（松本淳三）／エロー（上野虎雄）／フイリボー（ママ）（小牧近江）／ウエステルマン（今野賢三）／ウアヂエ（金子洋文）／サン・ジュスト（松井槇雄）／ピロー・ヴァレンス（畠山松次郎）／検事（平林初之輔）／判事（村松正俊）／民衆（津田光造その他）／―於神田青年会館―[27]

「余興」とはいえ、この「ダントン」のために同人たちは一ヶ月以上稽古を重ねていた[28]。

「ダントン」[29]は三幕劇で、パリ・コミューンの末期、恐怖政治によって輝かしいフランス革命が自壊していく過程を、ダントン派の視点から描いている。第三幕の革命裁判所の場面はそのクライマックスである。ダントンたちはロベスピエール配下の狡猾な人物たちによって被告人席に立たされているが、この時ダントンは傍聴する民衆に呼びかけ、鼓舞し、嵐のような興奮を呼び起こす。革命裁判そのものがあと一歩で革命的に打ち壊されそうな様相を呈するが、最後はダントン派の敗北で終わる。

革命指導者たちの分派闘争を描いた戯曲を、その後、袂を分かっていく『種蒔く人』同人たちが熱心に稽古していたことは歴史の皮肉としか言いようがない。しかし、それはともかく、この革命裁判所の見せ場は、革命の全エネルギーを体現するかのような豪傑ダントンが、傍聴席の民衆たちに全身全霊で呼びかけ、彼らと一体化するところにある。被告人席と傍聴席との一体化は、舞台と客席との一体化と重なる。観客たちは、自分たち自身の姿を舞台上に目撃することになっただろう。

この「余興」について、『プロレタリア演劇』創刊号(一九三〇年六月)に掲載された「『プロレタリア演劇の思ひ出』座談会」のなかで、佐々木孝丸は、「「種蒔き座」が出来て、ロマン・ローランの「ダントン」の「革命裁判所」の場を準備してゐたんだが、当日禁止された。」(八八頁)と語っている。

気になるのは、「種蒔き座」という劇団名である。管見の限り『種蒔く人』本文を含めて他の文献のどこにもこのような劇団名は見当たらない。佐々木の口が滑ったのかとも思われるが、佐々木孝丸「日本プロレタリア演劇発達史」(『綜合プロレタリア芸術講座』第二巻、内外社、一九三一年)には、「「種蒔き社」は、文学的活動を主たる中心に置いてゐたとは云へ、同人中の佐々木孝丸、金子洋文等の発議で、劇団を組織することが議せられ」(一六四頁)たと記されていた。

この記述を信じるなら、「種蒔き社」は、劇団創設を計画していたのである。したがって、もし「余興」が成功していれば、「種蒔き社」直属の劇団「種蒔き座」が誕生していた可能性は十分に考えられる。

劇団創設の目的には思想宣伝の他に資金獲得があったと思われる。[30]ところがそうした意図が読まれていたのか、当日になっての禁止によって、そのもくろみはもろくも崩れた。前掲「種蒔き社第一回文芸講演会禁止さる」には、「会費を無料として講演だけでも許可してもらひたい」と要求したが署長に拒絶されたとある。

三月一五日の文芸講演会禁止が決定打になって「種蒔き座」への道が閉ざされたのかどうかは不明である。しかし、結果的にこの出来事以降、「種蒔き社」主催というかたちで公演が計画されることは一度もなかった。

三 「或る日の一休」のスピリット

『種蒔く人』同人が次に挑んだ舞台は、一九二二（大正一一）年八月一七日に開催された⑧ロシア飢饉救済文芸講演会での試演「或る日の一休」であった。「表現座」公演であるが、後述するように、実質的には同人三名だけの「種蒔き社」公演であった。

では、なぜ「一休」だったのだろうか。

「或る日の一休」は「飢え」をめぐる一幕三場の対話劇である。食べる物がなくなった一休が、土器（かわらけ）売りから土器を強奪し、それを売って金に換えようとするが、偶然にも別に金が手に入ったため、土器を土器売りに返却する。そこに野武士が現れ、一休の殺生や淫欲、あるいは追い剥ぎを咎め、命を取ろうとする。しかし、一休が一々理由を説いてやると、改心したのか野武士は退散するという話である。

佐々木孝丸（一九三二年）は、「人道主義を（ママ）一歩を出ないものであつた」（一六四頁）と否定的に記しているが、ロシア飢饉救済運動の演目としてはこれ以上にないほどに適当な選択だった。また、少人数で上演可能という技術的な問題[31]においても、この戯曲は今回の移動公演にうってつけであった。

後に、「トランク劇場」でこの「或る日の一休」が上演されたことについて松本克平は、「「冬の時代」をもたらした時の政治を暗示していると解釈してもいい作品」で、「アジプロ劇に選ばれるだけの理由があった[32]」と指摘している。

秋田公演も広い意味ではアジプロ（宣伝・煽動）であったが、基本的人権という概念が一般化していない時代に、飢餓の中での人間の生きる権利について問いかける内容は、アジプロの範疇を超えている。

前述の通りこの演目は「トランク劇場」の争議応援でも上演されたが、徳永直『太陽のない街』（戦旗社、一九二九年）に描かれていたように、争議団とその家族は飢えに苦しんでいた。資本家との戦いは飢えとの戦いでもあった。急場しのぎとはいえ、この芝居が選ばれねばならない積極的な意味があったのだ。

さて、⑧について佐々木孝丸は、「講演会には、おそえもの（今なら、さしずめアトラクションというところだが）として、芝居を一幕出すことにした。出し物は武者小路実篤の「或る日の一休」。私の一休に金子の野武士、今野の寺男で、「表現座」特別出演と、大きく出た[33]」と回想している。文芸講演会の「おそえもの」として芝居を出すのは、「ダントン」を「余興」で出そうとしたこととまったく同じ発想である。

金子夕二によると、当日は、「経費の節約上、秋田駅から広小路の堀端を会場へと、洋文、小牧、賢三、その仲間達が小道具の爐椽や行燈、背景の山（切ヌキ）など背負ったり、下げたりぞろぞろとそろって行くさまは、真剣なだけにおかしな行列であった。入りは七分でまあまあ[34]」といった具合で、小さな旅回り一座の趣きであった。

北条常久は、金子洋文にとっての武者小路実篤は「思想的支柱[35]」であったと評している。したがって、演目の決定には金子の意見が強く作用したと考えられる。

表現座の『ある日の一休』
昨夜縣記念館で
右より寺男(賢三)一休(孝丸)野武士(洋文)

図２　表現座「或る日の一休」舞台写真（秋田県記念館 1922.8.17）

右より今野賢三（寺男）、佐々木孝丸（一休）、金子洋文 (野武士)。正式な公演ではないが、これが最初で最後の表現座の舞台となった。国立国会図書館所蔵の『秋田魁新報』(1922 年 8 月 17 日、5 面）に同じ写真が掲載されているが、キャプションには「今夜記念館で公開」とある。一方、この今野旧蔵切抜きには「昨夜県記念館で」とあり、掲載紙および掲載日は現在のところ不明。「昨夜」は切抜きを再利用する際に消去されたか。[秋田市立土崎図書館所蔵 今野賢三資料（880)]

後年（一九八〇年）、洋文は、『或る日の一休』／こう書いただけで、肩が軽くなるような面白い喜劇だ[36]」と記した上で、「私は野武士の配役でこの脚本を上演し、公会堂がわれんばかりの拍手揭采（ママ）をうけた。さすがに孝丸の一休は役者でうまかった。」（同前）と回想している。金子夕二の記憶とはやや印象が異なる。

秋田での文芸講演会の後、一〇月二〇日に「人と思想叢書」の第一巻として金子洋文著『生ける武者小路実篤』（種蒔き社）が刊行された。洋文は同書の中で、『ある（ママ）日の一休』／かう書いただけで、急に肩が軽くなつたやうな気がする。吾々の心は微笑に充たされる」（四二頁）と記していた。つまり、一九八〇年の文章は、『生ける武者小路実篤』を直接参照して書かれていた可能性が高いのだ。ところが同書には、後年の文章にはない次のような作品評が記されていた。

> 一休和尚万歳！／この戯曲に書かれた一休の思想は明かに無政府主義の思想だ、そしてその底をながれてゐるスピリツトは、社会主義、共産主義、無政府主義に共通のスピリツトである[37]。

無政府主義者としての「一休」。一九二二年一〇月においては、共産主義を明確に支持[38]する一方で、無政府主義についてこのように言及することが許されていたのだ。「或る日の一休」には、社会主義・共産主義・無政府主義の底を流れる「共通のスピリット」が表現されている。それは、イデオロギーを超えた連帯である『種蒔く人』の精神とみごとに共鳴している。「或る日の一休」が選ばれた真の理由はそこにあったのだろう。

四　「表現座」の出発と浅草オペラ

「表現座」はどのように成立したのだろうか。

佐々木孝丸は、一九二一年末頃から二二年八月まで、妻の里帰り出産の期間中、金子洋文・今野賢三と共に共同生活を営んでいた。「代々木の「種蒔き梁山泊[39]」」と呼ばれる時代である。そこに遊びに来ていた小生夢坊（こいけむぼう）、獏与太平（ばくよたへい）、そして辻潤も加わって「浅草を根城に、世間をアッといわせるような、何か変つた芝居をやろうではないか[40]」と相談して決めたのが「表現座」であるという。ただし、なぜ

「表現座」なのかは説明されていない。
一九二二年八月の秋田公演(8)で、この名前が「流用」(同前)されて初めて使用された。「流用」というのは、佐々木・金子・今野だけで上演され、正式に「表現座」として決定した公演ではなかったからである。秋田から帰京後、「表現座」はⅠ表現座試験(九月)、Ⅱ表現座公演(一二月)で、「赭土に芽ぐむもの」の上演を目指すことになるが実現はしなかった。

小生夢坊、獏与太平、辻潤は、一九一九年に浅草オペラの「常盤楽劇団」を結成したメンバーであった。劇団の代表はピアニストの澤田柳吉で、他にエスペランチストの徳永政太郎、詩人の佐藤惣之助らがいた。[41]小生夢坊は「アナーキストで表現派画家」[42]であり、獏与太平は浅草オペラの舞台監督で、彼もまたアナキストの一人とみられることもある自由人の一人であった。

「常盤楽劇団」は、その第一回公演(観音劇場、一九一九年五月六〜一三日)で獏与太平作「トスキナ」[43]を上演したことで知られる。「トスキナ」は、「アナキスト」の倒語から「ア」を脱落させたものである。つまり「表現座」は、浅草オペラ「常盤楽劇団」の残党に、「種蒔き社」の芝居愛好者たちが合流した後継劇団であり、どちらかといえばアナキズム色の強いグループだった。

また、松本克平によれば、「常盤楽劇団」は、「真の民衆芸術は帝劇や歌舞伎座からではなく浅草から」[44]との考えをもっていた。佐々木孝丸のいう「浅草を根城として」云々というのは、元来、この「常盤楽劇団」のモットーだったことになる。Ⅰの計画を早々と伝える『東京朝日新聞』の記事「表現座と享楽座」(朝刊、一九二二年六月二〇日、六面)には、「民衆的劇芸術の革命運動を標榜する表現座」と紹介されているが、「民衆的」には「浅草」が含意されていたとみてよいだろう。なお、この記事からは、八月の秋田公演の二ヶ月も前から、「表現座」の舞台が準備されていたことがわかる。

やや後に、金子洋文は「浅草雑感」(『聖潮』浅草寺出版部、第二巻第一〇号、一九二五年一一月)に次のように記している。

浅草へはげしく出入しはじめたのはオペラが流行した頃です。もう五六年にもなりませうか。/こゝで私はいろ〳〵面白い友だちに会つてゐるし、私のかいたものが初めて舞台にのつたのも浅草です。/今の日本館です。／一夜漬のやうなものでしたがなか〳〵評判よかつたものです。（若いニナさん）といふ喜歌劇です。そのニナさんを岩間百合子といふ女優がやつて大いに売り出したものです。〔中略〕私は浅草でむしろ男の友人が多く出来ました。小生夢坊、藤村悟郎(ママ)〔朗〕、辻潤、澤田柳吉、田邊若男、その他いろ〳〵な人がゐます。その仲間に小倉祖(ママ)〔徂〕峰君と私が加はつてよくパウリスターに出入したものです。

一九一八年七月、金子洋文が書いた「若いニナさん」（詳細不明）は、日本館にかけられ、岩間百合子主演、東京少女歌劇団助演で評判になる。当時を知る内山惣十郎は、「若いニナさん」は、「浅草オペラの傑作の一つに数えられた」(45)と記している。全盛期の浅草オペラで当たったことが事実なら、演劇の道を進む上で、大きな自信になっただろう。(46)

また、洋文が我孫子の武者小路実篤の元を去ったのが一九一七年七月(47)であるから、遅くともその一年後には浅草に入り浸っていたことが右の文章からわかる。六区のカフェ・パウリスタは、獏与太平たちの「根城」(48)として有名であった。「浅草を根城に」という佐々木孝丸の言葉は、言外に、浅草オペラ全盛期の自由人たちと共にという意味を含んでいたのである。

したがって、浅草オペラ・グループと「種蒔き社」グループを結んだのは金子洋文ということになる。両グループが出会う少し前に、小生夢坊が「表現派芸術としての『カリガリ博士』」（『活動倶楽部』一九二一年七月）という文章を書いている。獏与太平が横浜での先行上映を観ていたことがわかる面白い文章であるが、ここで小生は、『カリガリ博士』（ドイツ表現主義映画の代表的作品・一九二〇年制作）について次のように感想を記していた。

人は自由であり得る為めには一度一切の自然の物象に対して極度の幻滅を感じなければならない。幻滅を自覚して後、始めて(ママ)人は真に新らしき『幻影』を享楽し得るのである。『カリガリ博士』の映画はそこから生れ来て居るのではないか。――何んといふ不思議さ、怪奇さであらう。併し何んといふ崇とき美はしき人間性(ヒューマニティ)の幻影であらう。強き真実であらう。

小生は自身が画家・舞台装置家でありながら、ゆがんだ空間などの表現主義的な手法にはほとんど触れず、この映画がもたらした衝撃を、人間の自由とヒューマニティの問題として捉えている。また、同じ世界に生きる「狂人」として「『カリガリ博士』は私自身であつた」とも言い、映画の世界に自己を投影している。戦争による荒廃と狂気の中から生まれた映画の切実な問題意識を小生は受け止めていたように思われる。

小生夢坊は「トスキナ」の舞台装置を担当し、未来派風の背景を製作した。右の文章の中では、その背景と『カリガリ博士』の背景との類似を映画の観客の一人が指摘したという獏の体験談も記されている。

この後、『カリガリ博士』の後を追うように、「表現派戯曲」の翻訳が現れる。ゲオルク・カイゼル作、新関良三訳『カレー市民』（新潮社、一九二一年）である。これをさっそく上演したのが沢田正二郎の「新国劇」であった[49]。沢田はかつて秋田雨雀と共に芸術座を脱退した人物で、のちに「剣」で金子洋文と組むことになる[50]。

また、秋田雨雀もこの頃から表現主義的な手法の導入に挑戦していた[51]。Ⅲ先駆座第一回試演で上演された「手投弾」はその最初の試みで、柳瀬正夢が仕立てた「カリガリ風」の装置は現在写真でも確認できる[52]。

このように、『種蒔く人』周辺の芸術家たちが表現主義へと傾斜していく時期に「表現座」によって計画されたのが「赭土に芽ぐむもの」であった。

図3　先駆座第1回試演「手投弾」舞台写真（土蔵劇場 1923.4.21-22）
柳瀬正夢が初めて手がけた舞台装置「カリガリ風室内」。右より娘（瀬尾朝子）、主人（川原侃二）、隣人（佐藤誠也）と思われる。「手投弾」は、新進の評論家・竹内仁（片上伸の弟）による養父母殺害・自殺事件をモチーフに思想的煩悶を扱っている。［武蔵野美術大学 美術館・図書館所蔵］

この脚本版は、『種蒔く人』第一五号の表紙（目次）に「表現派戯曲」と記されていて、原作を一幕二場の夢幻劇に仕立て直した金子洋文の力作である。朝鮮半島で日本の植民地支配にあえぐ人々の姿を、夢と現実、生と死、正気と狂気を混交させつつ描き出しており、表現主義を意識しつつ脚色されたテクストであると考えられる。

記録に残る最後の「表現座」の公演予定となったⅣ表現座第一回公演も演目はエルンスト・トラア作、黒田礼二訳「転変」（『解放』一九二二年八月）で、表現派戯曲の中でも最左翼の作品であった。こうしてみると、「表現座」とはまさに表現主義の衝撃の中から生まれた劇団であったと考えられるのである。

五　「表現座」から「先駆座」へ

前節でも触れたように、「表現座」同人の約半分は、「ペラゴロ」と呼ばれた浅草の自由人たちであった。金子洋文も、アナ・ボル未分化の時代、こと芝居に関しては「ペラゴロ」の一人であった。[53]

原作者の中西伊之助は、一九二二年八月の文章で、長篇小説の「スピリット」を一幕の中に収める脚色者の苦心を指摘しつつも、もし何らかの失敗があったとしても、それは表現座同人の失敗ではなく、「困難な冒険を敢行した、若々しい勇気に充ち溢れた自己の力の余つた力負け」だと述べていた。[54]公演一ヶ月前の雑誌にこうしたコメントが出ているということは、準備が実際に進行していたことを示すと同時に、何らかの「失敗」の予兆がすでにあったことも示唆している。

『種蒔く人』第一〇・一一号（一九二二年八月）掲載のⅠ表現座試験（九月下旬）の予告によると、「赫土に芽ぐもの」（ママ）の舞台監督は秋田雨雀と金子洋文。舞台装置は小生夢坊。出演予定者は佐々木孝丸・前澤未彌・都村健（つむらけん）・小生夢坊・辻潤・金子洋文・今野賢三となっている。

ここには獏与太平の名前が見当たらない。獏は映画監督に転身してすでに横浜に移っていたためであろうが、舞台監督を担うべき存在が獏から秋田雨雀に移ったことで、「表現座」が「種蒔き社」側に大きく傾いたという印象を受ける。

二回目に計画されたⅡ表現座公演（一一月二二、二三日）では、前回と同じ「赭土に芽ぐもの」に加え、秋田雨雀作「旧藩主と火事」の二本立ての予定となった。「旧藩主と火事」は封建的な価値観に縛られた地方有力者たちを風刺した喜劇である。雨雀の一九一二年発表の戯曲が加わったことは、「種蒔き社」を通り越して「先駆座」的な雰囲気さえ感じさせる。

『雨雀日記』（一一月一三日）の記録には、「表現座の本読みがセントラル・カフエであった。中西君の「赫土[ママ]に芽ぐむもの」を新たに金子君が脚色した。ぼくの「旧藩主と火事」を佐々木君が朗読した」（二九八頁）と記されていたから、実現に向けて、それなりに準備が進んでいた模様である。

この頃、「表現座」はようやく劇団としての実体を持ち始めていたようだ。一一月一六日付の『東京朝日新聞』朝刊（六面、「学芸たより」欄）には、「表現座同人確定　辻潤、獏与太平、澤田柳吉、中西伊之助、小生夢坊、前澤未彌、都村健、秋田雨雀、佐々木孝丸、松本淳三、金子洋文以上の十一人が表現座同人と確定された」とあるからだ[55]。

しかし、『種蒔く人』一二月号あたりに公演予告があってもよさそうなものだが、誌上には何も見当たらない。翌年一月の『種蒔く人』第一五号に脚本が掲載されているにもかかわらずである。『雨雀日記』で最後に確認できるのは一二月一〇日、「夜、運天方を訪うた。表現座の件」（三〇〇頁）とあるのがそれで、どのような「件」なのかはわからない。

こうして最後まで公演を実現できなかった「表現座」について、佐々木孝丸（一九三一年）は、「ルーズな組織」と「内部の無統制乱脈」を指摘した上で、「ボルシエヴィキ（それも甚だ怪しげな理論をしかもつてゐない）、アナキスト、サンヂカリスト、ニヒリスト、単なるオペラゴロ、ダダイスト等の寄合ひであつた「表現座」が、忽ちぶつ潰れて了つたのは当然である」（一六五頁）と冷ややかに総括している。

しかし、さまざまな思想的背景やルーツをもつ人々が寄り合ったら潰れるというのは「当然」のことではない。佐々木が言外に言っていることは、正しいマルクス主義に裏打ちされた「組織」ではなかったから「表現座」は潰れた、ということになるのではないか。

だが、はたしてそうなのだろうか。

「赭土に芽ぐむもの」の次に「表現座」が関わったのが、⑪金子洋文『地獄』出版記念講演会（六月一八日）での「地獄」上演であった。これは『種蒔く人』第一九号（一九二三年六月）に予告されているが、実際は第二〇号（一九二三年七月）一九頁の無署名・無題の記事に「戯曲「夢」の朗読」、「地獄の朗読」とあるように上演ではなく朗読であった。

奇妙なのは、同じ記事に、「読者諸君に言ひたい。此の地獄の出版記念会は、種蒔き社の主催ではない。そのやうに誤解した人も少くなかつたやうである。会場内の全体の空気に疑問を抱いたからとて、種蒔き社の全体に疑問を抱いて貰ひたくない。」とわざわざ断られていることである。

さらに翌八月（第二一号）の失名氏「地獄の会」には、着飾った女優たちの朗読に違和感を抱いたなどという長文の批判が掲載されている。洋文の「地獄」を「表現座」が上演する。その予告は『種蒔く人』に載っていた。これで「誤解」するなという方が無理である。「表現座」の扱いは以前と比べると様変わりしていた。

⑪の一週間後の一九二三年六月二五日、⑫三人の会が開催された。この会が過激思想取締法案反対の署名をめぐって混乱したことは有名な話である。署名を提案したのが平林初之輔で、反対したのが安成貞雄であった。この二人のやりとりが暴力的な対立に発展した背景には、すでにアナ・ボルの間で亀裂が深まっていたからである。

ここで気づくのは、この会で三人（秋田雨雀・中村吉蔵・小川未明）の作品を朗読したのが「先駆座」であったということである。「土の会」から発展した「先駆座」が朗読を担当すること自体はうなずける。とはいえ、「表現座」が順調に成長していれば、その任に当たることも可能だったはずだ。

遡って考え合わせると、I表現座試験を前にして中西伊之助が「失敗」を暗示していたこと、II表現座公演の予告が『種蒔く人』に出なかったこと。⑪金子洋文『地獄』出版記念講演会が、事後的に「種蒔き社の主催ではない」と宣告されたこと。これらのことが、偶然ではなく、ひとつながりの出来事として意味を持ってくる。いや、秋田雨雀や佐々木孝丸が、朗読劇研究の「土の会」を「先駆座」に発展させたことも、「表現座」に向けられていたエネルギーが相当に減衰していたことを裏面から証明するであろう。

「表現座」から「先駆座」へ。秋田雨雀・佐々木孝丸の動きを中心に据えればそのような移行過程として捉えることもできようが、実際には大きな断絶があった。

浅草にルーツを持ち表現主義演劇に傾斜しつつ新たな民衆芸術を創造しようとする「表現座」と、小劇場主義の実践と戯曲の朗読研究を主とする「先駆座」[56]は、新劇運動の大きな流れの中では一つだが、具体的な目的や劇団の雰囲気は大きく異なっていた。アナキズム的な分子を含んだ「表現座」と、実践運動には消極的な芸術派的分子を含んだ「先駆座」。金子洋文・小生夢坊らの交遊関係の中から思いつきのような勢いで始まった「表現座」と、持続的な準備期間を経て、秋田雨雀と佐々木孝丸・佐藤誠也の子弟ラインを軸に結成された「先駆座」。両者の間で、自前の劇団を持てない「種蒔き社」は、痛し痒しの状態であった。

こうした状況からすると、Ⅳ表現座第一回公演「転変」は「種蒔き社」の活動とはもはや無関係に、浅草グループが主導して計画されたものだったのではないだろうか。Ⅳの新聞報道自体、どれほどの具体性を持っていたのか怪しいところであるが、いずれにせよ、一度も実演に漕ぎつけないままに、計画のたびにより大きな演目に挑もうとするところはさすがに「無統制」との批判を免れない。

「表現座」は、第一幕が始まったのかもわからないうちに、関東大震災によってあっけなく幕切れとなったのである。

ところで、未来派や表現主義そのものは、プロレタリア文化運動に積極的に取り入れられてきた。こうした状況は、おおむね一九二六年末の日本プロレタリア文芸聯盟から日本プロレタリア芸術聯盟への改組の頃まで続く。

『種蒔く人』第六号（一九二二年三月）の社論（無署名）「無産階級の芸術としての未来主義の意義」は、アヴァンギャルドとプロレタリア文芸の接続をはかる初期の論考である。ここでは表現主義やダダイズムを含む「多くの新しい主義」を代表する概念として「未来主義」が紹介されていて、同号には、平戸廉吉と萩原恭次郎の作品が掲載されていた。このことは、「種蒔き社」が前衛芸術をプロレタリア文芸にとって有効であると認めたことを意味する。

翌四月の『解放』に発表された金子洋文の戯曲「洗濯屋と詩人」の冒頭に、「舞台の設計はリアルではいけない、リアルよりおかしくとも未来派か、表現派の装置がずっといゝ」と指示されていたこと、そして同月二一日の⑦異端座文芸講演会にさっそくこの作品が選ばれていたことも、萌芽的な形ではあるが、創作の集団性といった文脈でアヴァンギャルドの受容を理解することができるのではないだろうか。

上野虎雄「屍に咲く（三齣）」（『種蒔く人』第一三号、一九二二年一〇月）に、「上演の手法は前期未来派即ち未来派表現主義ダダイズムのいづれにてもよし」とあるのも同様で、こうした指示を書かせる雰囲気が、この時期の『種蒔く人』にはあったのである。

第六号の社論は、内容からみて村松正俊が執筆したかと思われるが、村松は、『東京朝日新聞』朝刊（一九二二年八月一六〜一八日、各六面）の「表現主義の心理」において、表現主義を「無産階級」と結合した新たな時代の芸術だとする認識を示していた。連載二日目の八月一七日は、佐々木・金子・今野が秋田で初めて「表現座」を名乗った日であった。日付の一致は偶然かもしれないが、「種蒔き社」が表現主義の側へと傾斜していく過程と、与太話から始まった「表現座」が具体化していく過程が重なることは偶然ではない。そこに通底するのは、新たな民衆芸術の希求であった。

村松正俊は、右の「表現主義の心理」の中で、「ドイツの未来派もこの表現主義が着々として進みつゝあるのは一異彩である」と書いていた。今日からするとやや奇異な文章だが、前掲の社論にもあったように、未来派＝前衛芸術という認識に立って、表現主義が「ドイツ未来派」の一様式として取り扱われているのである。『種蒔く人』が思想的に未分化な時期の共同戦線的プロレタリア文化運動として特徴づけられるように、文芸思潮においても、ナショナリティによって区分けされた「イタリア未来派」「ドイツ表現主義」などではなく、「共通のスピリット」を有する世界変革のエネルギーとして「未来派」乃至「表現主義」が認識されていたと考えられる。(57)

そして、こうした表現主義への接近の最後に来るのが、「表現派戯曲」と記された脚本版「赭土に芽ぐむもの」の二三年一月号への掲載だった。三ヶ月に及ぶ断続的な公演準備の末に掲載されたのだが、ついに上演されることはなく、「種蒔き社」の表現主義時代は、実質的に一九二二年で終わるのである。

おわりに

本論では詳述することができなかったが、綾目広治が指摘するように、一九二二年半ばから『種蒔く人』誌上にアナキズム批判の論考が増加してくる。(58) 左翼文芸の世界では、関東大震災後の急激な反動化に対抗するため、福本主義が台頭する一九二六年頃まではアナ・ボル共同戦線の流れが維持された。しかし、震災前にその共同戦線は一度破れかけていた。

その背景には、一九二一年四月に結党された第一次共産党の影響が考えられる。黒川伊織によると、第一次共産党は当初、大杉栄らアナキストやサンジカリストを自陣に取り込むことを模索していたものの早々に断念。一九二二年夏以降、「議会外での示威運動に大衆を動員して政治的要求を貫徹するという反議会主義的政治運動」の方針が採られ、「ロシア飢饉救済運動や対露非干渉運動」への関与が強められていった[59]。こうした中、「種蒔き社」が取り組んできたロシア飢饉救済運動も、共産党の合法誌『前衛』を発行する前衛社に紐付けられた募金運動が主となっていく。

「表現座」が、浮沈を繰り返しながら、強い推進力を最後まで得られなかったのは、アナキスト取り込みから大衆獲得路線へと転換していった第一次共産党のこうした方針転換が関わっていたのではないか。ただし、そのことによって表現主義そのものが否定されたわけではなかった。

秋田雨雀は先駆座第一回試演で上演された「手投弾」について、「表現主義的を（ママ）手法を用ひた[60]」と証言している。演劇界においては、震災後、築地小劇場の設立によってようやく表現主義演劇が全盛期を迎え、プロレタリア演劇の創出を後押しすることになる。

したがって、「種蒔き社」と連携する劇団が「表現座」から「先駆座」へと移行したことは、結果として、芸術様式としての表現主義を残しつつ、その担い手からアナキズム的要素を引き剥がすことを意味した。とはいえ、プロレタリア劇団としては、「先駆座」はあまりに上品すぎ、たとえ震災がなかったとしても、「種蒔き社」が「先駆座」をコントロールできたとは思えない。

そう考えると、新人会出身で佐野学と親しく、第一次共産党の「同調者[61]」でもあった黒田礼二が訳した「転変」の公演を「表現座」が計画していたという情報が、また違った意味を帯びてくる。つまり、アナキズム色を排除して、「表現座」を完全にボル化するという可能性である。だが、それはもはや想像でしかない。

アナからボルへ。多くの者がこの道をたどったが、「表現座」の浅草オペラグループからは、誰一人として『種蒔く人』の陣営に移行しなかった。「表現座」は、『種蒔く人』の抱えた困難を象徴するかのように歴史の表舞台から姿を消したのである。

〔注〕

（1）藤田富士男「『種蒔く人』の中の演劇」（『彷書月刊』一九九八年一一月）。

（2）「土の会」は、一九二〇年五月一六日、有島武郎と共に京都で新村出・成瀬無極らの脚本朗読の「カメリオン朗読会」に参加した秋田雨雀が、同年六月四日、自宅で佐々木孝丸、エロシェンコ、神近市子、能島武文、伊藤文枝、佐藤青夜〔誠也〕と「朗読会」を開催したことが最初。秋田雨雀「カメリオン朗読会の印象」一〜五（『読売新聞』一九二〇年六月二二〜二六日）。『秋田雨雀日記』第一巻（未来社、一九六五年）（以下、『雨雀日記』）および、佐藤誠（ママ）「土の会から旧先駆座まで」（『文芸道』一九二八年七月）。

（3）佐藤誠也「先駆座の回想」（『悲劇喜劇』一九六〇年一一月）に、「労働者でなくインテリのプロレタリア演劇運動の起点をこのトランク劇場におけば、先駆座はその母体的、あるいは前史的意義をもつ劇団だった」とある。

（4）佐藤誠也「トランク劇場の誕生」（『悲劇喜劇』一九六一年六月）。会場は争議団とその家族の詰所となっていた「神明会館」（本郷）と「小石川倶楽部」であった。

（5）武者小路実篤「或日の一休和尚」（『白樺』一九一三年四月）。『心と心』（洛陽堂、一九一三年）収録時に改題。

（6）長谷川如是閑「戯曲 エチル・ガソリン（一幕）」（『我等』一九二五年一月）。

（7）佐々木孝丸『風雪新劇志　―わが半生の記―』（現代社、一九五九年）九九頁に、「この二本をやるより外に、テが無かつたのだ」とあり、前掲、佐藤誠也「トランク劇場の誕生」には、「千田是也にも相談したが適当な台本の案が出なかった」とある。

（8）佐藤誠也「転換期の先駆座」（『悲劇喜劇』一九六〇年一二月）。

（9）同前。

（10）M生「赤光会便り」（『種蒔く人』再刊第一号、一九二一年一〇月）。以下、『種蒔く人』の巻号は通巻号数のみ記載。

（11）松本克平『日本社会主義演劇史　―明治大正篇―』（筑摩書房、一九七五年）七六二頁。金子夕二「洋文氏の秋田での演劇について」（『悲劇喜劇』一九七八年七月）。出演、金子洋文・今野賢三。金子洋文「老船夫」（『新潮』一九二一年一〇月）。菊池寛「父帰る」（『新思潮』一九一七年一月）。

（12）S生「湖東支部講演会」（『種蒔く人』第四号、一九二二年一月）。

（13）無署名「文芸家懇親会　―自由思想家組合の成立―」（『種蒔く人』第七号、一九二二年四月）。

（14）『種蒔く人』第七号（一九二二年四月）表3広告。

（15）金子洋文「大阪と神戸の講演会（自分だけの感想）」（『種蒔く人』第九号、一九二二年六月）。無署名「異端座主催「種蒔く人」同人文芸講演会を観て」（同前）。金子洋文「洗濯屋と詩人」（『解放』一九二二年四月）。

（16）T生「秋田市に於ける新人の叫び」（『種蒔く人』第一三号、一九二二年一〇月）。

（17）『種蒔く人』第一〇・一一号（一九二二年八月）広告。『東京

朝日新聞』朝刊(八月六日)七面。[脚本]中西伊之助原作・京谷周一脚色「赭土に芽ぐむもの(ある囚人の夢)(表現座上演脚本)」(『種蒔く人』第一五号、一九二三年一月)。
(18)前掲注(7)佐々木孝丸(一九五九年)六八頁。「種蒔き社」の企画で歌唱指導は澤田柳吉。
(19)『東京朝日新聞』朝刊(一九二二年一一月九日)六面。秋田雨雀「旧藩主と火事(喜劇一幕)」(『早稲田文学』一九一二年一月)。
(20)『柳瀬正夢 1900－1945』(読売新聞社、二〇一三年)一三〇頁に掲載の「先駆座第一回試演プログラム」(東京都現代美術館美術図書室所蔵)を参照。秋田雨雀「手投弾」(『解放』一九二三年一月)。
(21)信行「[クラルテ]の会二つ」(『種蒔く人』第二〇号、一九二三年七月)。アンリ・バルビュス著、小牧近江・佐々木孝丸訳『クラルテ』(叢文閣、一九二三年四月)。
(22)『種蒔く人』第一九号(一九二三年六月)四〇一頁の広告。金子洋文「地獄」(『解放』一九二三年三月)。同『地獄』(自然社、一九二三年五月)。
(23)前田河「『三人の会』の報告」(『種蒔く人』第二一号、一九二三年八月)。前掲注(7)佐々木孝丸(一九五九年)七二～七五頁、および『雨雀日記』。中村吉蔵「税」(『週刊朝日』一九二二年四月)、小川未明「おとぎばな志野薔薇」(『大正日日新聞』夕刊、一九二〇年四月一二日付＝一一日発行)、秋田雨雀「国境の夜」(『新小説』一九二〇年一〇月)。
(24)『東京朝日新聞』朝刊(一九二三年八月二五日)六面。原作一九一九年。初出『解放』(一九二二年八月)。単行本『転変表現派代表戯曲』(大鐙閣、一九二二年一一月)。
(25)一〇月二五日に文芸講演会を開き、二六日(秋田)、二七日(土崎)、二八日(能代)で公演。
(26)今野賢三編著『秋田県労農運動史』(秋田県労農運動史刊行会、一九五四年)一〇七頁に、「いわゆる民主主義革命を取りあつかった、そうした新しい劇を、日本ではじめて(それは朗読的であったとしても)舞台にのぼせるという事に意義があったのである」(傍点引用者)とある。
(27)ただし、『種蒔く人』第六号(一九二二年三月)には、他に陪審長(棚橋貞雄)、アンリオ(鳳逸平)の配役が見える。舞台監督は佐々木孝丸。
(28)『種蒔く人』第五号(一九二二年二月)一九〇頁の「種蒔き社講演会」には、「はじめ「狼」にしやうかとの説もあつたけれども、一幕を切りはなして上演することは困難であるので「ダントン」に決した。全権は孝丸に委任してある」とある。同人たちの練習は、二月二二日、三月一三日に行われていたことが『種蒔く人』第六号の「ダント劇稽古の夜」(ママ)(二五六頁)、第七号の「ダントン劇稽古後」(三六〇頁)から確認できる。また、『雨雀日記』では、二月一四日に「夜、九段茶寮で種蒔社の「ダントン」のけいこを見にいった。佐々木君のダントンはおもしろい。村松、平林(初)は裁判官。松本(弘)も被告の一人。柳瀬君、近江谷君もきた」(二七八頁)と記されていて、二月二四日にも「夜、九段茶寮の「ダントン」にゆく」とある。また、佐々木孝丸(一九五九年)に、「稽古場へは、秋田さんもよく顔を見せて、いろいろダメを出してくれた」(五四頁)とある。

（29）前掲注（26）今野賢三（一九五四年）一〇八頁に、木村荘太訳を脚本に使用したとある。ロマン・ローラン作、木村荘太訳「ダントン」（『ロマン・ローラン全集』第二巻、人間出版部、一九二〇年）。
（30）前掲注（26）今野賢三（一九五四年）一〇八頁に、「発行費の困難からこの計画によつていくらかでもその費用を生み出そうとしたものであつた」とある。
（31）『心と心』収録時に「土器売り・武士・野武士　この三つの役は一人にて演じる方よし」と注記され、「一休」「寺男」とあわせて三名で上演可能となった。
（32）松本克平「『或る日の一休』とトランク劇場」（『悲劇喜劇』一九八〇年一一月）。
（33）前掲注（7）佐々木孝丸（一九五九年）五六頁。
（34）前掲注（11）金子夕二（一九七八年）。
（35）北条常久『『種蒔く人』研究　―秋田の同人を中心として―』（桜楓社、一九九二年）一四六頁。
（36）金子洋文「武者小路実篤の青春」（『悲劇喜劇』一九八〇年一一月）。
（37）金子洋文『生ける武者小路実篤』四八頁。［復刻版］長谷川泉監修、遠藤祐解説『近代作家研究叢書　生ける武者小路実篤』（日本図書センター、一九九三年）参照。
（38）同前、八六頁に、「吾々の望んでゐる共産社会（第三インタアナショナル）は自由の社会である」とある。
（39）前掲注（7）佐々木孝丸（一九五九年）五一頁。
（40）前掲注（7）佐々木孝丸（一九五九年）五六頁。
（41）前掲注（11）松本克平（一九七五年）七四五頁。
（42）前掲注（11）松本克平（一九七五年）一九一頁。小生夢坊「浅草を中心に生きて来た男」（『文芸市場』一九二六年五月）には、大杉栄や伊藤野枝と交流があった頃に、「未来派芸術の講演会」を浅草の「東京亭」（東橋亭か？）で開いたとある。浅草オペラグループと「未来派」については次項注（43）参照。
（43）中野正昭「トスキナ伝説　―浅草オペラと大正期アヴァンギャルド演劇に関する一考察―」（『大正演劇研究』二〇〇五年五月）によれば、初出『オペラ評論』（一九一九年一〇～一二月）。「皮肉と諧謔味溢れる諷刺劇」「馬鹿馬鹿しい程のナンセンスさで事の本質を煙に巻き、からかってみせる軽妙さが、獏の魅力である」と指摘されている。
（44）前掲注（11）松本克平（一九七五年）一九一頁。
（45）内山惣十郎『浅草オペラの生活』（雄山閣、一九六七年）七四頁。
（46）増井敬二『浅草オペラ物語』（芸術現代社、一九九〇年）巻末の「金竜館における浅草オペラ（根岸歌劇団の全公演）演目表」には、金子洋文作「トルビン」（一九二一年九月二日公演開始）、同「若いニナさん」（一〇月一一日）の記載がある。
（47）須田久美『金子洋文と『種蒔く人』――文学・思想・秋田』（冬至書房、二〇〇九年）六七頁。
（48）前掲注（11）松本克平（一九七五年）一九一頁。
（49）一九二一年六月五日、明治座で公演開始。『東京朝日新聞』朝刊（六月四日）七面。監督仲木貞一、装置岡本帰一。
（50）前掲注（35）北条常久（一九九二年）二〇二頁。
（51）中沢弥「〈死の舞踏〉を踊る人々　―秋田雨雀と表現主義演

劇──」(『湘南国際女子短期大学紀要』二〇〇三年二月)。

(52) 前掲注(20)『柳瀬正夢 1900 - 1945』一二八〜一二九頁に写真およびスケッチ図版が掲載されている。

(53) 金子洋文「〈顔〉小生夢坊さん　清濁あわせのむ大器」(『赤旗』一九七二年七月一二日)に、「同君とは浅草のペラゴロ時代からの交わり」とある。洋文は長年「ゆめぼう」と呼んできたと記している。

(54) 中西伊之助「『赭土に芽ぐむもの』(表現座上演)の原作者として」(『中央美術』一九二二年八月)。主として中西は「朝鮮」の自然と民族を扱うことの困難さを心配している。

(55)『東京朝日新聞』が表現主義に関する記事を早くから積極的に掲載していたことは酒井府『ドイツ表現主義と日本──大正期の動向を中心に』(早稲田大学出版部、二〇〇三年)が指摘しているが「表現座」には言及されていない。

(56) 秋田雨雀「美術劇場と先駆座の思ひ出」(『新演芸』一九二五年一月)に、「芝居をすると云ふのが主なのではない」とある。また、「私の戯曲の殆ど全部を朗読し尽し」たと記されている。

(57) 鈴木貴宇「日本の表現主義」は、『カリガリ博士』以降、表現主義が「誤解」されてきたとする小山内薫「表現主義戯曲の研究」(『演劇新潮』一九二五年二月)の言葉を紹介した上で、しかし、「現実を「表現主義」というフィルターを通して咀嚼しようとした当時の人々のエネルギー」を再評価する必要を指摘している。鈴木貴宇編『コレクション・モダン都市文化 第三〇巻 表現主義』(ゆまに書房、二〇〇七年)六六七頁。

(58) 綾目広治「大正革命思想の可能性　─『種蒔く人』をめぐって─」(『フロンティアの文学──雑誌『種蒔く人』の再検討』論創社、二〇〇五年)所収。

(59) 黒川伊織『帝国に抗する社会運動──第一次日本共産党の思想と運動』(有志舎、二〇一四年)八一頁。

(60) 前掲注(56)秋田雨雀「美術劇場と先駆座の思ひ出」。ただし、『雨雀日記』(一九二二年一一月二八日)では、「未来派ふうの形式をとって書いてみた」(二九九頁)と記されており、ここでも未来派・表現主義は未分化であった。

(61) 前掲注(59)黒川伊織(二〇一四年)六〇頁。

一〇〇年前に蒔かれた種
——小牧近江の留学体験と日本プロレタリア文学運動の源流——

島村　輝

一　一〇〇年前・「戦争」と「革命」の世紀の幕開け

1　二〇世紀の世界とマルクス主義

二〇世紀はいわば「戦争の世紀」であった。その初頭には欧州を主たる戦場とした第一次世界大戦が起こり、半ばにはさらに戦場を世界規模に拡大して第二次世界大戦が戦われ、世紀の後半には米ソ両陣営の対立構造＝「冷戦」を背景として、朝鮮戦争、ベトナム戦争、中東紛争などの局地的戦争が後を絶たなかった。常に世界規模での戦争が戦われ、あるいはそのような大規模な戦争勃発の危機をはらみつつ局地的な戦争が行なわれてきたのが二〇世紀であり、その意味でまさにこの世紀は「戦争の世紀」と呼ぶにふさわしい時代であった。

一方、二〇世紀を特徴付けるこうした戦争は、それぞれにその過程から、あるいはその結果として、それまでとは異なる原理に基づく体制の国家を生み出してきた。第一次大戦を経て一九一七年にはロシアでソビエト政権が樹立された。第二次大戦後はアジア・アフリカ・ラテンアメリカの多くの植民地が宗主国から独立を果たすとともに、中部ヨーロッパ、東アジアに社会主義を標榜する国家が多数打ち立てられ、ソビエト連邦を中心とする社会主義陣営を構築することとなった。その後の引き続く植民地独立の戦いの経過なども含めて、二〇世紀を「戦争の世紀」であるとともに「革命の世紀」と名づけることもできる。

戦後は米ソ両陣営の「冷戦」という形でこの体制は継続するが、社会主義陣営はその内部の腐敗と疲弊によって東側社会主義諸国の相次ぐ政権解体と最終的にソ連の崩壊によって二〇世紀の終幕を待たずに終焉を迎えることとなった。かろうじて生き残った社会主義国も、その実態は当初の理念から大きく変質したものとなった。

こうした歴史の現実は、政治思想としての「マルクス主義」という壮大な実験の失敗の結果とも見られる。しかし政治思想としての失敗という結果だけから二〇世紀の強大な思想的潮流としてのマルクス主義を総括し、評価することはできない。とくに政治に境を接し、深くそこに関わろうとした二〇世紀の文学の領域を見渡してみるとき、そこにはマルクス主義思想に関わる壮大な夢ともいうべき営みがあったことが確認できるだろう。それは「夢」でありながら、あきらかに「現実」に力をもち、そこに関わる思想としてそれぞれの時期に役割を果たしてきたのである。では具体的にこの「戦争と革命の世紀」を振り返ってみたとき、日本文学の領野でマルクス主義は果たしてどのようなものとして受けとめられ、現実の力を発揮してきたのであろうか。

2　日本マルクス主義文学前史

外来思想としてのマルクス主義が日本に初めて紹介されてから、それが現実にある文学的傾向を支えるイデオロギーとして機能するようになるまでには、相当多くの時間が必要であった。日本のマルクス主義思想と文学とが結合するには、その前史ともいうべき時代がある。

幕末の長崎文書などによれば、すでにこの時期幕府は、当時の清国やオランダを通じて西欧におけるマルクス主義の台頭を知識としては持っていたことを知ることができるが、大日本帝国憲法の発布（一八八九年）、第一回帝国議会召集（一八九〇年）、日清戦争（一八九四〜九五年）といった出来事が続くなか、政治・経済が近代化していくに連れ、社会問題が表面化してくることになる。一八九八（明治三一）年には村井知至、安部磯雄、片山潜、木下尚江、幸徳秋水らによって「社会主義研究会」が結成され、キリスト教社会主義を基盤とする立場からマルクスとマルクス主義の紹介が行なわれた。この中で幸徳秋水『廿世紀の怪物帝国主義』(一九〇一年)、西川光二郎『カール・マルクス』(一九〇二年)、幸徳秋水『社会主義神髄』、片山潜『我社会主義』(ともに一九〇三年)などの著作も刊行されて、漸く後の本格的な日本マルクス主義思想の展開に結びつく動きが現れてくる。

二〇世紀を迎えて日露開戦の機運が高まってくるなか、幸徳秋水、堺利彦らは一九〇三(明治三六)年に平民社を結成、『平民新聞』を発行して社会主義の紹介・普及に努めた。日露開戦後の一九〇四(明治三七)年には『平民新聞』に「共産党宣言」が訳出され、そのためこの号は発禁処分を受けることにもなった。日露戦争後、堺利彦は一九〇六(明治三九)年に雑誌『社会主義研究』を発刊し、そこにはリープクネヒトの「マルクス伝」、カウツキーの「エンゲルス伝」、エンゲルスの「科学的社会主義」などが訳出され、掲載されていった。一方幸徳秋水は渡米後アメリカの労働運動と無政府主義に触れて帰国、直接行動論を唱えて片山潜らの議会主義の立場と対立した。こうした中で一九一〇(明治四三)年に「大逆事件」がフレームアップされ、幸徳秋水は刑死、片山潜はアメリカに亡命を余儀なくされ、社会主義は冬の時代に入る。

明治天皇の死去により大正時代になると、第一次護憲運動(一九一三年)に端を発する大正デモクラシーの機運やロシア革命(一九一七年)の影響により、マルクス主義を基盤とする社会主義の思潮が再び台頭することになる。その代表的な人物に、河上肇を挙げることができる。河上は一九一七(大正六)年に『貧乏物語』を書き、当時の社会が抱える矛盾について人道主義的立場から論じたが、そこからマルクス主義の方向に歩を進め、一九一九年には個人雑誌『社会問題研究』を創刊して、マルクス主義の研究と普及を行っていった。

この年四月、堺利彦と山川均は『社会主義研究』を発刊し、マルクス主義の旗幟を鮮明にして社会主義理論を紹介、解説し、やがて一九二〇年半ばごろよりソビエト制度の研究に多くの誌面をさいて建国間もないソビエト連邦の実情を紹介するうえで大きな役割を果たした。この雑誌は一九二三(大正一二)年四月『前衛』『無産階級』と合併して『赤旗』となり、第一次日本共産党の理論機関誌となる。

マルクス主義を標榜する堺・山川らは、アナルコ・サンディカリズムの立場に立っていた大杉栄らとの論争（「アナ・ボル論争」一九二二年）を経て、一九二二（大正一一）年に日本共産党を結党し、ここに日本のマルクス主義がボルシェビズム、すなわちソ連共産党とコミンテルンの指導に直接結びつく形で確立されることとなった。

ここまでの動きを見てくるだけでも、日本マルクス主義文学の前史ともいうべきこの時期に、実に多くの思想家・運動家たちが多様な思想活動を展開させていったことを知ることができる。彼らの多くは思想家であるとともに実際の活動にも携わり、文筆によってジャーナリズムの世界とも深く関わる人々であった。彼らがそれぞれの時期に運動の過程で書き残した文書は、当面の政治活動に関わる方針であったり檄文であったりすると同時に、現実に直面してその実態を暴露するルポルタージュでもあり、またそうした現実に対処する知識人としての内面を表明するものでもあった。その意味で、彼らは政治思想家であったとともに文学の徒であり、マルクス主義という政治思想はまた、文人・知識人としての彼らの発想を根底から刺激する「夢」の核であったといってもよい。こうして日本国内にあっても、マルクス主義が政治思想として、また文人の「夢」として定着しようとしていたこの時期、国内のこうした潮流とは相対的に独立した場所で、マルクス主義に基づく日本プロレタリア文学を生み出す大きな源泉となった出来事が起こる。フランスで第一次大戦を経験した小牧近江の帰国と雑誌『種蒔く人』の創刊である。

二　原点としての反戦平和

1　小牧近江の反戦思想

日本プロレタリア文学運動は、一九二一（大正一〇）年小牧近江らによる『種蒔く人』土崎版、および同誌東京版の創刊をもってその始まりとするのが定説である。たしかに『種蒔く人』は、それまでに紹介されてきた社会主義・マルクス主義思想の潮流とは異なった源泉からもたらされ、政治思想の領域にも、文学の領域にも、これまでの枠を超える情報と発想をもたらしたものだったといってよい。それは『種蒔く人』発刊の中心となった小牧近江の、ヨーロッパにおける経験とそこから得た運動の方向性の斬新さによるものであった。

小牧近江は、国会議員であった父に連れられて一九一〇年に渡仏し、パリの名門リセ、アンリ四世校に入学する。このリセ時代に、彼は級友であったピエールを通して、南仏出身の貴族、サン・プリ家の人々と知り合うことになる。当主はセーヌ州裁判長次席、夫人はドレフュス事件の解決にあたった元フランス大統領のエミル・ルーベの娘という名門であった。級友のピエールは次男であり、長男はジャンといった。

その後小牧の家は没落し、学資も途絶えて、小牧はアンリ四世校の退学を余儀なくさせられ、父の友人であった駐仏大使・石井菊次郎に見出されるまで、自分で働いて生活費を稼ぎ出す生活を経験する。石井の計らいによって日本大使館に職を得た小牧は、バカロレア資格を取得して一九一四年にソルボンヌ大学に入学を許可された。この年夏、ジャン・ジョーレスが暗殺され、小牧は衝撃を受ける。また第一次大戦が勃発する中、小牧は日本大使館員として在仏の日本人たちの世話をし、その中でフランス滞在中の島崎藤村や藤田嗣治らを知ることになる。戦争中ボルドーに疎開した大使館がパリに戻るのをきっかけに、小牧はソルボンヌに入学、民法を学ぶ。ソルボンヌ在学中の一九一七年、小牧はサン・プリ家の長男、ジャンに再会し、ジュネーブで発行のフランス語反戦雑誌『ドマン』を知ることになる。第一次大戦を経験しながら、反戦平和思想へのシンパシーを感じ、ロマン・ロランに傾倒していた小牧にとって、この旧友が同じ反戦平和の思想の持ち主であったことは大きな喜びであった。小牧はジャンの伝手により、ロマン・ロランの思想を信奉するグループと関係を持つようになり、『ドマン』の配布も受けることになる。

第一次大戦の終結後、小牧は小説『クラルテ』の作者であり、クラルテ運動の推進者であったアンリ・バルビュスの知遇を得、強い影響を受ける。ここでバルビュスから、クラルテ運動の国際化について示唆をうけた小牧は、その意志を実現すべく帰国を決意し、一九一九年末に帰国した。スイス経由の帰国の途上、彼は『第三インターナショナル―第一回大会』というパンフレットを入手する。このパンフレットは当時その存在を秘密とされていた第三インターナショナルの大会記録とレーニンのテーゼが収録されているものであり、帰国後『種蒔く人』誌上での第三インターナショナル紹介と論評にあたって貴重な資料となったものである。また彼はすでに廃刊となっていた『ドマン』の発行元を訪れ、創刊号から休刊にいたるまでの三〇号二八冊揃いを譲り受けることができた。この『ドマン』こそ『種蒔く人』発刊時の手本となった雑誌であり、その意味でもこの出来事の意味は大きかったといわなければならない。

こうした体験から小牧が学び、身につけてきたものは、一言でいえば体験に裏づけられた、徹底した反戦平和と国際連帯の思想であったといってよかろう。まず第一に挙げなければならないのは、ロマン・ロランに傾倒し、アンリ・バルビュスの知遇を得てクラルテ運動の日本への移入を図ったことである。

第一次大戦に先立つ時期、反戦・平和運動を代表する動きとしては、一八八九年にパリで創立された労働者階級を基盤とする国際的大衆組織、第二インターナショナルがあった。日露戦争戦時下の一九〇四年のアムステルダム大会（第六回）ではロシア社会民主党代表のプレハーノフと日本代表の片山潜が壇上で握手し、交戦国の勤労者代表同士による非戦の誓いとして注目されたこともある。その後、欧州各国間の対立激化により戦争勃発の機運が増すとインターナショナルは一九〇七年のシュトゥットガルト（第七回）、一九一〇年のコペンハーゲン（第八回）、一九一二年のバーゼル（臨時大会）と繰り返し戦争反対の決議を採択した。しかし、こうした決議にもかかわらず、第一次大戦が勃発すると、参戦諸国の労働者政党のほとんどが、この戦争を防衛的な戦争であるとして支持、協力にまわり、第二インターナショナル自体も事実上崩壊してしまうこととなった。結果として第二インターナショナルは、第一次大戦に伴うむきだしの帝国主義的ナショナリズムに対抗する原理にはなりえなかったということになる。

こうした中、ロマン・ロランは「他の祖国を憎み、他の祖国を守る人々を虐殺する」ことを旨とする「祖国愛」を批判し、後に評論集『戦いを超えて』に収録される多くの反戦評論を発信し続けていた。また、バルビュスは一九一六年ゴンクール賞受賞作『砲火』、一九一九年の『クラルテ』などの作品によって、「国家の数と同じだけの国家の真理」があることを前提に、「万人が平等に持っている、生命への権利」に基づく、戦争否定の「世界共和国の夢」を訴えていた。

一九一九年五月一〇日号の『ユマニテ』紙にバルビュスは「グループ・クラルテについて」という一文を寄稿

し、そこで「人間解放」を目指してこのグループを結成したこと、「人民のインターナショナルに並行して思想のインターナショナルを結成する」必要のあること、「公益を理解し、それを愛するための同盟、自由な思想を基調とし、常に思想に目を光らせる大家族」創出を呼びかけている。こうして結成された「真理の勝利のための知識人の連帯の国際連盟」（グループ・クラルテのスローガン）であるこの運動の影響を正面からうけたのが、小牧近江であった。

こうしたロマン・ロランやバルビュスたちの運動と、第二インターナショナルの実践上の崩壊に対抗する別の潮流があった。それは参戦諸国の労働者政党のほとんどが戦争の支持、協力に回ったのに対し、帝国主義戦争を内乱、革命に転化させようとした少数の社会主義者の運動である。レーニンの指導を受けたこの運動（ツィンメルワルト運動）は、革命の実現を終局の目標とする点で「知識人の連帯」の運動としてのバルビュスたちの動きとはやや異質なものではあったが、「反戦」の一点で共鳴した人々、とくに青年層の間で、両者は接点をもつことになった。小牧に強い影響をあたえたジャン・ド・サン・プリも、実はこのツィンメルワルト運動をパリで展開していた一人だったのである。『種蒔く人』に結びつく、小牧の国際連帯と反戦思想のもう一つの源泉が、このツィンメルワルト運動であった。小牧に限らず、大戦末期から戦後にかけてパリで反戦運動に携わっていた若い世代には、この両者が一体、あるいは深く関連しあったものと受け取られて当然だったであろう。[1] こうして、小牧近江にとって、クラルテ運動とツィンメルワルト運動とは、深いかかわりを持つものとして受けとめられることになる。このことは、第三インターナショナルの位置付けについての小牧の見解に深く影響を与えるものとなった。

2 第三インターナショナルと土崎版『種蒔く人』

一九一七年、レーニンに指導されるロシア社会民主労働党（共産党）は、ロシア革命を成功させると、ただちに新しい国際的革命組織の結成にのりだした。第一次大戦に伴う各国の政治・経済体制の動揺が革命の絶好の条件となっているという判断と、後進国ロシアの革命は、先進工業国の革命なしには生きのびることはできないという確信が、この取り組みを推進させた。こうして一九一九年三月第三インターナショナル（共産主義インターナショナル、コミンテルン）は創設された。

第三インターナショナルの性格がよりはっきりと決定づけられるのは、翌年夏の第二回大会である。そこでは、既成の社会主義政党幹部の裏切りを認め、彼らとの完全な絶縁のうえで、「前衛」政党型の鉄の規律と中央集権体制に立脚した一枚岩的国際革命組織をつくりあげることが決議された。この大会で承認された二一ヵ条（プロレタリアート独裁の明示、非合法組織の併設、軍隊・農村・労働者組織・議会内での活動、植民地独立、民主的集権主義の確立、粛清、執行委員会のいっさいの決議に無条件で服従することなど）に及ぶコミンテルン加入条件はまさにそのことを具体化したものである。

第二回大会で承認された第三インターナショナル規約前文には、「共産主義インタナショナルは、全世界の勤労者の解放を自己の任務とする。共産主義インタナショナルの隊列には、白色、黄色、黒色の皮膚の人々、全地球の勤労者が、兄弟のように結合している」と記されている。ここでは明確に、「白色、黄色、黒色の皮膚の人々」、すなわち人種や民族を超えた人民が、「全地球の勤労者」と並べられて「兄弟のように結合している」とされている。しかし当時の現実の国際関係からみた場合、この簡潔な文言の中には重大な矛盾と問題があったといわざるを得ない。

階級闘争の理論は、労働者階級の歴史的使命がついには世界の資本主義的構造そのものを崩壊させ、共産主義を実現するであろうこと、その意味で階級的利害が国家の枠を超え出たものであることを理論的に説いている。社会主義革命を引き起こす基本的な矛盾である資本家階級と労働者階級との厳しい対立という形態は、植民地宗主国である先進資本主義国で先鋭化した事態だった。現実にはロシア革命に引き続いて西欧資本主義国で革命が起こるという成り行きにはならず、そのためコミンテルンの路線は、この規約の文言にみられるように、本来論理レベルの異なる民族主義の問題と先進国での革命主体の問題とを、並行させる矛盾を抱え込まざるを得なくなったのである。

これは、換言するなら、本来ブルジョア民主主義運動である民族解放運動を共産党がどこまで支持すべきかということになる。その後の展開において、民族ブルジョアジーとプロレタリアートそれぞれの闘争の有機的統合という命題は、実践上しばしば解きがたい矛盾に逢着した。

たとえばトルコ、ペルシア（イラン）のような国々における民族独立運動の発展は、ソ連にとってイギリスなどの帝国主義国の南方からの圧力の軽減という意味で歓迎すべきものであったが、運動内部における民族主義者と共産主義者の利害の対立が表面化する場合には、第三インターナショナルは多くの場合後者への支持を切り捨てることを選んだ。このことは一九二〇年代の中国革命をめぐる第三インターナショナルの対応にも関わっている。

第三インターナショナルは、それまでの社会民主主義的な政党との完全な絶縁、鉄の規律に基づく「前衛」政党型の組織を標榜した。組織的にも「実質上、共産主義インタナショナルは、真に、実際に単一の世界政党でなければならず、各国で活動している党はこの世界共産党の個別的な支部である」と規定された。このように、ロシア革命以降のヨーロッパの政治動向の影響を強く受けた第三インターナショナルの戦略構造は、国際連帯を標榜しながらも、先進資本主義国と植民地諸国との矛盾や、各国における個別的な階級闘争の実情に対して、あまりにも単一・画一的な原理を対置するものであったということになろう。

帰国後の小牧近江が、秋田県の土崎で発行したパンフレット『種蒔く人』（土崎版）における第三インターの紹介、論評は、次の三つである。

小牧「恩知らずの乞食」（第一号、一九二一年二月）

小牧「第三インターナショナルと議会政略」（第二号、一九二一年三月）

金中生「第三インターナショナルへの闘争」（第三号、一九二一年四月）

これら三つの文章から、土崎版『種蒔く人』に現れた第三インターナショナルに対する認識の特徴について、北条常久は以下の四点を指摘している。[2]

1　これらの第三インターナショナルの紹介は、大正一〇年では画期的なことであり、その進歩性は目を見張るものがある。

2　その思想は小牧近江自身が持ち帰ったものであり、彼の直接経験も含む西欧直輸入のものである。

3　「第三インターナショナルと議会政略」は小牧近江が帰国後の第二回大会の決議をもとにしているだけに、彼の帰国後もヨーロッパから直接情報を得ることができる情報網を有していた。

4 「第三インターナショナルへの闘争」を訳出した金中生は『種蒔く人』の同人であり小牧の叔父である近江谷友治のペンネームである。『種蒔く人』は秋田県南秋田郡という地方にありながら、フランス直輸入の難解な思想を理解できる同人を有していた。

小牧は『解放』一九二一年五月号に掲載した「第三インターナショナルの歴史的研究」という評論で、第二インターナショナルの歴史的破産について述べ、第三インターナショナルの必然を語っている。この同じ評論の中で、小牧は「チムメルワルド会議」「キエンタル会議」について章を設けて述べている。ここでの立場は、これらの会議とそこからの運動を無視するレーニンの総括とは異なり、第二インターナショナルから第三インターナショナルへの流れの中に二つの会議を位置付けようとしている。それは先に述べたように、小牧のように大戦末期から戦後にかけてパリで反戦運動に携わっていた者にとっての体験を経た実感であり、そのことが自ずからレーニンのものとは違った第三インターナショナルへの歴史的評価を生み出すこととなったのである。

第三インターナショナルを紹介している土崎版『種蒔く人』創刊号には、ロシアの飢饉救援の呼びかけである「思想家に訴う」という文章が掲載されている。これはまさに人種、民族を超えた国際連帯を基盤とした主張である。レーニンの主導したツィンメルワルト派、その後のロシア社会民主党(ボルシェビキ)が「戦争を内乱へ、内乱を革命へ」をスローガンとしたのに対し、小牧近江はロシア革命とそれ以降の世界革命への展開を、国際連帯と反戦への大きな流れとしてとらえたといってよい。小森陽一が指摘するように、それは「反ナショナリズム」[3]の運動であり、「単なる平和主義運動ではなく、広範な大衆を戦場と戦争行為(軍需生産や食料生産も含めた)へ動員せざるをえない総動員戦争の時代においては、きわめて革命的な意義と実質を持って」いたのである。こうした反戦平和の思想を基盤とする統一戦線としての『種蒔く人』の運動論は、その初発期において、後のプロレタリア文学運動を席捲することになるレーニン型「前衛」政党論直結の運動論とは大きく異なる可能性を持ったものとしてあらわれたと意味付けることができるだろう。

三　フランスの縁が生んだ東京版『種蒔く人』

土崎版『種蒔く人』は、帰国して外務省に勤務していた小牧近江が、同郷の金子洋文、今野賢三らと計って、一九二一年二月に創刊したものであった。部数は二〇〇部、先にも述べたように総ページ二〇ページほどの片々たるパンフレットの体裁ではあったが、表紙にはミレーの「種蒔く人」を取り入れ、信条として「自分は農夫のなかの農夫だ。自分の綱領は労働である」と刷り込み、大きな意気込みで取り組んだものである。この土崎版『種蒔く人』へのコミンテルン情報の掲載について、小牧は

> 私のところへは、次々と、コミンテルンの資料が送られて来ていました。ほかのばあい、アメリカ経由でしたが、私の場合は、フランスからの直輸入でした。コミンテルン第二回大会の様子なども、すぐわかりました。それで、新しい角度からの〝議会主義論〟となったりしています。(4)

と記している。表面は文藝雑誌として刊行されたものの、実質はコミンテルンの紹介が主たる内容といってよく、さまざまな事情からこのパンフレットは三号を持って刊行を停止することとなった。

当時外務省での小牧の仕事は、フランスの出版物を読み、紹介をしたり、フランスから来日したジャーナリストの接待や案内をしたりすることであった。一九二一年にポール・クローデルが来日した際、フランス文学に興味を持つ大学生らが歓迎会を組織した。その機会などに、小牧はフランス文学関係者と知り合った。クローデル来日の直前に催された〝ヴェルレーヌ祭〟では、詩人の川路柳虹、女優の水谷八重子らとの知遇を得ていた。こうした関係者の間に組織された「フランス同好会」の席で、小牧は三号で中断していた『種蒔く人』の復活を提案することとなり、大方の賛成を得て刊行の運びとなる。

小牧とともにその中心となったのは、東京帝国大学出身の新進評論家、慶応大学講師だった村松正俊、すでに左翼活動に加わっていた俳優・文筆家の佐々木孝丸、そして金子洋文の三人であった。

当時の日本の文学状況の下では、労働者の文学もあったが、労働者の私生活を描くだけで、ぐんと押上げるものが

見当たらなかった。そこで小牧らは、第一次大戦の苦しみを生かそう、戦争反対を主眼とした雑誌を出そうではないか、と話しあった。小牧の考えも、もっと巾のひろい文藝雑誌として発展させていくのが本筋だというところにあった。

堺利彦、山川均ら初期の社会主義を先導した先人たちに協力を仰ぎ、有島武郎、相馬黒光といった人々からの資金援助を受ける形で東京版『種蒔く人』の刊行に漕ぎ着けることとなった。小牧はアンリ・バルビュスにまで手紙を出し、執筆者として内外の著名な顔ぶれを集めることに成功した。(5) 雑誌の体裁は小牧がフランスから持ち帰った『ドマン』を模し、柳瀬正夢の手になるザクロの実のイラストレーションをあしらったものであった。(6)

創刊号以来、度々の発売禁止措置を蒙りながらも、東京版『種蒔く人』は以後二年近くにわたり、日本の反戦平和・国際連帯を掲げるジャーナリズムの旗頭となり、社会主義の紹介や宣伝に大きな力を発揮していくこととなった。フランスの事情に詳しく、語学も堪能であった小牧はフランスの雑誌『クラルテ』誌上に掲載されたロマン・ロランとアンリ・バルビュスの往復書簡を翻訳掲載した『ロラン、バルビュス論争号』の編集や、共同戦線の試みとしての「クラルテの会」の結成などを行っていった。

「クラルテの会」結成は一九二三年五月のことで、『クラルテ』出版記念会、「クラルテ」懇話会と連日キャンペーンが張られ、同じころには平林初之輔が同人に加入、さらにそこからの紹介で青野季吉が加わるなど、マルクス主義文藝理論を主軸とする形が徐々に整えられていく道筋を辿っていた。

旧土崎版『種蒔く人』の同人たちは必ずしも文芸を志向していたわけではなかったため、最初の同人であった近江谷友治、畠山松治郎は秋田に戻り「秋田労農社」を結成して、初期のマルクス主義の啓発から、自ら農民の実生活に入り、実行運動をという道筋を歩むこととなった。東京版『種蒔く人』関係者の間では、文藝運動と社会運動という二つの軸のバランスを巡っての考え方の違いがあり、内部に軋轢をきたすようにもなった。ちょうどその時、一九二三年九月一日の関東大震災の勃発に遭遇することとなったのである。準備され、印刷所に渡っていた「朝鮮人特集号」はそのまま焼失し、雑誌の発刊も中断せざるを得ない状況となった。

結局翌一九二四年になって刊行された小パンフレット『種蒔き雑記』を以てこの雑誌は終刊を迎えることになるのだが、朝鮮人の虐殺、社会主義者・河合義虎、プロレタリア作家・平澤計七らの虐殺が行われた「亀戸事件」の報道を主軸としたこの小冊子は、文学史上に残る初期プロレタリア文学運動の精華として、今日にあっても非常に注目すべき仕事として認められている。

私は震災の翌年、ヨーロッパへ行ったとき、フランス共産党機関紙〝ユマニテ〟紙へ立寄って〝種蒔き雑記〟を渡しました。同紙主宰で代議士の老カシャンの室へ、タイピストを一人つけ缶詰にされ、その抜萃を訳せといわれました。八月四日から三日にわたって連載しました。(7)

このように『種蒔き雑記』の重要性は、『ユマニテ』編集局によってフランスでもいち早く認められ、報道されていたのだった。

おわりに

ちょうど一〇〇年ほど前、第一次大戦の経験の中で勃興したヨーロッパの反戦平和と社会主義の思想は、小牧近江らの手によって、フランス経由で日本にもたらされた。小牧らによって蒔かれた種は、その後多くの人々を惹き寄せ、その後本格的な第二次大戦とファシズムの時代にいたるまで隆盛となった日本プロレタリア文学運動に、大きく育っていくこととなった。

二〇一八年一一月一一日、小牧に所縁深いパリで第一次大戦終戦一〇〇周年の記念式典が開かれ、エマニュエル・マクロン仏大統領はじめ、その場に集った各国首脳の口からは、この戦争への反省と、そこから得るべき教訓が、こもごも語られた。(8) 小牧がフランス経験、とりわけこの第一次大戦の体験を通じて学んだことの核心も、ナショナリズムの生み出す戦争の悲惨さということであった。しかしその後の動きを含めて、世界の現実は必ずしもその困難の解消に一路進んでいるとはいえない。歴史的存在としての二〇世紀社会主義国家が現実的には潰え去った今日、国家間の外交的駆け引きの中で、領土問題などを巡って「戦争」

をも辞さないといったような威嚇が公然となされたり、宗教的原理主義による「革命」を標榜しながら、実態としてはテロリズムに走ったりする現象は、あちこちに見られる。

独善的な自民族中心主義や宗教的原理主義に「小さな希望」を託さざるを得ないというのは、不幸な現実である。しかし二〇世紀初頭に、政治思想家・文人たちが「夢」を託したマルクス主義思想の精髄は滅び去ったわけではなく、現代の高度に発達し、地球規模化した資本主義の蔓延する世界に、改めて再評価の動きが強まっていることもまた事実である。今戦火の脅威の下にある、あるいはテロリズムにさらされている人々の状況を思いみるとき、さまざまな時代的制約はあったとしても、今日の新たな国際的緊張の高まりに対して、国境を超えた普遍的な平和を希求したバルビュスや小牧近江らの思想の掲げた理想を顧みることは、一つの光明(クラルテ)を含んだヒントを与えてくれるに違いない。

〔追記〕

本論は二〇一八年一二月一五日にフランス・パリの社会科学高等研究院(EHESS)において開催された第三〇回フランス日本学研究協会(Société française des études japonaises)国際会議における講演に、加筆・改稿を行ったものである。学会スタッフ、並びに当日来場され、ご質問、ご指摘をいただいた方々に深くお礼申し上げる。なお論の性質上、筆者の既発表論文「二〇世紀の夢――日本のマルクス主義と文学」(岩波講座「文学」第一〇巻『政治への挑戦』岩波書店、二〇〇三年)と一部論旨が重複するところがあることをお断りする。

〔注〕

(1) 渡辺一民は、安斎育郎+李修京〔編〕『クラルテ運動と『種蒔く人』―反戦文学運動〝クラルテ〟の日本と朝鮮での展開』(お茶の水書房、二〇〇〇年)において、ロマン・ロランやバルビュスの立場とレーニンの立場の違いを指摘した上で「一九一六年になると、フランスでもツィンメルワルト派の青年たちが反戦の立場を表明する雑誌などを創刊し始めます。しかしその場合、こういう若い人達はツィンメルワルト運動と同時にロランやバルビュスの影響をも強く受けていたということを見逃すわけにはいきません」と指摘している。

(2) 北条常久『『種蒔く人』研究―秋田の同人を中心として』(桜楓社、一九九二年)。

(3) 小森陽一「〔総説〕マルクス主義とナショナリズム」(『岩波講座近代日本の文化史5　編成されるナショナリズム　1920―30年代1』岩波書店、二〇〇二年)

(4) 小牧近江『ある現代史――〝種蒔く人〟前後』(法政大学出版局、一九六五年)。

（5）列挙するならば、秋田雨雀　有島武郎　馬場孤蝶　アンリ・バルビュス　エドワド・カーペンタ　クリスチアン・コルネリセン　江口渙　ワシリイ・エロシエンコ　藤井真澄　藤森成吉　福田正夫　アナトル・フランス　ポール・ジル　長谷川如是閑　林倭衛　平林初之輔　石川三四郎　神近市子　加藤一夫　川路柳虹　宮地嘉六　宮島資夫　百田宗治　小川未明　ポール・ルクリユ　白鳥省吾　富田砕花　山川菊栄　吉江喬松　である。

（6）「ザクロの実」を表すフランス語はgrenadeであるが、それはまた「榴弾」の意味を持つ。このイラストレーションにはその二重の意味が含まれていると解釈できる。

（7）注（4）に同じ。

（8）「マクロン仏大統領、国家主義を批判　第1次大戦終戦100年式典で」BBC News JAPAN
https://www.bbc.com/japanese/46175660

『種蒔く人』の精神を受け継ぐもの

——一九五六年夏、小牧近江と椎名其二の再会を足がかりに

杉淵　洋一

はじめに

秋田市のあきた文学資料館には、小牧近江と同じ秋田県出身で『ファーブル昆虫記』を日本語に翻訳したことで知られる椎名其二（旧角館町出身、一八八七—一九六二年）が小牧に宛てた手紙が保存されている。一九五六（昭和三一）年八月二二日の日付で記されており、小牧の遺族が寄託したものだ。

手紙の文面は以下の通りである。

小牧様

Bien amicalement
à vous.[1]
しひな[2]

置き去りにされる者ー居残るもの、心は寂しい。
Bonne santé et bon voyage ![3]
一くの離別を　それが永遠のそれであると見なければならなくなった悲しさ。
Bien des choses à Mme votre fille et son mari, S.V.P.[4]

小牧は一九五六年七月八日から一三日にかけてイギリ

ス・ロンドンのベッドフォード大学で開催された第二八回国際ペン大会に、評論家の松岡洋子とともに日本ペンクラブの代表として出席するため[5]ヨーロッパに滞在していた。小牧の帰国に際して、椎名が当時パリに居住していた小牧の娘（桐山清井）夫婦[6]の住所に送った手紙ということになる。この手紙からは、椎名の望郷の念[7]とともに、自身の人生も終盤に差し掛かり、帰国する小牧との永遠の離別を覚悟していた椎名の切ない思いが溢れ、読む者の心を立ち止まらせるところがある。

小牧が一九二一年創刊した雑誌『種蒔く人』（東京版）の巻頭に執筆者として名を連ねるポール・ルクリュ（Paul Reclus、一八五八—一九四一年）は、ロマン・ロランやジャン・ジョレスを身近で知りたいと一九一六年に留学先のアメリカからフランスに渡った椎名を、家人の一人のようにして世話をした篤志のフランス人であった。ポール・ルクリュの父であるエリー・ルクリュ、エリーの弟で地理学者としても名高いエリゼ・ルクリュの兄弟達は、フランスにおける無政府共産主義者の礎石とも言われており、ルクリュ一家そのものが、ロマン・ロランやジャン・ジョレスと同様に、当時のヨーロッパにおける相互扶助によって平等が保証された平和世界の実現を理想とする人々の集団であった。小牧は、一九一〇年に渡仏して、パリ・カルティエ・ラタンのアンリ四世校、その後、パリ法科大学で学び、一九一九年の暮れに帰国しているため、一九一〇年代の後半の大部分において、小牧と椎名は同じフランスの空気を吸っていたことになる。一九一九年一月から七月にかけて、パリ郊外のヴェルサイユで開催されたパリ講和会議に際し、小牧は日本全権団事務嘱託となって、全権団新聞課「八時間労働日誌」の執筆などに尽力、椎名は石川三四郎からの依頼で、会議の取材に『万朝報』から特派員として派遣されていた黒岩涙香の通訳を務めている。

また、一九二二年に大杉栄の翻訳によるアンリ・ファーブルの『昆虫記（*Souvenirs entomologiques*）』第一巻がフランス語から日本語に訳され、足助素一が起こした叢文閣より出版されたものの、一九二三年九月一日に発生した関東大震災後の混乱に乗じた憲兵によって殺害されてしまった、いわゆる甘粕事件のために、『昆虫記』翻訳の継続は頓挫せざるをえなかった。この窮地に際してその翻訳を受け継ぎ、『昆虫記』の第二巻（一九二四年）から第四巻（一九二六年）を翻訳したのが椎名其二であり、第九巻（一九三一年）

を翻訳したのが小牧近江であった。

このように、秋田県出身者である小牧近江と椎名其二の両人は、一九一〇年代にフランスに渡り、ジャン・ジョレス、ロマン・ロラン、アンリ・バルビュス、ルクリュ一族といった、当地においてユマニストとして反戦平和と共生社会の成就を夢みて奔走した人々との親しい交流を持ち、彼等からの影響を、小牧による一九二一年の『種蒔く人』の刊行を最たる例にするように、日本の社会運動に連結させたヨーロッパと日本の社会のハブを長い期間にわたって担った人物と認められる。

そこで本論では、一九五六年の小牧と椎名のパリでの再会を起点として、どのような人々が、小牧や椎名の周辺で彼等の思想や運動に共感し、その命脈を保ち続けていったのかについて、我々に遺された貴重な資料を連結させながら考察を行ってみたい。

一　一九五六（昭和三一）年夏の出来事

小牧と椎名の二人のフランスにおける最後の邂逅となる一九五六年夏の再会は、小牧が出席していたロンドンでの国際ペン大会から、前述の椎名の手紙が差し出された八月二二日の間に実現されていることは確実であるが、現在残されている資料からは、その日付までは断定することができない。椎名は再会の直前まで、「熊洞(くまあな)」[8]と椎名が呼んでいた、セーヌ川に近いパリ六区のマビオン通り八番地[9]の粗末な、ルイ一四世時代は馬小屋だったとされる地下室に、フランス人の妻・マリーとともに暮らしていた。フランス文学者で、椎名と親交のあった蜷川譲は、この椎名の住まいのことを、「住宅というより老朽化した倉庫に粗末な木戸がつけられた、一見してみすぼらしい仮住まい[10]」であったと書き残している。椎名の早稲田大学講師時代の教え子であったフランス文学者の根津憲三による、「先生（＝椎名其二…杉淵註）は早くから製本の技術を身につけておられ、この方面では全くの玄人はだしだった。私も二、三冊いただいているが実に見事な出来ばえである。戦後はゲラン書店主から道具一切を借りうけて、製本からの収入を生活費にあてられたらしい[11]」という証言などから、椎名は粗末な造りの地下室で、フランス装の薄い表紙の書籍を分解し、新たになめし革で制作したハード・カバーを用いて製本し直し、それを販売することによって糊口を凌いでいたことが分かる。

加齢によるリウマチ等の症状の悪化が原因で、ノートルダム寺院前のパリ市立病院に一九五六年の六月初めに入院するまでの約一〇年間を、椎名はこの粗末な地下室で暮らしており、その間、椎名を慕っていた森有正、野見山暁治、蜷川譲といった日本人達が、椎名家の食卓を囲んだり、情報を得たりするために、この住まいに足繁く通ったとされている。この地下室には、「フランス人や日本人の学者、新聞記者、男女の学生が訪れていた[12]」とされ、その足繁く通った一人である蜷川譲の回想によれば、「忘れることができないのは、「ぼたん屋」のご主人が毎年正月、私たちの恩師椎名先生のところに届けて下さる餅である。官憲のきらいな椎名さんは、(当時在留邦人は少なかったので大使館はすべての人を招いた)正月の祝賀会に「出席しない人は私のところにいらっしゃい、そしてお雑煮を食べましょう」といって誘った[13]」と、モーツアルト通り一二四番地に所在した下平敏が経営していた日本料理屋・ぼたん屋の名前をあげながら、正月の椎名家への来客による賑わいについて書き残している。

椎名のところには、日本人だけではなく、学生をはじめとするフランス人たちも椎名と議論を交わすために足を延ばしていたが、椎名はとりわけ女性に対して親切だったとされている。パリの椎名が当地で面倒を見た女性の一人に、日本のハーピストの草分け的存在として知られる阿部よしゑ(一九〇四—一九六九年)の名前があげられる。阿部は一九三二年より、在モスクワ日本大使館に館員として勤務する傍ら、ボリショイ劇場に通っているうちにハープを演奏するようになり、一九三七年より七年間、パリの国立高等音楽学院でマルセル・トゥルニエに師事した、異色の経歴を持つ人物である。日本への帰国後は、国内におけるハープ演奏の普及に努め、一九四八年より東京音楽学校(現東京芸術大学)初のハープの専任教員を務めている。一九五六年に封切られた市川崑監督の映画『ビルマの竪琴』の作中において耳にすることのできるハープの音は、パリから持ち帰ったエラール社製のグランドハープを彼女が演奏しているものである。阿部は秋田県横手市裏町で生まれた同郷の人間ということもあって、椎名にとっては秋田弁で会話のできる、とりわけ親近感を覚えた人物の一人でもあったのだろう。

二　阿部よしゑ宛椎名其二書簡（一九五七年二月）

詳細な経緯については不明であるが、静岡県沼津市我入道にある沼津市芹沢光治良記念館には、芹沢家から寄贈された阿部よしゑ宛椎名其二書簡一通が保管されている。芹沢が椎名についての文章を書く際に、参考にするために借用していたが、途中で阿部が亡くなって、そのまま芹沢の手元に残ってしまったものなのかもしれない。書簡は、小牧がパリで椎名と会った翌年、つまり一九五七年二月二三日の日付が記されたもので、文面からシャンクゥイユのサナトリウムから出されたものだということが分かる。内容については、椎名から阿部への返信であり、マビオン通りを引き払ってパリの病院に入院したこと、その後、前述のパリ郊外のサナトリウムに転院したという近況報告と、老いに伴って募る日本への望郷の念を伝えるものであるが、この手紙の中に次のような一節を見つけることができる。

昆虫記の放送[14]なんて、どんな風にしたものか。若し私のやった分のたった一頁でもそれに入っていたとすれば、それはそれとして、此の昆虫記のみんなの印税のことに就て、どうなっているか、小牧近江（昨夏ちょっと会いました）へでもたづねて貰ふことはあなたにはむづかしいでせうか。無理な注文だと思ふから、駄目でも私も何とも思ふものではありません。[15]

このように、阿部に宛てた手紙の中に、不意に小牧との一九五六年夏のフランスでの邂逅のことが語られ、ファーブルの『昆虫記』の翻訳に伴う印税の件で、小牧と連絡をとって欲しい旨が語られている。パリの市立病院に数か月入院した後、椎名は九月の初めにパリを離れ[16]、セーヌ・エ・オワズ県（現エソンヌ県）シャンクゥイユのサナトリウムであるジョルジュ・クレマンソー療養所に転院している。この頃、入院生活が長期化してきていることもあって、資金難に陥っていることを、椎名が見舞いに訪れた蜷川譲に吐露している[17]ことなどからも、当座の生活資金を工面するために、阿部よしゑへの手紙を介して、小牧に『昆虫記』の印税の件について伺おうとしていたのであろう。

小牧はヨーロッパから日本へ帰国した後、その年の年末に、郷里の新聞『秋田魁新報』の文化欄に「パリでの約束—望郷の椎名君のこと」という題名の記事を寄せている。その中で小牧は、この一九五六年夏の椎名との再会場所について、「椎名君はパリのいなかにいた[18]」と、パリの中心部にあったマビオン通りの「熊洞」以外の場所を思わせる書き方をしている。蜷川譲の手による椎名についての評伝『パリに死す—評伝・椎名其二』(藤原書店、一九九六年)に従えば、一九五六年の九月六日には、椎名は既に先述のシャンクゥイユの療養所に移っていることを確認することができるが、翌一九五七年五月一五日付の椎名が蜷川に宛てた手紙によれば、椎名は「来月三日に退院し、ひとまず去年の夏のようにジャック・ルクリュのところへ行くつもりでいる[19]」としていることなどから、椎名が一九五六年の夏の一時期は、ジャック・ルクリュのもとで過ごしていることを知ることができる。その間に、椎名のもとを小牧が訪ねているのである。

ここで名前の挙がるジャック・ルクリュは、先記のポール・ルクリュの次男であり、石川三四郎、芹沢光治良[20]等の日本人とも親密な交流があり、思想的にポールの後継者と目されたフランス人である。ジャックは、パリの国立高等音楽学院でラザール・レヴィに師事し、プロのピアニストとしてその未来を嘱望されていたが、第一次世界大戦に従軍した際に左手を負傷し、その夢を絶たれるという辛く悲しい過去をもった人物でもあった。

同じくジャック・ルクリュと親交のあった洋画家の野見山暁治は、このジャックの田舎の住まいのことを、

パリから八〇キロはなれたその山里の別荘にジャックさんは週末を過ごしにやってくる。先代から使っていたらしい古い農家だ。土曜日、がたがたのシトローエンで着くなり、ジャックさんは二階の広い部屋にこもって、日暮れまでピアノをたたいていた。モーツアルトは日曜日いっぱい、広い庭の隅々にまで君臨するわけだ。庭といっても、野原の一隅みたいなもので、隣の野原との境には木が茂り、せせらぎが横に流れている。[21]

と振り返っている。「椎名さんは二階の斜め上にある屋根裏でよく時間を過ごしていた[22]」とされるこの山里とは、パリの東側に位置するセーヌ＝エ＝マルヌ県の東端

の村・オンドヴィリエ（Hondevilliers）[23]のことを指している。面積五・五三平方キロメートル、一九五四年当時の人口が一六八人というたいへんこぢんまりとした村である[24]。この小さな村のジャック・ルクリュの屋敷で、この家に居候中であった椎名其二は、日本からやって来た小牧近江との再会を果たしているのである。冒頭の絵葉書に印刷されている写真は、この村のプラス・デュ・セドル（杉の広場）を撮影したものであり、村を訪れた小牧に送る絵葉書の写真として選ばれていることから、椎名の小牧への配慮を汲み取ることができる。それだけ、小牧がオンドヴィリエのジャックの別荘まで訪ねて来てくれたということは、老齢に差し掛かり、望郷の念に駆られていた椎名にとって嬉しいことであったのであろう。

三　石川永子宛椎名其二書簡（一九五六年一二月）

そしてこの一九五六年の一一月二八日には、小牧と椎名の両者にとって所縁の深い人物であり、椎名とは一九一〇年代に南仏ドルドーニュ県ドンム村のルクリュ邸で共同生活を営んでいた石川三四郎が、四年以上に渡る長い闘病の末に八〇歳でその人生の幕を下ろしている。そういったこともあり、この一九五六年の夏に小牧が椎名のもとを訪れた際、小牧との会話の中で、万死の床に臥していた石川の病状について尋ねていたことを、石川の死後に、石川の養女である石川永子（ひさこ）に宛てた、一二月一二日付けのシャンクゥイユの療養所において椎名が記した次の書簡からは知ることができる。

此の夏ジャックのところで静養してゐる間に、小牧近江が私を訪ねてくれました。其の時私は小牧へ国へ帰ったら万障を繰り合わせて石川さんを見舞ってくれと頼み、ジャックも私の名刺へ一と言書いて、渡して貰ふやう頼んだ。小牧は果して行ってくれたでせうか。此のことを御知らせ下さい[25]。

このように、椎名は石川永子に、帰国後の小牧が石川家を訪問したかどうか尋ねているが、この一節は、椎名がパリ在住の友人から石川三四郎が脳軟化症で鬼籍に入ったという記事を目にしたことを聞き、ジャックに石川の死を伝えたことを石川永子に報告する手紙の文末に、追伸のようにして書かれていたものである。椎名は、小牧とのオンドヴィリエで交わした約束を忘れることなく、サナトリウムでの療養生活の日々を送っていたのである。

これらの椎名の書簡について、小牧近江、阿部よしゑ、石川永子らが返信したかどうかについては、管見の限りでは確認できていない。パリのマビオン通りの地下室である自宅を立ち退く際の椎名の様子について、引っ越しを手伝った野見山暁治は、

> 半世紀近くこの土地で過ごした人の荷物はわんさかとある。焼き捨てる物を椎名さんは先ず中庭にほうり出した。厨房の壁にかけてあったスタンランのポスター。横光利一や山内義雄、芹沢光治良といった人たちからの手紙。何気ない食器の皿にしたって一世紀前の物なのだ。私たちは欲しい物を選び出したが、椎名さんは何ひとつ私たちに持ち帰ることを許さなかった。（中略）主はそれらを中庭の石畳の上に積み重ね、焼けるものはすべて焼きはらい、ガラスや陶器類はこれもきれいに叩きわった。[26]

と振り返っている。椎名によって書かれた書簡はそれなりの数で残っているが、このように、椎名が物への執着を一貫して嫌った人物であったため、椎名に宛てて投函された書簡を探し出すことはたいへん難しい。ここに名前のあげられている横光、山内、芹沢の三氏の顔ぶれを見るだけでも、もし椎名に宛てられた手紙が今日に至るまで処分されずに残っていたならば、当時の日仏交流史の実像をより鮮明に知ることができていたことは想像に難くない。

四　洋画家・レオナール・フジタ（藤田嗣治）の影

既述の一九五七年二月の阿部よしゑに宛てた椎名の書簡の中には、次のような一文も見つけることができる。

> それから芦原（＝蘆原）英了氏へ託してばゞあ（＝椎名の妻・マリー）へ下されたと云ふムショワール（＝ハンカチ…以上杉淵註）はまだ頂いていませんが、最近ぼたん屋へたづね、さうでなかったら藤田氏のところへたづねてみます。[27]

蘆原英了とは、第二次世界大戦後、雑誌『婦人公論』の編集長も務めた、一九三〇年代にフランス留学を経験している音楽、演劇の評論家である。ここで、椎名の地下室へ正月に餅を届けていた前述のぼたん屋の名前も出てきているが、それに続いて名前をあげられている「藤田氏」とは、エコール・ド・パリを代表する画家の一人、レオナール・フジタ（藤田嗣治）に他ならない。フジタは蘆原の叔父にあたり、二人は血縁関係にあったのである。[28] 小牧と椎名がオンドヴィリエで再会する一九五六年、蘆原は『巴里のシャンソン』を白水社から上梓し、翌年一一月に第一一回毎日出版文化賞を受賞している。

レオナール・フジタといえば、小牧近江との関係も忘れることができない。フジタは小牧と同じ一九一三年に渡仏し、パリのモンパルナス界隈で活躍するモディリアーニ、ピカソ、ザッキンといった世界に名だたる芸術家たちと親交を結ぶとともに、自身の画風を確立し、時代の寵児としてその名を馳せていくことになるのであった。

小牧とフジタは、一九一四年の第一次世界大戦の開戦頃までには出会っていたとされているが、小牧が日本に帰国するまで当地での二人の交流は続き、

> 少年期をおくったパリと、いよいよおさらばとなると、寂しさが胸にせまるものがありました。私は毎晩のようにモンパルナス界隈をうろつきましたが、カフェ・ロトンドで彫刻家のザトキン（＝ザッキン…杉淵註）を紹介してくれたのは藤田嗣治さんです。その頃両人はまだ有名人ではありませんでした。文学少年時代の思い出に私の〝詩集〟（一九一九年）なるものを刊行してくれたのが、豪華版屋のベルノワールで、かれは自分で活字を組み、藤田さんはさし絵をかいてくれました。[29]

と小牧の晩年の回想にあるように、小牧はフランスを離れるにあたって、アンドレ・サルモン等の著名な美術評論家に見いだされてヨーロッパの画壇にその名前を知られ始めたフジタとの友情の証しとして、〝詩集（*Quelques poèmes*）〟[30] というタイトルのフジタの挿絵とともに小牧の詩が収められた二一〇部限定のフランス語による冊子を上梓している。

この小牧とフジタの二人によるコラボレーションで生まれた詩集について蘆原英了は、

私たち兄弟のところへ叔父（＝レオナール・フジタ…杉渕註）から小さな品物が送られてきた。兄のところへは叔父が挿画を描いた薄い詩集が届いた。日本の局紙を四、五枚、葦のような草で綴じた、ほんとに十頁くらいのものだったが、その一枚一枚に叔父の、それこそ細い細い線で、女の顔や雪景色などが描かれていた。それははじめて見る叔父のパリへいってからの絵で、きわめて新鮮なおどろきを与えられた。これが後のフジタの独特の線画になるわけだが、墨一色で、なんともいえぬ美しさであった。

その詩集の著者が小牧近江さんで、俳句のような短い詩が一頁に二、三行ずつあった。[31]

と、一九七三年に第三文明社より刊行されたラ・フォンテーヌの評伝である小牧近江の著作『イソップ三代目』のあとがきの中で、この詩集がフジタから送られてきたことと、その作者が小牧であることについて言及している。

パリ時代のフジタとの交流が、小牧の絵画への鑑賞眼を養ったかどうか定かではないところがあるが、一九二一年一〇月に『種蒔く人』（東京版）が出版された後、雑誌の執筆者に名を連ねる一人である作家の有島武郎は、雑誌の定期的な刊行を軌道に乗せるために、小牧たちへの資金的な援助を惜しまなかった。援助を求めてやってきた小牧に対して有島は、自宅の書斎にかかっていた梅原龍三郎の油絵を以下のような形で提供している。

有島武郎さんにもいろいろお世話になった。どうしてもというので、梅原龍三郎の裸婦の油絵を一枚もらったことがある。そのとき私は絵の裏に〝有島武郎所蔵〟と書いてもらった。これを金子洋文、今野賢三の三人で、当時、帝都金融業の三羽烏の一人といわれた秋田県出身の武藤重太郎のところへ売りつけに行ったら、文学好きの長男がいて、〝オレの一存ではいかないけど〟といって六百円出してくれた。これは助かったね[32]

ここでも「秋田」に関連する人脈が小牧を救っているこ

とが、小牧を取り囲む郷土の地縁によって形成されたネットワークの存在[33]を想起させるところであるが、小牧による武藤重太郎とのこの商談の成立は、「有島さんに報告すると、「小牧君、君は画商になれよ」と、からかわれました」[34]と、有島をして小牧の絵画を販売するセンスの良さを称賛せしめている。

一方、椎名にも絵画について卓越した審美眼のようなものが備わっていたようだ。野見山暁治はその点について、

> あの丘のうえの村で写生をしていたある日、絵は出来たかね、と椎名さんが珍しく聞いたことがある。外から持ち帰ったばかりのキャンパスを、椎名さんはサカサマにして見せてくれ、と言った。手前に道があり、農家が二軒、うしろは木立になっている風景が、逆になって空のつもりの青い空は画面の下になった。きみは具象だと言っていたね……。椎名さんは絵をしばらく見ていたが、それからこう言った。なあんだ、逆にしたら何が書いてあるか分からないや。
>
> たしかに、現代の風景画から自然の遠近感や物の質感は消えている。あえて具象と称するこの写生画はなんだろう。[35]

としている。この野見山の証言は、椎名が瞬時に絵の本質について的確に判断する力を持ち得ていたことを示唆する一つの材料となるものである。椎名といえば、胸を病み、三〇歳の若さで渡仏中に夭折した洋画家・佐伯祐三との親密な交流の方に注目が集まりがちであるが、野見山やフジタをはじめとする他の画家たちとの交流も、椎名の絵画への理解の仕方に少なからぬ影響を与えていることは疑いようもないことであろう。

日本へ帰国中のフジタが、一九三六年に戸塚の自宅で妻であったフランス人・マドレーヌが急逝した際、秋田にフジタの作品を展示する亡き妻の鎮魂のための美術館建設を約束した地元の名士・平野政吉に多数の自身の絵画を譲渡し、翌年三月には、秋田の平野のもとまで足を運び、縦三・七メートル×横二〇・五メートルの壁画ともいえる巨大絵画「秋田の行事」を完成させたのも、小牧や椎名を筆頭とする、パリで出会った秋田出身の人々、もう少し射程の広い言い方をするならば、シベリアからの寒波に晒される厳しい冬を乗り越えて生きてきた人々の絵画に対する

審美眼や扱い方といったものが、肯定的なものとしてフジタに影響を与えていたからではないだろうか。一九三六年三月、一時帰国中のフジタは、椎名の故郷である角館の町を訪れたあと、「嬉しい吾が郷土にのみ誇り得る、純情さがこの厚い雲のお蔭で埋もれて、当分は保有されて行くであらう」[36]と、この地の人々の残り続ける時代の波に荒らされていない「純情さ」のことを噛みしめるようにして讃えている。

おわりに

本論では、一九五六年七月のロンドンでの世界ペン大会への小牧近江の参加に伴う、フランス・オンドヴィリエのジャック・ルクリュの別荘における小牧と椎名其二の再会に関連する資料から浮かび上がってくる人間関係、特に当地フランスにおける人間関係と、秋田県人のつながりを念頭に置きながら文章を書き進めた。当時のフランスにおける人々の出会いを、その時、その時代という空間的な幅の中でとらえるならば、秋田の人々による連携は、親から子、子から孫へといったような時間的な流れの中で継承されながら、ワインの味に深みが出るように熟成してきたものと言うこともできるであろう。小牧近江と椎名其二、年齢的には椎名の方が小牧より七歳と三か月程年上ではあるが、同じ秋田に生まれ、秋田の地で育ち、第一次世界大戦を含む一九一〇年代の大部分をパリを中心にフランスで過ごした二人には、二人の中でしか理解できないもの、共有できない思いが尽きることなくあったように思われる。

彼らが憧れた、「相互扶助」の精神によって構築される世界は、共産主義、無政府主義といった言葉との親和性が高いために、その暴力的で過激な側面が一方的に強調され、誤解を受けながら受容されてしまっていることが多い。しかし、彼らが希求した「相互扶助」による世界の真の姿とは、社会内のすべてが「平等」であり、「平和」が実現している、安定を第一とする社会のことであった。そして彼らは、この社会が実現しているモデルとして、「昆虫」の世界に光を当てていたのである。それゆえ、彼らはファーブルの『昆虫記』の翻訳に代表される蟻、蜂、蝶等の「昆虫」を人々に紹介する作業に強くこだわったのである。

このことは、蟻の研究者として知られるオーギュスト・

フオレルによる『蟻の社会（創成の巻）』の椎名によって翻訳された「序文」からもよく理解することができる。

共産主義者であり、同時に無政府主義者である蟻共は、現に人間社会に対するプルウドンやクロポトキンの理想を実際に行つてゐる。たゞ蟻共は、さうした理想を実現するために、卵の時既に継承してゐる生来の本能に依つてゐる。それは吾々などの有つてゐない本能なのだ。政府と云ふものも、頭首と云ふものも、将たまた法律と云ふものなしに、普通蟻共は、凡て同一の巣に住み、部屋を共にしてゐる。彼らは何等居室も、附添ひ人も、勝手元も、食堂も、将た又別々な寝室も有ちはせぬ。巣内の全社会生活は、子供即ち仔蟻にしろ、大人即ち成蟻にしろ、凡てこれを共同で営んでゐる[37]。

彼らが理想としていた共産主義、無政府主義とは、暴力の行使やテロリズムとは全く相容れないものであって、「昆虫」の社会のように、人々が点から「平等」に与えられた役割を果たすことによって、社会が円滑に機能していくという「平和」な社会の実現にあるのである。これが、彼らの主張しているところの「共産主義」「無政府主義」という言葉の本質であり、これらを一元的な「党派性」や「思想性」とする解釈を持ち込むことは、彼らが本来意図していた狙いから外れるどころか、逆の方向を向いてしまうということにさえなるであろう。この点が、平和裏に「共産主義」「無政府主義」を標榜した者たちに、今日までついて回った誤解というものなのである。そして、昆虫のような生き物によって体現される円滑で円満な社会は、環境汚染や人口爆発によって人類や地球そのものの存亡の危機が叫ばれ始めた今日の社会が希求している「共生」「サスティナビリティ（持続可能性）」を考える上でも、貴重な示唆を与えるものではないだろうか。

椎名は、ファーブルを肯定的に評価する理由として、次のような文章を残している。

近年フランスに於いて、フアブルを中心に目覚ましい論戦が行われてゐる。彼を非難する者の多くは、官僚学者あたりである。科学の世界にも官僚党と在野党、ブルヂヨワとプロレタリアとの闘争があるのである。事実ファブルは、百姓の子として生まれ、生涯百姓を以つて終始した科学者で、宏壮な研究室に立派な道具を持つてゐる学者達から、常に「変則者」として斥けられたのであつた。

あゝ!「変則者」か。あの山の麓、あの流れのほとり、あの野の中に、どれほどの変則者がゐることか。都会のドン底にさへも、どれほどの変則者が呻いてゐることか。どれだけの天才が貧と望みとの中に悩ましい生活をしてゐること!ジヤン・アンリ・ファブルは、実に平民の典型である、魂である。[38]

椎名(おそらく小牧も)が、昆虫の世界の研究者としてファーブルを評価していた理由は、彼こそが、人間がモデルとしなければならない、(彼等の理想とする)「相互扶助」に根差した共産主義、無政府主義によって実現された世界についてのプロレタリア側を代表する研究者だったからなのである。そして、この文章の中の「あの山の麓、あの流れの畔、あの野の中に」という椎名の言葉からは、秋田という土地を彩る自然のイメージが浮かび上がってくるのである。

小牧の長女・桐山清井は、秋田の土地柄について次のようなことを語っている。

秋田はおもしろい土地柄だ。まだほそぼそとでも、『種蒔く人』のことを知っている人もいる。秋田が軸でないとダメよ。秋田の文化、土壌だったから『種蒔く人』が育った。他の土地だったならば違ったかたちで育ったと思う。秋田にわずかな期間でもいいから住んで、町を歩いてみたい。どうしてあの町に根を張ったのか、父親たちは何を考えて「種蒔く人」運動をやったのか。そのことについて今の時代だからこそもっと真剣に考えないといけない。(中略)小牧近江、金子洋文、今野賢三を始めとする同人が何をしようとしたのか、人間が生きる希望を求め続ける啓蒙運動ということを決して忘れてはいけない。[39]

このように順を追いながら思索を深めていくと、秋田で一九二一年に反戦・平和の雑誌『種蒔く人』が生まれたことも必然であったように思われてくる。秋田の厳しくも優しい母なる自然が、雑誌の誕生には必要だったのである。

しかしながら、『種蒔く人』の創刊から一世紀の時が流れ、生きている人々も社会的な雰囲気もすっかり変わり、その雑誌の存在についてさえ知らない人間が、創刊の地・秋田といえどもかなりの数で存在しているのも実情である。

　小牧近江の長男・近江谷左馬之介は、父親の教育について、

> 父は平和が大事だということ、たとえ貧しくとも心は貧しくてはいけないこと、日本が世界の中心にあるのではなく、世界はもっと広いのだということを、あの時代における自分の生きざまをもって、子供たちに教えてくれた。「日本の子、世界の子」というのがわが家のモットーだった。(40)

と振り返っている。『種蒔く人』は、ジャン・ジョレス、ロマン・ロラン、アンリ・バルビュス等から受け継いだ反戦平和思想を日本の大地に蒔き、その風土に馴染ませるための野心的な試みであったのである。小牧は、井の中の蛙しか知らない保守的な人間ではなく、大海を渡って歩くインターナショナルな人間を育てたかったのだと痛切に感じる。次の百年も、小牧等の夢を受け継ぎ、秋田、日本、世界の大地に反戦と平和の種を蒔く子どもたちが現れ続けることを小牧の故郷・秋田の地の片隅で願いながら筆を擱きたい。

〔注〕

（1）「親愛なるあなたへ」※仏文部分（手紙におけるあいさつの定型表現）についての拙訳。

（2）椎名其二は、書簡の中でしばしば「しひな」と自署している。

（3）「お体を大切に、そしてよい旅を！」※仏文部分についての拙訳。

（4）「あなたのお嬢様と彼女のご主人によろしくお伝えください」※仏文部分についての拙訳。「S.V.P」は、「s'il vous plaît（お願いします）」を省略したもの。椎名其二「小牧近江宛絵葉書（一九五六年八月二二日付）」。※あきた文学資料館（秋田県秋田市）所蔵。

（5）この時のロンドンでの第二八回国際ペン大会には、小牧、松岡の他に、オブザーバーとして作家の田村泰次郎と佐藤碵が滞在しており、大会終了後、田村は夫人とともに翌年三月までパリに滞在し、『人間の街パリ』（講談社一九五七年）などの随想を残している。

（6）当時、小牧の長女である桐山清井は、夫・桐山隆彦がパリの在フランス日本大使館勤務（一等書記官、のちに参事官）に

伴い、パリで生活を営んでおり、ロンドンでの国際ペン大会終了後の小牧は、桐山夫婦のパリの住まいを拠点にヨーロッパでの日々を過ごしていた。

（7）椎名其二は、最終的には、パリ一四区のコシャン病院で息を引き取る（一九六二年四月）ことになるが、小牧とのオンドヴィリエでの再会の後、故国への望郷の念に堪えかね（蜷川譲や野見山暁治による援助の手もあって）、一九五七年一〇月に一時帰国を果たし、一九六〇年一一月まで東京で生活している。

（8）椎名其二との関連は不明であるが、パリのカルナヴァレ美術館は、近代写真の父と言われているウジェーヌ・アジェ（一八五七―一九二七年）が、この「熊洞」があったパリ六区マビオン通り八―一〇番地を撮影した写真を、「獅子の巣穴（La fosse aux lions）」という題名で収蔵している（二〇二〇年一月現在）。

（9）椎名のこのパリ六区の住居について、マビオン通り一〇番地としている先行文献が散見されるが、椎名がフランス文学者の根津憲三に渡した椎名自身の名刺には、「8, rue Mabillon」とあるため、本文ではこちらの表記に従った。おそらく八番地から一〇番地までが椎名の住まいであったと推察される。

（10）蜷川譲「プロローグ」『パリに死す―評伝・椎名其二』（藤原書店、一九九六年）一〇頁。

（11）根津憲三「椎名其二先生のこと」『フランス文学に沿うて』（駿河台出版社、一九八七年）一九九頁。

（12）野見山暁治「椎名其二さんと角館」『遠ざかる景色』（みすず書房、二〇一三年）一五五頁。

（13）蜷川譲「日本料理なしでは語れないグルメ・ブーム」『優しいパリ―巴里の日本人』（創樹社、一九九〇年）一二六頁。

（14）秋田県平鹿郡十文字町（現横手市）出身の吉田六郎監督（一九一九―一九九五年）による記録映画「新・昆虫記・蜂の生活」（東映教育映画部）が一九六〇年に制作されており、椎名の言う「昆虫記の放送」は、この映画を指しているのではないだろうか。この作品は、第一六回芸術祭賞の映画部門芸術祭奨励賞等を受賞している。

（15）椎名其二「阿部よしゑ宛書簡（一九五七年二月二三日付）」

※沼津市芹沢光治良記念館（静岡県沼津市）所蔵。

（16）椎名の阿部への書簡によれば、この療養所に辿り着くまでにパリからバスで一時間半程要するとされている。

（17）蜷川譲「戦時色の残った、灰色のパリ―「熊洞」での日々」『パリに死す』（同前）五二―五四頁等参照。

（18）小牧近江「パリでの約束―望郷の椎名君のこと」『秋田魁新報』（一九五六年一二月一四日付朝刊）四面・文化欄。

（19）蜷川譲『パリに死す』（同前）六八頁。

（20）芹沢光治良は、ジャック・ルクリュ、及びその周辺との交流をまとめた『愛と知と悲しみと』（新潮社一九六一年）というタイトルの小説を執筆している。

（21）野見山暁治「回想のオンドビリエ」『遠ざかる景色』（筑摩書房、一九八二年）一二六頁。

（22）野見山暁治「回想のオンドビリエ」（同前）一二六―一二七頁。

（23）本文中、小牧と椎名が再会したHondevilliers村について、「オンドヴィリエ」と「オンドビリエ」の二種類の表記が見られるが、基本的にはより発音に忠実な「オンドヴィリエ」を用いるが、書簡や書籍中に見られる「オンドビリエ」の表記については、修正等を施さずにそのまま引用した。
(24)「オンドヴィリエ（Hondevilliers)」フランス国立社会科学高等研究院ホームページ内 http://cassini.ehess.fr/fr/html/fiche.php?select_resultat=17304（二〇二一年一月現在）。
(25) 椎名其二「石川永子宛書簡（一九五六年一二月一二日付）」※本庄市立図書館内石川三四郎資料室（埼玉県本庄市）所蔵。
(26) 野見山暁治「マビヨン通り—椎名其二」『四百字のデッサン』（河出書房新社、一九八二年）三四—三五頁。
(27) 椎名其二「阿部よしゑ宛書簡（一九五七年二月二三日付）」同前。
(28) 蘆原英了（本名・敏信）の母・喜久は、森鷗外（林太郎）の後任の陸軍軍医総監を務めた藤田嗣章の長女であり、レオナール・フジタの姉（フジタは嗣章の次男）にあたる人物である。嗣章の次女・康子（やす）は、秋田市出身で同じく陸軍軍医総監となった中村緑野のもとに嫁いでおり、のちにパトロンとなる秋田の豪商・平野政吉との関係に結実する、フジタと秋田の人々の密接な関係の一端がうかがい知られる。フジタが一九三三年に日本に帰国した際には、フジタは妻のマドレーヌ・ルクーとともに、東京府戸塚町（現高田馬場）の中村緑野邸に寄寓している。また蘆原英了は、小牧近江の仏印（現ベトナム）の日本文化会館時代の同僚でもあった。あきた文学資料館には、英了の実弟・蘆原義信が小牧に宛てた書簡が保管されている。（蘆原英了『私の半自叙伝』新宿書房、一九八三年等参照）
(29) 小牧近江「十年ぶりの帰国」『ある現代史—〝種蒔く人〟前後』（法政大学出版局、一九六五年）六四頁。
(30) 本詩集（Quelques poèmes）は、関連する書籍や研究論文などにおいては「詩数篇」と訳されることが多いが、ここでは『ある現代史』中の小牧自身による表記（注二九参照）に従って「詩集」とした。
(31) 蘆原英了「あとがき」『イソップ三代目』（第三文明社、一九七三年）二一一—二一二頁。
(32) 堀利貞「有島武郎が援助の手」『現代の巨匠（上）歴史を行きぬく群像』（インターブックス、一九七七年）一四頁。※小牧への著者によるインタビュー記事。
(33)「秋田は酒と美人のほかに文学の盛んな国柄だったのです。明治時代から小杉天外、後藤宙外、田口掬亭、伊藤銀月たちの文人、また俳人に石井露月、漢学者に内藤湖南というふうに、私たちの少年時代から名を知っている文化人たちがたくさん出ている。私は個人的にそれらの幾人かや、まだ学生時代の滝田樗蔭（その『中央公論』から芥川竜之介、菊池寛などが出ている）や、平福百穂画伯と東京の父の家でお目にかかれる機会にめぐまれている。私はまた中学生時代に近江谷ハル叔母から文学的感化をうけております。この叔母は日本女子大を中退しましたが、「平塚雷鳥は下級生だったという」その時の保証人が泉鏡花だったつながりで、このご夫婦にお会いすることができた。そういう関係で私は文学的風土をいつの間にか身につけたのかもしれませぬ」（小牧近江「文学の尊さ」『叢園』第二九巻六〇号〈叢園社、一九六三年〉四—五頁）※この一文のように、小牧は暁星中学に入学するために上京した後も、父親や親族の配慮によって、郷土・秋田県人間のつながりを起点として、文人をはじめとする人脈を比較的容易に広げていくことが可能であったことを理解することができる。

(34) 小牧近江「〝種蒔く人〟のころ」『ある現代史—〝種蒔く人〟前後』（同前）八〇頁。
(35) 野見山暁治「回想のオンドビリエ」（同前）一三八—一三九頁。
(36) 藤田嗣治「雪に埋もれる町（一九三八年二月）」『随筆集 地を泳ぐ』（平凡社、二〇一四年）二五七頁。
(37) フォレル「序文」『蟻の社会（創成の巻）』〈椎名其二訳〉（叢文閣、一九二六年）一頁。
(38) 椎名其二「訳者序」ヂェ・ヴェ・ルグロ『科学の詩人（フアブルの生涯）』〈椎名其二訳〉（叢文閣、一九二五年）一—二頁。
(39) 桐山清井「父との想い出は尽きず」『「種蒔く人」の精神—発祥地 秋田からの伝言』（「種蒔く人」顕彰会、二〇〇五年）四四—四五頁。
(40) 近江谷左馬之介「父のこと」『「種蒔く人」七〇年記念誌』（「種蒔く人」七〇年記念事業実行委員会、一九九三年）二一頁。

小牧近江と西洋文学

中村　能盛

一　はじめに

小牧近江は、スイス人のアンリ・ギルボー主宰により一九一六年に創刊された雑誌Demain（発音はドゥマン、以下『ドゥマン』と表記）を手本として『種蒔く人』の誌面を構成し、ライトモチーフにしていたことを、『秋田文学』（一九六七年一一月号）で証言していた。北条常久による先行研究『「種蒔く人研究」―秋田の同人を中心として―』（桜楓社、一九九二年）では、両誌の目次と序文などを中心に比較分析を行っているものの、フランス語で記述された『ドゥマン』は国内で翻訳が刊行されていない故、未だに誌面の全容解明が行われているとは言い難い。本論では、小牧近江が『ドゥマン』を主な媒介として『種蒔く人』の誌面構成とライトモチーフにしていた問題を、「西洋文学の受容と捨象」の視点から論じたい。

二　パリ留学時代における西洋文学の摂取

秋田県の土崎で一八九四年に生まれた小牧は、県議会議員から国会議員へと転身した父親と共に上京し、カトリック系修道会であるマリア会が開学した現在の暁星学園に在学していた。しかし小牧が一〇代半ばの頃、父の海外転勤に伴いフランスへ留学し、紆余曲折を経て現在のパリ第一大学に入学した。小牧は、自身の中に確固たる思想や信条を抱いていなかったが、一九一四年にヨーロッパの和平を訴え社会主義運動を行っていた思想家ジャン・ジョレスが狂信的な愛国主義の青年にカフェで暗殺された出来事に大きな衝撃を受けている。そして二〇世紀のフランス文学史に名を残すアポリネール、ジュール・ロマン、フレデリック・ミストラル、アンリ・バルビュスなどの作家や思想家と面会し、パリの書店でシャルル＝ルイ・フィリップの『小さな町』の洋書を入手していたことなどが先行研究で指摘されている[1]。

とりわけ小牧が一九一八年の秋にアンリ・バルビュスと出会い、バルビュスが提唱していたクラルテ運動への共鳴と、同時期にスイスのジュネーブへ赴いた際に非合法の雑誌『ドゥマン』を入手した出来事が、大学を卒業後、日本に帰国して『種蒔く人』創刊の際の大きなライトモチーフとなった[2]。そして先行研究で言及されていたように、小牧がパリ留学の途中から、書物あるいは作家との直接の交流を通して、西洋文学を積極的に吸収していたことは明白な事実である。アンリ・バルビュスが提唱したクラルテ運動とは、ロマン・ロランの人道主義に影響を受けた反戦運動であり、大学を卒業して帰国を決めた小牧はバルビュスから日本でのクラルテ運動を推奨された。

三　雑誌『ドゥマン』の概略とシェイクスピア

『種蒔く人』は雑誌『ドゥマン』から大きな影響を受けていたことを小牧が証言していたが、具体的に『ドゥマン』はいかなる概念を抱いていた雑誌であったのか[3]。創刊号にアンリ・ギルボーが記述した序文を確認したい。

『ドゥマン』は、新聞が慎重さを伴って口を閉ざす真実を大衆に知らせる。人間性を保つ作家、芸術家、社会学者等の意見と、一部の者だけが知っている様々な分野における多種多様な資料。『ドゥマン』は一般書店での販売は行わない。『ドゥマン』は皆様の投稿をお願いしている。そして読者共通の関心を呼ぶ資料をお持ちの方はどのような分野であれ、本誌にお送りいただくこともお願いしている。編集の責任は、全てアンリ・ギルボー、管理責任は、J・H・ジェベルにある[4]。

『ドゥマン』の創刊号に掲載された「読者の皆様へ」に

は次の内容が記載されていた。

本誌は、多くの場合ジャーナリズムが無視した情報、全分野の多様かつ膨大な資料、一部の者だけが知る真実なども全て大衆に知らせていく予定である。こうした仕事は一般の書店や出版社には出来ない。(5)

『ドゥマン』は一般市民の手から手へ、そして郵便を通して入手するという特殊な販売方法を行った雑誌であった。加えて『ドゥマン』は政治思想よりの雑誌と捉えられがちであるが、既存の書物や作品の内容を再掲載する形式を採り、フランス文学からはロマン・ロラン、ロシア文学からはトルストイ、英文学のシェイクスピアの特集が掲載されるなど非常に豪華な執筆者が揃い、国境の枠組みを超えた国際的な雑誌であった。北条常久の先行研究には『ドゥマン』の創刊号から終刊までの目次と、創刊号と終刊号の誌面の一部が分析されている。(6)

先述の通り、トルストイやロマン・ロランなどの寄稿だけではなく、一九一六年四月に刊行された『ドゥマン』四号に、ルネサンス期のイギリスの文豪であったシェイクスピアを特集していた出来事は特筆すべき点ではないだろうか。没後約三〇〇年が経過したシェイクスピアを特集した誌面にはいかなる内容が掲載されていたのか。現時点においてフランス、ドイツ、韓国を含め国内外の先行研究では『ドゥマン』に掲載されたシェイクスピアに関する言及がされていないので、本論では当該の諸問題に関して、若干の考察を行いたい。

『ドゥマン』四号の誌面には、ロマン・ロランによる「シェイクスピア戯曲の真実」、シェイクスピア名義（戯曲からの引用作業はアンリ・ギルボー）の「戦争について」、アンリ・ギルボー名義の「現在について（ロミオとジュリエット・何故、戦うのか？・解釈者・外国籍・多数派・少数派）」などが掲載されている。まずロマン・ロランが寄稿した「シェイクスピア戯曲の真実」の冒頭の一部を確認したい。

シェイクスピアの死から三〇〇年。ヨーロッパの国家間では三世紀、何も成し遂げることがなく覇権ゆえの無駄な征服を目的とした戦いを止めなかった。ヨーロッパ国家全体が破滅していたからだ。（中略）王権が野心的、理屈っぽく、頑健かつ逞しい中産階級に手渡されるとき、風刺は宗教の戦場に向かって発揮される。そこには排除することが問題となる対抗者がいるからだ。（中略）鼻を塞がれていなかったのであれば、黙想の中にいることを望んでいたシェイクスピアは、生および死の悲劇的な謎について『ハムレット』でも同様に重大な結果をもたらし得ていた。しかし、社会批評に達するや否や任務も困難に、現代の作家達と同様に難解を極めていた。というのは、気まぐれかつ暴虐で、数名の中の一方が他方へ君主制、大貴族、教会、粗暴な下層階級等を徐々に奪っていく権力支配に対し従順であったからである。[7]

ロマン・ロランは『ハムレット』の物語を介して、ルネサンス期のイギリスの体制を斜に構えつつ、同時代の王政と教会、宗教に従順であった作家・シェイクスピアを批判していたと捉えることが出来るのではないだろうか。

次に、アンリ・ギルボーがシェイクスピア戯曲の英文をフランス語による重訳形式で引用掲載した「戦争について」を確かめたい。冒頭に掲載された一節は『リア王』からの引用である。

狂人が目に見えない者を招く時局は疫病（ペスト）だ。[8]

シェイクスピアが『リア王』を執筆していた一七世紀初頭、イギリスは疫病による感染症が蔓延していた時代であり、寄しくも約三〇〇年後にアンリ・ギルボーが『ドゥマン』を三〇号で終刊させた直後の一九一八年は、ヨーロッパ全域でスペイン風邪が流行していく時期でもあった。中立国として第一次世界大戦に非参加であるスイス連邦に居住していたアンリ・ギルボーは、スペイン風邪の事象ではなくヨーロッパの惨状を疫病（ペスト）と比喩して引用した、と推測出来るであろう。

「戦争について」は、「闘いの哲学」「責任者」「教会及び戦争」「紙片」「肉弾」「両大戦」「英国戦争」「英仏同盟」「平和主義」「虚無虚栄」などの小見出しが付され、アンリ・ギルボーが抜粋したシェイクスピアの戯曲の一部を掲載していた。次にアンリ・ギルボー名義による「現在について（ロミオとジュリエット・何故、戦うのか?・解釈者・外国籍・多数派・少数派）」の項目を確かめたい。アンリ・ギルボーは本項目で『ロミオとジュリエット』のシノプシス（モンタギュー家とキャピュレット家の対立によって生じる悲恋）を概括し、次に同戯曲と、一九一六年の第一次世界大戦下のヨーロッパ国家における不協和音との間に介在する共通項目を例示させた上で、「解釈者」では興味深い指摘を行っていた。

司祭と牧人達は模範を示し、万軍の主は至る所で権利を主張させている。交戦国の各々は権利を引き合いに出し、聖職者と気がかりな助任司祭に対して、神の明白な支持者と信奉ゆえの明確な配慮を巧妙に明示する責任を負わせている。敵の次なる敗北を歓喜と共に迎え入れさせて神罰の様に告げさせるだけではなく、憎悪も明示させている。サール・ペラダンによれば「ドイツ人を憎むな。神を否認せよ」と書かれている。(9)

アンリ・ギルボーは、第一次世界大戦のヨーロッパ各国におけるキリスト教徒達を批判し、ドイツに対しても、同時代の作家サール・ペラダンのテクストを引用し、神の存在を否定することを提起していた。つまりヨーロッパ各国と東洋諸国など全世界を巻き込んだ世界大戦と二〇世紀前後に誕生した社会主義、共産主義、帝国主義などの前では、ヨーロッパの長年の歴史において形成された普遍的で世界同胞主義でもあったキリスト教の価値観と権利が無意味であったということに他ならず、同時代の状況と一七世紀のイギリスとヨーロッパを舞台として執筆されたシェイクスピアの戯曲作品とでは、大きな隔たりが生じていることを読者に伝えようとしていたのではないだろうか。『ドゥマン』はロマン・ロランやトルストイの寄稿だけではなく、ルネサンス期のシェイクスピアの作品も引用掲載した豪華な執筆者によって同時代の時局を鋭意に批評していた。次に小牧が『種蒔く人』の執筆と誌面構成において、いかなる観点から『ドゥマン』を参考資料としていたのか、という問題を検討したい。

四　土崎版『種蒔く人』の創刊

創刊号から最終号までの『ドゥマン』を携えて一九一九年一二月に神戸港へ到着した小牧は、外務省に勤務し始めるが、クラルテ運動を日本に普及させ、『ドゥマン』の日本版となる機関誌を創刊しようと試み始めた。紆余曲折を経て小牧は自身が発起人となり、同じく秋田出身の作家の金子洋文、文筆家であり映画の活弁士であった今野賢三に編集協力を依頼した。この三名が中心人物となり、通称・土崎版『種蒔く人』が一九二一年二月に創刊された。

　小牧は創刊当時、故郷である秋田県の土崎には住んでいなかったのにも関わらず、土崎版『種蒔く人』と呼称されていた所以は二つの出来事が起因していた。一点目は秋田県に残った今野が郵便で届いた原稿を受け取り、土崎にあった寺林印刷所で印刷したため、発行地は東京であっても、印刷地が現在の秋田県秋田市だったからである。もう一点は土崎版の創刊号から三号までに関しては、小牧の同級生であった金子や今野以外にも、秋田県に在住していた畠山松治郎、近江谷友治、安田養蔵、山川亮といった秋田県出身者らも含めた執筆者により構成されていたからであった。土崎版『種蒔く人』の創刊号に掲載された項目は左記の通りである。

土崎版『種蒔く人』創刊号の目次と概要

題名	執筆者	概要
「生存競争と相互扶助論」（評論）	赤帽子（安田養蔵のペンネーム）	ダーウィンの『種の起源』とクロポトキンの『相互扶助論』に基づき、主に貧富について論じた評論。
「無産者と有産者」（評論）	金中生（近江谷友治のペンネーム）	階級社会について論じた評論。
「汽車」（短歌）	※石川啄木（再掲）	今野賢三の方針により、石川啄木の作品を再掲載。
「闘いに行ってみなさい」（詩）	※マルセル・マルチネ（再掲）	小牧近江の方針により、『ドゥマン』一〇号に掲載された詩を抜粋して、再掲載。
「恩知らずの乞食」（評論）	小牧近江	第二インターナショナルを批判し、第三インターナショナルを称賛した評論。
「貧乏人の涙」（掌編小説）	畠山松治郎	小作人である主人公Sが友人Mに貧しい漁夫の家で育った過去と農村の問題を、手紙文の形式で叙述した掌編。
「チェーホフの「農人」から一」（作品紹介※原題ママ）	金子洋文	ロシア文学のチェーホフが執筆した『百姓たち』を創刊号から三号にかけて紹介。
編集後記		

創刊号は評論が多く、小説と詩は三作品掲載されているだけであった。土崎版の二号と三号では、詩や小説の掲載が増えていき、半年後に復刊した通称・東京版『種蒔く人』はページ数も増え、神近市子、秋田雨雀、小川未明、藤森成吉といった近代日本文学者が執筆者として加わり、評論や随筆と同等に小説や詩、そして地方の状況などを記述した地方欄などで誌面が構成され、文芸雑誌としての色合いを強めていった。そして創刊号で特筆すべき点は『ドゥマン』一〇号に、小牧の日本語訳により、マルセル・マルチネの詩が掲載されたことであった。

五 『ドゥマン』と『種蒔く人』の差異

一九二一年の段階で、仏文学研究室や仏文科を設置していた国内の研究教育機関は首都圏の東大、慶応大、早大の三大学だけであり、地方都市発祥の文芸雑誌にフランス文学作品の翻訳が掲載されていた事象は管見の限り『種蒔く人』のマルセル・マルチネの詩が第一号であり、画期的な出来事であった。マルセル・マルチネの詩である「闘いに行ってみなさい」とはどのような内容なのかを確かめる。

我々の友であるマルセル・マルチネによる「イスラエル」と「福音書」の二つの詩が、八月に刊行された際、非常に注目された。今回、マルチネの執筆した新作の選文作品の一部を読者に捧げる。

（中略）

貧しき人、労働者、農民よ、
あなた方の黒く重たい両手を見なさい。

あなた方の赤く、やつれた全ての眼差しで自分たちの娘を、青ざめた頬を。

痩せた腕と堕落した心を持ったあなた方の子供達と昔馴染みの女性の顔と二〇歳の女性を。

その哀れな身体と傷ついた魂を。

そして依然としてあなたに直面している共同の墓穴、仲間、父そして母を見なさい。

さあ、それでも闘いに行くなら行ってみなさい[10]！


「闘いに行ってみなさい」以外にも、『ドゥマン』八号にはマルセル・マルチネの詩「イスラエル・福音書」が掲載されていた。「イスラエル・福音書」は、土崎版および東京版『種蒔く人』の誌面には日本語訳が掲載されず、今までの先行研究では言及されていなかったので、原文の主たるセンテンスを中心に把握したい。

「イスラエル」

祖国の地で、あなた方の血液は、軍隊に従事し亡くなったユダヤ人に垂れている。

(中略)

あなた方は、我々の信仰を自身の強固な信仰の中で疎かにしたくなかったのだ。

けれども真新しいエルサレムは、本当に正義にかない素晴らしい！

罪を悔悟せぬ年老いた愚弄者よ。老齢なエルサレムの指導者は、千年前からあなたの擦り切れた膝の上と両膝の間に、向かおうとしている。

「福音書」

あなた方は心の奥底まで、キリストの教えに基づく信徒たちや愛に基づく信徒たちが、見えていたのだろうか？

聖堂の売り主による口実やパリサイ人による演説が、あなた方の魂を覆い隠していなかったのだろうか？

人々よ。あなた方はいかなる殺し合いもしないだろう。

だから地上を見なさい。

人々よ。自分を愛するように隣人を愛しなさい[11]。

マルセル・マルチネの詩「イスラエル・福音書」には、キリスト教を賛美する内容が掲載されていた。特にマルチネは「自分を愛するように隣人を愛する」はイエス・キリストの一節を、自身の詩の中で引用していた。

名作『ジャン・クリストフ』を書いたフランスの作家ロマン・ロランは反戦運動を行っていたため、編集者アンリ・ギルボーにとっても、そして後に『種蒔く人』を創刊することになった小牧にとっても、理想的な文学者だった。ロマン・ロランは『ドゥマン』の誌面に「永遠のアンティゴネ」と題した評論を掲載していた。アンティゴネとは、ギリシャ神話に登場するオイディプス王の娘を題材にした物語で、亡命した兄ポリュケイネスが祖国を攻めるも失敗し、兄の亡骸を埋葬しようとするが、叔父クレオンの命令に背いたため、洞窟に入れられ絶望したアンティゴネが自害する悲劇であり、二〇世紀に入ってからは作家ジャン・アヌイとジャン・コクトーが原作を翻案して戯曲化させていた。ロマン・ロランが『ドゥマン』創刊号に掲載した「永遠のアンティゴネ」と題した評論の中で、下記の一節に着目する。

自由な精神と理性で、キリストの声をキリスト教徒へ命じることにより意見が一致し、至上の教えを抱く全存在の間に、助け合い、同盟、思いやりなど友愛的な務めについて明晰な視像を抱いて欲しい。(12)

先述の通り、ロマン・ロランは『ドゥマン』四号のシェイクスピア特集において、シェイクスピアとキリスト教について、アンリ・ギルボーと同様に否定的な立場を示していたが、『ドゥマン』一〇号では、キリスト教を賛美する内容を書き記していた。元来、ロマン・ロランは敬虔なカトリック教徒の家庭で育ったため、キリスト教に対して両面感情を抱いていた。そしてアンリ・ギルボーが『ドゥマン』創刊号の序文で「読者共通の関心を呼ぶ資料をお持ちの方はどのような分野であれ、本誌にお送りいただくことをお願いしている」と記載したが故に、八号と一〇号でマルセル・マルチネが寄稿したキリスト教を賛美する詩も掲載せざるを得なかったのではないだろうか。しかし小牧が『ドゥマン』から引用して日本語に翻訳し、土崎版の『種蒔く人』に掲載した詩や評論は、トルストイやロマン・ロラン、そしてシェイクスピアではなく、僅かにマルセル・マルチネの「闘いに行ってみなさい」の一部分だけであった。主要編集者兼執筆者でもあった今野は、土崎版『種蒔く人』二号に評論である「理想に生きる者」においてキリスト教に関して記述していたため、長くなるが内容を確認したい。

イエスは、マリヤたつた一人に、あまりの淋しさから、鋭く、ねぢけ、とがつてゆかうとするこころを、やわらげることが出来たのだ。現実にも生きなければならないイエスは、(人として)マリヤを見出したことに依つて、その魂に安らかに眠ることが出来たのだ。(中略) イエスが人として私共の胸に触れるからこそ、イエスの言葉に権威を見出す。人が人として考へられない神の世界は、私共に更に交渉がない筈だ。私は今、

> イエスとマリアの会話を有島さんの『聖餐』から引いた。そして理想と現実に立つてゐる自分の姿を見ながら常に考へさせられてゐることを明らかにしようとするのだ。私ばかりではない。真実に生きようとする私の最も愛する友は、皆この悩みを抱いて狂はしい思ひをしてゐる筈だ。私はイエスの靴の紐を解くにも足らないものであることを知つてゐる。が、私は人生の真実に立たうとして、つねに孤独を凝視めて来たものだ。私の描く理想の世界は、摑むことの出来ない幻影でなければならなかつた。(中略) 理想を捨てよと悪魔は囁く。さうすると速坐に幸福になれると囁く。その誘惑にしたがつて、理想の衣をかなぐり捨てたならばどうなるか。私は最も冷やかに考へて、私自身として、決して幸福になれないことに気がついた。なぜならば、私の両面は、満たされないからだ。私の良心がやつぱり、どこまで行つても理想を叫ぶであらう。(13)

今野は有島武郎の弟子であった。有島は札幌独立教会で洗礼を受けた元クリスチャンであり、後に信仰を捨てたと解釈されている。今野は有島武郎の影響を受けて、『種蒔く人』以前に刊行された秋田の文芸雑誌『生長』に掲載した「をののき」(一九一七年一一月)や、執筆活動の最初期に『秋田毎日新聞』に掲載した「祭の夜」(一九一二年六月二八日)などの作品にもキリスト教的世界に基づく作品を執筆していた。土崎版『種蒔く人』の主要メンバーの一人である今野はキリスト教的世界観を肯定していたが、小牧はどのようにキリスト教を解釈していたのか。

六　小牧近江のキリスト教観

フランスへ留学する前、親の上京に伴いカトリック修道会であるマリア会が開学した現在の暁星学園に在学していた小牧は、生前の自伝に暁星時代の出来事を下記のように回想していた。

> 学校から「近江谷家満員札止め」の通知があった。その理由は、度重なる月謝滞納からであった。栄之助叔父と私は催促の矢面にたたされた。二人は、それが厭になって、しばしばズル休みをした。私は二年生まで成績は人並みで、国語、ことに作文はほめられたこ

ともあった。語学も嫌いでなかったが、やがて成績がガタ落ちに転落した。栄之助叔父は、先きを見込して郷里に退散した。私はひとりで十字架を背負わされることになった。受難は厳しさを加えた。催促が督促になった。授業中しばしば呼び出された。そのうち会計係の宣教師がフランス語の担当教師になったのは、運のつきであった。この宗教の偽善者は、罪もない十字架少年を名指して露骨にいじめた。

〝もし私が金持ちだったら、あの別荘を買うだろう〟どうだ近江谷、それをフランス語に訳してご覧、といった具合である。はい、先生、〝もし私が金持ちだったら、月謝を払うだろう〟と、よっぽど答えてやろうかと思ったが、しょせん〝ない袖は振れぬ〟のだから、やめにした。しかし敵はいい気になって攻勢にでるのであった。関係代名詞の文例に〝金を払わぬトコロノ者は不徳な人間だ〟というのがあって、それを仏訳にせよ、と命じられたのには、かっとなった。私は心で泣き、腹の中の虫が、むらむらと憤るのを感じたのであった。(14)

小牧は、口述筆記による回想録『ある現代史』において も、暁星時代にフランス人修道士から嫌がらせを受けていたことを回想している。幼少期から青年期にかけて暁星時代に味わった修道士による悲惨な体験がキリスト教に限らず、宗教に対する強烈な嫌悪感を抱かせたことが原因となり、『種蒔く人』においては、『ドゥマン』に掲載されたシェイクスピア特集、ロマン・ロランやトルストイの寄稿などの引用や抜粋での掲載を全て捨象し、辛うじてマルセル・マルチネの詩を『種蒔く人』に日本語訳で掲載する際、宗教色の強い詩ではなく「闘いに行ってみなさい」だけを日本語に訳して掲載していた、と解釈できるのではないだろうか。

土崎版『種蒔く人』には、今野のキリスト教に関する評論が掲載されていたが、土崎版は三号で一旦終了となり、五ヶ月後の一九二一年一〇月に出版地も印刷地も、現在の東京都に移してページ数を増やし小説と地方欄、世界欄をメインとして誌面に掲載した東京版『種蒔く人』が創刊された。土崎版の表紙は金子の希望により、ミレーの絵画を表紙に掲載していたがミレーは一九世紀のバルビゾン派と位置付けられ、キリスト教色の強い絵画も描いていた。しかし東京版からは柳瀬正夢が表紙のイラストを担当し、『ドゥマン』に描かれた挿絵を模倣したプロレタリアートの挿絵が表紙に掲載されるようになった。そして東京版として復活した『種蒔く人』の序文の冒頭には、興味深い一節が掲載されていた。

嘗て人間は神を造つた。今や人間は神を殺した。造られたもの〻運命は知るべきである。現代に神はいない。しかも神の変形はいたるところに充満する。神は殺されるべきである。殺すものは僕たちである。(15)

右記の序文は東京版では毎号掲載されていた。キリスト教的世界観を作品に取り入れていた今野でさえ、東京版『種蒔く人』の誌面に掲載した作品や評論にはキリスト教のみならず広義に宗教的世界観を否定していた。

七 おわりに

小牧は、編集者アンリ・ギルボーによる非合法の雑誌『ドゥマン』の概念を模範および手本として『種蒔く人』へ変容させる際、二〇世紀初頭に始まったロシア革命による社会主義こそが世界平和に導く手段であると解釈し、東京版『種蒔く人』の誌面からキリスト教に関する内容を一切排除した。小牧が戦後間もない頃に執筆したいくつかの未刊行原稿はあきた文学資料館に保存されているが、資料を閲覧した限り、小牧は戦後になってもキリスト教に基づく随筆や掌編小説を執筆することはなかった。

青年期の頃にカトリック系ミッション・スクールである暁星での悲惨な体験が、小牧にとって生涯にわたって反宗教を貫かせたのと同時に、東京版『種蒔く人』からは完全に宗教色を捨象した結果、『ドゥマン』よりもさらにアナーキーな一面をも助長させ、あらゆる分野の随筆や作品を掲載することが可能となり、その後の国内のプロレタリア文芸雑誌に大きな影響を与えることとなったのである。

しかしながら、小牧が西洋文学の受容について独自の規定を設定し、『ドゥマン』に重訳で掲載されたシェイクスピアの作品や批評などを捨象したが故に、一九一八年前後のヨーロッパにおけるスペイン風邪の危険性を日本国内へ波及させることが出来なかった。もし仮に、小牧近江が『種蒔く人』において、『ドゥマン』の誌面からマルセル・

マルチネの詩だけではなく、シェイクスピアの作品や批評も掲載し、誌面の「世界欄」にスペイン風邪についても言及していたとしたら、『種蒔く人』は新型コロナウィルスにより危機的状況に陥っている二〇二〇年代前半の世界に向けて、さらに強烈なメッセージを送ることが出来たのではないだろうか。

〔追補〕

本稿は『秋田魁新報』の二〇二〇年二月三日付の文化欄に寄稿した『「種蒔く人」と反宗教』の内容を加筆し、同月に開催された秋田風土文学会での講演内容と総会での御意見を参考としました。御助言いただきました秋田魁新報社文化部の三戸忠洋様、秋田風土文学会の会員の皆様方に厚く御礼申し上げます。

〔注〕

（1）大崎哲人「小牧近江とフランス文学」『「種蒔く人」の精神 発祥地 秋田からの伝言』（DTP出版、二〇〇五年）五七―八五頁。

（2）野淵敏・雨宮正衛「〈種蒔く人〉の形成と問題性」『秋田文学』（秋田文学社、一九六七年一一月号）六―一五頁。

（3）日本国内では秋田市立中央図書館明徳館と大原社会問題研究所に『ドゥマン』が所蔵されている。

（4）アンリ・ギルボー「読者の皆様へ」『ドゥマン』（創刊号、一九一六年）表紙。

（5）前掲、序文。

（6）北条常久『「種蒔く人研究」―秋田の同人を中心として―』（桜楓社、一九九二年）五五―八八頁。

（7）ロマン・ロラン「シェイクスピア戯曲の真実」『ドゥマン』四号（一九一六年）一九五―一九六頁。

（8）シェイクスピア「戦争について」『ドゥマン』四号（一九一六年）二〇九頁。フランス語の重訳ではなく、英語による新オックスフォード版には次の様な原文が記載されている。英文 Tis the time's plague when madmen lead the blind.（ウィリアム・シェイクスピア『新オックスフォードシェイクスピア全集』オックスフォード大学、二〇一六年、二四〇二頁）。フランス語から英語の重訳に関する問題、plague の解釈などの問題に関しては、今後の検討課題とする。

（9）「アンリ・ギルボー 現在について（ロミオとジュリエット・何故、戦うのか？・解釈者・外国籍・多数派・少数派）」『ドゥマン』四号（一九一六年）二一八頁。

（10）マルセル・マルチネ「闘いに行ってみなさい」『ドゥマン』一〇号（一九一六年）二〇三―二〇七頁。

（11）マルセル・マルチネ「イスラエル・福音書」『ドゥマン』八号（一九一六年）八六―八九頁。

（12）ロマン・ロラン「永遠のアンティゴネ」『ドゥマン』創刊号（一九一六年）二一頁。

（13）今野賢三「理想に生きる者」土崎版『種蒔く人』第一巻第二号（種蒔き社、一九二一年三月一五日）一〇―一一頁。

(14) 小牧近江編『近江谷井堂』(近江谷小牧、一九七一年)一三五頁。
(15) 東京版『種蒔く人』第一巻第一号(種蒔き社、一九二一年一〇月三日)目次。

小牧近江著藤田嗣治挿絵装飾フランス語詩集『詩数篇』を巡って

阿部　邦子

一　はじめに

秋田発プロレタリア文学雑誌『種蒔く人』は一九二一年に発刊され、昨年は創刊一〇〇年を迎えた。一九二〇年代の西洋思想受容に於ける重要な指標となる、反戦平和運動を掲げた『種蒔く人』は、プロレタリア文学や文化運動の上で非常に高く評価されている。その中の「批判と行動」の精神は今日また共感を呼び、更に学ぶべきものは多い。この『種蒔く人』発刊の中心的人物が小牧近江である。この拙論では『種蒔く人』創刊一〇〇周年記念として、今までとりあげられることがほとんどなかった、パリで出版された藤田嗣治の挿絵装飾による小牧近江著フランス語詩集『詩数篇』（原題フランス語　ケルク・ポエム *Quelques poèmes*）（二二五頁上段写真）に焦点をあてる。

一九一九年にパリの豪華挿絵本の版元により出版されたこの藤田嗣治の挿絵入り『詩数篇』は二一〇部の限定部数出版で、一〇〇年という時を経て散逸や自然消失が認められ、今日では世界中でオリジナルを探すのが難しいとされる。希少価値からヨーロッパの古書市場に時々現れるが希である。筆者は調査を重ねた結果、ヨーロッパの個人蔵のオリジナル二冊の他、フランスのランス市立図書館蔵となった藤田嗣治の署名入りオリジナル一冊（二二〇部中一二八番）を確認したが、パリのフランス国立図書館ではオリジナルが所蔵されておらず、閲覧できたのは藤田嗣治の署名入りオリジナル（二二〇部中一七二番）からのファクシミリ版一冊のみだった。

日本では、幸運にも秋田県内に個人所蔵のオリジナルが一点（二二〇部中一二八番）確認され、二〇一四年の秋田県立美術館リニューアルオープン記念展覧会「藤田嗣治 どうぶつものがたり」で展示された。その際、筆者は、平野政吉美術財団から、小牧近江のフランス語詩文を日本語訳にするという難しい役を任され、初めて美術館という公の場で、藤田嗣治の挿絵と共に拙訳である日本語訳が展示パネル上で紹介された。翻訳にあたっては藤田嗣治研究者林洋子著『藤田嗣治作品をひらく 旅・手仕事・日本』（二〇〇八年）に掲載された先行訳を参考にした。タイトルの『*Quelques poèmes* ケルク・ポエム』の和訳『詩数篇』は北条常久著『種蒔く人 小牧近江の青春』（筑摩書房、一九九五年）の中に登場する初和訳を尊重した。

この秋田県立美術館での展覧会の為の翻訳にあたり、詩集『詩数篇』誕生の背景を知るため一次・二次資料を求め日本そしてフランスで調査したが、その時に得たもの、そして近年この個人所蔵のフランス語詩集のオリジナルを筆者が実際手に取り作品として分析し、再度フランスでの調査を経て得たものを簡略にまとめたのが拙稿である。この研究へ筆者を駆り立てたのはまさに今から八年前のこの翻訳がきっかけということになる。この貴重な機会を筆者に提案してくれた秋田県立美術館・平野政吉美術財団、そして藤田嗣治に関する詳しい情報提供、更に助言をいただいた原田久美子氏（当時学芸員）にはここにあらためて感謝の意を表したい。

二〇年のフランス滞在歴を持つ筆者の専門は美術史研究であるが、この視点を、さらに文学そして社会思想という複合的視点へと広げてこの詩集誕生の経緯の調査研究にとりかかった。第一次世界大戦前後の国際的な時代背景を考慮しながら、小牧近江と画家藤田嗣治のパリでの交流、もう一人の小牧近江発見を意図した。再調査にあたっては、日本国内はもとより、海外にも広がる日本の文学研究者のネットワークの中で、小牧近江研究で知られる北条常久氏、高橋秀晴氏、杉淵洋一氏、そして小牧近江の孫の桐山香苗氏から資料提供や非常に貴重なご教示を受けた。

本稿は、先ず小牧近江と『種蒔く人』に触れ、小牧近江と藤田嗣治との出会い、『詩数篇』誕生の経緯、パリの出版元の紹介、実際の詩の分析、挿絵の分析、出版の意義と影響について述べる。今回この記念誌上で、小牧近江著の全詩文フランス語原文と筆者による改訂和訳（二二五—二三一頁）を発表する。

二　小牧近江と『種蒔く人』

秋田県立博物館には「秋田の先覚記念室」という特別な部屋がある。その中で秋田の産業・文化の礎を築いた先人の一人として紹介されているのが、日本のプロレタリア文学の先駆『種蒔く人』の功労者小牧近江である。（本名近江谷駉＝おうみや・こまき　一八九四—一九七八年）。小牧近江は、郷里秋田市土崎にて、批判と行動、また反戦を精神的な軸とした若き同人たちと一九二一（大正一〇）年二月にこの小冊子『種蒔く人』を発刊した。同人には金子洋文、今野賢三らがいた。この両人も前述の「秋田の先覚記念室」で紹介されている。

このプロレタリア運動雑誌『種蒔く人』の表紙はフランスのバルビゾン派農民画家のミレーの絵《種をまく人》からとっており、象徴的また視覚的なインパクトが非常に強い。ちなみにこのミレーの《種をまく人》の絵は全く同じ絵と見間違う程似ている二枚の絵が知られており、一枚はアメリカのボストン美術館、もう一枚は日本の山梨県立美術館に所蔵されている。雑誌『種蒔く人』はミレーの言葉を信条とし、「自分は農夫のなかの農夫だ。自分の綱領は労働である」の二行が表紙に載せられている。この雑誌『種蒔く人』は、質素なステープル綴じのパンフレット状のものだが、日本の歴史の中でも、また世界の歴史の中でも記念碑的な存在だ。創刊号は一八ページのパンフレット状の二〇〇部が印刷された。小牧近江がパリで出版した詩集も同じような体裁で部数も似通っている。土崎湊清水町の寺林印刷所で印刷された土崎版は三号で廃刊となる。その後東京で佐々木孝丸、村松正俊らを加えて再刊し、東京版として一九二三（大正一二）年一〇月の二〇号まで出た。反戦平和、ロシア革命の擁護、抑圧階級の解放などをうたい、第三インターナショナルを紹介するなど左翼文学の先駆的役割を果たした。フランス人作家アンリ・バルビュスの二度と戦争をやるべきではないという思想の「クラルテ

（光）」運動を提唱し、発禁や検閲、削除にあいながらも発行を続行した。

三　小牧近江と画家藤田嗣治の出会い

小牧近江はいわばフランス文学者であり翻訳家、そして社会学者であった。しかし小牧はそもそもいわゆる学者タイプではない。国際人でありヒューマニストであった。

小牧は一九一〇（明治四三）年七月に代議士の父近江谷栄次（井堂）と共にシベリア経由でパリに到着した。ナポレオン崇拝者で非常に教育熱心だったと伝えられる父は、ブリュッセルで開催される第一回万国議員会議に出席する為渡欧した。小牧の当時の年齢は一六歳で、日本で通っていた東京の暁星中学を中退しての渡欧だった。仕事を終えた父はパリに息子を残し帰国する。小牧は一人でパリに残り名門アンリ四世校に入学し勉学することとなる。在学中仕送りが途絶え、退校を余儀なくされ、日本大使館で受付係などとして働きながらの勤労学生を強いられる。しかし苦学をしながらも一九一八年にはパリ大学法学部の学位を取得し卒業する。その間、小説家アンリ・バルビュスとの出会いを機に第一次世界大戦中の社会主義運動、共産主義運動に目覚めていく。大戦中はパリの日本大使館のボルドー移転、そしてパリ復帰の仕事にかかわり、戦争の惨劇、人間破壊の現実をまざまざと見せつけられ、ロマン・ロランにも傾倒し反戦主義者となっていく。小牧は、パリ講和条約が決まった一九一九年に日本帰国を決意する。バルビュスは、非常に近い存在になっていた小牧に、「クラルテ（光）」の日本語への翻訳、また日本での「クラルテ（光）」運動を広めることを託す。このように小牧は反戦運動への協力者となり帰国することになる。

この小牧のパリ滞在期の学業、生活、交友関係また帰国直後の活動に関しては北条常久氏の『種蒔く人　小牧近江の青春』に詳しい。また小牧自身が書いた自伝的な『ある現代史』、また小牧著の小説『異国の戦争』に寄せた金子洋文の礼賛の文章を参照されたい。

一方、小牧より七歳年上の画家藤田嗣治（一八八六―一九六八年）は、東京美術学校を卒業し、二六歳を迎えた一九一三年六月に船でフランスへと出発し、マルセイユ港に到着するとリヨン経由でパリに向かい、同年八月から画業の研鑽を目指し芸術の都パリに住み始めた。

第一次世界大戦前に小牧近江と藤田嗣治の二人が出会うことになるが、それがいつであったのか、またどういう経緯だったのかを知る決定的な資料は見つからない。しかし、祖国を離れ異邦人としてフランスに住む日本人が互いに兄弟のように付き合ったことは知られている。藤田が一九一三年にパリに到着した際に出迎えたのがその前年からパリで絵を学んでいた友人で画家の小柴錦侍（一八八九―一九六一年）である。小牧近江著の『ある現代史』また『異国の戦争』の中にも数回登場する小柴は、小牧にとって東京の暁星中学の先輩にあたり、フランス滞在中またその後も兄のように慕い、頼っていた。一方藤田は渡仏に備えて暁星中学の夜間部でフランス語を学んだ。小柴、小牧と藤田の共通点は三人とも東京の暁星に通いフランス語を学んでいた点である。それぞれの在学時期は異なるものの、同じ学園の思い出話からフランスでは自然に絆を深めたことであろう。また第一次世界大戦が勃発した一九一四年に当時日本大使館に勤務していた小牧に藤田が大事な自分のスケッチブックなどを預けたという話が伝えられている。これにより二人の出会いは、一九一四年より前と推定できる。小牧は藤田そして小柴以外の日本人画家とも交流があり、一九一四年から一九一六年まで在欧していた画家の正宗得三郎（正宗白鳥の弟）が知られている。後者によってパリで制作された油絵の小牧の肖像画（一九一四年頃制作、個人蔵）がこの接点を物語っている。

小牧と藤田の交友を裏付ける物的な証拠としては、この両人と彫刻家ザッキンが、パリのモンパルナス地区のザッキンのアトリエで三人一緒に写っている写真（一九一九年）が知られている。藤田はフランス人画家のフェルナンドと結婚して一九一七年から一九二五年まで同じくモンパルナス地区で生活を共にしていた。一九二〇年のザッキンの結婚式の際に藤田夫妻が立会人を務めザッキン夫妻と一緒に写っている写真があり、同じ界隈に住む藤田とザッキンが非常に親しい仲であったことがわかる。小牧は自著の中で、パリ左岸の「カフェ・ロトンドで彫刻家ザトキンを紹介してくれたのは藤田嗣治」と回想している。その中で詩集が生まれるきっかけについても触れている。以下その文章の抜粋である。

「少年期をおくったパリと、いよいよおさらばとなると、寂しさが胸にせまるものがありました。私は毎晩のようにモンパルナス界隈をうろつきましたが、カフェ・ロトンドで彫刻家のザトキンを紹介してくれたのは藤田嗣治さんです。その頃両人はまだ有名人ではありませんでした。文学少年時代の思い出に私の詩集（一九一九年）なるものを刊行してくれたのが、豪華版屋のベルノワールで、かれは自分で活字を組み、藤田さんはさし絵をかいてくれました」（小牧近江著『ある現代史』一九六五年、法政大学出版、六四頁）

四　小牧近江著 藤田嗣治挿絵『詩数篇』の誕生

小牧近江が述べている豪華版屋の「ベルノワール」は、実際のフランス語の発音ではベルヌアール（フランソワ・ベルヌアール François Bernouard 一八八四―一九四九年）で、当時革新的で美しいタイポグラフィー、つまり活字フォント（書体）や字配りの構成や表現をデザインとして追求しながら、新進のアーティストの挿絵入りの詩集などの本を美しいレイアウトで限定部数出版していた。この当時流行の豪華本出版社から殆ど無名と言える二人の日本人の本が出版されたのは確かに驚きに値する。『詩数篇』の著者の名前は Komaki Ohmia コマキ・オウミアと記されている。本名の近江谷駉のローマ字綴りと言えよう。いったいどのように小牧はベルヌアールと知り合ったのであろうか。小牧は、自身も語っているが、文学少年で、アンリ四世高校時代からのフランス人の友人などとの交流から本屋との接触が多かったと想像できるし、また詩人でもあったベルヌアールとは詩のサークルなどの人間関係から偶然接触の機会があったのかもしれない。しかし小牧はベルヌアールより一〇歳年下で、まだ経験が浅い。

上記の小牧自身による文章から状況を推察すると、藤田の紹介でベルヌアールと出会ったと考えるのが自然であろう。藤田が初めてパリで本の挿絵の仕事をしたのが、この小牧近江著詩集『詩数篇』とされている。藤田がパリに到着して六年後であるが、第一次世界大戦をはさんでおり、挿絵の分野では、一九一六年発表の木版画による作品が一点確認されるのみで、藤田はほとんど無名だったと言える。しかし、藤田は一九一七年にパリのシェロン画廊で初個展を開き成功をおさめ、翌年一九一八年と一九一九年にも同じくシェロン画廊で個展を開いている。そして何より一九一九年秋には戦後初の「サロン・ドトンヌ」に出展すると六点の絵が入選し、確かな実績をあげてパリ画壇にデビューしている。今回フランスで出版元のベルヌアールを調査して初めてわかったことだが、生涯に四〇〇を超える本や詩集などの小冊子美本を出版したベルヌアールは、戦略として挿絵を依頼できる才能のある若い画家を常に探していたようである。また、もともと新進の画家として藤田の才能を評価していたらしい。

フランス国立図書館所属アルスナール図書館にベルヌアール序『ラ・ベル・エディシオン出版社とベルヌアール印刷所による本（*Les livres de La Belle Edition et de l'Imprimerie François Bernouard*)』（一九二〇年頃出版）という自社出版カタログが保存されているのが筆者の調査で確認された。このカタログには「今日最も注目すべき画家」による挿絵（木版画）入り本をはじめとして、詩集など自信作の三四タイトルが挿絵のコピー入りで並べられている。このカタログの二四番目に小牧近江著藤田嗣治挿絵装飾詩集『詩数篇』（フランス語原文：*QUELQUES POEMES inédits par monsieur Komaki Ohmia décorés de douze dessins inédits de monsieur Fougita*)が紹介されていることがわかった。「一二点の未発表の藤田のデッサンにより装飾された」とあり、藤田による挿絵の一つ「牛の親子」（二三〇頁下段写真）だけがこのカタログに複写されている。

前述のように、新感覚の芸術作品としての印刷本を目指していたベルヌアールは厳選した画家の挿絵を入れて出版したことで知られる。恐らく小牧による詩集の出版に関しては、一九一九年の「サロン・ドトンヌ」の開催中に非常に高い評価を得ていた藤田が、小牧の詩集の話をベルヌアールに持ち掛け直ぐに交渉がまとまったのであろう。藤田とベルヌアールは殆ど同年齢、ベルヌアールが藤田より二歳年上である。他に選出された画家の版画挿絵の作風を調べると、ベルヌアールが繊細で独特の線描画を得意とする藤田の才能を買っていたはずだと見てとれる。こうして藤田の初めてのブックワークである小牧近江著挿絵装飾詩集『詩数篇』が世に出ることとなった。

五　豪華版出版社ラ・ベル・エディション

藤田による挿絵一二点で装飾されたこの手作りに近い装丁の詩集は、二〇ページのみの薄い小冊子で、ラフィア（ヤシ科の植物）藁で中綴じがなされている。非常にささやかな詩集だが、製本は美しい。出版社から直接刊行され販売された。巻末に青いインクでナンバーが入っており、二一〇部の限定出版だった。出版は一九一九年一一月一五日付となっている。同月に小牧がパリを離れマルセイユから帰国の船に乗り神戸港に着くのが同年一二月二四日なので、日本到着の約一ヶ月前である。この刷り上がったばかりの小冊子の詩集は、フランスから一〇年ぶりに日本に帰国する小牧にとっては貴重なパリ土産となったことであろう。

パリのベルヌアールの出版社名はラ・ベル・エディション La Belle Edition（豪華版の意）という。ベルヌアールは、詩人でもあり、前述したように、革新的なデザイン戦略の装丁で斬新なタイポグラフィーを取り入れ、シンプルでモダン、また美しい木版を中心とした挿絵を入れた詩集及び文学書の刊行を積極的にすすめていた人物だ。フランスの出版装丁美術の歴史の中で特異な位置を占める。ラ・ベル・エディション社は、当時のパリ社交界で流行のイラストレーターであったポール・イリーブ Paul Iribe のデザインによるバラのマークを表紙に使った。シンプルで洗練されたこのバラはアールデコ様式のシンボルとなっていく。これがベルヌアールの署名代わりとなる。このバラのマークがいかに当時の流行の先駆けであり、フィーバーを巻き起こしたかは一九二〇年代のアールデコ様式の建築装飾やファッションなどのあらゆる分野で装飾的パターンとしてバラのモチーフが一様に多用されていることでわかる。

筆者がフランス国立図書館で調査したところ、ベルヌアール社から、同じような装丁で、ソニア・ドロネー、アンドレ・ドラン、ジャン・エミール・ラブルール、キース・ヴァン・ドンゲン、アンリ・マチス、デュフィー、マーク・シャガール、マリー・ローランサンらの挿絵による本が出版されているのが確認できた。ベルヌアールの手による印刷物全てを網羅するカタログ形式の出版物総目録がフランス国立図書館に収められているが、この目録の中に小牧近江著藤田嗣治挿絵装飾の詩集も確認できた。この出版目録は、これらのベルヌアールの刊行物を蒐集してきたという印刷に携わったギュスタヴ＝アルテュール・ダッソンヴィル Gustave Arthur Dassonville 氏（一九一三―一九九八年）によって編集され出版された。先輩の同業者で印字・装丁改革のパイオニアであるベルヌアールに教わることが多く、尊敬していたのであろう。この本は『故フランソワ・ベルヌアール氏の印刷物図録（*Catalogue des impressions de Feu Monsieur François Bernouard rassemblées par Gustave Arthur Dassonville*）』（一九八八年）というタイトルである。

この故ダッソンヴィル氏所有のラ・ベル・エディション社出版刊行物がアーカイブとしてフランス南部のある村で保存されていることがわかった。オード Aude 県にあるモントリゥー Montolieu という村に、グラフィックアート協会が作られ、二〇〇四年にこのアーカイブを購入した。オード県議会、そして一部欧州連合が財政支援したものである。その後、出版芸術技術養成学校敷地内にあるミッシェル・ブレバン Michel Braibant 美術館で全部が展示されることになり、研究者また学生達に公開され、現在に至っている。果たして小牧近江著藤田嗣治挿絵装飾のオリジナル詩集が所蔵されているのかどうか、今後現地調査をする予定である。

六　詩と挿絵との関係

小牧著の詩の内容はどのようなものなのか。前述した林洋子『藤田嗣治作品をひらく 旅・手仕事・日本』の中で発表された初出翻訳を参考にし、小牧の孫の桐山香苗氏との交信を通して小牧の著書を読み込み、また他の研究者の助言も得ながら時間をかけて推敲を重ねた筆者による日本語への翻訳を発表する。

フランス語の詩は俳句または短歌を彷彿とさせるような数行の短い言葉が一ページに収められ、感傷的な失恋物語から決別し未来への決意を新たにといった内容になっている。ヨーロッパの一九〇〇年代から一九一〇年代は知識人文化人の間で俳諧（Haikai）が流行し、これ自体は文学上のジャポニスムと言えよう。ただ、小牧が作詩にあたって俳句を特別に意識したかどうかは不明だ。一方、小牧はフランス人象徴派詩人ヴェルレーヌのファンだったのであろう、詩全体の情景がヴェルレーヌの二〇歳の時の感傷的な詩「秋の歌」（Chanson d'automne シャンソン・ドトンヌの和訳題）の詩に寄り添っているのは確かだ。日本での初めての訳は上田敏訳の「落葉」という題で「秋の日のギオロンのためいきの」という出だしで知られている。小牧の詩は、過去へ感傷的な思いを馳せ、ヴェルレーヌの詩と同じような「すすり泣き」や「もの悲しさ」が基調となっている。句読点はない。以下最初のページと最後のページのフランス語の詩と日本語拙訳を併記する。

à mon triste cœur / des soirs / qui s'en sont allés / loin... / loin...

私の悲しい心へ／幾つかの夜が／去っていってしまいました／遠くへ…／遠くへと…

その後のページの詩では失恋に終わる恋人との思い出のシーンが涙で綴られ、最後のページの詩では一転して未来（真っ白な帆）へ向かっての決意が見えるきっぱりとした言葉へと転調する。これは、帰国に向けパリでの青春の日々への決別とあらたな使命を持ち帰る小牧の強い決意、そして希望の表れ、「クラルテ（光）」へと向かうメタファーと解釈したい。

jusqu'à la rivière / l'allée descend / voici / tout en fleurs / les pêchers / le vent glisse / la voile / toute blanche / est / la voile

川まで／並木道は下ります／ほら／桃の木は／花が満開／風がそよいでいます／帆／それは／真っ白な／帆

藤田による挿絵の方は、小牧の詩を装飾するものであって挿絵自体は詩の内容と全く関連がないようである。東京国立近代美術館アートライブラリ所蔵藤田嗣治旧蔵書（藤田による装丁・挿絵本）のリスト（資料ID19005677）によると、同じ藤田の挿絵が一九三四年五月出版の阪本悦郎著藤田嗣治挿絵の『暮春詩集』（金星堂出版）の中で流用されている。一二点の作品は全て藤田独特の黒一色で細く繊細な線描画（二二五頁以降写真参照）で、人物像としては若い女の横顔（写真）と正面からの顔、裸の幼児（赤子）をあやす母親、蝶を追う裸の幼児、傘を持ち綱渡りの曲芸をする女、蝋燭に火をつける手、静物画として、牡丹の花、四羽の鳥、水辺のつがいの鴨、馬、牛の親子、羊が登場する。全てのページに漢字で「嗣治」と署名がされている。これらは一九一八年頃制作されたモチーフと考えられ、上述した藤田嗣治研究者林洋子氏によると、フランスの中世期の宗教画ピエタに通じる「プリミティヴ・フランセ」の影響が強い。人物像はややひきのばされ、輪郭は柔らかく、繊細で細長い手や指先の表現、優美な衣服のドレープの線など、中世宗教画の特徴に近いものが見られる。上記の裸の幼児をあやす母親像は、聖母子像とも解釈できる。フォルムの違いはあるものの、モチーフの上では小柴錦侍の師モーリス・ドニが手掛けた宗教画のモチーフに通じるものもある。藤田と小牧の接点とも言えるミッションスクールの暁星中学で目にしたであろう宗教図像がライトモチーフとして底流を成しているのかもしれない。

詩と挿絵の関連性がないと述べたが、不思議なことに、そのフランス語の響きを確かめながらこの詩を音読し頁を繰っていると、藤田のたおやかな挿絵が醸し出す素朴かつ繊細な一筆書きの調べと、感受性の高い小牧の詩から肌に感じられる空気の温度や湿度、風のそよぎ、また目に鮮やかな桃の花や川の白帆など、五感に響く清純な調子のメロディーが呼応しているように感じられる。同時期のフランスの時間と空間を分かち合って誕生したこの詩と挿絵が気脈を通じてその清涼さの中で心を通わせている。

七　おわりに

ささやかな手作りのような小冊子ではあるが、今日希少価値と見られるこの詩集の一通りの調査を終え、何より小牧近江の詩からその青春の心の機微、また柔らかな感性の一側面を感じ取ることができ、ヒューマニスト小牧の若き一面に一条の光をあてる試みに取り組めたことは美術史家としてとても幸いである。更に、後に二〇世紀のフランス画壇で日本人画家として最も有名になったと言われるエコール・ド・パリの寵児藤田の誰も真似ができない独特の繊細な美しい線描画を再発見できた。小牧にとっても、藤田にとっても後の活躍の原点となったこの詩集は小牧近江研究また藤田嗣治研究の中で貴重なものとして再認識されると確信している。

『種蒔く人』創刊一〇〇周年記念を機に、今この詩集を通してあらたに当時の小牧の心情に思いをはせる。一〇年のフランス滞在に別れを告げ帰国を決意した際に、小牧に託された使命がいかに重大なものであったことか。フランス人作家アンリ・バルビュスが起こした反戦・平和を目的とするインターナショナルな「クラルテ（光）」運動を日本に植え付けるという使命だった。これこそが、ミレーの絵の中の人間の尊厳を描いた、種を蒔く一人の農民の躍動的で力強い姿に重なる。ここに更に時空を超えた普遍的な意義が感じられ、感動を呼ぶ。このような運命へと向かう小牧の決意を理解すると、大きな使命を心に刻んでのパリ決別の気高い意志が読み取れるこの詩集は、藤田の繊細で瀟洒な線描画と共に、記念すべきものと言えよう。トランスナショナル【超域的】なヒューマニズムに基づいたこの精神は、途切れることなく未来の日本そして世界の若い世代へと受けつがれるに違いない。

〔参照・引用文献〕

秋田県立美術館・平野政吉美術財団『藤田嗣治どうぶつものがたり』展覧会図録（二〇一四年）
大和田茂「小牧近江『種蒔く人』への道程—大逆事件、社会主義同盟の関係からの考察—」（『社会文学』第三五号、二〇一二年）
小牧近江『ある現代史』（法政大学出版、一九六五年）
小牧近江『異国の戦争』（かまくら春秋社、一九七〇年）
小牧近江『ふらんす革命夜話』（労働大学、一九八九年）
杉淵洋一「秋田とパリが結ぶ糸　藤田嗣治、椎名其二、小牧近江の交友」（『秋田魁新報』二〇一九年一一月四日）
高橋秀晴「ハノイにのこせ人のあと—小牧近江と小松清—」（『秋田文学』第二〇号、二〇一一年）
北条常久「『種蒔く人』研究—秋田の同人を中心として—」（桜楓社、一九九二年）
北条常久『種蒔く人　小牧近江の青春』（筑摩書房、一九九五年）
北条常久「巻頭言　種蒔く人　創刊九十周年に寄せて」（『社会文学』第三五号、二〇一二年）
林洋子『藤田嗣治作品をひらく　旅・手仕事・日本』（名古屋大学出版会、二〇〇八年）
林洋子『藤田嗣治　本のしごと』（集英社新書ヴィジュアル版、二〇一一年）
藤田嗣治・近藤史人編『腕一本　巴里の横顔』（講談社文芸文庫、二〇〇五年）
湯原かの子『藤田嗣治　パリからの恋文』（新潮社、二〇〇六年）

〔付記〕

本稿は『国際教養大学アジア地域研究協力機構研究紀要』第一〇号（二〇二〇年三月）で発表した論文の一部を書き直し、また加筆し、小牧近江著詩集『詩数篇』のフランス語原文と筆者によるその和訳を付け加えた。尚、二二五—二三一頁の掲載写真（一三点）はオリジナルの詩集所有者（個人）の許可を得て、筆者自らが各頁を直接撮影したものである。

『詩数篇』

詩　：　小牧近江
挿絵装飾　：　藤田嗣治

Quelques poèmes

par Monsieur
Komaki Ohmia

décorés par Monsieur
Foujita

原文フランス語
日本語訳＝阿部邦子

☆ Page1

à mon triste cœur
des soirs
qui s'en sont allés
loin...
loin...

私の悲しい心へ
数々の夜が
去っていってしまいました
遠くへ…
遠くへと…

☆ Page2

pour vous Madame
je n'ai pas de voix

ma tête repose
lourde
sur vos seins

Voici mes larmes...

マダム、貴女に
私は声がありません

私の頭は
貴女の胸元に
重く沈み込むのです

ほらここに、私の涙が…

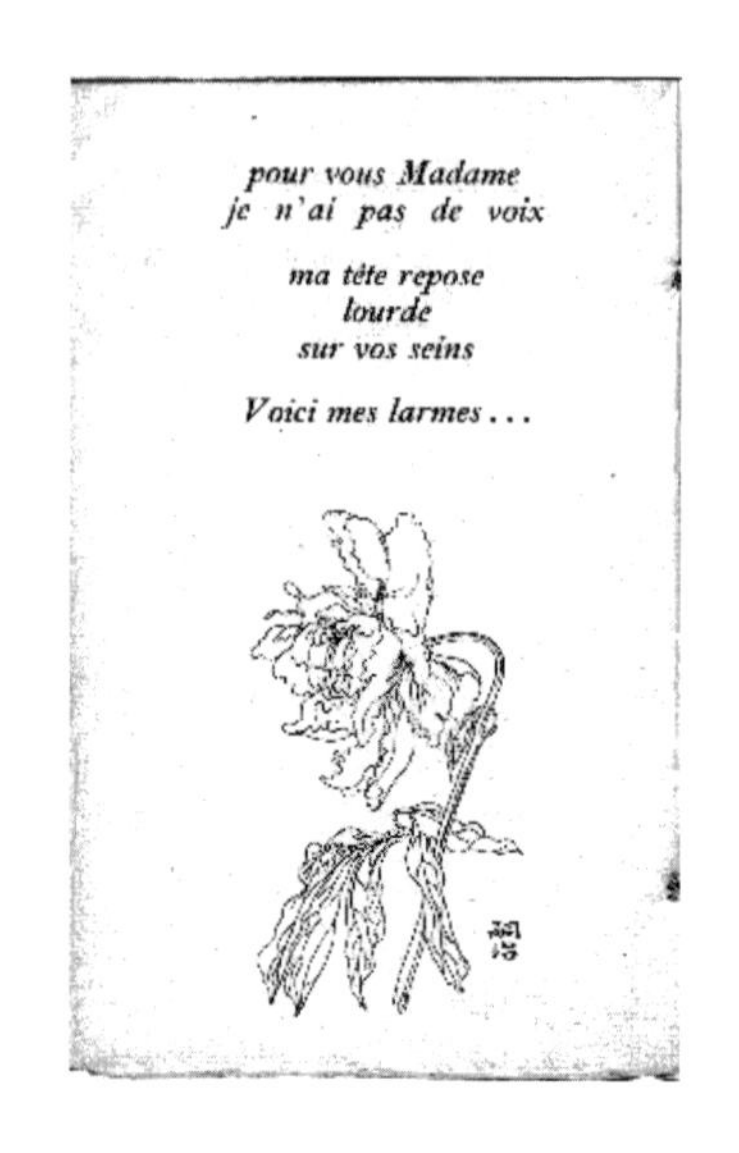
pour vous Madame
je n'ai pas de voix

ma tête repose
lourde
sur vos seins

Voici mes larmes . . .

☆ Page3

en baisant
mes yeux mouillés
vous avez bu
tout mon sang

vous oublierez

est-ce possible ?

涙で濡れた私の瞼に
くちづけをし
貴女は飲み干してしまったのですよ
私の全ての血を

貴女が忘れてしまうことなど

ありうるというのでしょうか

en baisant
mes yeux mouillés
vous avez bu
tout mon sang

vous oublierez

est-ce possible ?

☆ Page4

ce petit sculpteur
s’amuse à pétrir
la tête d’argile

laissez faire l’enfant

la dame clôt ses yeux

ce n’est pas
une tête morte

elle sourit

この幼い彫刻家は
粘土の頭を
こねて遊んでいます

その子には好きなようにさせなさいな

婦人は目を閉じます

それは亡くなった人の頭では
ないのですよ

彼女は微笑みます

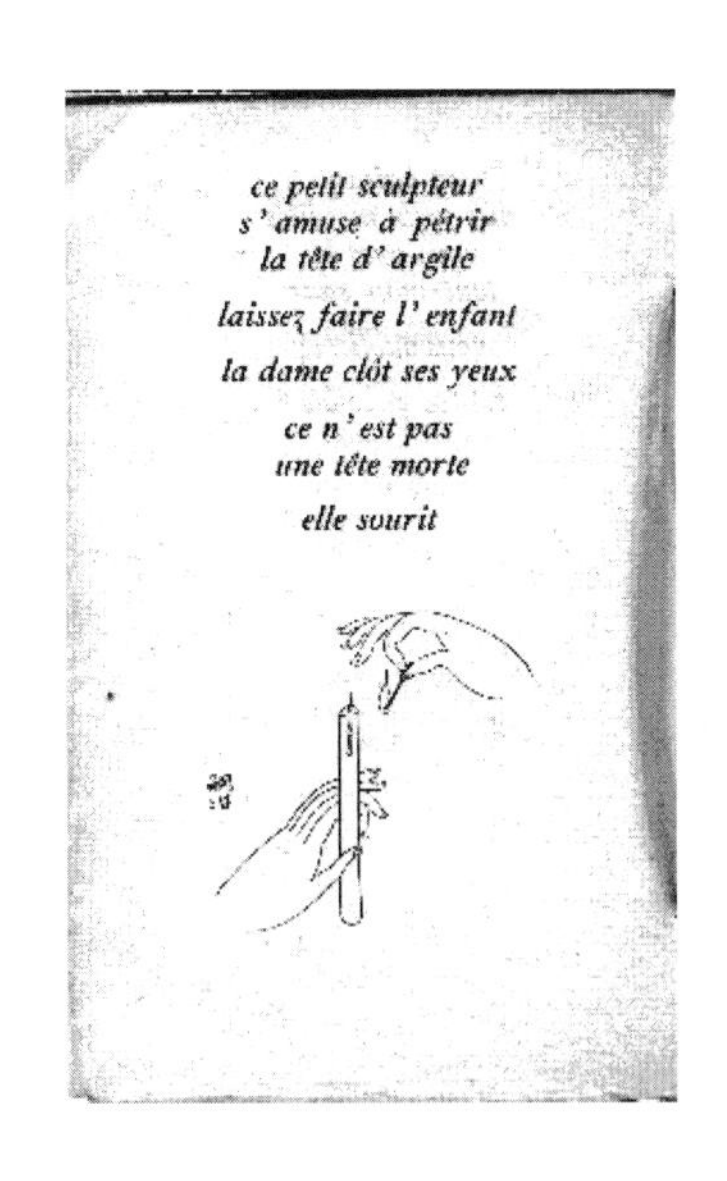
ce petit sculpteur
s’amuse à pétrir
la tête d’argile

laissez faire l’enfant

la dame clôt ses yeux

ce n’est pas
une tête morte

elle sourit

☆ Page5

il pleut
il pleut

je voulais lire
à haute voix

il pleut
il pleut

j’aime mieux
sentir
l’odeur du livre

雨がふります
雨がふります

私は読みたかったのです
声高に

雨がふります
雨がふります

私は嗅いでみたいのです
もっと良く
その本の匂いを

il pleut
il pleut

je voulais lire
à haute voix

il pleut
il pleut

j’aime mieux
sentir
l’odeur du livre

☆ Page6

c’est vous
mademoiselle ?

vous bercez ma tête
un peu

c’était la fraîcheur
du matin

discrète
elle glissait
dans la chambre

あなたなのですか
御嬢さん

あなたは私の頭を
優しく揺り動かします

それは
朝の冷気だったのです

慎み深く
寝室へ
忍びこんできたのです

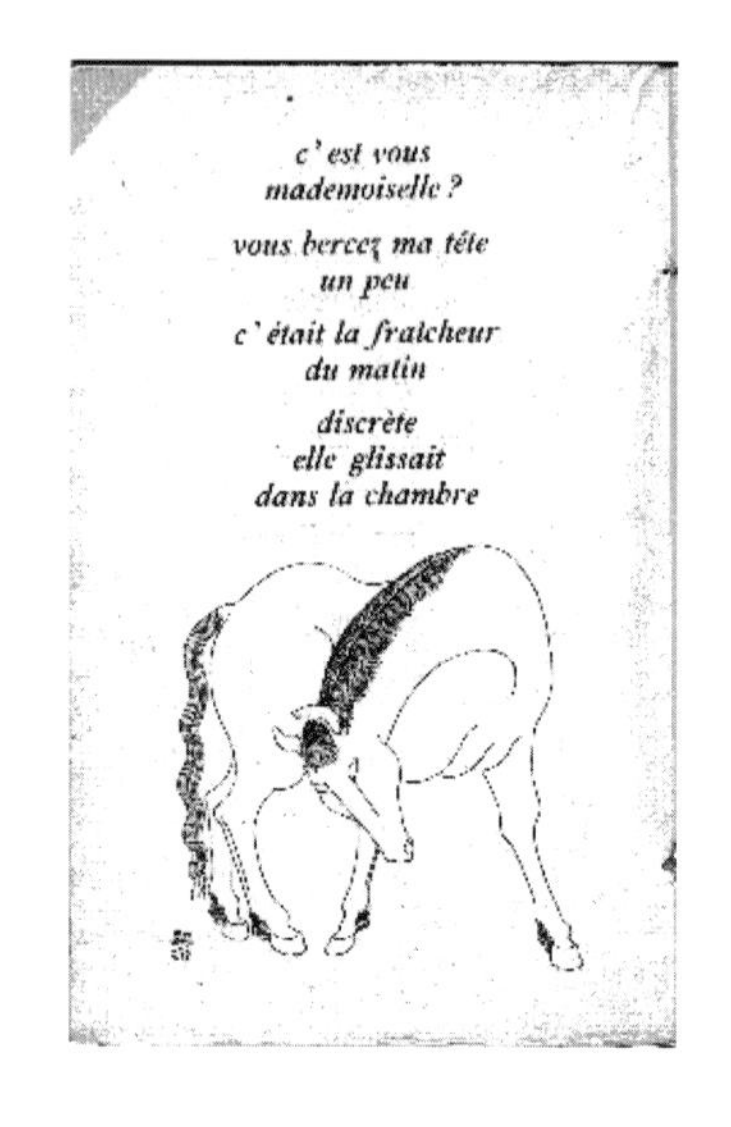

☆ Page7

elle
a fermé
le piano

le thé refroidit

dans le salon
personne

et la fleur tombe
en silence

彼女は
ピアノを
閉じました

紅茶は冷めてしまい

サロンには
人影がありません

そして音もなく
花は散るのです

☆ Page8

le piano
entraîne
mon cœur

ne me faites pas
pleurer ainsi
dans cette chambre
sans lumière

ピアノが
私の心を
駆り立てるのです

こんな風に
私に涙を流させないでください
光の無い
この寝室で

le piano
entraîne
mon cœur

ne me faites pas
pleurer ainsi
dans cette chambre
sans lumière

☆ Page9

et
j'ai laissé
couler
les pleurs
dans le soir
noir

personne ne me voyait
dans le soir
noir

そして
私は
涙が流れるがまま
泣き続ました
夜の
闇の中で

私に気づく者はありませんでした
夜の
闇の中で

et
j'ai laissé
couler
les pleurs
dans le soir
noir

personne ne me voyait
dans le soir
noir

☆ Page10

elle l'aime
j'ai été aimé
une fois
aussi

je me souviens
alors
mon chagrin est infini

彼女は彼を愛しているのです
私も
愛されました
一度は

思いだしてしまうのです
それゆえ
私の悲しみは尽きないのです

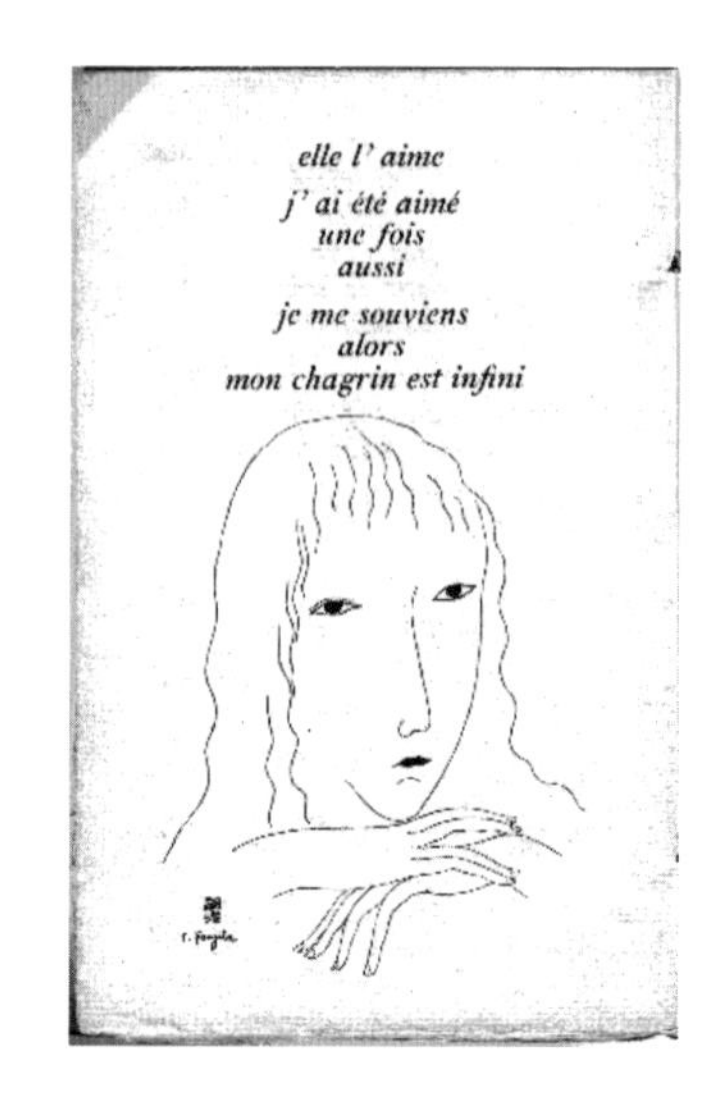

elle l' aime

j' ai été aimé
une fois
aussi

je me souviens
alors
mon chagrin est infini

☆ Page11

elle m'a fait la grâce
de sourire

j'ai baissé les yeux

le ciel était couvert
mon cœur aussi

comme toujours
le drapeau flottant
sur le toit
du ministère

彼女は私に
微笑んでくれたのでした

私は目線を下に落としてしまいました

空は雲で覆われていました
私の心も

いつものように
旗がたなびいていました
官庁の
屋根の上では

elle m' a fait la grâce
de sourire

j' ai baissé les yeux

le ciel était couvert
mon cœur aussi

comme toujours
le drapeau flottait
sur le toit
du ministère

☆Page12

jusqu’à la rivière
l’allée descend

voici
toute en fleurs
les pêchers

le vent glisse

la voile
toute en blanche
est
la voile

jusqu' à la rivière
l' allée descend

voici
tout en fleurs
les pêchers

le vent glisse

la voile
toute blanche
est
la voile

川まで
並木道は下ります

ほら
桃の木は
花が満開

風がそよいでいます

帆
それは
真っ白な

帆

再考『種蒔く人』の頃の金子洋文

須田　久美

金子洋文は、『文芸戦線』復刻版別冊の「解説」(一九六八年三月)に於いて、「八号までの『文芸戦線』」と題して、「雑誌『文芸戦線』(一九二四年六月創刊)はプロレタリア文学運動の源流である『種蒔く人』を継承した文学運動であり、したがって同人も、二、三をのぞいて、ほとんど同じ顔ぶれとなっている」と書き出し、「かように同じ顔ぶれであり、プロレタリア文学運動の「変革の志向」を継承したにもかかわらず、二つの雑誌の形態を比べみると、いちじるしく相違している」と述べている。「八号までの」というのは、『文芸戦線』が八号の一九二五年一月の第二巻第一号の後、同年六月の第二巻第二号までの間、資金難のために休刊を余儀なくされることに至ったことに所以している。

また『文芸戦線』復刻版別冊の「解説」中の「解説」で、稲垣達郎は、「雑誌『文芸戦線』の創刊は、一九二三年九月一日の関東大震災のあおりで自然休刊になった『種蒔く人』の、面目を新にしての再出発だったと見ていい」とし、「『文芸戦線』は、『種蒔く人』の「行動」を裏へまわしたかたちで出発した。というより、そんなかたちでしか出発が許されなかったのだった。具体的には、文芸中心の編集にならざるを得なかった。(中略)もっぱら金子洋文が編集にあたり、中西伊之助が協力した。新しい出発とはいうものの、誌面の感じ――活字面や体裁には、『種蒔く人』の旧態に似通うものがのこっている。けれども、内容としては、まえに言うように文芸中心であり、政治性の後退だった」と記している。

『種蒔く人』と『文芸戦線』との雑誌全体の差異はこ

の通りであろう。私はかつて「金子洋文の〈眼〉——『種蒔く人』のころ」（大東文化大学『日本文学研究』第二七号、一九八八年二月）／『金子洋文と『種蒔く人』文学・思想・秋田』（冬至書房、二〇〇九年一月）など、『種蒔く人』時代前後の金子洋文の文学について論じたことがある。今回『種蒔く人』創刊一〇〇年ということで、改めて『種蒔く人』を通して『種蒔く人』の頃の金子洋文の位相を確かめてみることとする。

＊

『種蒔く人』掲載の金子洋文の創作には、「眼」（第一巻第三号、一九二一年一二月）、「人間派と蟻の会議」（第二巻第五号、一九二二年二月）、「夜の水車」（第二巻第六号、一九二二年三月）、「痩せて蒼白い顔をした夫」（第二巻第八号、一九二二年五月）、「廃兵をのせた赤電車」（第二巻第九号、一九二二年六月）、「酒」（第四巻第一九号、一九二三年六月）がある。但し詩は省いた。「人間派と蟻の会議」は童話で、ほかは小説である。

同じように随筆、感想等を除き、さらに詩を省いての『文芸戦線』第八号までに掲載された金子の創作作品には、小説「馬」（第一巻第四号、一九二四年九月）と麻生豊作の「ノンキナトウサン（花見の巻）」の脚色（第二巻第一号、一九二五年一月）がある。(1)

金子洋文の第一創作集『地獄』（自然社、一九二三年五月）には、小説は「殺された七面鳥」「地獄」「夜の水車」「廃兵をのせた赤電車」「痩せて蒼白い顔をした夫」「酒」「女」「針」「犬」「夢」「洗濯屋と詩人」、戯曲は「夢」と「洗濯屋と詩人」、それに「後記」が収録されている。つまり『種蒔く人』掲載作品のうち、「人間派と蟻の会議」は童話なので仕方がないが、「眼」は外され、「夜の水車」「廃兵をのせた赤電車」「痩せて蒼白い顔をした夫」「酒」は収録されている。なお、『地獄』の装幀は柳瀬正夢である。柳瀬正夢との交流はこの時すでに始まっている。

「酒」の『種蒔く人』掲載が、『地獄』刊行の一月後であることが知れるが、これはこの作品が『地獄』の「後記」に「大正九年以前の作品」とあるように、既に書き上げてあったものを、ほぼ同時期に雑誌『種蒔く人』に出し、単行本『地獄』に収録するために提出したということであろう。そして「酒」は、金子の代用教員時代のことが描かれていて、社会主義的要素は薄く、むしろ恋愛の方が主になっている。だからであろう、「酒」は以後の金子の著作集には収録されていない。またここから一九二二年六月の「廃兵をのせた赤電車」から翌年の六月の「酒」に至るまでの一年間に、『種蒔く人』への創作寄稿はなく、停滞しているように感じるかもしれないが、原稿料が得られる他誌への掲載が増えていることが見てとれる。このことについては後述する。

ところで、『種蒔く人』は長く裏表紙に、主に「前号目次」「編集後記」「奥付」が三段で印刷されていた。ところが、第四巻一七号（一九二三年三月）、第四巻第一九号（一九二三年六月）、第五巻第一号（一九二三年七月）、第五巻第二号（一九二三年八月）の終刊前の五号の内の四号の裏表紙には、一面大鐙閣の広告となっている。なかでも一九号は、「金子洋文著最新刊」『地獄から帰った少年の話』（大鐙閣、一九二三年四月）の宣伝で、

> 金子氏は天稟豊かなるプロレタリア作家として新興文壇に雄飛する新人である。戯曲に於て、小説に於て、往くとして可ならざるなき氏が、満身の人類愛と正義の熱情に燃えて書かれた本書は、童話界嘗て見ざる力強い童話である。
>
> 来るべき世紀の支配者たる少年少女のために、人類驚異の的たる蟻と蜘蛛の生活に題材を取って、彼等の渾然たる相互扶助の社会生活を洗練された筆致をもつて芸術的に浮彫し、久しく沈滞せる童話界に新生面を開き且興味蓋きざる本書を全土の少年少女諸君にすゝむ

という推薦文がある。

この号には四〇〇頁と四〇一頁の間に、四頁分の広告が差し込まれてある。その最初の頁が「金子洋文「地獄」出版記念講演会」の知らせである。そこには、「日本で始めて生れた偉大な革命芸術地獄の出版を記念する為め　六月十八日午後六時（第三月曜日の夜）から駿河台下中央仏教会館に於て講演会を開きます奮つて御来会下さい」とあり、

> ■『地獄』四幕上演（表現座出演）■
> 民衆に立脚した新劇運動…………秋田雨雀
> 夢（貧しき子供達におくる）……某女優朗読

題未定……………………藤森成吉
挨　拶……………………金子洋文
■創作集『地獄』に無料招待券を附す■

が掲げられている。そしてその四頁目、つまり四〇一頁の直前の頁には「自然社新刊二書」の広告が載せられている。それが金子洋文『地獄』と前田河廣一郎『赤い馬車』（自然社、一九二三年四月）である。『地獄』は、「金子洋文処女作集」として、

在来のブルジョア文芸に反抗して、新たに勃興し来れるプロレタリア文芸運動は他のあらゆる解放運動　共に、今や益々白熱北（ママ）されんとしつゝある。この際に当つて、新興文壇の一闘士たる氏の作集の出でたることは、プロレタリア文芸運動そのものに、より大なる力と熱とを与へずにはおかないであらう。氏の芸術は単なる社会主義的思想や概念のメガホン式宣伝ではなくして、実に燃ゆるが如き主観による、全無産階級の血と涙と苦悩との記録である。一切の妥協と虚偽とを排して、現実のどん底に徹せんとする氏の熱情は、脈々として読者の胸に赤き波立たせ、そこに正しき理想と革命的精神とを呼び起さずにはやまないであらう。氏の芸術は、実に、固くして陰惨なる地殻を破つて萌出でんとする新らしき芽だ。この芽の中にこそ、来るべき社会の新らしき花と実とを予想する。この新芸術、このエポック、メーキングな無産階級芸術の真髄に触れて、魂を躍らせよ！――地獄外七篇の傑作集――

という圧倒的好評価を与えた文章が載せられている。また四〇七頁には、「芸術戦線―老革命家堺利彦氏の慰問集として、二十九名の急進思想家、及び、創作家、詩人、戯曲家、批評家の作集は、六月初旬頃自然社より出版される」という埋め草的ではあるが、後掲の『芸術戦線』の案内が入っている。

ちなみに『赤い馬車』『地獄』はともに、自然社から刊行された「新人叢書」シリーズに入っている創作集である。巻末頁にその「使命」が次のように掲載されている。

◇一切の疲倦と因襲とを打壊して生鮮なる創造的

進化を欲するものは新しき力に待つより外はない。この近代的要求を使命として吾が新人叢書は生れ出た。
◇新しき力は人生の現実的凝視と生々しい人間苦の体験とを予件とした芸術であり思想であらねばならぬ。
◇それは生命そのものから静かに湧き出づる人間愛の精神となり又民衆のために叫ぶ正義的痛憤ともなる。
◇その芸術その思想それが新社会を呼ぶ曙の声でなくて何であらう。

次頁には、「新人叢書」として、新井紀一『燃ゆる反抗』、中西伊之助『死刑囚と其裁判長』、綿貫六助『霊肉を凝視めて』、十一谷義三郎『静物』、「其他新人の創作、評論、詩等」が提示されている。『赤い馬車』に於いては、さらに次の頁に「懸賞小説募集」とあり、そこには「豊かなる天分を有しながら、所謂ジヤナアリズムに禍せられて、その儘塵の如く埋れ行かんとする人々の為め因襲を打壊して生鮮なる創造的進化を欲する人々を世に紹介する、わが『新人叢書』の社会的使命をヨリ以上達成せんが為め、茲に懸賞規定を設けて、『新人叢書』第七編及第十編に嵌当すべき力作小説を募集する。こひねがはくば新人諸氏、奮つて御投稿あらんことを——」と記されている。そして、「長編小説　四百字詰二百五十枚内外」「締切期日　大正十二年五月三十一日」「採用標準　本社「新人叢書」既刊程度又はそれ以上の内容価値あるもの」「賞金　五百円（二百五十円宛二篇）」「著作権　本社所存」等の「規定」が示されている。

この記載から『地獄』刊行への道筋が一部見えてくる。新人作家として、収入の面も含めて大きな後押しがあったわけである。

第二創作集『鷗』（金星堂、一九二四年六月）の収録作品は、「七面鳥と私」（原題「殺された七面鳥」）「鷗」「可哀さうな銀子」「鯡」「針」「犬喧嘩」「犬」「狼」「蛇の戯れ」「眼」「女」「地獄」である。これも『地獄』と同じく柳瀬正夢の装幀である。『種蒔く人』掲載作品をみると、『地獄』所収と違って、「眼」が入って、逆に「夜の水車」以下四作品が入っていない。文学的には『地獄』収録作品より後退感がある。

これは『文芸戦線』創刊号の金子の「金星堂から出る創作集『鷗』のための後記（一部）」にあるように、「こゝに集めた作品の大部分は、私が生れ、育つたその町をかいたものである」ことであるからなのであろう。

しかしながら「夜の水車」は、一九二三年六月に自然社から刊行された『芸術戦線』[2]に採録されている。これは「老革命家堺利彦氏の労に酬ゆ」ために作られた作品集である。発起人は、藤井真澄、中西伊之助、尾崎士郎、青野季吉、前田河廣一郎の五人である。その経緯について、

> 本書は記念出版物である。日本の社会主義系思想評論家として、また、実際運動家として、多年の功労ある老革命家堺利彦氏の、二度目の遭難を偶然の機として、殊に今度の検挙のため、家族の慰問をも兼ね、多年の労を犒はんがために、同氏の友人や同志や後輩たちが、慰問の意味で、それぞれの自信ある作物を出しあつて本書を成すに至つたのである。が、厳密に言へば、堺氏の友人、同志、後輩にして現在の文壇に関係せる人々は、こゝに参列した人々以外にいくらもあるにちがひない。それらの人々をも悉く網羅して、同じ意嚮のもとに、記念出版の実を挙げ得なかつたことは、発起人一同の深く遺憾とする次第である。しかし、一面、堺利彦氏の労に酬ゆるための記念出版物たる本書は、同時に、思想芸術上にも無産階級の共同戦線を認める新思想家や作家たちの崛起と進路とを、一巻のうちにとどめて置きたいといふ希望をも併せて居つたのである。本書に稿を寄せられざる人、必ずしも堺氏の友人、同志、後輩でないとは言はれない。また、思想芸術上の共同戦線は、必らず（ママ）しも本書に名を列せられた人々だけで支持さるべきものとも思考されない。要は、与へられたる諸事情の下に、比較的短時間のうちに、本書の表題精神に背戻せざる内容を、表裏の書扉のあいだに纏めることが必要であつたのだ。この点に於て、他の幾多の、思想芸術上の戦闘精神に燃えた思想家や作家たち、ならびに、堺氏と親交ある文壇人の一切をも網羅し得なかつたことは、遺憾ながらも、諒とされたい。

と、「事情」で説明がされている。「それぞれの自信ある作物を出しあつて」ということから、同じ自然社から『地

獄』を刊行した一月後のこの時点に於いて、金子にとっては、「夜の水車」は「自信作」なのであった。

ちなみに、「第一部　小説と戯曲」には、ABC順に秋田雨雀「手榴弾」（劇）、新井紀一「善行章」、有島武郎「かんかん虫」、麻生久「森林の監獄部屋」、江口渙「復讐」、藤井真澄「ひゞき――」（劇）、今野賢三「火事の夜まで」、金子洋文「夜の水車」、加藤一夫「死の前に」、小泉鐵「文選職工になるまで」、前田河廣一郎「脱船以後」、松本淳三「闇に生きる」、宮島資夫「安全弁」、オレ「内藤辰雄の小説」、中西伊之助「機関車庫の朝」、小川未明「死滅する村」、尾崎士郎「獄室の暗影」、佐々木孝丸訳「復讐（他一篇）」、鄭然圭「血戦の前夜」、吉田金重「骨を砕いて」が連なり、「第二部　詩、感想、評論」には、青野季吉「コムレードの芸術」、藤森成吉「獏のひとり言（外一篇）」、長谷川万次郎「原始的魔術と其現代的延長」、平林初之輔「ジャーナリズムと文学」、細井和喜蔵「女工と淫売婦に就いて」、小牧近江「ジアン・ジヨレスの死」、新居格「無産階級教化の問題」、新嶋榮治「飢ゑて居る人々の群」（詩）、佐野袈裟美「階級的に対立する芸術観」がある。

なお、巻末頁に、「金子洋文処女作集 創作 地獄」の広告があり、「革命精神と美との握手せる芸術、新興文学の先端的作品を読め。本書は革命の芸術であり、芸術の革命である／金子氏の「地獄」位読書欲をソソリ痛切な響を胸に伝へるものは近来プロ、ブルを通じて、恐らく稀れに見る傑作である、プロレタリヤ文学のエポックメーキングだ、フレッシユな力強い筆致で実に小気味よい程描けてゐる／革命精神と美、コノ二ツのものが琴瑟和合、諧調合奏をなして始て新しい文学の型に現れたものだ新らしき芸術の大道を横行濶歩し、人間の精神を突刺してゐる」という文章で説明してあり、読むことを強く促している。

『銃火』（春陽堂、一九二八年二月）の『種蒔く人』掲載作品は「廃兵をのせた赤電車」「痩せて蒼白い顔をした夫」、『新興文学全集　第四巻　日本篇』（平凡社、一九二八年八月）は前田河廣一郎集と金子洋文集とで成っていて、『種蒔く人』掲載の金子作品は「眼」と「廃兵をのせた赤電車」が取り上げられている。『新進傑作小説全集第七巻　金子洋文集』（平凡社、一九三〇年三月）も同様である。三五作品が収録されている『新選金子洋文集』（改造社、一九三〇年九月）には、「痩せて蒼白い顔をした夫」「廃兵をのせた赤電車」「眼」が収まっている。『文芸戦線』（第一巻第四号）掲載の「馬」の収録はない。

『種蒔く人』掲載作品のなかでも、それ以外を含めても、この三作品はよくできていて、単行本収録が繰り返されている。特に「眼」は、自身の著作集のほかに、高陽社から刊行された現代作品選集の第二編『文芸戦線同人集』（一九二四年七月）にも収録されている。[3] この作品集は金子洋文・中西伊之助編で、今野賢三「吹雪」、佐々木孝丸「妖精、皇后、皇帝」、松本弘二「旅行鞄」、前田河廣一郎「騒音地獄」、中西伊之助「機関庫の朝」、小牧近江「官職をやめた話」、金子洋文「眼」、武藤直治「夜の空」、佐野袈裟美「猛火」の順で収録されている。なお、柳瀬正夢の「作者の漫画」がある。

さらに南宋書院から左翼文芸家総連合編[4]『戦争に対する戦争――反軍国主義創作集――』（一九二八年五月）にも収録されている。ここには二〇作家二〇作品が収録されている。『種蒔く人』掲載作品は金子の「眼」のみであるが、『文芸戦線』掲載作品は小堀甚二「パルチザン」（一九二七年一〇月）、黒島傳治「橇」（一九二七年九月）、壺井繁治「頭の中の兵士」（一九二六年一月）がある。ほかに江口渙「馬車と軍人」、越中谷利一「一兵卒の震災手記」、藤田満雄「ポチヨムキン・ダブリチヱスキー」、林房雄「鎖」、鹿地亘「兵士」、北村小松「一等症」、前田河廣一郎「犬」、光成信男「一本足」、村山知義「砂漠で」、小川未明「野薔薇」、里村欣三「シベリヤに近く」、島田美彦「兵と兵」、島影盟「麺麭」、高田保「勇士一家」、武田麟太郎「敗戦主義」、立野信之「標的になつた彼奴」が収録されている。

金子洋文の「眼」は、自他ともに佳作と認める掌編小説と言えよう。それは『金子洋文作品集』（筑摩書房、一九七六年一一月）でも、「廃兵をのせた赤電車」とともに収録されていることからも、『種蒔く人』時代の愛着のある作品であるし、自信作と言えよう。これらにプロレタリア作家としての金子の思いが見て取れる。もちろん同時期に発表された「地獄」（『解放』一九二三年三月）は好評価を得、これが出世作となるわけである。

この時期、金子の創作活動は活発であった。おそらくは金子の文学活動のなかでも一番と言ってもよいくらいの、精力的に執筆に取り組んでいた時期であろう。

『種蒔く人』掲載作品以外の創作作品に、戯曲「老船夫」

(『新潮』一九二一年一〇月)、戯曲「洗濯屋と詩人」(『解放』一九二二年四月)、小説「犬」(『中央公論』同年五月)、小説「地獄」(『解放』一九二三年三月)、戯曲「狐」(『太陽』同年四月)、小説「犬喧嘩」(『我観』同年一一月)、小説「鷗」(『週刊朝日』同年同月)、戯曲「息子」(『演劇新潮』一九二四年二月)、小説「狼」(『新小説』同年三月)、小説「接吻」(『週刊朝日』同年一〇月)などがある。もちろん他に詩があり、随筆があり、感想、評論、紹介文もある。

単行本には、『地獄』『鷗』『地獄から帰った少年の話』の前記以外に、児童向け読み物に、『耶蘇とお釈迦様』『仏蘭西帰りの動物学者』『細菌とお友達になつた一寸法師』『新浦島太郎』『兎と健三さんの夜の世界旅行』『鳥の巣をたずねて』(以上、実業之日本社「一寸法師叢書」、一九二二年七~一一月)、『蟇と一寸法師の決闘』(一九二三年六月、大鐙閣)、『お伽理科蝶と花との対話』(実業之日本社、同年同月)があり、戯曲集『投げ棄てられた指輪』(新潮社、一九二三年一一月)、それに『生ける武者小路実篤』(種蒔き社、一九二二年一一月)を刊行している。

大正五年秋二十三歳で再び上京し、その当時敬慕した武者小路実篤氏の家に厄介になり、創作に専念した。

一年近くして武者小路氏の家をはなれて新聞記者や雑誌記者をしてゐるうちに、武者小路氏から影響された人道主義的な考へ方が次第に社会主義的に変つて行つた。たまたまフランスから帰つた小牧近江と再会して、大正十年十月多くの同志と社会主義文芸雑誌「種蒔く人」を創刊してから、プロレタリア作家としての文学的コースが決定されたと言つてよい。

私の所謂出世作は「地獄」である。大正十一年六・七月にわたつて書いたもので、二十九歳の作品である。

それから今日まで足かけ七年になるが「種蒔く人」から続いて発展して来てゐる「文芸戦線」(労農芸術家聯盟員)に於て働いてゐる。

これまでの私の作品をふりかへつて見ると、プロレタリアの熱情、苦悩、争闘をうたつた叙情詩的なものが多い、その境地を脱するに私は七八年かゝつてゐる。

今、私はじつくり腰おちつけて、プロレタリア解放に役立つ作品を書ける気がしてゐる、新らしい「地獄」を新らしい「洗濯屋と詩人」を、更らに充分調べた新らしい長篇を書く決心である。

「武者小路氏の家をはなれて新聞記者や雑誌記者をしてゐるうちに、武者小路氏から影響された人道主義的な考へ方が次第に社会主義的に変つて行つた」とあるが、『生ける武者小路実篤』(一九二二年一一月、種蒔き社)刊行は、武者小路実篤に敬意を表しつつも、武者小路実篤との訣別宣言である。

『種蒔く人』掲載の小説「夜の水車」には、「彼は何もかも憎んだ、人間の一切を、制度を、ブルジユアを、自分自身を――」といった文言もある。ここにはプロレタリア文学としての明確な意識を見ることができる。けれども人道主義からくる怒りでもある。「眼」「廃兵をのせた赤電車」「痩せて蒼白い顔をした夫」には、戦争に巻き込まれた人の悲劇や労働者の弱い立場を、人道主義的な眼をもって、筆を運んでいる作者金子洋文の姿が想像される。それぞれの人の立場に身をおいた小説としての深みのある作品である。

だが、『生ける武者小路実篤』に於いて金子洋文は、例えば、

今日の資本主義の王国が武者小路氏の考へてゐる

一九二八年七月

金子洋文

これは『新興文学全集　第四巻　日本篇』にある金子洋文の「自伝」の後半部である。少々記憶違いがあるので、手を入れるとともに補足してみたい。

金子洋文は、一九一六(大正五)年一〇月に上京し、茅原崋山の主宰していた『洪水以後』が改題した『日本評論』を発行していた一元社に入社した。このとき小石川区戸崎町に下宿していた今野賢三と同居したのち、翌年元旦から千葉県我孫子の武者小路実篤宅に寄寓する。「一年近くして武者小路氏の家をはなれて」とあるが、実際は七月一五日に我孫子を立ったようである。[5] この日付こそが土崎版『種蒔く人』第一巻第二号(一九二一年三月)の金子洋文のミレーの「種をまく人」を想起させる詩「若き農夫よ」が作られた日なのである。[6] また、蛇足ながら「大正十年十月多くの同志と社会主義文芸雑誌「種蒔く人」を創刊」とあるが、これは第二次(東京版)『種蒔く人』のことである。詩の成立は、土崎版『種蒔く人』創刊の四年余り前であるが、ここを起点として本格的な文学活動が始まったと考えたい。

やうに資本家の自覚に依つて解体し、理想社会が早晩到達するといふなら、これ程理想的なことがない。吾々にも少しも、異議はない。而し吾々には武者小路氏の言を信ずるには、資本家にあまりに幻滅し、絶望し、むしろ烈しい憎悪を感じてゐる。

と発言し、武者小路実篤は、現在の世の中の危機的状況が十分に理解できていないと訴えている。ここに至って金子のプロレタリア文学者としての立場には、かなり理論性を帯びるようになっている。それは後の『文芸戦線』発行印刷の経緯について触れている「白い坂」（『文芸戦線』一九二七年一月、原題は「白い坂をのぼる」）で、

――人道主義は資本主義の仮面をかぶつた怪物だ。
――無産者よ、階級に徹せよ。団結してブルジョアと闘へ！
――無産者の解放、人類の佳き日を来す手段はそれより外ない。
彼の叫んだ結論も同じである。
だが、結論を言ふ前に言はなければならなかつた。

恩人について、
うけた恩について、
二人が右と左に別れたことについて。
彼は言つた。
――先生はかう言ふ、（おれは社会主義は認めるが嫌ひだ。）
また、言ふ、（若し社会主義が人類の佳き日を望む思想であるなら、階級といふ言葉は疑はしい）しかし氏の、社会主義を認めるが嫌ひであるといふ言葉の中に、無産者と反した階級がある。ブルジョアを弁護する階級の血が流れてゐるではないか。

との記述でより一層認められる。この後起こる関東大震災とそれに関わる「種蒔き雑記」編集発行の実際を見れば、一目瞭然と言えよう。文学的な面だけでなく、『文芸戦線』の仲間たちを牽引する力も養っていったと言えよう。

このようにして、『種蒔く人』発行期間の金子洋文の社会に対する姿勢と対応、社会性や文学的方向性などが、力強く発現されている様相が見てとれるのであった。

〔注〕

（1）「ノンキナトウサン」は、関東大震災後に『報知新聞』に連載されていた麻生豊作の四コマ漫画で、新聞発行部数増にも影響を与えたほどであった。『文芸戦線』掲載の金子洋文脚色「ノンキナトウサン（花見の巻）」は、「――（そがの家五九郎上演）――」とあり、さらに本文はじめ近くに囲いで、「世界的喜劇役者　そがの家五九郎出演　報知新聞連載　麻生豊作　金子洋文脚色　ノンキナトウサン　二度と見られぬ本物のノンキナトウサン」も差し込まれている。
　また本文に次いで、

　ノンキナトウサン上演について

新しい笑ひの芸術！少くとも在来の喜劇から数歩はなれた劃時代な、世界を開拓してゆかうと、玆に1925年迫るに際して漫画喜劇「ノンキナトウサン」の冒険的上演を試みました。さうしてこの大胆な演出は幸にも浅草松竹座に満都の好評、溢ふるゝ許りなるを得ました、大阪、神戸各地に於ても勿論「ノンキナトウサン」は益々壮大に上演し続けてゆかうと思つてゐます。

笑ひの芸術！

新しい試み！

折角いつまでも御愛顧のほどを切望します。

曾我廼家五九郎

という挨拶文が載せられている。浅草松竹座に、一九二四年一一月二三日から一二月にかけて、上演されている。好評を博し、五九郎一座は、一九二五年一月は神田新声座、三月からは凌雲座、七月には邦楽座で演じている。そしてやはり金子洋文脚色の無声映画「ノンキナトウサン（花見の巻）」「ノンキナトウサン（活動の巻）」が、同年九月に上映されるのであった。

（2）表紙等には『芸術戦線』だが、扉には『芸術戦線　新興文芸二十九人集』とある。

（3）現代作品選集は、その第一編が文芸春秋社編『文芸春秋同人集』（一九二四年七月）、第三輯は三田文学会編『三田文学選』（一九二四年一二月）、第四編は本間久雄編『早稲田文学小説集』（一九二四年一二月、広告では『早稲田文学小説選』）、第五編は本間久雄編『早稲田文学戯曲選』（一九二六年一〇月）、第六編が高陽社編輯部編『女流作家十四人集』（一九二四年九月、広告では『現代女流作家選集』）の六冊で成っている。

（4）奥付には「編者蔵原惟人」とある。

（5）詳細は須田久美『金子洋文短編集選』（二〇〇九年一二月、冬至書房）の「解説に代えて」を参照されたい。

（6）詩の末尾に「（六、七、一五　列車中にて）」と付されている。

今野賢三の出立

高橋　秀晴

『種蒔く人』創刊以来の同人である上、「第二年第二巻第九号」（一九二二年六月一日）からは編集・発行・印刷の全てを担った今野（いまの）賢三[1]であるが、彼に関する研究は進んでいない。創刊一〇〇年に際し、改めてその青春の軌跡を辿ってみたい。

賢三の父長治郎は、小間物商を営んでいた。日清戦争時、軍属として台湾に向かう船中でマラリアにて死亡している。その数年後、母カネは父の弟慶吉と再婚するが、賭博好きだった慶吉は家に寄り付かず、一家は毀れた瀬戸物を薬品で直す〈瀬戸物つぎ〉の仕事でどうにか生計を立てていた。一九〇〇（明治三三）年四月、賢三は土崎尋常高等小学校に入学し、小牧近江、金子洋文と同級になる[2]。

一九〇五（明治三八）年、日露戦争に従軍していた慶吉が負傷して帰還。その翌年一家は離散した。賢三は函館の叔父のところで理髪店の弟子になるも半年後に帰郷、土崎尋常高等小学校に復学する。新聞配達をしながら卒業（一九〇八年三月）、秋山呉服店手代、東部鉄道管理局土崎工場（現JR土崎工場）仕上げ工見習い[3]（一九一一年八月）、豆乳販売（一九一二年）等の職業を転々としながら、木下尚江や石川三四郎の著作を読み漁っていた。

一九一二（大正元）年一〇月一八日に初めて上京するが、その際の心境が洋文宛ての葉書に記されている。

一〇月一九日　葉書／東京市芝区櫻田備前町十六番地藤田祐吉方今野賢蔵→秋田縣南秋田郡土崎港栄[4]覚町萬蔵亭小路金子吉

太郎君

洋文君！　忘却するなと云はれた事より昨夜のやうな胸を開いての話は、君にしても僕にしても、永久に忘られないことであらう。それが君と僕とをつないで、たとひ、所を異にせりとも、無線ながらも通ふてゐる或物を認めるだらう。ア、君！　其所に友としての暗号が成立すてゐるのではないか。御互に結ばれた糸を絶つ切る事はしまいネ。御送り下されたにつけても、別離の愴愁の浸まされたのが如何にも深刻であった。薄情な気車は、折角来たかと思ひば、早きこと疾風のやうであった。見える限り君等の姿にしがり、暗黒から顔引いて、思ひ出多き故郷を後に、窓をハタと閉めて腰掛けに身を投げた時、狂へるやうな別離の悲愁に、思はず昏倒しやうとした。涙さへでなかった。

…先ずは、健かに

悲壮感漂う文面だが、約一か月後の次の葉書（宛て名は加藤白堂と連名）には、都会生活に馴染みつつある様子と芝区西久保巴町（現港区虎ノ門）三六のクリーニング店での仕事の内容が詳述されている。

一一月一四日　葉書／東京にて今野生↓秋田県南秋田郡土崎港旭町蒼龍寺内加藤白堂金子洋文君へ

〔前略〕

……都？　こゝはまだ小春日和である。雨の少ないは気持がいゝ。シヤツに合せで沢山である。此頃は萎えた木の葉のやうに、疲れ切ってゐる。朝食後直ぐ車を引いて駈け廻って一日は暮れ、チラホラ赤い灯のまたゝく頃、重たい足を、食ひ付きたい夕食を求めて帰る。夕食後は洗場と云って職人等と一所にザブ〳〵水を持って洗濯を習ふ。これも非常に身体を労する。さうして、仕事を了って早くて十時、十一時十二時が多い。二階にまろび込んで、夜具に倒れると、最早や、ムクロ徒に今野と云ふ名をとゞめるばかり。両兄！さらば

日給三八銭で東京瓦斯会社に転職後の翌一九一三（大正二）年九月七日、日比谷公園で開かれた対支問題（中国問題）国民大会後[5]、偶々デモ隊の先頭になって外務省に押しかけ

たため、とある一室に閉じ込められた。殴る蹴るの暴行を受けた賢三に「叛逆の血」が漲り、巡査たちに次のような言葉を叩きつけた。

「……おまえたちはなんだ。国民の保護者ではないか。おれが労働者であるばっかりに、こんなひどい目にあわせる。どんな権利があるのか。権力の濫用を、政府が公然とやらせる。その政府とはなんだ。軍閥の政府だ。おまえたちは、天皇の政府の警官だから、人民にたいしてどんなことをしてもよいと思っているだろう。天皇もまた政府の道具だ。国民があるからこそ政府が成り立つ。労働者であってもその国民の一人だ。おれがどんな罪人か。罪人でもないおれを人間としてあつかわない。そのおまえたちこそ、罪人ではないか。こんなひどい目にあわせる警官のおまえたちこそ罪人だ。さアッ、おれは殺されることを覚悟した。今すぐ、殺すなら、殺してみろッ。殺してみろッ……。」[6]

この後、麹町署に連行され、取り調べもなく二九日間拘留された。その間、次のような短歌を作っている。

叛逆は夕陽のごとく赤々と、
　燃えんとすなり、わが眼、悲しや。

帯劔はひびく、たかたかひびくなり
　怒りにわが眼、焼かれたるかに。

この胸を打ち砕けとだにとりすがる
　鉄の格子の悲しきかなや。

また、弁護士志望の若い看守と美濃部達吉の「天皇機関説」を巡って論争する仲になり、夜中にこっそり大福餅を差し入れられたこともあった。以上が、賢三にとっての初めての政治的体験であった。

一二月からは中央郵便局の臨時集配人（後に本採用）となる。翌一九一四（大正三）年九月、映画を通じて民衆と喜怒哀楽を共有したいという思いから活動弁士を志し、浅草三友館で見習いをした後、[7]本所第八福賓館や水戸で活動し始めた。一九一五（大正四）年の葉書を見てみよう。

四月　五日　葉書／東京市本所区若宮町一九四山口鹿●[8]方今野賢蔵→秋田県南秋田郡土崎港永覚町金子吉太郎大兄へ

洋文さん！御なつかしい洋文さん！。

御無沙汰を謝するより第一によろこんで頂きます。それは労働生活から脱したことです。多忙の網を抜けたことです。出京以来顧みなかった読書も出来るでせう。手紙も書かれるでせう。私は今の自分を新生涯に入ったと思ひます。何故なれば、表面立派でなくとも職業を芸術として楽むことが出来るからです。親姉弟も故郷も凡てを葬った私はわづかに芸術的生活に独り淋しく微笑してゐます。第三帝国へ兄が書かれた文章なり意見なりを快く書店頭にぬすみ読んだ私は如何になつかしく思ってゐたでせうか。是から私も考へねばなりません。

賢三は、労働者であることを否定的に捉えていた。「労働者生活の、如何に暗黒に満ちてゐるものであるか、機械になりきつて、生涯浮ぶ瀬のないものであるか、世の中の下積みの人間は苦難ばかりに、いつまで埋れてゐなければならないか、何時になつたら完全に、あのかゞやかしい太陽を、自由に、平等に、まともに仰ぐ日が来るのか？　私の心のなかには、それらの問題に、すこしも明るい解答がなかつた[9]」という当時の回想に、「種蒔く人」以降の賢三の片鱗さえ認められないことを記憶しておきたい。

『第三帝国』に掲載された洋文の文章とは、「欧州出兵断じて不可」（一九一五年一月一五日）と「此醜体を見よ」（同二月二五日）を指す。東京で暮らしながら、新聞や雑誌を通じて知る洋文の動向を意識しているのがわかる。

この年、「他に友のない私には自分の思想を語る時はない。それで三谷君と歩みながらそゞろ君がなつかしくなりましたよ」（四月二八日）、「私は現実の中から自分の思想が生れてゆきます」（五月二二日）、「御大典は吾々にどんな響をあたへるでせう。それよりも弁士としての私は何時まで眠ってゐなければならないでせうか。……兄等は定めし思想にもその前途にも堅（ケン）実に着々と向上の道程にあるでせう。[10]」（一一月一三日）というように、「思想」という言葉が使用され始めたことは重要だ。賢三と洋文の間で、芸術に加えて思想という概念が共有されてきたと見てよい。

一九一六（大正五）年七月七日、賢三は、故郷の自然の安らかさを求めて秋田へ戻る。昔と変わらぬ清浄な色を湛えた太平山を眺め、雄物川の涼風を受け、日本海の波と遊んだ。

母校土崎尋常高等小学校の代用教員をしていた洋文とは、同校の校庭で再会した。月明かりの中、自然主義文学を学んでいた賢三は、武者小路実篤を崇拝していた洋文に「君の文学はもう古いよ」と言われたという。

同年八月二九日、叔父から活動弁士を辞めるよう叱責された賢三は、簿記を学ぶことを口実に再び上京し、本郷にあった駒込館という活動常設館で働き始めた[11]。月給は八円だった。一〇月五日、秋田から来た洋文が同居するようになったが、彼は程なく我孫子の武者小路宅に娘の喜久子の家庭教師として寄寓するようになる[12]。

一九一七（大正六）年三月二八日、賢三は再帰郷し、秋田市下酒田町の横田熊吉宅に身を寄せた。五月五日付洋文宛て葉書によれば、「妻と別れて」という創作をものし、洋文に批評を求めている。洋文の意見によって芸術をとるか諦めて結婚するか決定するとあって、全幅の信頼を寄せていることがわかるが、「極光に入れて貰ひればこんなうれしい事はない。夕二さんへ宜敷く。」と、『極光』[13]を主宰している金子夕二への取り次ぎを頼んでいたりして、そこに幾許かの打算が混入している可能性も否定できない。

その頃、秋田市登町に開館した矢留館に就職、以後、能代町（現能代市）の渟城館や秋田市柳町の凱旋座などで活動弁士を務めた。一方、短歌への情熱を失い、新聞に文芸評論を発表し始めている。例えば、「現文壇の不満」[14]では、「多少でも満足の微笑を以て迎ひ得る作家」として武者小路実篤、中条百合子、江馬修、里見弴を挙げて論評し、特に武者小路については、「最も愛する作家」であるとし、「無技巧の技巧こそ武者小路氏の生命」と、その人格を含めて絶賛する[15]。

この年の洋文に宛てた書簡には、「兄の先生の日本武尊も半分読み出したばかりです。何卒私のやうなものでも御近づきになって頂くやう貴方の先生へ宜敷く。」（二月一六日）、「先生の作も読んでゐる。日本武尊も面白かった。」（三月八日）、「先生の刊行会に入り升。十五日より送金は出来ませんが、屹度入会したいのです。手続はどうします。」（五月五日）といったように、「先生」即ち武者小路についての言及が散見される。これらから、洋文が寄宿したことをきっかけに武者小路を意識し始めたとしか考えられず、単純かつ短絡的な傾倒であったと推定せざるを得ない。

秋、『日本評論』の特別募集論文に応募した「青年は解放に生きんとす」が一等になった。「誠に意外でなりません。けれどもそれ程喜ばしいとも思ひません」（一〇月八日付洋文宛て葉書）と書いているが、初めての入賞は自信になったことだろう。この後、雑誌『成長』[16]の第二年一一月号（一九一七年一〇月）に掲載された短編小説「をのゝき」が、男女の抱擁シーンが問題視されて起訴され、作者の賢三、発行者の京野世枝子、編集者の片岡梅枝が罰金刑（各二〇円）を受けるという事態になった。賢三は、「わが筆の法に触れしときゝし時あやうくわれの笑ひたうれつ」を含む「筆禍」一〇首を『秋田魁新報』（一〇月一四日付）に発表しているが、この件については洋文に告げていない[17]。

やがて、賢三は、自身の説明が映画にとっても鑑賞者にとっても邪魔ではないのかという疑いと、映画における問題の解決方法が単純過ぎることに対する不満とが募ってくるにつれて弁士の仕事に行き詰まりを覚え始め、文芸へと傾斜してゆく。そして、一九一八（大正七）年の「生れ出づる悩み[18]」などを読み、有島武郎を「この頃日本にあらわれた唯一の優れた文学者[19]」として尊敬するようになる。

一九一九（大正八）年七月、有島武郎に短編と手紙（未見）を送った。有島の返信には、自作を発表に値すると思っているなら「その御考ハ少し自分を高く買ひ過ぎ間違つてゐるやうですしさうでないとすれバ軽率之嫌ハ免れぬと思ひます[20]」と書かれていた。

しかし、却って反抗心を掻き立てられた賢三は、長編小説を書くために映画説明の職を捨てることを決心し、その旨を有島に伝えた。「兄之御決心が殆んど宗教的とも云ふべき高潮に達してゐるのを看取しました[21]」との返信を受け取るのだが、この文言を「も早や、有島さんもとめる事ができないと感じてか「崇高なまでに達している・・・」という理解のある返事がやってきて、もはや反対しないといってきたのであつた[22]」と解釈してしまう思い込み方に、賢三の強さと脆さを見取ることができる。

翌一九二〇（大正九）年一二月六日、賢三は日記（一九二〇年一〇月三〇日〜一九二一年一一月二八日[23]）に次のように記載している。

自分の今書いてゐる小説の「狂へる女」の筋書を話して（自分の身の上のことだから真面目にきいてゐる照

吉の前かなりくすぐったかった）文学はみんなの不幸の為めに生涯を捧げるものであること、そのために苦んで来たこと、一人の女性を描き出すにも魂を打込むこと。運命と天才が伴はなければ偉くなられないこと、一生、途中で倒れない、やり抜いた人は偉い人であること、それだから、尊い、立派な仕事であること、けれども親も兄弟も理解し得ないこと、ほんたうに恋人に会ふよりほかに、此の寂しさから抜けられないことなど語って、「お前が俺を愛しなかったら、どうしてこの寂しさから抜けられよう。」とその手を握って言った。

「狂へる女」は未見だが、時期、タイトル、「自分の身の上のこと」等から、一九二五（大正一四）年一〇月八日発行の『薄明のもとに』[24]（新潮社）の原型となる小説と目される。「照吉」は、当時賢三が恋心を抱いていた一九歳の芸者。「文学はみんなの不幸の為めに生涯を捧げるものである」という認識に人道主義的傾向が窺える。

さて、『種蒔く人』の発刊について、『秋田県労農運動史』[25]では、「大正十年一月九日の、今野の日記」に「……長編小説の、「狂える生」と題する創作に取りかゝっていたが、この日の午前に、「友サン」があそびに来たので東京の金子君の近況や駒ハンの様子を知ることができた……」とあり、「「近況」というのは、実は雑誌を出すこと、すなわち、「種蒔く人」を出すことについて報告をうけた」と回想されている。しかるに、実際の日記（一九二一年一月八日付け）には次のように記されている。

「狂へる生」の第二を午后に書く。午前近江谷さん遊びに来る。金子君の近況や、駒さんの様子などを知る。

雑誌創刊に関する言及が全くない。[26] 賢三がどんなことを考えていたのかは、話を聞いてから八日後の日記（一九二一年一月一六日付け）に示される。

思想的には固い、最も確実な信仰が出来てゐる筈だ。誰よりも確実な筈だ。それだのに、かうした不安に脅されてゐる、臆病になってゐる自分はどうしたといふのだ。カンゴクへ這入る、それを考へても、自分の生命をうばはれるやうな、どうして遁れたらいいかといふ、さもしい、いやしい、貧しい心持になる。
　その卑怯な臆病な小心な自分は、自己をまもる、「生きようとする」衝動から来てゐるのは解ってゐる。〔中略〕自分の創作、自分の恋——を失ひたくない。それを、心ゆくまで享楽したい根こそぎうばはれるのは堪へられない。自分はどこまでも、自己を享楽したい、利己主義者であるのに、●●や社会主義者の仲間の実行運動へ飛込んで行けない自分を見ねばならなかった。〔中略〕
　革命が遂げられたあとに、どんなことが来るか、やっぱり人間には不幸が去らない、運命や、病気や死や。制度だけが、改革されてそれでいいであらうか……。薄暗い停車場でそんなことをしきりに考へられた。そして、創作で、自分の精神を残すのも、芸術の世界に生きるのが、実行運動をするよりも自分の生命であり、自分の真実の目的のやうな気がして来た。

「卑怯な臆病な小心な自分」が「実行運動」と「利己主義」の鬩（せめ）ぎ合いに苦しんでいる様が素直に表現されている。また、「芸術の世界に生きる」ことと「実行運動をする」ことが対置された上で、前者に向かいたい旨が述べられている。こうした姿勢は、労働生活から脱出し活動弁士という芸術的仕事に就けたことを手放しで喜んでいた一九一五（大正四）年当時の心境の延長線上にあるものと言える。
　賢三日記に確かな方向性が認められるようになるのは、一九二一年一一月一二日の記載からである。

芸術は生んとする意志が出発点となる。その強弱に依ってその表現に濃淡が出来て種々なる傾向となってあらはれる。最も強烈な生きんとする意志のあらはれは必然そこに理想をほっする。理想を生活せんとするそこで芸術には争闘精神が基調となる。遠くに理想をかかげてただそれをながめてゐるひとは、それだけ生きんとする意志に強烈さが足りないことになる。社会主義文芸はすなはち、戦闘の芸術でなければならない。所謂それは芸術が生活そのものとなってゐるからだ。そしてそれは芸術の真すぐにふむべきところが帰着点であるのだ。かう考へてくる時、文芸の社会的傾向について自己の確実な思想が出来てきた。

強烈に生きようとする意志が、芸術を生み、同時に理想を生じさせた結果、芸術に争闘精神が要求される。文芸が社会主義的傾向を帯びるのはこうした関係性に因る、というのだ。

約一〇か月前の混沌とした心理状況が随分整理されてきたことがわかる。相反する概念であった「芸術」と「実行運動」とが、「争闘精神」によって統合されているのである。

賢三の変容をもたらした原因を特定することは困難である。可能性としては、土崎版『種蒔く人』が五〇〇円の保証金を支払えなかったために休刊に追い込まれたこと[27]、東京版創刊号（第一年第一巻第一号、一九二一年一〇月三日）の発売禁止処分[28]、同第二号（一九二一年一一月一日）に対する削除行為[29]といった圧力への反発や、小牧近江を中心とする寄稿者たちの影響等が考えられよう。

『種蒔く人』における賢三の文筆活動については、拙稿「今野賢三の自己形成過程[30]」において詳述した。本稿で強調したいのは、労働（者）に対する構えの変質である。

賢三が編集を担当するようになった『種蒔く人』第二年第二巻第九号（一九二二年六月一日）所収の「路傍の男」は、労働とは工場主たちの懐を肥やすことであると気付き放浪生活に入った「彼」の話だが、階級闘争への接近が窺われる短編だ。

「おい！　仲間」（第二年第三巻第一三号、一九二二年一〇月一日）は、酔って電車を止めてしまい留置場に入れられた「おれ」（冒頭のみ「俺」）が、顔の見えない留置者に向かって「おい、仲間！　てめいたちの手が握りてい。」と呼びかけ続ける話。

そして賢三の代表作の一つと言ってよい「火事の夜まで」（第三年第四巻第一七号、一九二三年三月一日）は、淫売と結婚とを交差させることで貧しさによって生じる不条理を浮き彫りにする。生活に根差した創作という数年来の持論を実践して見せた作だ。

第三年第四巻第一八号（一九二三年四月一五日）批評欄掲載の「第三者として―読売紙掲載菊池寛の一文―」では、前田河廣一郎を批判した菊池寛に対して、「おれたちの戦闘といふのは、最も内部的な、戦闘意識そのものを言ふのである。」と反論、「行動の芸術へ、また実行へと、おれたちの共同戦線へ走せ参ずる」べきことを訴えている。また、第三年第五巻第一号（一九二三年七月一日）掲載の評論「新しき芸術青年に檄す」において、日本人の妥協性を糾弾、戦闘意識は行動と表裏一体であり、作品も行動であると信じるところにプロレタリア芸術戦士の立場がある、と述べる口吻に最早迷いはない。

理髪店の弟子を皮切りに、新聞配達、呉服店手代、仕上げ工見習い、豆乳販売等に従事しつつ文学への思いを醸成していった賢三は、対支問題（中国問題）国民大会後のデモに参加したことで拘留され、国家権力への不信感を抱くようになる。より芸術的な生活を求めて活動弁士となるが、その仕事にも疑いを持つようになり、文芸に生きる決心を固めた。

時を同じくして『種蒔く人』が創刊されたが、思想や運動に身を投じることに対するためらいを払拭できないでいた。しかし、『種蒔く人』への創作・評論の発表や編集・発行・印刷の業務を通じて、賢三は自身の在り方を発見してゆくのである。その証を『帝都震災号外』（一九二三年一〇月一日）に掲載された賢三の筆による主文「休刊に就て／種蒔く人の立場」にて確認して、本稿を閉じる。

> 僕達は世界主義精神を持つて立つ、プロレタリヤ芸術家である。思想家である。行動と批判は種蒔く人の生命である。此の際、僕達と立場を同じくする思想家、芸術家は、その思想的芸術的立場から、一切を明らかに見きわめることを要求する。
>
> 沈黙は死である。

〔注〕

（1）本名賢蔵（一八九三年八月二六日〜一九六九年一〇月一八日）。秋田市土崎港肴町一九出身。小説『黎明に戦ふ』（春秋社、一九三六年一〇月一八日）が第四回（一九三六年下半期）直木賞候補となった。この時の直木賞は、『人生の阿呆』（版画荘、一九三六年七月）他によって木々高太郎が受賞している。

（2）今野賢三「『種蒔く人』前後――私の社会主義運動史――」（『月刊社会党』一九六九年九月号）には、「駒ハン」こと小牧（本名近江谷駉）は「上品な、色の白い、人形のような感じの、行儀のよい生徒」で、「吉さん」こと洋文（本名吉太郎）は「元気な少年の感じが顔にあらわれていて、眼がひときわ光っていた」と記されている。

(3) ここでの労働経験により、人生への懐疑が生まれた。
(4) 網掛け箇所は原文のまま(以下同じ)。「栄覚町」は「永覚町」の誤記。「成立すてゐる」は「成立している」、「絶つ切る」は「断ち切る」、「思ひば」は「思えば」、「しがり」は「すがり」で、つまり秋田方言がそのまま文字化されている。テレビは勿論ラジオ放送さえ始まっていない(日本で最初の放送は一九二五年三月二二日)この時代、正確な発音を耳にする機会がほとんどなかったため、自分が発音している通りに表記してしまったと推定される(拙稿『種蒔く人』以前の金子洋文と今野賢三――洋文宛て賢三書簡が語ること――」(『秋田風土文学』第一六号、二〇二〇年三月三一日、参照)。
(5) 政府の軟弱外交を非難し即時中国出兵を決議した。
(6) 今野賢三『種蒔く人』前後(二)――私の社会主義運動史――」(『月刊社会党』一九六九年一〇月号)。
(7) 郵便局を隔日勤務にしてもらい、休みの日に三友館に通った。しかし、田舎訛りがとれないため、半年ほどで去らなければならなかった。
(8) 「●」は判読不能文字(以下同じ)。
(9) 「説明者時代物語」(『演劇・映畫』第一巻第六号、一九二六年六月一日)。
(10) 「御大典」は、一一月一〇日に京都御所紫宸殿で挙行された天皇即位の礼。この時期の賢三は殆ど興味を示さず、「それよりも」として、自らの不遇を託っている。
(11) 今野賢三「賢三自伝」(『秋田社会運動史研究2』、みしま書房、一九七一年一月一日)参照。
(12) 始まりの日時については、洋文「その種は花と開いた」(『月刊社会党』、一九六一年九月号~一二月号)に「六年元旦から」とあり、以後の年譜もその記述に従っているが、一九一六年一二月三一日消印の洋文宛て武者小路書簡によれば正月五日以降となる。一二月三一日の消印なので洋文がこの葉書を読まずに元旦に行ってしまった可能性も残る旨を、拙稿「金子洋文と同時代評」(『秋田風土文学』第一五号、二〇一五年三月三一日)において述べた。洋文は前掲「その種は花と開いた」の中で、約半年に及んだ寄寓生活を次のように振り返っている。

我孫子生活はわずかに半年にすぎなかったが、私の生涯にとって忘れがたい幸福な期間であり、高貴な文学精神をむさぼるように吸収し学び得た生活だった。

ここにいる間、私は一度も貧富の差や階級の差別を感じなかった。平等であり、自由であり、しかも人間関係の温かさにあふれていた。

(13) 一九一六(大正五)年一一月三日に創刊された歌誌(~一九一七年八月)。先に洋文が参加していた。賢三の加入は一九一七(大正六)年五月頃。
(14) 『秋田毎日新聞』(一九一七年八月二三、二四日)。
(15) 後に傾倒する有島武郎は、(「お末の死」、『白樺』一九一四年一月、「宣言」、『白樺』一九一五年七~一二月、「カインの末裔」、『新小説』一九一七年七月等を発表済みであるにも拘わらず)視野に入っていない。前掲「賢三自伝」によれば、「大正六年に発表した作品や、七年の「生まれいずる悩み」などを愛読して、この頃日本にあらわれた唯一の優れた文学者という尊敬」を感じたとされている。
(16) 京野世枝子が一九一六（大正五）年八月一日に創刊した文芸誌。一九一八年三月号で『生長』と改題し、同年一一月号まで続いた。
(17) 前掲「『種蒔く人』以前の金子洋文と今野賢三―洋文宛て賢三書簡が語ること―」参照。
(18)『大阪毎日新聞』『東京日日新聞』（一九一八年三月一六日～四月三〇日）。
(19) 注(11)に同じ。
(20) 一九一九（大正八）年七月二一日付け書簡。
(21) 一九一九（大正八）年八月八日付け書簡。
(22) 注(11)に同じ。
(23) 今野賢三著・佐々木久春編『花塵録』（無明舎出版、一九八二年一一月二五日）参照。
(24)『薄明のもとに』では、主人公の星一郎（「おれ」）に恋した一九歳の宮本つゆが発狂する。
(25) 今野賢三編著、秋田県労農運動史刊行会、一九五四年一二月三〇日、非売品。
(26) この後も、『種蒔く人』という固有名詞が日記に登場するのは、加賀谷竹治郎が『種蒔く人』に二円寄付してくれたこと（三月一日）、秋田の書店に『種蒔く人』を持ってゆくのを一日延ばしたこと（三月二〇日）、秋田へ『種蒔く人』の売れ行きを調べに行ったこと（三月三一日）、「民衆と映畫」が掲載された『種蒔く人』第一年第一巻第二号が届いたこと（一一月一〇日）、『種蒔く人』の『秋田魁新報』紹介記事「光りは見ゆ」を書いたこと（同）、の僅か五回を数えるのみで、その内容も単なる事実の記録に他ならない（拙稿「今野賢三の自己形成過程」、『「種蒔く人」の精神／発祥地秋田からの伝言』、二〇〇五年九月二〇日、参照）。
(27) 新聞紙法による。
(28) このことについて、賢三は後年「非常な憤激を感じ」、支配階級に対する闘争精神を駆り立てられたと述懐（前掲『秋田県労農運動史』）している。
(29) 第二号「編輯後記」に、「僕たちは執筆家に対してお詫びする。読者よ、印刷の白い箇所は盡く血まみれになつたものと知つて欲しい」という記載がある。主な削除部分は、平林初之輔「現實のロシアと架空のロシア」、加藤一夫「露西亜民衆に与ふ」、金子洋文「神様とロシア」、井上康文「血の日曜日河上肇氏の「断片」を読みて」等。
(30) 前掲『「種蒔く人」の精神／発祥地秋田からの伝言』所収。

〔付記〕
本稿は、科学研究費補助金（基盤研究（C））（課題番号19K00324）による研究成果の一部である。

畠山松治郎と近江谷友治

――地方における社会運動の実践――

天雲　成津子

はじめに

雑誌『種蒔く人』土崎版に同人として参加した近江谷友治と畠山松治郎について知る人は少ない。ましてや彼らが大正から戦前にかけて秋田県の社会運動家として活動した様子を知る人はもっと少ない。彼らは雑誌『種蒔く人』土崎版の同人であったが、誌面に本名を載せていなかった。当時の社会運動を行う危険を思えば当たり前なことであった。東京版では、作品として発表することもしていない。両人とも早くに亡くなったこともあり、彼らが果たした活動やその意義が十分に知られてこなかった感がある。

文学は生活から育まれるものであり、意識するしないに関わらず何らかの思想を包みこんでいる。単に文学作品の中からだけでは捉えきれないものがある。『種蒔く人』の成立過程とその特質、この雑誌が成し得た仕事は、地方で実践運動をしていた彼らの存在があってのことといっていい。雑誌『種蒔く人』がプロレタリア文学運動の揺籃として高い評価を得たのは、社会運動と文学運動が両輪となっていたこと、世界的な動きと地方での活動が誌面に反映されていたことがある。社会運動の揺籃期であった秋田という地方で、彼らが行った活動の意味を捉えてみる意義があると考えている。

一世紀前の社会に萌芽したプロレタリア文学運動、社会運動が興隆した背景には、資本主義による効率と利益を追求した結果、富の集中から格差が拡がり貧困が増大したことがある。当時よりグローバル化が進んだ現代では、更に地球規模となって問題が発生し拡大化してきている。日本ではこれまで社会を構成してきた家族制度の変化など、格差に加え、社会的な孤立が進展し、問題はより深刻化してきているようにみえる。『種蒔く人』にあった、目指すべき共通の目的に向かって世界と連帯する姿勢、地方と中央双方との関わりを保持する姿勢、多様性の違いを乗り越える柔軟な姿勢が、新しい時代の動きをもたらしたとするなら、現代の私たちにも彼らの活動から何らかの示唆を見出すことができると考えている。

　本稿では、東京版の同人とならなかった土崎版の同人二人の、地方での活動に着目する。近江谷友治、畠山松治郎の両人についての先行研究として、『種蒔く人』同人の今野賢三が、『先駆者近江谷友治伝［附畠山松治郎伝］』（近江谷友治伝記刊行実行委員会、一九六七年）を著し、両者の人となりを詳しく紹介している。北条常久は『種蒔く人』研究の嚆矢となった『『種蒔く人』研究―秋田の同人を中心として―』（桜楓社、一九九二年）で、彼らが果たした役割の意義を取り上げている。大和田茂は『社会運動と文芸雑誌―『種蒔く人』時代のメディア戦略―』（菁柿堂、二〇一二年）で、土崎版の意義とその後の地方投稿欄の意味について分析、彼らの活動が誌面に連動していたことを明らかにしている。大地進は『秋田魁新報』「学芸欄」で連載した『種蒔く人』同人達の生涯を伝える記事に補筆した『黎明の群像―苛烈に生きた「種蒔く人」の同人たち―』（秋田魁新報社、二〇〇二年）中で、両者の人生を記している。加えて「この身を挺して―「幻の新聞」にみる畠山松治郎、近江谷友治の生きざま―」（「種蒔く人」の精神編集委員会編『「種蒔く人」の精神―発祥地秋田からの伝言―』DTP出版、二〇〇五年）で、『秋田民友新聞』発刊趣意書の紹介から、当時の労農運動の状況とその渦中にあった松治郎と友治の活躍と終焉の様子を伝えている。拙論「金子洋文の研究―その文化活動から―」（筑波大学（学術）博士学位論文、二〇一四年）中で、畠山松治郎が土崎版一号、二号に掲載した小説「貧乏人の涙」を分析し、金子洋文の代表的なプロレタリア文学作品『赤い湖』への関与も含め、農民文学という分野における畠山松治郎の評価を試みている。社会運動資料としては、今野賢三編著『秋田県労農運動史』（秋田県労農運動史刊行会、一九五四年）、小沢三千雄編『秋田県社会運動の百年―その人と年表―』（みしま書房、一九七八年）がある。二冊からは、『種蒔く人』に載せられた記事となった活動を含め、彼らが大正から昭和にかけて秋田県の労働運動を牽引していた様子を知ることができる。ダイナミックに社会が変動する中で、彼らは労働者のための運動の指導者として地方を束ね、中央と連携し、真摯に運動をすすめていた。

『種蒔く人』の特徴は、文芸運動と社会運動が両輪となって展開していたことにあり、彼らは社会運動の実践担当の役割を担っていた。刊行期間である三年間の誌面を通じた同人たちについての研究は、これまでも行われてきたが、ここでは『種蒔く人』という世界の潮流と最先端の思想を伝える雑誌が地方で創刊できたこと、人の繋がりが密な地方社会にあって「行動と批判」の実践運動をすすめていたことに着目する。「自分たちは民衆の中へ行こう。ふる里へ帰ろう。東京にいる君たちは、巾広い文芸運動を展開してくれ[1]」。こう言い残して帰った二人の同人は困難と向き合って、地方で行動していた。彼らはこの雑誌の中心的な存在であった小牧近江の父方の従弟であり、母方の叔父という親類にあたるが、血縁関係という理由では捉えきれない生き方をしていた。小牧近江を取り上げた後、畠山松治郎に焦点をあて、その後に近江谷友治について述べていく[2]。

雑誌『種蒔く人』とその主唱者、小牧近江

文学史では、一九二一（大正一〇）年に創刊された雑誌『種蒔く人』の登場で、日本のプロレタリア文学運動が活性化し発展したと位置づけられている。この雑誌は、当時人口二万に満たない港町であった秋田県南秋田郡土崎港町（現秋田市土崎港町）で誕生した。この地での刊行は三号までである[3]。同年一〇月に、東京で再出発し活発な活動を展開する。ロシア飢饉救済や農村問題、反戦平和運動、抑圧された人たちの問題を取り上げていた。関東大震災に遭遇直後の一九二三（大正一二）年一〇月一日には、震災時下の朝鮮人虐殺を告発した「帝都震災号外」を刊行している。翌年一月、震災の混乱に乗じて警察と軍隊が社会主義者たちを殺害した「亀戸事件」を、日本労働総同盟と自由法曹団の調査資料をもとに、金子洋文がルポルタージュ形式で記し、別冊『種蒔き雑記―亀戸の殉難者を哀悼するために』

を刊行した。この別冊が雑誌『種蒔く人』としての事実上の最終刊となっている。国家権力を告発する勇気ある仕事であり、その後のプロレタリア運動における評価を高めた仕事であった。

文芸と社会運動が合わさった雑誌『種蒔く人』の執筆家には、内外の作家や社会主義思想家の名があげられていた。インターナショナルな動向を伝える世界欄もあれば、日本各地の動向を伝える地方欄がある、半ば相反する要素が同居していた。初期の編集には、創刊同人である小牧近江（本名近江谷駉）の姿勢が反映されていた。

小牧近江は一八九四（明治二七）年五月一一日、土崎に生まれた。土崎尋常高等小学校から東京の私立暁星中学校に進むが途中で、一九一〇（明治四三）年に一六才で渡仏留学、アンリ四世校に入学する。学費未納で退学となった後は働きながら夜学に通い、一九一八（大正七）年には、パリ大学法学部を卒業する。一九一九（大正八）年のパリ講和会議の日本全権団の仕事の手伝いをしている。第一次世界大戦の戦禍に覆われた欧州で、多感な青年期の一〇年を過ごした稀な経験をもった日本人であった。そこで遭遇した世界的な反戦運動「クラルテ」の思想を、日本にも広める目的から創刊した雑誌が『種蒔く人』である。海外生活が長く、帰国したばかりの学縁も乏しかった彼が、地方の小さな町である土崎港町で、同級生や親戚といった地縁・血縁を頼りに作り、印刷・刊行したものであった。当初からこの雑誌には、第三インターナショナルをはじめとする世界の最新情勢を伝える情報がちりばめられていた。東京版以降、その表紙の誌名下にある「行動と批判」、赤い帯装丁にある「世界主義文芸雑誌」ということばは、その目指すものを表明している。後に『「種蒔く人」の形成と問題性―小牧近江氏に聞く―』（秋田文学社、一九六七年）で、小牧は次のように語っている。

生活から文芸が生まれると私は思う。…〈略〉…、先ず農民、工場労働者に真理を啓蒙し、階級闘争を植え付けることが、先務だった。〈批判と行動〉…私たちはそれを実行したかった。街頭にも立った。パンフレットで、〈飛び行く種子〉で、盛り上がりのなかったロシア飢饉救済運動を展開した。婦人運動、水平社運動、対露非干渉運動に協力した。…〈略〉…国民のだれもかれも、〈プロ〉、〈ブル〉ということばを平気で言い出した[4]。

ここでいう文芸とは、当時の状況からすると、社会全体にある矛盾をあぶりだし、その是正に向かう「行動の文学」に参加する決意を表明するという意味があった。

階級闘争に賛成するものもしないものも、〈富める者〉と〈貧しい者〉の二つの〈階級〉のある当たり前のことを、みんなが知った。初期プロレタリア文学は、ある意味で手のこまない〈ひろめ屋〉だったろうか。(前掲書[5])

小牧近江には、早い段階から労働者階級という意識形成、プロレタリア文化の形成によって変革を目指し行動する集団の育成が、クラルテという反戦思想運動の達成には必要であるという認識があった。当時の日本にあった人道主義者、自由主義者、ボルシェビキ、アナーキスト、ニヒリストに加え、無政府組合主義、ボルシェビズムなど、社会主義の運動思想や立場の違いを乗り越えた連携を行おうとしたのである。長く異国にあって、学閥・門閥といったしがらみが少なかった小牧である。彼の目には、国の連帯というより国を飛び越え直に繋がっていく、グローバルというよりは選別して向き合う「インター」への道が、多くの日本人より具体的に視えていたのかもしれない[6]。

地方の社会運動――文芸運動と社会運動という両車輪の展開

『種蒔く人』土崎版創刊号の編集後記は、「偽りと欺瞞に充ちた現代の生活に我慢しきれなくなつて「何うか(ママ)にしなければならない」といふ気持が一つとなつて生れたのがこの雑誌です」ということばから始まる。「種蒔く人」という誌名や表紙をミレーの同題の画を選んだのは金子洋文であった。働く人のイメージに農民の姿を当てはめることに違和感がなかった故の選択である。土崎港町の周囲には、海と川とがあり、農村がそばにあった。そして八郎潟近くの一日市の地に代々住んでいた肝煎り[7]である畠山家から、土崎港町の裕福な商家である近江谷栄治の長女サノの入り婿として養子に迎え入れられたのが、小牧近江の父、近江谷栄次である。土崎港町の裕福な商家の主として活躍、地元に多くの業績を遺した栄次は、教育熱心であった。国会議員の時代には自身の子どもだけでなく、兄弟の子どもたちを大勢、東京の自分の持ち家に住まわせ、学校に通わせた。「男子すべからく郷関を出づべし」という栄次の考えからと思われる。小牧近江のフランス留学も、当時国会議員であった栄次あってのことであった。

近江谷友治は一八九五(明治二八)年二月五日生まれ、小牧の母サノの弟、つまり小牧の叔父であるが、小牧より一才年下にあたる。畠山松治郎は一八九四(明治二七)年一二月一五日に一日市に生まれた。二人は、東京の近江谷家から小牧と同じ暁星中学校に通い、小牧がフランス留学のため中退した後も通学、卒業している。松治郎は友治から一年遅れて卒業、夜学の電気学校に通いながら阿保浅次郎弁護士の書生をする。阿保弁護士をいれ数人の弁護士ではじめた京橋の共同事務所には、山崎今朝弥弁護士が出入りをしていた。山崎は、日本社会主義同盟の創設に関与していた。彼を知っていた松治郎が一九二〇(大正九)年に、山崎の事務所にあった同盟の準備事務所に小牧を連れていっている。その後、郷里に帰り生家で養鶏業を営みながら、文学青年の親睦会、赤光会を組織した。この会から後に種蒔き社の活動を支援する会員が育っていった。

小牧近江は土崎版の同人であった近江谷友治、畠山松治郎について、「見解の齟齬はなかった(略)…文芸好きでしたが、文芸に志した人たちではなかったので、別々の道をすすむことになりました」と述べ、彼らの運動が秋田労農社を中心になされ、「まず、ここで初期のマルクス主義の啓発から、つぎに自ら農民の実生活に入ること、それから実行運動を、という段階を一歩一歩地に足をつけていきます」[8]と続けている。

「行動と批判」と掲げた東京版の最初の号から、地方欄には秋田からの活動報告が載せられている。地方欄の開設を可能にしたのは、彼らから原稿が届くあてがあったということである。土崎の同人たちは秋田で活動し続けていた。その地に住み、社会の現状を批判し、気づきをもたらし、社会を変える運動を実践していく。彼らの活動から多くの青年たちが社会に目を向け、行動することに繋がった。地域に根付いた社会運動へ参加を促す多くの労働運動家たちを育むこととなったのである。

生活から文芸が生まれるとするなら、農民の文学とはどのようなものだろう。「農村の風土や生活体験にねざし、農民独自の立場から主題を展開した文学[9]」と定義されているのが農民文学とするならば、古くからあったとはいえない。犬田卯は『日本農民文学史』冒頭で、農民文学の始まりについて「それが新しい文学運動としての形を取りはじめたのは、実に、大正十二年三月からのことであり、そして、直接的にその動機となったものは、その前年（大正十一年）十二月二日、東京神田の明治会館で行われた『シャルル・ルイ・フィリップ十三周忌記念講演会』であった[10]」と述べている。「シャルル・ルイ・フィリップ十三周忌記念講演会」は、小牧がフランス在住時に知り合い、アンリ・バルビュスを一緒に訪ねた吉江喬松と共に企画したものである。彼の講演会予告記事「地から生まれる芸術の要求」は、一九二二（大正一一）年一〇月三～五日にかけ『東京朝日新聞』朝刊の「学芸欄」に連載された。小牧は「地方の疲弊、それらに手をさし延ばそうとしない都会の芸術家、思想の労働者の不用意から、地に住む人々は益々苦しんでいる」と指摘し、更に「都会に向きがちな地方の芸術家に向かって、百姓の友だち、農民の代弁者たるべき芸術家がこの国にも数々現れてほしい。もっと地方的に動いていいのではないか」と語る。具体例に従弟（畠山松治郎）を紹介している。「僕にひとりの従弟がある。その従弟がかつて創作をしようとした。僕は彼に言った。君は農村に生まれた。誰よりも農村の生活を知り、生れながらにして農村の苦しみを知っている。どうか、ありのままの農民の生活をわれらに知らしてくれ。…（略）…彼は郷里に踏みとどまって秋田の農民運動にいそがしい」農民にとって文学はまだ縁遠いものであった。

農民運動にいそがしいと書かれた、畠山松治郎の活動を並べた**表1**を末尾に添える。彼は一日市村（現在は南秋田郡八郎潟町一日市）の畠山家の四男である。畠山家の系譜によると、一二代当主の鶴松の上から順に、長女ハツエ、次女テツ、一三代当主となる長男の畠山直治、幼くして亡くなった次男の賢治、成田家に入夫した三男の源三郎、三女千歳、そして四男が畠山松治郎、五男が畠山資農夫の兄弟である[11]。一三代当主で長兄の畠山直治は、日露戦争で傷病兵となって帰国した人で、在京軍人の代表という立場にあった。飾り付きの帽子や軍刀を持参、お付きの者がひいた白馬に乗って学校教練に出かけていたという。[12]

名望家という生き方

当時の畠山家は、日本の地方史研究でいうところの権力支配という意味とは異なる「名望家」にあたるといえよう。名望家とは、近世に公職や名誉職にあった家の傾向が強く、一定の行政能力と地域社会をまとめる力をもつ人をいう。ある程度の経済力をもち、地域産業の発展に寄与する一方、その活動は政治・経済・文化など多様で定義が難しいが、優秀な人材を輩出する一族の出身で、地域社会への慈恵的行為を常に怠らないことや、高い教養をもって地域文化の担い手になっていた。[13] 畠山家の系譜からは、秋田の文化や経済に多彩な足跡を残している人たちの名が登場している。

「潟近くに、子どもたちがみな成績優秀で、県内の資産家や名家から養子にしたいという申し出が次々とされる家があった。当主は、どんなにいい条件でも役人の家からの申し出は断ったそうだ。それぞれの家で子どもたちは、世の中で活躍する人になった」。男鹿出身の古老によれば、大正時代、家族が集まる炉端の話題として畠山家はこのように語られていたという。勉学に秀でればすすむ道が変わるという希望をもたらしたのである。姻戚たちとの交流ネットワークも拡がっていった。

近江谷家と畠山家の繋がりの深さを伝える一葉の写真がある。それには「櫻会創立記念撮影大正二年五月七日撮影」と裏書きされている。[14] フランスにいる小牧は当然写っていないが、東京で学校に通う子どもたちが写っている。畠山家一二代当主の畠山鶴松と四男畠山松治郎、五男畠山資農夫、亡くなった次男で分家となった定吉の次男畠山耕三、三男前田紘三、四男畠山耜郎と、亡くなった四男佐太郎の次男、近藤養蔵が写っている。そして畠山家の七男であった近江谷栄次と彼の次男で後に島田家を継いだ晋作、三男益代、先代近江谷栄治の次男の近江谷友治がいる。代々、地域で指導的な役割を果たしてきた一族が、婚姻や養子縁組で県内に広がりつつ、生家との繋がりを保ち続けていた様子を伝えている。畠山家では後継ぎの長男以外の子どもたちも大事にした、教育熱心な家であったと推察される。松治郎の作品「貧乏人の涙」(前掲)は、貧しい暮らしに家族がすり減っていく様子が描かれているが、貧しい一家の親兄弟が扶け合い思い合っている姿が描かれていたが、家族として当たり前の姿と思っていたからであろう。

農民運動家としての松治郎の活動は、畠山家の人たちにとって負担であった[15]。農民たちが家に来るたびに入り込む泥に、畠山家の女性たちは閉口し、その掃除が大変であったという[16]。家に警察の監視が常時及ぶなど周囲にも相当な迷惑をかけていた。松治郎は人に聞かれないように潟に出した船上や、棲家とした鶏小屋の中で密談をしていた。一九二六（大正一五）年一二月一六日、大館の日本農民組合の大会から戻った松治郎は抜刀した長兄、直治から勘当を宣言されている。それでも松治郎には結束の強い一族があって、地域のリーダーたる優秀な人が親戚にいた。農民たち自身が中央からの影響を受け政治の主義思想のために分裂を広げようとしていた最中、彼は農民運動から突如、身をひく。その数年後、親戚である五城目の近藤泰助と、農民のための医療組合病院の開設と運営に尽力したのであった。

畠山松治郎の農民運動
小作争議から病院組合運動へ

先に紹介したように、小牧近江は彼らについて、「最初の同人近江谷友治、畠山松治郎は、「自分たちは民衆の中へ行こう。ふる里へ帰ろう。東京にいる君たちは、巾広い文芸運動を展開してくれ」といいのこして二人は帰りました」と述べている[17]。

小作争議の指導者として関わってきた一日市の小作争議が小作側の勝利という形で終わった直後の一九二八（昭和三）年九月二八日、中央の政局の分裂に影響を受けた農民運動の団結が揺らいでいる折、農村問題を小作問題ではなく生活問題と捉え、多様な事業内容から松治郎は突然運動から身を退く。現実の暮らしの救済を重視し、家族との葛藤をしながら皆と進めてきた運動が、政治に引きこまれ、いがみ合うという状況は、彼には耐えられなかったのではないかとの推測はされていたが、本人からは語られていない。金子洋文と今野賢三宛の便箋三枚に俳句書一枚という書簡、加えて近江谷友治への、剃髪した髪の毛と一九二八（昭和三）年九月三〇日付ノート紙の便箋一枚の書簡が遺されている。すぐ上の兄への書簡は「突然乍感ずるところあり　去る二十八日名月の下に於いて落髪いたし過去一切の運動の関係を絶ち耶馬崎に地を卜し草庵を結び隠遁の余生を送る…〈以下略〉…」と運動から身を退く決意と、自らの社会的な関わりを捨てる覚悟を伝えるものであった。

彼は五城目近くの地で、得月庵と名付けた自作の庵に隠棲する。一日市の農民たちからはこの地に引退記念として家一軒を贈られた。その家の玄関に大衆閣と記した看板を掲げた。農民運動から退いた松治郎だが、農民たちとの交流は途絶えていなかった。チャボなど数百羽を飼育し養鶏で生計を立て、結婚生活を送っており、近江谷栄次の句集には、松治郎の結婚を祝う句がある。[18]親族からみた松治郎は、酒も飲まず、誰にもきちんと対応する、兄弟で一番優しい人格者であったという。[19]一族との交流も途絶えていなかった。また、農民運動との関わりは、すべて断ってはいない。下岩川小作争議で秋田刑務所に収監されていた近江谷友治や今野賢三からの依頼を受けて支援をしていた。[20]

この頃、村の生活は都市部との格差が広がっていた。医師不足で満足な医療が存在せず、高額な医療費を払えない人も多いことから多くの農民たちは簡単に医療を受けられず悪化させ、更に医療費が高額化し困窮に拍車をかけた。病気になれば一家して暮らせなくなる程の貧困に陥る。恐慌、不景気が広がった一九三三（昭和八）年当時、東北、北陸一〇県の農家の負債主要用途は、土地購入、家計不足、前の借金支払い、病気療養の順であり、[21]小作料未納の大きな要因となっていた。当時の社会事業関係者たちは、農村の困窮を小作問題ではなく生活の問題が原因と捉えていった。[22]一九〇〇（明治三三）年に制定された産業組合法を活用した地方の病院設立運動は、一九三二（昭和七）年からの時局匡救医療救護事業[23]と繋がり、全国的な医療利用組合連合会の形成となっていく。[24]東京では昭和初年より賀川豊彦と石田友治[25]が医療組合活動を推進していた。貧民問題から労働問題に向かっていた賀川の活動は、労働組合や農民組合の運動から遠ざかり、協同組合運動へとシフトしていた。秋田では、鈴木真洲雄らが農民のための医療組合設立運動を展開していた。秋田県内ではこの時期に集中して農村部にいくつかの組合病院が開院している。

五城目在住の有力な地主で、従弟にあたる近藤泰助から相談を受けた松治郎は、組合員が資金を出し合って組合を作り、安価で診てもらえる医療組合病院を作ることを提案する。一九三二（昭和七）年秋、組合員募集のチラシが対象地区内に配布されている。[26] 廉価な医療費で診療する病院建設のためには土地建物の資金はなかったため、近藤泰助が自らの土地家屋を無償提供[27]して、一九三三（昭和八）年、有限責任五城目医療購買利用組合[28]の病院が開院したのである。一九三七（昭和一二）年一月からは病院の名前を湖東病院と改めている。後の湖東総合病院、現在の秋田県厚生農業協同組合連合会湖東厚生病院である。設置した後も、松治郎はその事務局長を九年務める。組合病院の経営は医師の確保、設備と薬品にかかる高額な固定費、組合員以外の利用策と問題山積で経営課題をこなせる事務方が不可欠であった。大衆閣は病室に使用され、事務局長の給料は、貧しい農民の入院保証費と治療費に消えていったという。[29] 秋田刑務所にいた近江谷友治からも仲間の運動家の治療費について依頼がされている。農民運動から退いた後も、畠山松治郎は南秋田郡の貧しい農民たちが医療の恩恵を受けられる組合病院を作る運動の生成・展開に関与し、一九三八（昭和一三）年制定の国民健康保険法の適用を受ける時期にも事務局長をしている。

国民健康保険制度が制定されたとはいえ、当時すべての農村が恩恵を受けられたわけではない。適合条件があり、その事務的対応が必要であった。適用を受けられた農村は、産業組合病院に指導的な存在がいたところが多かった。[30]

畠山松治郎は、組合員を募り資金を出し合って組合病院を組織し、農村の医療環境を改善する活動を通じ農村の暮らしを底上げするために活動していた。病院運営は、行政の指導下に身を置くことに繋がっていた。彼は大政翼賛会県本部職員となっている。大政翼賛会は一九四〇（昭和一五）年、第二次近衛文麿内閣が設立した、全政党が解散し再編された国民統制組織である。太平洋戦争下には、生活必需品の配給機構を兼ねる町内会・部落会、隣組が組織され、国民生活は、戦争協力体制に統制されていた。『種蒔く人』同人として世界平和を希求し戦争反対の活動をしてきた彼の胸の内には、苦しいこともあったのではないだろうか。

終戦となって最初の選挙一九四六（昭和二一）年四月に控え、小牧近江の弟であり『種蒔く人』の仲間でもあった島田晋作の立候補準備中、急性肺炎となり自宅で亡くなる。「やっとやりたいことが出来るのに」とつぶやいていたという。[31] 一九四五（昭和二〇）年一二月二八日、近江谷友治の死から六年後、五一年の生涯であった。

近江谷友治—地方で社会運動家を育むことから

土崎版『種蒔く人』に参加し秋田に残ったもう一人の同人、近江谷友治は小牧近江の叔父であるが一歳年下であった。郷里で『種蒔く人』以降、郷里の秋田県で労働運動の指導者として活動していた。一九三七（昭和一二）年一二月、人民戦線事件で逮捕され、収監先の秋田刑務所内で虐待されて重体となった後に仮釈放されたが手遅れで、一九三九（昭和一四）年八月に四四才で亡くなっている。地方で家族をもたず、ひたすら労働運動を進めていった彼の生涯は運動に殉じたといえるが、友治本人の発言を伝える遺族、資料はそう多くはない。彼は土崎版『種蒔く人』で、「無産者と有産者」を著し無産者の団結を呼びかけ、「第三インターナショナルへの闘争」で当時はよく知られていなかった第三インターナショナルを英誌から抄訳、紹介していた。この先進的な記事を書いていた近江谷友治についてて、慶應義塾大学で学んでいたことをふまえて考えてみる。

一八九五（明治二八）年、友治は土崎の豪商である近江谷家の末子として生まれた。生後間もなく父栄治が患い死別している。六歳まで母の妹の家で育てられていたこともあり、すぐ上の姉春子以外の家人には遠慮ぎみであった。家ではおとなしかったが学校では世間並みのきかん坊であったという。

栄治亡き後の近江谷家の当主には長姉の婿であった近江谷栄次がなった。彼は三〇歳で国会議員となる。先に述べた通り、栄次は実子に限らず一族の子弟たちを東京の自邸に住まわせ、通学の便宜を図って学校に通わせており、友治もその中に含まれていた。土崎尋常高等小学校を終え、東京で良家の子弟が多く通う私立暁星中学校に進学した。友治は小牧がフランスに渡った後も松治郎と共に暁星中に通って卒業した。一年遅れて卒業した松治郎はそのまま東京に残り夜学に通うが、友治は秋田に帰っている。家業の店は途絶え、彼の進路は定まらなかった。この頃船に乗って海を渡りたいと海軍兵学校を志願したが、背が足らなかったという。[32] ひとまず母校の土崎尋常高等小学校で代用教員として教えていた[33]。その時の教え子からは、飢える露西亜救援の活動などに関わった者も出た。

慶應義塾大学理財科本科で学ぶ

一九一三(大正二)年に慶應義塾大学の理財科予科に進む。風呂敷包みの本を胸に突っ込んだ絣の着物に袴、鳥打帽というなりで青山南町から電車にも乗らずに歩く通学姿は、おしゃれな慶應ボーイの中で目立っていたという[34]。大学に通うだけで金銭的に精一杯だったのかもしれない。

当時の慶應義塾大学生は約三分の一が実業家の子弟で家業に就くが、その他の大半が出身地に戻らず、大会社や銀行に就職している[35]。卒業生の就職先は、三井、三菱、住友といった財閥系の商社や機関[36]が目につく。慶応では語学が必須で海外の様子や交流について知る科目もあった。海外取引が増大する当時、数少ない経済学の専門知識をもつ人材は貴重であったことは想像に難くない。『慶應義塾総覧』によれば、一九一八(大正七)年の理財科卒業生は二九八名である(本科一年時は五二四名で、脱落者は一、二年時が多く、毎年一〇〇人規模が脱落している)。友治はフランス語や英語が達者であり、卒業論文は「江戸の質屋の研究」であった。彼が履修した科目は表2の通りである。『慶應義塾総覧―大正四年』からその三年間を調べると年ごとに成績が上がっている[37]。経済学者として前途有望と阿部秀助教授が述べていたという[38]。この頃の慶應義塾大学理財科卒業生からは、母校の教員になり、留学し、研究者となる者がみられる。友治の同期で阿部秀助の指導下にあった野村兼太郎が卒業してすぐに助手となって後に留学、経済思想史研究家となっている。ちなみに野村兼太郎は『徳川時代の経済思想』という研究書を一九三九(昭和一四)年に刊行している。研究者となる道もあったというのもあながち根拠がない話ではなかった。

慶應義塾大学理財科本科の当時の科目と教員について調べ作成した表2をみると、友治が学んでいた内容と傾向を知ることができる。政府批判の言論が抑圧されていくことを憂い、進歩的知識人の言論を守る活動を行う会として黎明会が一九一八(大正七)年一二月、発足する。民本主義を唱える吉野作造が呼びかけ、自由主義に立つ学者、福田徳三[39]が発起人となっている。日本経済学の礎を築いたと評される福田は一九一八(大正七)年まで慶応義塾大学で教え、後に一ツ橋大学となる東京高等商業学校に移っている。その縁から黎明会には当時の慶應義塾大学理財科の教員たち、阿部秀助、高橋誠一郎、堀江喜一、小泉信三ら多くの経済学者が参加していたが、森戸事件など会員への圧力が増す中、一九二〇（大正九）年に解散している。

当時の日本は、世界中で猛威をふるったスペイン風邪が上陸し、秋口からの一年間で死者が約七万に達している。前年のロシア革命を受けたシベリア出兵や、米騒動が各地で勃発した不安定な国内状況であった。欧州では第一次世界大戦が一一月一一日に終了する。世界大戦という体験を経た社会では、変化の波が押し寄せ、新しい思想や文化が生まれ、経済や社会に影響していく。二〇世紀は、世界規模で大きな変化が進行していく様子を、世界中の多くの人達が時をずらさずに知ることが可能となった時代であった。理財科の講義では、欧米の書物が教材として活用され、先進的な経済研究書の原書を教材にして読んでいた[40]。日本で翻訳され出版するまでの時間を待たずに進めていたのである。

村井銀行に就職後、郷里で教職に

友治が就職した村井銀行頭取の村井吉兵衛は、明治期にアメリカ企業との取引を展開し紙巻きたばこを製造、派手なたばこ宣伝合戦で知られる明治のたばこ王である。たばこ産業が国営化された際に多額の賠償金を得て、その資金で村井銀行を設立した立志伝中の人物であった[41]。一九一七（大正六）年一一月に村井銀行は合名会社から株式会社へ改組している。一九一八（大正七）年、近江谷友治は慶應義塾大学理財科を卒業し、村井銀行へ就職する。当初東京で頭取秘書に採用された後に、本郷教会で安部磯雄や高畠素之の講演を姉の春子と共に聞く。大杉栄の座談会に出席するなど、社会主義思想に傾倒していった。友治は異動で村井銀行京都支店勤務となる。近江谷家は京都に移っていた。『慶應義塾塾員名簿大正一三年版』でも、「京都市上京区岡崎天王寺町五六」が住所で村井銀行勤務と載っている。一九一九（大正八）年一二月、フランスから帰国した小牧近江と再会した後、村井銀行を退職して土崎に帰る。アメリカに勉強に行って経済学者になることを母に願ったが認められなかったという。彼の、海の向こうに行く希望、アメリカに留学して経済を究める夢は叶わなかった。

一九二〇（大正九）年四月に、土崎港町立土崎尋常高等小学校に併設という建物で三年制の土崎商業学校[42]と土崎実科高等女学校（後に土崎高等女学校）[43]が開学している。授業の内容は定かではないが、慶應義塾大学理財科で得られた友治の専門知識を商業教育にどう活用したのか、学校側らの陣容には苦心があったと推察される。ちなみに同年、秋田市で開校された五年制の秋田商業学校の校長は、東京高等商業学校卒業の黒沼義介である。友治は土崎港永覚町にあった近江谷家の白壁の家の小路側にある蔵を書斎としていた。代用教員時代の教え子が国鉄土崎工場で働いており、書斎で彼らに英語と代数を教える私塾を行っていた。そこではマルクスの資本論も教えていたという。

一九二一（大正一〇）年一月九日、土崎港旭町の今野賢三の下宿を訪れ、『種蒔く人』の具体的な創刊の打ち合わせをしており、二月二五日に発行（奥付には二月一三日印刷、一五日発行で印刷されたが一〇日ほど遅れ、貼紙して訂正）創刊となっている。

「飢えたるロシアを救え」運動の成功と労働運動の高揚

家業を知るために慶應義塾大学で勉学に励んだ結果、経済と社会の大きな流れがあることを学び、世界との取引がある銀行に就職した。本郷教会で安部磯雄による資本論講義に納得し、更に大杉栄を知り、国家と政治、経済のもつ意味を考え社会主義者たちの存在、社会を変えようとする動きを知った。小牧がフランスからもってきた第三インターナショナルの情報や世界平和に向かうクラルテ運動は、刺激的な情報であった筈である。頑張って大学を卒業した友治だが、アメリカ留学も研究者への道を進むことも叶わなかった。郷里に帰った彼が就いた仕事は商業学校の助教諭であり、若者に教える仕事であった。土崎港町の主産業はそれまでの港交易から工場生産となる。商人の町から工場労働者の町に変貌しつつあった。商店経営者たちが減った結果、中流層が減少し、人口の九割が無産階級であった。代用教員時代の教え子も工場勤めの者がいた。その後のロシア飢饉救済募金活動から震災直後の号外印刷の支援まで『種蒔く人』と連動して働いたことは既にこれまでで明らかにされている。

ロシア飢饉救済活動は、米騒動の記憶も真新しい市井の人たちには、飢える人々への同情があった。人道主義の観点から食糧支援を訴えたことはわかりやすかった。殊に土崎では祭りの高揚の中、人眼につき寄付もはずんだ。一方で、社会主義や労働運動はどうだろう。労働者に労働者としての自覚を育み、社会のしくみについて考える意識形成がまず必要であった。友治は一九二五（大正一四）年から二年間、叢文閣勤務で編集の仕事をしているが、政治研究会の支援をしている。秋田普選連盟の常任幹事となり、夏には土崎青年団や政治研究会は、安部磯雄、大山郁夫を招き県内巡回している。表3に友治が関わった活動を並べてみた。秋田という地方で思想を伝えるための運動を、下から支えていた。昭和に入り世界恐慌、不景気が押し寄せ、社会不安が増していく中で、社会主義左翼運動家への弾圧が強まる。政治の季節を迎え、階級闘争は激しくなっていった。労働者の中から組合を育て、連帯を育もうとし、労働運動の指導者としてあり続けていた。普通選挙が行われることになった後は、立候補者を擁立することに努力した。畠山松治郎が運動から抜け、立候補者擁立に苦心する中で、一九三〇（昭和五）年の衆議院選挙では、金子洋文に秋田無産党から立候補することを承諾させ選挙を戦っている。友治は小牧の父で保守政治家である近江谷栄次を担ぎ出して、渋る金子の説得に成功した。選挙戦では堺利彦ら多くの活動家や芸能人から支援を受けたが、結果は落選で、その体験を『文芸戦線』に載せている。[44] 言論の自由は勿論のこと、身の安全さえ危うい気配が漂い、選挙することも難しくなっていった。一九三七（昭和一二）年一二月、人民戦線事件が起きる。労農派の山川均、大内兵衛、鈴木茂三郎、向坂逸郎、美濃部亮吉、青野季吉らが一斉検挙されたこの事件で、近江谷友治は逮捕される。翌年二月の第二次検挙予定として新聞紙上では金子洋文の名があげられていた。三月には国家総動員法が制定され、時局は一斉に戦時体制へ向かったのである。秋田市川尻の秋田刑務所に入獄した友治は検事に転向を迫られるが拒否、獄中で健康を害していく。外部医師の診察を求めても得られず重態となって仮釈放となり、本山町で加療するがその甲斐もなく、秋田赤十字病院で一九三九（昭和一四）年八月一八日、永眠する。秋田で労働者教育を行うことからはじめ、組合を組織し、政党活動、農民運動の指導と、社会運動の指導実践を繰り返した生涯であった。獄中で転向を促す検事に「理論闘争で負かすような理論が検事にあるなら転向する」と抗ったという。「ガンバッタけれども敗けた…」と告げ、逝ったという。「老僧のねむるが如き秋の雲」、——彼の死を詠んだ、近江谷井堂（栄次の俳号）の句である。

終わりに

大正時代、中学進学が約一割、農村では村に一人か二人という地方にあって、都会で学んできた者はエリートであり、新しい知見をもたらす存在であった。彼らの活動には、地域で指導的な役割を果たしてきた一族にみられる行動規範のようなもの、道義的な義務と責任を果たすことが当たり前の家風、そこから形成された使命感があったのではないだろうか。出郷し、海外が身近な校風の暁星中学で学び、同世代が集まっていた近江谷家で多感な少年期を過ごした。育成期の環境がもたらした気質が醸成されたように思う。故郷に戻った際、周辺の人々のために、それまで知らなかった無産階級や社会運動といった新しい思想を伝えようとした。思想の種が蒔かれても、蒔かれた地の条件が合わなければ育ちにくい。芽を出すための環境づくりが大切なのである。地方にあって「民衆の中へ」を実践し、目の前にある具体的な生活実感を共有し、連帯する集団を育てようとしていた。

松治郎は農民の生活向上に、友治は信じる社会思想に殉じたといえよう。ふたりの人柄を慕う人々が一日市の村落の近くに建立した石碑には「農民の父と母・畠山松治郎近江谷友治之碑」と刻まれている。

小牧近江は後に、一九七四（昭和四九）年一〇月一二日付の金子洋文宛書簡中で「「飢えたるロシアを救え」など、今の人々にはわからぬ。先年イルクーツクに行ったときその話をしたらあちらの人たちは驚いていた。〈略〉…友治、松治郎の写真だけでも飾って貰いたいものだ。…〈略〉」と綴っていた。『種蒔く人』再評価がなされた後の私的なやり取りであるが、小牧が二人を『種蒔く人』の重要な同人と考えていたことを伝えている。

（表1）『種蒔く人』と畠山松治郎の活動　小沢三千雄編『秋田県社会運動の百年』他各資料より作成

一九二〇（大正九）年	秋田県南秋田郡一日市村（現秋田県南秋田郡八郎潟町一日市）に帰郷。 六月一一日、文学愛好者の集まり「赤光会」を組織し啓蒙を図る。三倉鼻での立上げ発会式。小牧近江も招待参加。 八～九月頃、松治郎は小牧と山崎今朝弥の事務所にあった日本社会主義同盟の結成準備事務所を訪問。『種蒔く人』創刊計画が進行。
一九二一（大正一〇）年	一月九日、土崎小学校で教鞭をとっていた近江谷友治が今野賢三を訪ね、土崎版『種蒔く人』創刊の打ち合わせをする。 二月二五日、土崎版『種蒔く人』創刊。松治郎は同人参加、「貧乏人の涙」を赤毛布（二号はＭ生）の名で掲載する（この小説は二号で頓挫） 同日、一日市で、近江谷友治、今野賢三が語る会合を赤光会主催で開催。 八月二〇日、一日市小学校で赤光会主催の第一回種蒔き社講演会を開催する。同日、近江谷友治と「秋田労農社」結成。 一〇月、東京で『種蒔く人』再刊。第一巻第一号は発禁。一号の地方欄にＭ生の名で「赤光会便り」掲載。 一二月、『種蒔く人』三号の地方欄に「八郎湖東より」を利州の名で掲載。
一九二二（大正一一）年	一月、『種蒔く人』四号地方欄に「故村より」（一九二一・一一・二八）付通信文を利州の名で投稿される。一二月二七日、五城目了賢寺で開かれた第二回種蒔き社民衆文化講演会を、Ｓ生の名で「湖東支部講演会」として報告。文中に松治郎、友治をはじめ同人数名が登場紹介。 三月三日、神田青年会館で種蒔き社第一回文芸講演会。上演されなかったが、『種蒔く人』同人によるロマン・ロランの「ダントン劇」で畠山松治郎に配役割り振り。 七月二〇～二一日、秋田労農社の働きかけで土崎の各団体が祭典を活用しロシア飢饉救済の慈善鍋とバザー実施。 八月の『種蒔く人』一〇・一一号の地方欄に、ＴＫ生が「復活した秋田」「ロシア飢饉のため秋田の青年奮起す」無記名（七月二三日）で報告。 八月一七日、秋田市記念館で秋田文芸協会主催の新劇試演会が行われ、会場でロシア飢饉救済募金に土崎・秋田の芸者有志が応援。 八月、ロシア飢餓への救済を訴え、『種蒔く人』同人らが県下一巡。 八月一九日、能代渟城小学校で文芸講演会、八月二二日、本荘町（現由利本荘市）で文芸講演会開催。 八月二五日、ふくべ川畔にあった近江谷友治の借家を事務所に、社会主義思想啓蒙を目指す「秋田青年思想研究会」を設立。実践団体として、官製青年団の自主化を掲げた「秋田青年同盟」が結成された。 九月の『種蒔く人』一二号地方欄に松治郎は「秋田に於けるロシア飢餓救済運動」（一九二二・八・一）付の文を寺延衛夫の名で報告。 九月、『農民運動』（同年七月創立の日本共産党機関紙）を販売する農民運動社の秋田支部責任者になる。東北・北海道では、秋田労農社畠山松治郎のみ（全国一四支部）で、山川均らが執筆していた。松治郎は雑誌に執筆し、秋田の農村事情を反映させようと努めた。 九月五日、仙北郡荒川村（現大仙市）の小学校で秋田労農社の畠山松治郎、種蒔き社の金子洋文の講演会が開催。 一〇月の『種蒔く人』一三号「秋田青年思想研究会の創立」で綱領規約を掲載。地方欄に秋田（秋田市、荒川村、能代文芸講演会）通信報告。 一一月三日、秋田労農社主催の講演会を土崎第一小学校で開催、近江谷友治が開会挨拶。民衆詩人の福田正雄、白鳥省吾らを招き盛況。

一九二三(大正一二)年	二月五日、過激社会運動取締法案等三悪法反対無産者同盟に秋田県から秋田労農社、秋田青年思想研究会が加盟。 七月二二日、秋田市の「秋田美術クラブ」で文芸思想講演会（小牧近江、青野季吉、今野賢三、棚橋貞雄ら）が中止解散を命じられる。 七月二二日、秋田労農社主催の政治集会で川合義虎、北島吉蔵が出席、監視の中で秋田労農社（近江谷友治の家）に泊まる。 九月一日、関東大震災の戒厳令下、平沢計七、川合義虎、北島吉蔵ら社会主義者たちが亀戸署に連行された後に殺害された亀戸事件発生。 九月一〇日、土崎官製青年団は臨時総会を開き、秋田青年同盟の指導で自治独立青年団に改組。 九月二八日、『種蒔く人』「帝都震災号外」（一〇月一日）は土崎港旭町の太陽堂印刷所で二〇〇枚印刷、金子洋文、今野賢三が東京に持参。
一九二四(大正一三)年	一月二七日、秋田革新同盟、秋田青年記者有志、土崎青年普選連盟が主催の秋田普選即行連盟協議会が秋田市で開催。 二月三日、土崎青年普選連盟の発会式が開催、演説会は中途で解散される。 二月一一日、県内普通選挙運動団体を糾合する秋田普選連盟が秋田市で結成（近江谷友治が常任理事の一人に就任） 八月六～一二日、土崎青年団主催で、安部磯雄、大山郁夫を招き夏季大学をひらく。
一九二五(大正一四)年	一一月一七日、一日市小作人組合誕生。松治郎は初代組合長となる。
一九二六(大正一五)年	一二月一六日、大館で日本農民組合秋田県連合会を創立、松治郎は執行委員長組織部長になり、秋田県農民運動の最高指導者となる。
一九二七(昭和二)年	三月二〇日より三日間開催の日本農民組合（以下、日農）第六回大会で、松治郎は資格審査委員長となる。 六月一九日、南秋田郡払戸村（現男鹿市払戸）長根の海道家の小作争議に日農支部ら示威に動員、翌日小作人勝利で解決（金子洋文『赤い湖』のモデル舞台）。 九月、普選最初の県議会選挙に松治郎が労働農民党から立候補、落選。 一一月六日、一日市農民組合は小作米永久三割減を要求提出。
一九二八(昭和三)年	二月、第一回衆議院議員選挙に労働農民党から松治郎が立候補、落選。 九月一〇日、松治郎が指導する一日市小作争議が、小作人側の勝利で解決。 九月二八日、無産大衆党と分裂しての新党組織準備会の大山郁夫演説会会場から姿を消し、松治郎は旧日農県連執行委員長を辞任。 一〇月二三日午後一一時～翌二四日午前四時、日農秋田県連合会拡大執行委員会で留任勧告がなされるが、辞任を固持、今後は一組合員となるのみとする。同日、無産大衆党南秋田郡支部を結成、支部長に近江谷友治を選出。以降、農民運動は近江谷友治が引き継いだ。
一九三二(昭和七)年	従弟の近藤泰助と農民も受診できる医療組合病院を計画。翌年に開院(湖東総合病院の前身)。その後の運営を事務長として九年間担当。
一九四五(昭和二〇)年	戦後初の国政選挙に立候補する小牧の弟、島田晋作の支援を準備中に倒れ、一二月二八日永眠。

（表２）近江谷友治在学当時の慶應義塾大学理財本科課程の科目と教員一覧

科目（必須 - 随意 - 卒論 - 選択）	1年	2年	3年	担当教員
（必須科目）				
英語	3	2	1	畑功、高橋一知、川辺治六、高木真一、小柴三郎、高城仙次郎
独仏語どちらか ※（随意科目）として３学年あり	2	2	随2	（仏）林毅陸　他 （独）気賀勘重、小泉信三
日本作文	月1	月1		栗林勝太郎、増井幸雄、竹内左馬次郎、高城仙次郎、小泉信三、高橋誠一郎、香下玄人、赤羽俊良、佐久節
経済原論	3	2		福田徳三、高橋誠一郎、小泉信三、堀切善兵衛、気賀勘重
経済政策	3	2		三辺金蔵、気賀勘重
貨幣銀行	2	1		堀江帰一
経済学史		3		高橋誠一郎、小泉信三、阿部秀助、福田徳三
財政学		3	2	堀江帰一
商業政策			3	堀切善兵衛
統計学			2	横山雅男
民法	9	4		三橋久美、三淵忠彦、神戸寅次郎
商法		4	4	西本辰乃助、松木蒸治
卒業論文（英文）				
（選択科目） 学年は仮区分				
A 近世経済史 / 世界経済史			3	阿部秀助 / ？（世界経済史は不明）
B 労働問題 / 商業実習 / 名著研究			2	？ / 岡田一治 /R・C・ホイットナック他
C 古代中世経済史 / 保険論 / 商業通論及び会社経済			2	福田徳三 / 伊藤万太郎 / 開講なし
D 日本経済史 / 商工事情 / 社会学			2	福田徳三 / 河合良成・寺島成信 / ？
E 工業政策 / 植民論			2	気賀勘重 / 堀切善兵衛
（随意科目） 英吉利法	2	2		松波仁一郎
（随意科目） 研究会			2	気賀勘重、堀江帰一、小泉信三（大正７年は休講）、阿部秀助、堀切善兵衛、高橋誠一郎

大正五～七年度『慶應義塾総覧』及び西川俊作「理財課の 30 年」より引用作成

（表3）近江谷友治の労働運動関係活動　小沢三千雄編『秋田県社会運動の百年』他各資料より作成

一九二一（大正一〇）年	一月九日、近江谷友治が今野賢三を訪ね、土崎版『種蒔く人』創刊について打ち合わせる。※以下『種蒔く人』関連で（表1）と重複する部分の省略あり。 二月二五日、土崎版『種蒔く人』創刊。友治は金中生の名で一号「無産者と有産者」、三号「第三インターナショナルへの闘争」訳を載せる。 八月二〇日、一日市小学校で赤光会主催の第一回種蒔き社講演会を開催する。同日ふくべ川畔の借家で松治郎と同居の貸家を事務所に「秋田労農社」を結成。
一九二二（大正一一）年	三月、秋田監獄に収監された学生、野口久太救済で種蒔き社に応援を依頼し布施達治・山崎今朝弥弁護士の派遣を得て上告、無罪を獲得。 八月、『種蒔く人』一〇・一一合併号の地方欄「復活した秋田」TK生の名で報告。 ロシア飢饉救済基金募集運動を展開、土崎の祭りを利用しバザー、慈善鍋に大反響を得る。秋田魁新報社らが義捐金募集を行う。 八月二五日、友治宅を事務所に社会主義思想啓蒙を目指す「秋田青年思想研究会」を設立。その実践団体として「秋田青年同盟」が結成。 九月五日、荒川村小学校で秋田労農社の畠山松治郎、種蒔き社の金子洋文の後援会開催。 一〇月、『種蒔く人』一三号「秋田青年思想研究会の創立」で綱領規約を掲載。 一一月、土崎商業学校の職を追われる。秋田青年思想研究会主催の全県青年大会を秋田労農社で開催。
一九二三（大正一二）年	二月五日、過激社会運動取締法案等三悪法反対無産者同盟に秋田県から秋田労農社、秋田青年思想研究会が加盟。 七月二二日、秋田労農社主催の政治集会に川合義虎、北島吉蔵を招待、監視の中で秋田労農社（近江谷友治の家）に宿泊。
一九二四（大正一三）年	九月一〇日、土崎官製青年団は臨時総会を開き、秋田青年同盟の指導で自治独立青年団に改組。初代理事長に土崎の棚橋貞雄就任。 九月二八日、『種蒔く人』「帝都震災号外」（一〇月一日）は土崎港旭町の太陽堂印刷所で二〇〇枚印刷、金子洋文、今野賢三が東京に運ぶ。
一九二五（大正一四）年	（～一五年）、叢文閣で編集委員として東京で勤務、この間も政治研究会の活動の指導など活動を指導。 一月二七日、秋田革新同盟、秋田青年記者有志、土崎青年普通選挙連盟が主催して、秋田普選即行連盟協議会を開催。
一九二六（大正一五）年	二月一一日、県内普通選挙運動団体を糾合せる秋田普選連盟の結成、常任幹事の一人となる。 八月六～一二日、土崎青年団主催で安部磯雄、大山郁夫を招き夏季大学を開催する。翌年八月も「政治研究会」講演講義で県内巡回。 九月三～九日、労働農民党秋田県支部連合会が発会、執行委員長就任。土崎、一日市、能代、米内沢、鷹巣、花輪、小坂、横手で演説会。 一一～一二月、新潟鉄工場土崎工場の解雇に抗議のストライキなど争議入り。工場閉鎖反対待遇改善を要求、妥結して争議団解党式を実施。
一九二七（昭和二）年	九月県会議員選挙に秋田市は棚橋貞雄、南秋田郡に畠山松治郎、平鹿郡大山泰吉、雄勝郡に入江五郎（当選）、鹿角郡に黒沢由五郎が立候補。
一九二八（昭和三）年	四月一五日、労働農民党秋田県連の解党式、同日の四時から秋田労働農民党を結党、執行委員長となる。 九月、無産大衆党県連を結集、執行委員長に就任。畠山松治郎引退後、県中央の農民運動の最高指導者となる。
一九二九（昭和四）年	二月、日本大衆党秋田県支部連合会創立大会開催、執行委員長兼書記長に近江谷友治、委員に畠山松治郎・可児義雄ら多数参加。

一九三〇(昭和五)年	一月、秋田無産党結党、執行委員長に就任。金子洋文氏を説得し、秋田無産党から二月の代議士選挙に立候補させて戦う。
一九三一(昭和六)年	二月、秋田の辻兵吉（貴族院議員）に下岩川小作争議の費用要求で前年一二月一七日秋田駅からの行進が恐喝とされ起訴、懲役一年二ケ月の実刑。
一九三三(昭和八)年	一一月、満期出獄。刑務所内から松治郎らに書簡で仲間の支援を依頼する。全農県連中央部協議会に所属し、諸活動の指導を行う。
一九三七(昭和一二)年	一二月、人民戦線事件で検挙、検事から転向を迫られるが拒み続ける。
一九三九(昭和一四)年	獄外医師の診断を要求していたが叶えられず獄中で重体となり、仮釈放。八月一八日秋田赤十字病院で死去。

〔参考論文〕

大地進『黎明の群像―苛烈に生きた「種蒔く人」の同人たち―』（秋田魁新報社、二〇〇三年）

北条常久『『種蒔く人』研究―秋田の同人を中心として―』（桜楓社、一九九二年）

今野賢三（編）『秋田県労農運動史』（秋田県労農運動史刊行会、一九八四年）

小沢三千雄（編）『秋田県社会運動の百年―その人と年表―』（みしま書房、一九七八年）

森武麿「日本近代農民運動と農村中堅人物」『一橋経済学』一巻一号（一橋大学大学院経済学研究科、二〇〇六年）一五～三四頁

〔注〕

（1）小牧近江『ある現代史―〝種蒔く人〟前後―』（法政大学出版局、一九六五年）一〇一頁。

（2）彼らの働きの意味を知る上で、文学や労働運動だけではなく、農村史等、従来と異なる分野からの分析を加え捉え直してみる。

（3）新聞・雑誌取締法規で、一九〇九（明治四二）年五月六日公布制定された言論統制法では、時事に関する事項を掲載する雑誌も該当とされる。この新聞紙法が適用の対象となり、保証金納付義務（一二条）として秋田県当局から保証金五〇〇円の納付を求められた。

（4）野淵敏・雨宮正衛『「種蒔く人」の形成と問題性―小牧近江氏に聞く―』（秋田、秋田文学社、一九六七年）二二頁。

（5）野淵敏・雨宮正衛『「種蒔く人」の形成と問題性―小牧近江氏に聞く―』（秋田、秋田文学社、一九六七年）二二頁。

（6）最晩年、小色紙に揮皇を求められた小牧は「すべての道はインターへ」と筆書している。

（7）村の自治のまとめ役で村長に相当する。畠山家は、佐竹氏の前にこの地を治めていた安東氏の重鎮、浦城城主であった三浦家の家老であったと伝わっている（畠山家一六代当主畠山誠夫氏より聴取）。

(8) 小牧近江『ある現代史』（法政大学出版局、一九六五年）一〇一頁。

(9)『日本国語大辞典　第二版』（小学館、二〇〇一年）。

(10) 犬田卯著、小田切秀雄編『日本農民文学史』（農山漁村文化協会、一九五八年）冒頭。

(11) 先行研究の一部に、畠山松治郎は鶴松の五男という記述もあった。

(12) 一三代当主畠山直治の様子については、畠山家一六代当主畠山誠夫氏より聴取。

(13) 名望家については山中永之佑『近代日本の地方制度と名望家』（弘文堂、一九九〇年）が詳しく町村制度下での法的支配構造を考察している。地方に腰を据え地域に与えた影響を資料から捉えようとした、国文学研究資料部編『近世・近代の地主経営と社会文化環境—地域名望家アーカイブスの研究—』など、近年は都市部に限らず、歴史、経済、社会、文化という多角的な分野で捉える研究が行われている。

(14) みなと（土崎）文人展企画同人編『近江谷井堂』（みなと（土崎）文人展企画同人、二〇〇一年）一八八頁。

(15) 畠山家は不在地主である秋田市の辻家の代理を務めていた。松治郎が日農県連を辞任した後の一九三〇（昭和五）年、下岩川小作争議の対手となったのが秋田市の辻家であった。

(16) 畠山家一四代の姪にあたる三上玲子氏ら親戚の方からの聴取。

(17) 小牧近江『ある現代史』（法政大学出版局、一九六五年）一〇一頁。

(18) みなと（土崎）文人展企画同人編『近江谷井堂』（みなと（土崎）文人展企画同人、二〇〇一年）一二一頁。

(19) 畠山家一六代当主畠山誠夫氏談。

(20) 大地進「この身を挺して—幻の新聞」にみる畠山松治郎、近江谷友治の生きざま—」『「種蒔く人」の精神—発祥地秋田からの伝言』（「種蒔く人」顕彰会、二〇〇五年）一八一頁。

(21) 豊崎聡子「恐慌期農村医療の展開過程—医療組合運動から国民健康保険法へ—」『農業史研究』三五号（農業史研究学会二〇〇一年）二六頁。

(22) 野口友紀子「農村社会事業はどのように理解されていたのか—一九二〇年代から一九四一年までの『社会事業』から」『社会事業史研究』第五一号（社会事業史学会二〇一七年）九五頁。

(23) 一九三二（昭和七）～一九三四（昭和九）年の間に実施された景気対策で内務省と農林省に関わった事業。農山村振興事業として病院設置に活用することが可能となり、医療組合病院設置が活発化した。

(24) 一九三二（昭和七）年一月に、有限責任秋田医療利用組合が設立され、二月秋田医療組合（病院）が開院した。全国的にみても早く、続いて一九三二（昭和七）年一一月平鹿医療購買利用組合が設立、翌年二月には平鹿病院が開院している。

(25) 石田友治は一八八一（明治一四）年五月二〇日に秋田の土崎港町で生まれた。大正デモクラシーを代表する言論雑誌『第三帝国』の編集者であり宗教家でもあった。社会改良家の賀川豊彦と組んで医療組合運動を進めていた。

(26) 対象地域である五城目町、一日市町、面潟村、大川村、馬川村、馬場目村、富津内村、内川村の家々にチラシが配布された。配ったチラシによると組合費一口五円。最初に一円、二回目から毎月五〇銭を払い込むとし、「協力共健」を訴え湖東部一〇町村全加入を目指していた。募集二、〇〇〇名に対して、申込は二、五五八名、域内の六割を超える家が組合員となった。

(27) 一九四〇(昭和一五)年八月二八日に火災で病院と近藤泰助の家は全焼したが、その際には自宅の土地すべてを提供し、別の土地に自邸を建て引っ越している。

(28) 産業振興法を活用した地方の病院設立は、全国的な医療利用組合連合会の形成に連なっていく。賀川豊彦と石田友治は昭和初年より東京で医療組合活動を推進していたが、石田友治の故郷秋田では、鈴木真洲雄が中心となって農民のための医療組合設立運動を展開していた。人道主義者・協同組合主義者・社会主義者らは、石田友治の援助を受け運動を展開した。秋田県内では一九三二(昭和七)年に秋田市と横手市に医療組合が設置されている。先述したように、秋田市には一九三二(昭和七)年一月に「有限責任秋田医療利用組合」が設立され、翌月「秋田医療組合(病院)」が開院しているが、賀川・石田らの東京での医療組合運動と並んで、全国に先駆けての開院であった。横手では一九三二(昭和七)年一一月二四日、有限責任平鹿医療購買利用組合が設立し、翌年二月、平鹿病院が開院した。農村の医療組合運動については、後の国民健康保険制度の設置に影響をもたらしていたとする研究がある。豊崎聡子、野口友紀子ら前掲(注21、22)論文参照。

(29) 大地進『黎明の群像—苛烈に生きた「種蒔く人」の同人たち—』(秋田魁新報社、二〇〇二年)八八頁。

(30) 「小作争議の帰結と国民健康保険制度の普及—秋田県を事例として」『人間社会環境研究』一四号(金沢大学大学院人間社会環境研究科、二〇〇七年)一～一八頁。

(31) 今野賢三『先駆者近江谷友治伝(附畠山松治郎伝)』(近江谷友治伝記刊行実行委員会、一九六七年)四六頁。

(32) 今野賢三『先駆者近江谷友治伝(附畠山松治郎伝)』(近江谷友治伝記刊行実行委員会、一九六七年)六頁。

(33) その時の教え子の一人に、後に労働運動に向かう彼を慕いロシア飢饉救済運動を手伝い、戦後は秋田県議会議員、「種蒔く人」顕彰会の会長となった小幡谷政吉がいる。

(34) 美容界の草分けで一九二六(大正一五)年に秋田に美容院を開業し一〇〇歳過ぎまで現役であった中村芳子氏も、東京の近江谷家で一緒に過ごし学校に通っていた。『想いはるかなりけり—九十九歳の美容人生思い出しつつ—』でその当時を回顧している。(http://www.akita-bijin.jp/nakamura-5.html 二〇二一年一月五日閲覧)。

(35) 『慶応義塾塾員名簿』は毎年刊行されていたが、ここでは昭和四年版を参考にした。

(36) 日露戦争後、日本の対外取引は増大し金融業務は拡大、近代化が進んでいた。三井銀行の場合、一九一三(大正二)年に外国為替業務を開始し、一九一七(大正六)年には上海支店を開設している。一九一九(大正八)年、三菱合資会社(銀行部)から(株)三菱銀行に組織変更している。

(37) 理財科一年はIクラスで五二名中の一四番三年時はEクラ

ス五七名中四八番である。成績順にクラスが編成され、更にクラス毎の席次順で名前が表記されていたことから、友治が年ごとに成績をあげてきていたことがわかる。

（38）今野賢三『先駆者近江谷友治伝（附畠山松治郎伝）』（近江谷友治伝記刊行実行委員会、一九六七年）一三頁。

（39）福田徳三は一八七四（明治七）年に生まれ、一九三〇（昭和五）年に亡くなった。日本経済学の黎明期に貢献した代表的経済学者である。古典学派・ドイツ歴史学派・マルクス主義を学び、自由主義者として経済理論、経済史、社会政策の研究・教育に貢献した。経済原論、経済史のほか経済政策、社会政策を講じた。マルクス主義の紹介者であると同時に批判者であった。

（40）一例として、一九〇六(明治三九)年から一九二〇年(大正九)年にかけて経済原論を担当した福田徳三が使用したテキストは、ケンブリッジ学派を形成しケインズを育てたマーシャルの代表作 A. Marshall"Principles of Economics" (London: Macmillan、1890) の一九〇五年版を使用していた。日本語版が訳されて刊行されたのは約一〇年後、大塚金之助訳福田徳三補訂『經濟學原理』（佐藤出版部、一九一九年）である。

（41）村井の会社が販売した紙巻きたばこは輸入たばこを模していたが、後に米国の葉を使った両切りたばこ「ヒーロー」がヒットし、米国風の斬新な販促と共に有名であった。一九〇四（明治三七）年にたばこ販売は国の専売制となり終焉。補償金を基に村井銀行を設立し、銀行の融資を活用し、日本石鹸、村井カタン糸他、多彩な企業展開で村井財閥を形成した。一九二六（大正一五）年に村井吉兵衛が亡くなった後、昭和金融恐慌で一九二八（昭和三）年、村井銀行は倒産した。

（42）土崎商業学校の創立は一九二〇（大正九）年四月だが土崎尋常高等小学校と併置で、益子校長のもと教員は師範学校出身が多かった。経済の専門科目を教えられる教員確保は難しかった。修養年限は三年、三学級を限度に定員一五〇名で始まったものであった。一九二九（昭和四）年五月に高等小学卒業を入学資格とした三年制になり、一九三三（昭和八）年尋常小学校卒業後の五年制に昇格した。秋田市商業学校は当初から五年制であった。初代校長に東京高等商業学校（現在の一橋大学）を一八九八（明治三一）年に卒業後、徳島県立商業学校、北海道庁立小樽商業学校の初代校長を歴任した黒沼義介が就任した。一九二〇（大正九）年三月秋田市中通尋常高等小学校校舎の一隅でスタートするが、数年後には楢山校舎へ移動した。土崎港町は一九四一（昭和一六）年に秋田市と合併し、秋田市立土崎商業学校は一九四二（昭和一七）年、秋田市商業学校に合併されている。

（43）高等師範の検定を受けていた姉の近江谷春子は、この土崎高等女学校の教員に赴任している。

（44）「秋田政戦記」として、『文芸戦線』一九三〇年三月号に掲載。

沸騰し爆発するシンボルマーク
――『種蒔く人』の柳瀬正夢装幀絵図を読む――

甲斐　繁人

一　はじめに

一九〇〇年に愛媛県松山市に生まれた柳瀬正夢が画家の道に踏み出したのは門司松本高等小学校を卒業した一九一四年であった。翌年の再興日本美術院第二回展に入選し、一九一九年の上京に際して大庭柯公を通じて長谷川如是閑を紹介され言論誌『我等』の校正係の職を得る。翌年に如是閑の斡旋で読売新聞社に入社し中央美術界で活動する基盤を確立した。白樺派の周辺で展開したフュウザン会、草土社に続き第一次大戦後に西欧美術界に台頭した未来派、ダダイズムに触発された大正期の新興美術の起点となった未来派美術協会に参加し「アナキズム」と「共産主義」を合わせた穴明共三の名を使い視覚革命の最先端を走る渦中で第二次『種蒔く人』(「東京版」)の同人となる。

勧誘したのは、東京帝国大学在学中から『新思潮』の第五次同人となりフランス文学専攻のアナキズム系新進文芸評論家として我等社に出入りしていた村松正俊であった[1]。そのきっかけは小牧近江、金子洋文、今野賢三、佐々木孝丸、村松が参加した一九二一年五月のヴェルレーヌ没後五年祭に柳瀬を誘ったことであったという。

土崎版『種蒔く人』を再刊し「行動と批判」を掲げて中央で運動を広げる小牧たちの編集構想は、今日、手にする「東京版」創刊号から推して、バルビュス、アナトール・

フランスらの著名外国人と武者小路実篤、秋田雨雀、有島武郎ら多様な作家たちに門戸を開放して執筆陣を揃えて反戦平和の統一戦運動を推進するというもので、アヴァンギャルドの画家にも門戸を開いた幅の広さと「見よ。僕たちは現代の真理のために戦う。僕たちは生活のために革命の真理を擁護する。種蒔く人はこゝに於て起つ！世界の同志と共に！」と結ばれた宣言にみる国際連帯と「革命の真理を擁護」する思想が据えられていた。柳瀬正夢は、視覚革命に新たな領域を拓く期待への興奮とともに、その編集方針に応える責任を重く受け止めて「土崎版」に代わる「東京版」を装幀するデザイン構想を練ったに違いない。

筆者の『種蒔く人』の研究者との交わりは二〇〇一年の「『種蒔く人』創刊八〇周年」に始まるが、当時、穴明共三が柳瀬正夢のペンネームであることがあまり知られていなかったことを懐かしく思い出す。その後に「『種蒔く人』を読む会」に参加して以来の二〇年間に積み上げられた研究の前進を実感している。柳瀬正夢については、創刊に携わった小牧近江、金子洋文、今野賢三ら同人たちの軌跡を追った秋田魁新報社の大地進が著した『黎明の群像　苛烈に生きた『種蒔く人』の同人たち』（秋田魁新報社、二〇〇二年九月）の柳瀬正夢を追跡した取材は、『種蒔く人』研究史において初めての調査として画期的であったが、『種蒔く人』における柳瀬正夢の研究の遅れを痛感しながら創刊一〇〇周年を迎えた。本稿は、『種蒔く人』時代の柳瀬正夢を解き明かす扉を開くことを目的として、「東京版」表紙の絵図に焦点を当て解読を試みるものである。

二　夢二のレタリングに倣った創刊号の装幀と「種蒔き社」のシンボルマーク

柳瀬正夢が装幀した全二三号のデザインは、「創刊号」（図

図1　第1年第1巻第1号　創刊号　1921（大正10）年10月1日　中央の図は、「種蒔き社」のシンボルマーク（本稿表題に拡大図）

1）から「第九号」、「第一〇・一一合併号」（図4＝二八七頁）から「第一四号」、「第一五号」（図5＝二八八頁）から「第二二号」、「種蒔き雑記」（図10＝二九三頁）の四種である。「第一〇・一一合併号」から「第一四号」と、「第一五号」から「第二二号」の表紙は、前衛的造型によるデザインであるが、「創刊号」のデザインは異なっているのである。(2)

「創刊号」は、表題にエスペラントのLA SEMANTOとUNUA KAJERO OKTOBRO 1921を付し、その下に「行動と批判」「第一年第一巻第一号」、最下部に「創刊号」「種蒔き社」を描き文字でシンメトリに配し、炎を噴く爆弾を中央においたレイアウトである。

柳瀬の最初の書籍の装幀は、『種蒔く人』が創刊される四年前に制作した北原白秋の『おもひで』『邪宗門』と、特に、竹久夢二の、『書夜帯』『草画』『山へよする』などからの影響が強い自装自画歌集『邯鄲夢枕』である。この本の表題と扉の文字には夢二の描き文字の特徴が顕著に現れている。その夢二は、長い姿態の甘美な「夢二式」の女性像で知られるが、明治三〇年代に日露戦争に対し戦争反対と社会主義を論じる幸徳秋水、堺利彦らが結成した平民社が発行した『平民新聞』『直言』『光』に反戦のコマ絵を描いた小川芋銭、平福百穂、小杉未醒（放庵）らと並ぶ初期社会主義の画家であり、アールヌーボー、表現主義、未来派など前衛的造形を取り入れて近代デザインに革新をもたらしたアヴァンギャルドの画家として東郷青児、『月映』の恩地孝四郎らの若い美術家を惹きつけた。また、夢二は漢字・平仮名・片仮名、欧文書体の特徴を生かしたデザインで書籍を装幀した近代レタリング（図案文字）の先覚者であった。大正期には夢二の絵の人気は社会現象にもなっていたが、『種蒔く人』創刊時には、自らが作詞も手掛けた「宵待草」で知られ、童謡、小唄、西洋オペラ、ロシア民謡などの幅広い楽譜を載せた『セノオ楽譜』が人気を誇っていた。

「創刊号」の題字は横線が細く縦線を太く強調した明朝体であり、エスペラントの文字は線描白抜セリフ体で、最下段の線描白抜きゴチック体の「種蒔き社」の文字は、『セノオ楽譜』などのレタリングに倣った描き文字である。夢二へのオマージュでもある『邯鄲夢枕』には、既に、夢二の抒情を超える造型が現れており視覚革命の尖端を行く柳瀬であるにもかかわらず「創刊号」を『邯鄲夢枕』と同じ夢二調でデザインしているのである。

柳瀬正夢にとって「文芸誌」を創刊から全巻を装幀するのは初仕事であり、強く惹かれていた夢二の装幀を意識したのは自然であったといえる。だが、それだけでなく、その狙いは、『我等』を主宰する長谷川如是閑と大山郁夫が『大阪朝日新聞』退陣に追い込まれた「白虹事件」が身近に伝わり、「土崎版」が政治にかかわる問題を掲載する定期刊行物と見做され新聞法により発行保証金が課せられるなど、強まる出版警察の検閲への対抗として、社会現象にもなって大衆的な圧倒的人気を誇る夢二を意識したデザイン戦略によると思われる。しかし、柳瀬は、検閲を挑発するように「革命」を暗喩する爆弾を表紙のど真ん中に描き込んだ。小牧は「表紙にぽちんと静かなシンボルマークがつけ加えてあった」「よく見るとほかならぬ爆弾であったので私ははっとした。官憲は気が付かなかったのか、あまりにも美的だったので見逃したのか、発禁にならなかったのを今でも不思議に思っている」と回想している[3]。夢二調の柔らかさに配された導火線のない爆弾が検閲の眼を曇らせて攪乱し「発禁にならなかった」効果をあげている。

「創刊号」中央に配した爆弾の突起口から上昇して前方に反転する炎と前方から後方に反転する火炎は、爆弾に詰まる粒子が混じり爆発の前ぶれを予感させる。だが、点火する導火線がない爆発は内側から沸騰する力によって引き起こされることを意味する。小牧は、『種蒔く人』の「マークは、どうしょうかというとうことになったところ、ヤナセがそりゃばくだんがよかろうという」「物騒だがというと、なに、なげなければいいんだろうということでばくだんがマークにきまったのです」と重要な述懐を残している[4]。沸騰する力は「批判と行動」を掲げる「種蒔き社」の運動の力を意味し、飛び散る粒子は種であり、この種は「種蒔き社」の運動思想を発芽させる種である。噴き上げる火炎は運動の熱を表す。革命の真理を擁護する思想を造型したマークといえよう。柳瀬は、シンボルマークを沸騰させ爆発する図像に進化させた「東京版」表紙の絵図を読み解く上で、まず、美術史学における『種蒔く人』の表紙絵の爆弾と爆発に関する注目すべき考察に触れねばならない。

三　近代日本の前衛芸術と『種蒔く人』の表紙絵

アヴァンギャルドを芸術における実験的な表現とみな

して、「avant-garde」本来の前衛としての戦闘的・政治的な側面を削ぎ落とした従来のアヴァンギャルド論を社会思想との関わりにおいて問い直す足立元『前衛の遺伝子―アナキズムから戦後美術へ』[5]は、日本の前衛芸術の端緒を、幸徳秋水の影響を受けた者たちが明治天皇を爆弾で葬ろうとしたという捏造による冤罪で逮捕され、一二人が大逆罪で処刑された明治末の大逆事件に求め、それまでの初期社会主義運動の雑誌における小川芋銭たちの漫画は前衛芸術というより政治活動の一環に近いものであったが、次世代のアナキストたちに受け継がれた日本の前衛芸術は、アナキズムと共産主義が複雑に絡みつつ反発し合う軌跡であったと論じる。[6]その上で、従来のアヴァンギャルド論が削ぎ落とした左翼的美術作品の革命への思いと憧れの表象である爆弾を造形した作品において「黒耀会」を大杉栄らと結成した画家望月桂の《蹴鞠》(一九二〇

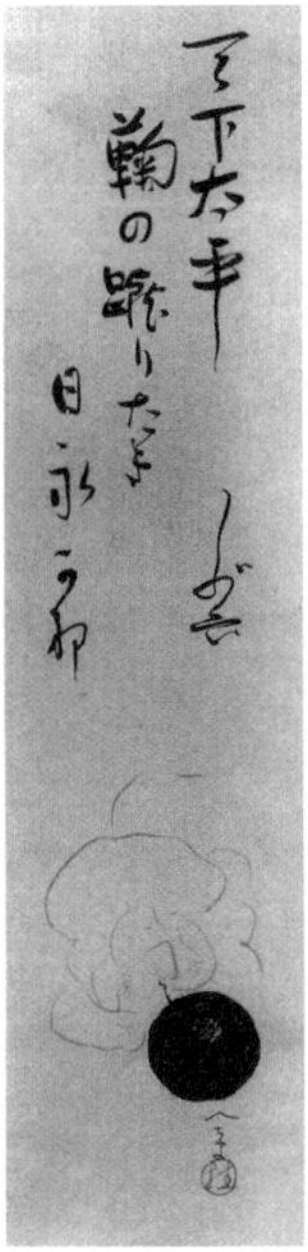

図2　望月桂《蹴鞠》(1920年) 堺利彦賛

年)(図2)と和田久太郎、大杉栄、岩佐作太郎、堺利彦賛との五人による《寄せ書き》(一九二〇年頃)(図3)に描かれた爆弾と柳瀬の『種蒔く人』の表紙絵の爆弾を挙げ考察している。[7]

《蹴鞠》の賛は堺利彦である。《寄せ書き》には赤い爆弾と髑髏が描かれている。この図の〝えい〟(大杉栄)の「あなあきずむ」と〝しぶ六〟(堺利彦)の「Communism」が並び、アナキズムと共産主義の併存が示されている。他の文字は、〝久太〟(和田久太郎)による「貨幣!株券!公債!/こんな不穏宣伝ビラはよろしく没収しろ」、〝さく太〟(岩

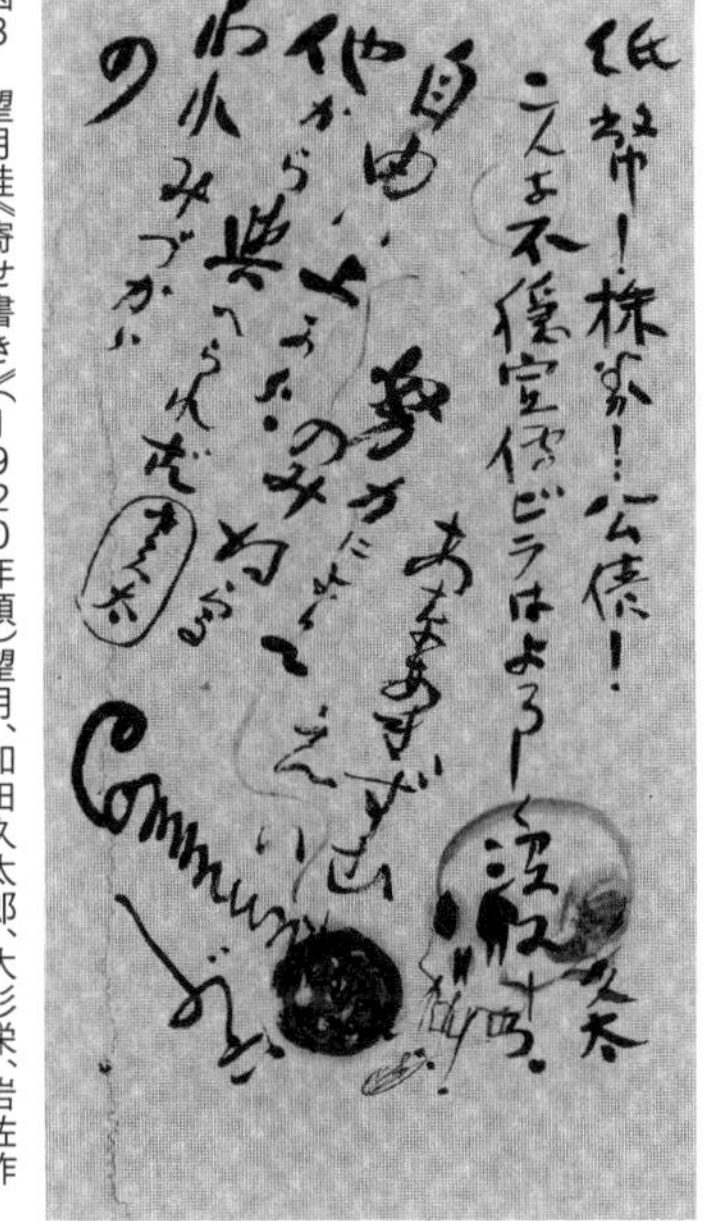

図3　望月桂《寄せ書き》(1920年頃)望月、和田久太郎、大杉栄、岩佐作太郎、堺利彦の五人による(爆弾と髑髏は望月画)

佐作太郎）によるクロポトキンの「自由は上から／他から与へられず／われみづからの／努力によりのみ得らる」という言葉がある。[8]――と解説し、対立を抱えていた社会主義陣営は一九二二年頃のアナ・ボル論争で分裂するがこの作品は黒耀会では大同団結を目指していたことを示し、芋銭や夢二が社会主義誌に描いた人道主義的な戦争反対のモチーフの髑髏はアナキズムの望月に受け継がれ、爆弾は同時代の左翼的美術作品に現れていた。その中で最も有名な爆弾の絵は、一九二一年一〇月に創刊された『種蒔く人』の表紙絵として柳瀬正夢が描いたものであると指摘し、天皇抹殺という究極の反権力のシンボルにしていた爆弾の系譜に関連付けて『種蒔く人』表紙の爆弾と爆発を次のように説明している。

望月と柳瀬の表現に差異があるとはいえ革命への思いにおいては爆弾の表現は共有されており、望月が描く爆弾は、丸い玉から導火線が延びており、そこから煙がもくもくと噴き出している。

一方、柳瀬が描く爆弾は、導火線がなく、爆弾の周りには曲線で形式的な炎が取り巻いている。一九二二年八月〈「第一〇・一一合併号」（図4）〉からは、爆弾の上半球が大きくシルエットとしてデザインされ、より形式的な表現となっている。さらに、一九二三年一月〈第一五号（図5）〉では、爆弾が半球を残して破裂し、爆風で引きちぎられた鎖も描かれている。爆弾は、導火線に火がついた状況から、炎をともない、やがて爆弾が大きくなり、そして最後には爆発に至り、束縛を象徴する鎖を引きちぎったと図像分析している。両者の爆弾の作品からは、革命への意思の過激化が、前衛芸術と同じように退歩を許さない直線的なものであると捉えることが可能であるとし、望月の比較的穏やかな爆弾の表現が先行して存在し、柳瀬はそれを踏まえてさらに過激化した爆弾を描いたと。[9]（〈 〉の号数は稿者による）

柳瀬は、部分的な手直しをしてはいるが、創刊号と同じデザインの「第四号」（「一九二二年新年号」）から「第九号」（一九二二年九月号）の表紙の「行動と批判」の文字の左右の飾りは導火線がある爆弾であり、また、「第一〇・一一合併号」から二ヶ月後の「柳瀬まさむ第七回油画展覧会」（一九二二年一〇月七日、門司青年会館）に彫刻「爆弾の心理」を発表し、続いて同じ彫刻と思われる「爆弾の心理」を「三科インデペンデント」（一九二二年一〇月一五日から三一日）に穴明共三の名で出品したように、爆弾を一貫して意識している。

この書の論旨は、日本のアヴァンギャルド芸術論に削ぎ落とされた反権力のシンボルである爆弾のメタファーを日本の前衛芸術史に正当に位置づけ浮上させることが主題であり、『種蒔く人』の表紙絵図の詳細な解読を目的にしていないが、美術史学においては『種蒔く人』の表紙絵について踏み込んだ考察がほとんど見られないだけに貴重な論考であり、その考察を視界に入れた表紙絵図の解読が求められよう。以下に、創刊号表紙のど真ん中に描かれた爆弾が沸騰し爆発する「第一〇・一一合併号」と「第一五号」の表紙絵図を見ていく。

四　沸騰する爆弾の爆発と砕かれた鎖

「第一〇・一一合併号」（図4）の表紙は、上辺中央の爆弾(B)が爆発して熱した鎖が連なるフレーム(A)で囲まれ、その枠内に爆弾が破裂して割れた亀裂から弾子(D)が弾け散り、炎がSEMANTOの文字となって噴き上げる半球をクローズアップしたシルエットを配するレイアウトである。半球下部の「行動と批判」と重なる鋸歯文状(C)が、半球が割れた爆発の激しさを表す。白抜きの題字を半球に重ねることによって「種蒔き社」のシンボルマークの爆弾が沸騰して爆発し、フレーム状の鎖を熱して砕き「引きちぎる」瞬間の図としてデザインされている。「導火線がなく、爆弾の周りには曲線で形式的な炎が取り巻いて」「爆弾の上半球が大きくシルエットとしてデザインされ、より形式的な表現となっている」。形式的な表現とは、望月の爆弾との比較においての説明であるが、その形式性には、大正、昭和前期の装幀史における最大のイメージメーカー[10]として「種蒔き社」の同人たちとプロレタリア文学作品を一手

図4　第2年第3巻第10・11合併号　8月特別号
1922(大正11)年8月1日

に引き受けて装幀した造型性が既に現れていることが注目される。

「合併号」の熱せられたフレーム状の鎖が引きちぎられる瞬間は、次の「第一五号」（図5）で過激に沸騰し爆発する図像に転換される。

表紙上部の線描白抜きのエスペラントを付した表題をおき、その下部に上辺(E)が波形の矩形を配置し、その四方形の上半部に、破壊された街の情景を暗示させる版画の墨版の如き絵図(B)があり、その下部の空白部に巻数と号数と編集内容を活字で組むレイアウトである。

絵図の下部のラインが建造物が揺れて倒壊する逆シルエット(C)になっており、その下方の「行動と批判」の文字も揺れている。上部の図は爆弾が火炎を放ち「半球(A)を残して破裂して束縛を象徴する鎖を引きちぎった」爆発の絵である。その下部が白黒逆のシルエット(C)で激震に揺れて倒壊する建造物が描かれ、その激しさを揺れる「行動と批判」の文字で表現し、対応する下部ラインがサーベルと骸骨の屍を重ね合わせた(D)のシルエットで表されている。

髑髏と骸骨は、初期社会主義の芋銭、夢二や望月らのアナキストたちが戦争に抗議する寓意の図像であり柳瀬も同様である。とすれば、倒壊する建造物は爆撃による破壊を、そして不気味に燃える炎(F)は、街を焼き尽くす戦火の恐怖を、そして、黒く波打つ上辺(E)は戦火の黒煙を表し戦争下の街の恐怖を描いた絵となる。墨版に重ね刷りした朱赤が戦火のドラマツルギーを描出する効果をあげている。また、破裂した半球(A)に種子が詰まっており「種蒔く人」によって人を束縛する鎖を砕き引きちぎる主題が表象されており、その主題に視点をおくと波打つ上辺(E)は戦火の抗う群衆が掲げる無数の旗の靡きに、そして、工場群の

図5　第3年第3巻第15号　新年号
1923(大正12)年1月1日

煙突群から噴き出す煙に変換される。だが、「爆弾は、導火線に火がついた」という説明は正確でないであろう。この号にも導火線は描かれていないからである。

異空間と異時間を同在させる未来派の表現法による戦争の惨禍とそれに抗する反戦の主題を重合した画像に秘めた革命のメタファーは、凡俗な検閲の眼を攪乱し見抜かれることはないのである。

五　ミレーの《種をまく人》とシンボルマーク

柳瀬正夢が表紙に描いた爆発のメタファーを読み解く上で、創刊直後の「題言」と「社論」に添えた二つのカットが重要な示唆を与えている。まず、「土崎版」の表紙に使われたミレー作の《種をまく人》（図6）に描かれた農夫をみておかねばならない。農夫が蒔いた種に群がる鳥(F)が埘に帰る夏の終わりの日没のノルマンディーの大地に、種袋(B)を肩に掛け、深く帽子(A)を被り、脚に防寒の藁(D)を巻き、大股で種を蒔く(C)農夫を画面の前面に大きく描き、その背後の地平に残照に照らされるもう一人の農夫(E)が二頭の牛に犂を引かせるこの絵は、一八五〇年のサロンに出品され、美術家と評論家達を刺激して評価を高めるとともに社会主義者や共和主義者らによって理想的な農民像として讃美され傑作として永く記憶されてきたが、一方、農民嫌いのブルジョア階級は、農民が散弾をばらまいて抵抗する挑発的な許容しがたい図像として誹謗した。この絵をめぐりパリの社会を二分する大論争が起きたのは、飢饉に苦しむ農民の抵抗から始まりブルジョワジー主体の市民革命からプロレタリアート主体の革命へ転化した二年

図6　ミレー画《種をまく人》（1850年）
山梨県立美術館所蔵

前の二月革命が背景となっていた。(11)「土崎版」は、そのミレー画の農夫を中央におき、その下に「自分は農夫の中の農夫だ。自分の綱領は労働だ」というミレーの言葉を付している。(12)大正期はミレーに関する単行本が多数世に出てロマン・ロランの「ミレー」の訳本も広く読まれミレーブームが生まれていた。柳瀬の「創作ノート」(13)には購入年月を記載した「所有する書名」がある。そのリストに一九一四年一〇月購入の「ローラン ミレー評伝」がある。画家の道を決断した最初の上京時に購入したと考えられ、柳瀬は早くからミレーを意識していたのである。

　柳瀬が描いたカットは、三二図あり、誌面に使われた数は延べ一五三点である。それらは三つに分類できる。第一類は、「社論」や「題言」に付した紙面三分一のサイズの三図。第二類は、一〇一ケ所に使われた小型のカット群の二七図。第三類は、幅二センチで紙面縦幅の縦長の二図のカットである。その詳細は機会を改めねばならないが、シンボルマークに秘めたメタファーを読み解く上で、注目されるのは、ミレー画の《種をまく人》を主題にした第一類の「第二号」(第一年第一巻第二号十一月号)扉頁の「マキシム・ゴーリキのために(題言)」に付した［カットⅠ］(図7)と「第四号」(第二年第二巻新年号)二頁の題言「リープクネヒトと戦争」に付した［カットⅡ］(図8)である。

　［カットⅠ］は、画面左方に物を投じる人体の腕と肩と胸部の筋肉と頭部の動きが時間差を同時間的に表現され、画面中央に突起口から炎を噴き出している粒子を内包する「球体」(B)を配し、画面下方隅にはMaceのサイン(Ⅰ)がある。その右の二重

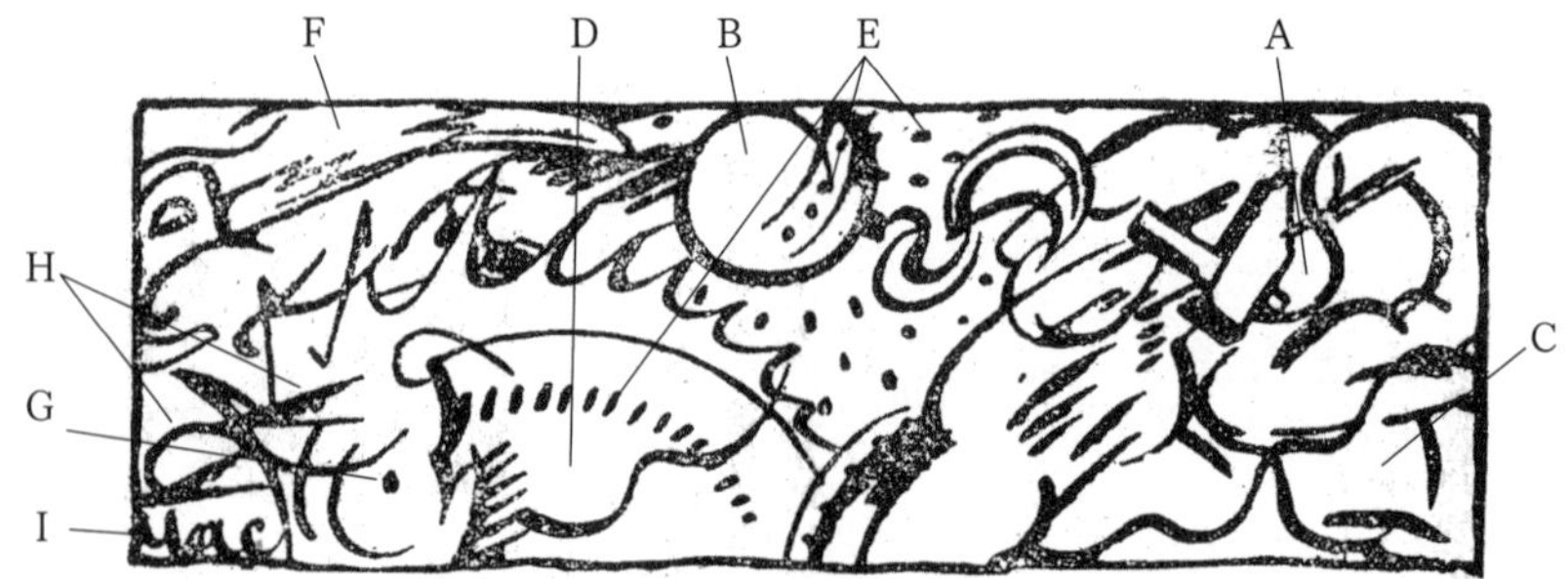

図7　〔カットⅠ〕「第2号」(第1年第1巻第2号11月号)扉頁の「マキシム・ゴーリキのために(題言)」に付したカット。中央の球体(B)は「第10・11合併号」表紙のシルエットの半球に転換しデザイン化している。球体の種(E)はその半球の亀裂に描かれている

円状の爆発波線(G)から右上に向かって放射する尖った数本の線によって表された「球体」(B)の爆発によって割れた「半球」(D)の間に詰まった粒子が弾き飛ばされ地面に散らばる絵図である。爆発波(G)から右上方に向かって伸びる歪曲線は粒子が弾け飛ぶ軌道線であろう。

人体各部位の描画線を繋ぐと、帽子を深く被り袋を負う農夫像(A)が現れ太い腕が「球体」を投げる図に変換される。画面左方上部には地面を趾の爪(H)で蹴り急下降する鳥の鋭い嘴(F)が描かれ、ミレーの絵の図像的要素を満たしており、農夫が投じる「球体」(B)は、「土崎版」表紙のミレーの絵の農夫が蒔く種をイメージしていることは明らかである。突起口から火炎を噴き粒子(E)を噴射しており爆発寸前の爆弾であるが、導火線がないことによって「創刊号」の爆弾であることが暗示される。この「球体」は、爆弾であると同時に無数の「種子」を内包した「種」でもある。

農夫と重なるハンマーに焦点を当てると噴き出す炎は鎖に転化し「球体」は鎖と繋がる鉄球に変換され、ハンマーが鉄鎖を打ち砕く図像となって現れる。革命をシンボライスしたハンマーが鉄鎖を砕き、農夫が革命の種を蒔く二つの主題を重合し「種蒔く人」運動を図解した絵である。また、サインを入れ「種蒔く人」運動に与する決意を表す柳瀬の「種蒔く人宣言」の図でもある。

「カットⅡ」は、「カットⅠ」の未来派の視覚による多義的な複雑さで表現した画像要素を統括的に再構築して帽子を深く被り肩に種袋(C)を掛け右腕で種を蒔くミレー画の農夫(A)が蒔く種(B)が破裂(D)して内包する無数の種子(E)を大地に弾き飛ばす情景

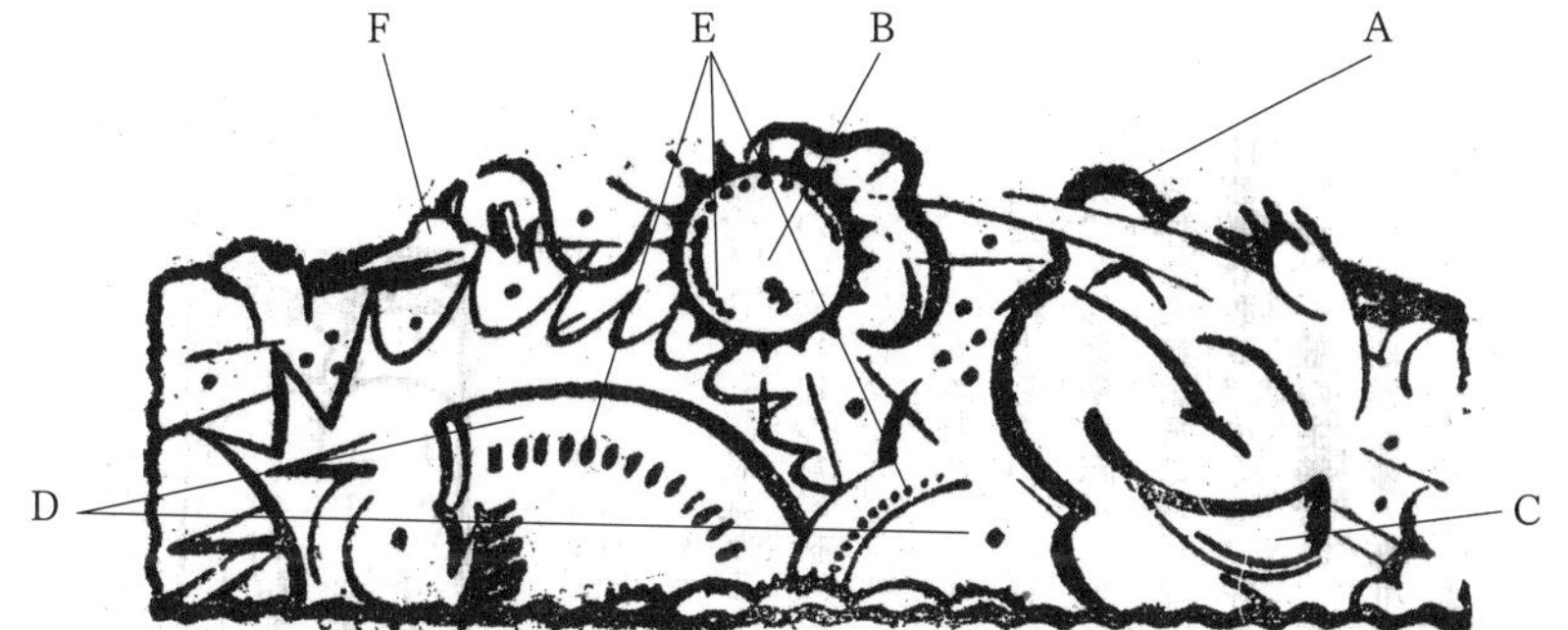

図8 〔カットⅡ〕「第4号」(第2年第2巻第4号新年号)2頁の題言「リープクネヒトと戦争」に付したカット。ミレー画の「種をまく人」をシンボライズした絵

をより明晰に描出し、背後の地平線に蒔かれた革命の真理を広げる種を啄ばむ鳥(F)を革命の芽を摘み取り阻む行為に見立てて戯画化し諷刺している。この図は「種蒔く人」の運動綱領を簡潔に表象する画像に高めて昇華されている。

「種蒔き社」のマークを「第四号」と「第五号」の巻頭の「種蒔く人宣言」に付しただけに留めたのは、このマークに秘める危険性に慎重を期したからであろう。この絵は、それを補うシンボル的な図として、「リープクネヒトと戦争」の題言に使った「第四号」以降から「第二二号」までの社論と提言に一七回使われている。

ミレー画の農夫が蒔く種は、フランスの支配階級が恐怖した革命の思想を蒔き散らす散弾として恐れた種である。その散弾とは、弾子が詰まる形状から葡萄爆弾と呼ばれ、破裂して弾子を放射する「手投げ弾」である。シンボルマークにブルジョア階級が勝手に恐れた「葡萄爆弾」をイメージしてデザインしていることをこの二図から読み取れるであろう。先に述べたシンボルマークの論証はこの二図を根拠にしている。

二図は、創刊から僅か一ヶ月と三ヶ月後に描かれており、柳瀬は時を置かずに小牧から託されてデザインした「種蒔き社」のマークに秘める「革命の真理を擁護する」図像の意図を明らかにし、マークを沸騰させ爆発させた「第一〇・一一合併号」と「第一五号」の表紙絵に秘めた革命のメタファーを既に解き示していたのであった。

六 『種蒔き雑記』の装幀と震災体験

その夏、柳瀬は、大山郁夫の家族と房州で避暑していたが一足先に帰京した二日目に関東大震災の直撃を受けた。大山の安否が気になりながら戸塚の大山邸を留守番していた昼間に大山邸を兵士が囲み憲兵に踏み込まれる。[14] 往来に引き出されて中尉の命令で六つの銃口が取り巻き「野郎戸山っ原で蜂の巣だ！」と罵声を浴びされながら連行され、「両頬が殴られ、椅子諸共後ろへ引倒して起き上ろうする足を蹴られ、頭部を続けさまに竹刀で打ち、頭髪を摑みの字型に引摺り廻して足袋跣で顔面を踏み躙り、体が擦り剥け、唇が裂け、鼻血が出る凶暴な暴行後に淀橋署戸塚分署の留置場に放り込まれる」[15]（傍点は稿者による）。その体験は『文藝戦線』（図9）の漫画に余すことなく描画されている。柳瀬は、被災現場を歩き被災の惨状を描いたスケッチを約八〇点残している。

関東大震災は、「種蒔き社」を直撃し同人が四散するなかで立ち上がり二ケ月後には「朝鮮人の生命に及ぼした大きな事実は、流言蜚語そのものが発頭人」であることを追及し糾弾する『種蒔く人 帝都震災号外』を発行する。翌年一月に厳しい言論弾圧に抗して亀戸で暗殺された平澤計七、川合義虎、鈴木直一、山岸實司、近藤廣造、北嶋吉蔵、加藤高貴、吉村光治、佐藤欣治を追悼する「亀戸の殉教者を追悼するために」と題した『種蒔き雑記』（図10）を発行して抗議した。この号を、「創刊号」と同じ夢二の図案文字に倣った描き文字で装幀している。それは、厳しい言論統制下において爆弾の表現が危険であることへの対応であったと思えるが、その背景には、災害地を歩き被災の実景をスケッチして「都新聞」の「東京災難画信」に連載した夢二への共鳴があってのことであろう。[16]だが、柳瀬は、表紙の発行年の「１９２４」という数字の「１９」と「２４」の間に導火線がある爆弾を描き込み抵抗の意思を表している。[17]柳瀬は、第二冊後も同じ装幀で「亀戸の殉教者」を追

図９　『文藝戦線』(第1巻第5号 1924年10月号)「漫画」（関東大震災直後の体験）本文に引用した「狂犬に噛まれる」（『戦旗』第1巻第６号 1928年10月1日）の内容が描画されている

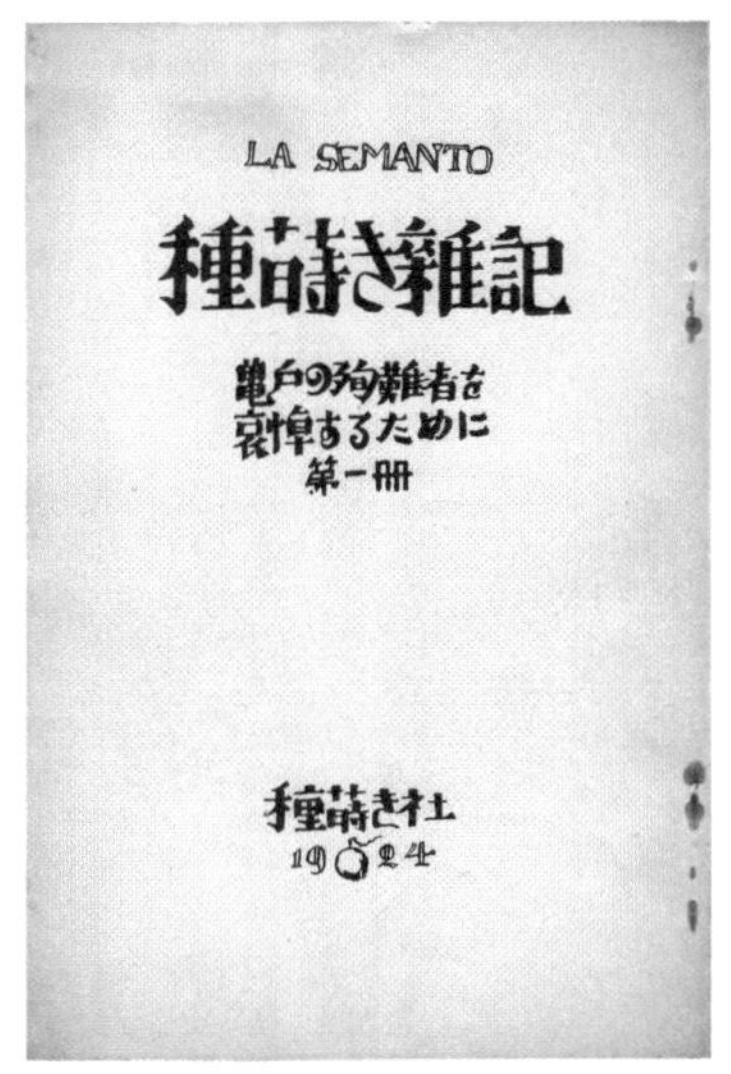

図10　種蒔き雑記　第1冊　亀戸の殉難者を哀悼するために　1924(大正13)年 1月20日発行年の 1924の19と24の間に導火線のある爆弾が描かれている

悼し「流言蜚語の発頭人」を追求する思いであったに違いない。九人の同志の追悼を編み編集発行兼印刷人にその名を公にした金子洋文も同じであったろう。

七　おわりに

　佐々木孝丸は「(柳瀬は)、黒い背広を着ていたが、その裏は真ッ赤なシュス仕立てであって、一杯やると、そいつを裏返しに着て、革命歌を歌った[18]」と回想し、柳瀬も「その頃は私自身さへアナーキズムとコムミユニズムの判然り(ママ)した区別がつかなかつた、といふより絶対に是を二つのイズムにして考ふべきでないとさへ信じてゐた。当時書ものに穴明共三なるペンネームを用ひてゐたことによつてもそれと知れる[19]」と回想を残している。

　「未来派美術協会」から「マヴォ」に至る大正新興美術運動の先端を疾駆するアヴァンギャリストの柳瀬にとっての「種蒔く人」運動は視覚革命の一環であったが、本稿で概略的に見てきた「土崎版」表紙のミレー画の農夫が蒔く種をイメージした「種蒔き社」のマークを沸騰させた表紙絵は「革命の真理を擁護する」図像に昇華されており、柳瀬正夢の「戦闘的・政治的」前衛性は反戦平和の国際連帯を訴える思想と多感に向き合った「種蒔く人」運動に辿ることが出来る。また、そのアヴァンギャルドの画家を包摂した「種蒔く人」は来るプロレタリア美術への歴史的源流ともなったのである。

　望月が描く爆弾との相違と分岐点は、柳瀬が「黒と赤」の両義のイズムを合わせ持っていたことであった。

　金子洋文は、松山で開催した没後三三年に当たる「遺作展」(「愛媛県美術館」一九七八年四月)に際して「畏敬する友」と題して寄せた手記で「創刊号の表紙をはじめ、第二年第三巻の表紙。第三年第四巻の表紙も同君の執筆であり、今日見ても、その着想は新鮮であり、迫力に富んでいて、マルクス・レーニン主義の文化運動にふさわしい、輝きを示した。第一流の画境を示していると思います」と偲んでいる[20]。

〔注〕

(1)『種蒔く人』に、「僕の紹介した人、例えば、画家の柳瀬正夢」とある。『村松正俊著作撰集上巻』(ブレイク・アート社、一八八五年)の「『種蒔く人』と僕」三二七頁二一行。

(2)「東京版」の通巻号数の記載があるのは「創刊号」から「第三年第四巻第一九号六月号」迄であるので、「第三年第五巻七月号」と「第三年第五巻八月号」を通巻「二〇号」「二一号」とした。
(3) 小牧近江「思い出」(『愛媛新聞』柳瀬正夢遺作展に寄せる[7]、一九七八年四月一日)。
(4) 大地進『黎明の群像─苛烈に生きた「種蒔く人」の同人たち』(秋田魁新報社、二〇〇二年九月)柳瀬正夢の章一二二頁、上段五行から下段一行。
(5) 足立元『前衛の遺伝子　アナキズムから戦後美術へ』(ブリュッケ、二〇一二年一月一五日)。
(6) 前掲一八頁、七行から八行。
(7) 前掲一一〇頁、一二行から一三行。
(8) 前掲九六頁、一一行から一五行及び一一〇頁六行から一一行。
(9) 前掲一一〇頁一六行から一一二頁一行。
(10) 西野嘉章は「大正期から昭和のはじめにかけての最大のイメージ・メーカーといえば、柳瀬正夢を置いて他にいない」と指摘している。『装釘考』(玄風社、二〇〇〇年)一九九頁。
(11) 井出洋一『「農民の画家」ミレーの真実』(NHK出版、二〇一四年)を参考。
(12) 大和田茂は「土崎版三冊の意義」で、この言葉は加藤一夫訳のロマン・ロラン『ヴェトフェンとミレー』(洛陽堂、一九一五年)によると指摘している。『「種蒔く人」の潮流─世界主義・平和の文学』(文治堂書店、一九九九年五月収載)六二頁。しかし、他の「訳書」から引用した可能性もありそうである。
(13)「創作ノート12」(柳瀬文庫・柳一六〇)。
(14) 大山邸に憲兵が踏み込んだ日について幾つか説がある。
(15)「狂犬に噛まれる」(『戦旗』第一巻第六号、一九二八年一〇月一日)。
(16) ほかに『週刊朝日』(一九二三年九月二三日号～一一月二五日号)、『改造』(一九二三年一〇月号)、『文章倶樂部』(一九二三年一〇月号)にも震災の作品を寄せている。
(17) この号以外に導火線がある爆弾が描かれた号は本稿二八六頁を参照願う。
(18) 佐々木孝丸『風雲新劇志』(現代社、一九五九年)四九頁終わり一行から五〇頁三行。
(19)「自叙伝」(日本漫画家連盟の漫画雑誌『ユウモア』一九二七年二月号)三二頁下段六行から一二行。
(20) 金子洋文「畏敬する友」(『愛媛新聞』柳瀬正夢遺作展に寄せる[11]、一九七八年四月五日)。
*図2、図3は、菊池明子著『黒耀会』(時の美術社、二〇一一年)収載図を使った。

#『種蒔く人』関係文献目録

日本プロレタリア文学の揺籃と位置づけられている雑誌『種蒔く人』は、創刊一〇〇周年を迎えた。一世紀前に誕生した雑誌がなぜ重要な意味を持つのか、次の時代に伝えていくためには、残された文献資料を読み解き研究を進めていく必要がある。本目録はこれまでの関係文献を一覧にすることで、この雑誌が時代とともにどう捉えられてきたのかを把握する目的で作成した。

図書と雑誌論文・記事とに分け、図書では情報を〈著者（編者）『タイトル』出版社　刊行年〉の順に、雑誌論文・記事では更に掲載誌情報を加えた。また刊行年を基準に一〇年ごとに区切り、文献を時代順に遡れるよう降順で並べた。字体は新旧混在とした。

一〇〇年という長い時間を経ており資料の入手が難しい場合も多い。ここでは国立国会図書館を主軸とした図書館の所蔵目録データベース等で公開されている文献を対象とした。未公開の資料、新聞記事が相当数存在するが、今回はそれらを対象としなかった。

流れを追うと雑誌の論文が図書に掲載され、重複する場合も見られるなど、時を経て『種蒔く人』の研究が積み重なっていく様子が分かる。主だった研究文献とその意味については、大和田茂が「『種蒔く人』研究の現在」（『社会運動と文芸雑誌―『種蒔く人』時代のメディア戦略』二〇一二年）で解説しているので、一読をお勧めしたい。

謝辞　目録作成にあたり大和田茂氏、北条常久氏、編集の生内克史氏から多大なご支援を頂きました。

（天雲　成津子）

図書目録〈著者『タイトル』出版社　出版年〉

【二〇一〇年～】

祖父江昭二『二〇世紀文学としての「プロレタリア文学」—さまざまな経路から』エール出版社学術部　二〇一六年
［柳瀬正夢］『柳瀬正夢全集　第一巻』三人社　二〇一三年
大和田茂『社会運動と文芸雑誌—『種蒔く人』時代のメディア戦略』菁柿堂　二〇一二年
長塚英雄編『ドラマチック・ロシア in Japan—文化と史跡の探訪』生活ジャーナル　二〇一〇年

【二〇〇〇～二〇〇九年】

［金子洋文］須田久美編『金子洋文短編小説選』冬至書房　二〇〇九年
浦西和彦『浦西和彦著述と書誌（一）新・日本プロレタリア文学の研究』和泉書院　二〇〇九年
須田久美『金子洋文と『種蒔く人』—文学・思想・秋田』冬至書房　二〇〇九年
『種蒔く人』『文芸戦線』を読む会編『『文芸戦線』とプロレタリア文学』龍書房　二〇〇八年
秋田市立土崎図書館『金子洋文資料目録—秋田市立土崎図書館所蔵』秋田市立土崎図書館　二〇〇七年
小泉修一『「種蒔く人」の一人』光陽出版社　二〇〇六年
高橋秀晴『七つの心象　近代作家とふるさと秋田』秋田魁新報社　二〇〇六年
李修京『帝国の狭間に生きた日韓文学者』緑蔭書房　二〇〇五年
「種蒔く人」の精神編集委員会編『「種蒔く人」の精神—発祥地秋田からの伝言』「種蒔く人」顕彰会　二〇〇五年
『種蒔く人』『文芸戦線』を読む会編『フロンティアの文学—雑誌『種蒔く人』の再検討』論創社　二〇〇五年
秋田市編『秋田市史　第四巻　近現代一（通史編）』秋田市　二〇〇四年
小泉修一『輝く晩年—作家・山川亮の歌と足跡』光陽出版社　二〇〇四年

李 修京『近代韓国の知識人と国際平和運動―金基鎮、小牧近江、そしてアンリ・バルビュス』明石書店 二〇〇三年
大地進『黎明の群像―苛烈に生きた「種蒔く人」の同人たち』秋田魁新報社 二〇〇二年
野添 憲治『労農運動に生きる―秋田の先覚者たち―』能代文化出版社 二〇〇一年
秋田市立土崎図書館『「種蒔く人資料室」目録―秋田市立土崎図書館所蔵』秋田市立土崎図書館 二〇〇一年
安斎 育郎・李 修京 編『クラルテ運動と『種蒔く人』―反戦文学運動〝クラルテ〟の日本と朝鮮での展開』御茶の水書房 二〇〇〇年

【一九九〇～一九九九年】
『種蒔く人』の潮流」刊行委員会 編『『種蒔く人』の潮流―世界主義・平和の文学』文治堂書店 一九九九年
秋田市 編『秋田市史 第一四巻 文芸・芸能編』秋田市 一九九八年
湯地 朝雄『ナップ以前のプロレタリア文学運動―『種蒔く人』『文芸戦線』の時代』小川町企画 一九九七年
中野 重治『中野重治全集 第一八巻 プロレタリア文学の人びと』筑摩書房 一九九七年
井出 孫六『ねじ釘の如く―画家・柳瀬正夢の軌跡』岩波書店 一九九六年
琴 秉洞 編『朝鮮人虐殺に関する知識人の反応二（関東大震災朝鮮人虐殺問題関係史料三）』緑蔭書房 一九九六年
渡辺 一民『フランスの誘惑―近代日本精神史試論』岩波書店 一九九五年
北条 常久『種蒔く人 小牧近江の青春』筑摩書房 一九九五年
祖父江 昭二『二〇世紀文学の黎明期―「種蒔く人」前後』新日本出版社 一九九三年
「種蒔く人」七十年記念誌編集委員会 編『「種蒔く人」七十年記念誌』「種蒔く人」七十年記念事業実行委員会 一九九三年
鎌倉市教育委員会『特別展 小牧近江―種蒔く人〈会場・鎌倉文学館、会期・平成五年六月一一日（金）～七月二五日(日)〉』鎌倉市教育委員会 一九九三年

秋田県立秋田図書館 編『種蒔く人文庫目録―秋田県立秋田図書館所蔵』秋田県立秋田図書館　一九九二年
北条 常久『『種蒔く人』研究―秋田の同人を中心として―』桜楓社　一九九二年
大和田 茂『社会文学・一九二〇年前後―平林初之輔と同時代文学』不二出版　一九九二年
小田切 秀雄『社会文学・社会主義文学研究』勁草書房　一九九〇年

【一九八〇～一九八九年】
小田切 秀雄『私の見た昭和の思想と文学の五十年 上巻・下巻』集英社　一九八八年
金子 洋文『種蒔く人伝（労大新書八一）』労働大学　一九八四年
［今野 賢三］佐々木 久春 編『花塵録―「種蒔く人」今野賢三青春日記』無明舎出版　一九八二年
飛鳥井 雅道『日本プロレタリア文学史論』八木書店　一九八二年
稲垣 達郎『稲垣達郎学芸文集三　大正昭和文学研究』筑摩書房　一九八二年
秋田 雨雀・山田 清三郎『文化運動史（日本資本主義発達史講座　第二部 資本主義発達史）』岩波書店　一九八二年
林 尚男『冬の時代の文学―秋水から「種蒔く人」へ』有精堂出版　一九八二年
小沢 三千雄 編『秋田県社会運動史資料　大正・昭和編一～五』みしま書房　一九八〇―一九八二年
小牧 近江『異国の戦争』かまくら春秋社　一九八〇年

【一九七〇～一九七九年】
小牧 近江『種蒔くひとびと』かまくら春秋社　一九七八年
安 宇植 他編『資料 世界プロレタリア文学運動 第一巻 一九一七―二七年』三一書房　一九七二年
日本文学研究資料刊行会 編『プロレタリア文学（日本文学研究資料叢書）』有精堂出版　一九七一年

【一九六〇～一九六九年】
［小牧 近江］野淵 敏・雨宮 正衛『種蒔く人の形成と問題性―小牧近江氏に聞く―　秋田県大正文芸史の研究』秋

田文学社　一九六七年
蔵原惟人・手塚英孝編『物語プロレタリア文学運動(上)(下)(新日本新書)』新日本出版社　一九六七年
小牧近江『ある現代史―〝種蒔く人〟前後』法政大学出版局　一九六五年
小田切進『昭和文学の成立』勁草書房　一九六五年
瀬沼茂樹『近代日本文学の構造 第二巻 大正・昭和の文学』集英社　一九六三年
遠地輝武『現代日本詩史』昭森社　一九六三年
今野賢三編著『「種蒔く人」とその運動―解説書―創刊四十一周年記念』「種蒔く人」顕彰会　一九六二年
［種蒔き社］日本近代文学研究所『種蒔く人　復刻版』日本近代文学研究所　一九六一年

【一九五〇〜一九五九年】

佐々木孝丸『風雪新劇志―わが半生の記』現代社　一九五九年
渡辺順三『烈風のなかを―私の短歌自叙伝』新読書社出版部　一九五九年
青野季吉『文学五十年』筑摩書房　一九五七年
平野謙『政治と文学の間』未来社　一九五六年
野間宏等編『日本プロレタリア文学大系(一)　運動抬頭の時代　社会主義文学から「種蒔く人」廃刊まで』
三一書房　一九五五年
平野謙・荒正人他編『討論　日本プロレタリア文学運動史』三一書房　一九五五年
山田清三郎『プロレタリア文学史　上巻　(若芽の時代)』理論社　一九五四年
山田清三郎『プロレタリア文学風土記―文学運動の人と思い出』青木書店　一九五四年
今野賢三編著『秋田県労農運動史』秋田県労農運動史刊行会　一九五四年

【一九四九年以前】

笹本寅『文壇郷土誌　プロ文学篇』公人書房　一九三三年
山田清三郎『日本プロレタリア文芸運動史』叢文閣　一九三〇年
田口憲一『マルクス主義と芸術運動』白揚社　一九二八年

雑誌論文・記事目録

〈著者「タイトル」『掲載誌』巻号／団体・出版社　出版年　掲載頁〉

【二〇一〇年～】

中村能盛「DEMAINから『種蒔く人』への変容―小牧近江を中心に」『名古屋大学人文科学研究』(四八)／名古屋大学大学院文学研究科　二〇二〇年四月　二一～一一頁
阿部邦子「パリと秋田を結ぶトランスナショナル・ヒューマニズム：小牧近江著　藤田嗣治挿画　詩集『詩数篇』(Quelques poèmes)（一九一九）を巡って：―『種蒔く人』創刊一〇〇周年へむけての序章」『国際教養大学アジア地域研究連携機構研究紀要』(一〇)／国際教養大学　アジア地域研究連携機構　二〇二〇年三月　一～一二頁
北条常久「『種蒔く人』から住井するゑ『橋のない川』へ」『秋田風土文学』(一六)／秋田風土文学会　二〇二〇年　三月　七～一五頁
髙橋秀晴「『種蒔く人』以前の金子洋文と今野賢三―洋文宛て賢三書簡が語ること―」『秋田風土文学』(一六)／秋田風土文学会　二〇二〇年三月　一八～四四頁

北条常久「住井すゑ『橋のない川』と『種蒔く人』」『人権と部落問題』六九（三）（通号八九六　増刊）／部落問題研究会　二〇一七年二月　一一三〜一一八頁
天雲成津子「金子洋文の研究―その文化活動から」筑波大学博士（学術）甲第七一五四号　二〇一四年一〇月三一日授与
大崎哲人「プロレタリア文学の過去・現在・未来（上）クラルテ運動と種蒔く人」『科学的社会主義』（一七八）／社会主義協会　二〇一三年二月　六八〜七三頁
須田久美「『種蒔く人』『文芸戦線』・室生犀星・私小説（再録　葦の葉近代部会誌二〇一一年一月〜二〇一一年一二月）」『近代文学研究』（二九）／日本文学協会近代部会　二〇一二年四月　九六〜九八頁
北条常久「『種蒔く人』創刊九〇周年に寄せて」『社会文学』（三五）／日本社会文学会　二〇一二年二月　二〜四頁
小森陽一「『種蒔く人』創刊九〇周年の集い　記念講演　現代史の中の『種蒔く人』」『社会文学』（三五）／日本社会文学会　二〇一二年二月　五〜一八頁
大和田茂「小牧近江『種蒔く人』への道程―大逆事件、社会主義同盟の関係からの考察」『社会文学』（三五）／日本社会文学会　二〇一二年二月　一九〜三二頁
高橋秀晴「小牧近江書簡資料の実際」『社会文学』（三五）／日本社会文学会　二〇一二年二月　三三〜四二頁
須田久美「『種蒔く人』創刊九〇周年に寄せて―金子洋文研究と今野賢三初期著作目録稿」『社会文学』（三五）／日本社会文学会　二〇一二年二月　四三〜五二頁
天雲成津子「『種蒔く人』同人金子洋文と白樺派―金子洋文資料から」『社会文学』（三五）／日本社会文学会　二〇一二年二月　五三〜六一頁
北条常久「評論『種まく人』九〇周年　小牧近江「亡き友を憶う　ジャン・ド・サン・プリーをおもって」」『秋田文学』

（二〇）／秋田文学社　二〇一一年九月　五九〜六六頁
高橋 秀晴「ハノイにのこせ人のあと―小牧近江と小松清―」『秋田文学』（二〇）／秋田文学社　二〇一一年九月　六七〜七四頁
天雲 成津子「畠山松治郎が描いた農村―『種蒔く人』と秋田」『社会文学』（三二）／日本社会文学会　二〇一〇年一二月　一二三〜一三二頁

【二〇〇〇〜二〇〇九年】

天雲 成津子「雑誌『種蒔く人』と反戦運動クラルテ、そのつながりについて」『秋田風土文学』（一四）／秋田風土文学会　二〇〇九年一一月　三四〜四四頁
桐山 香苗、大地 進、高橋 秀晴、佐々木 久春「「種蒔く人」小牧近江を語る」『秋田風土文学』（一四）／秋田風土文学会　二〇〇九年一一月　五六〜七三頁
高橋 秀晴「資料　秋田文学史　未発表書簡が語る小牧近江の新側面」『秋田文学』（一八）／秋田文学社　二〇〇九年九月　六八〜七八頁
高橋 秀晴「小牧近江と環「日本海」―新規寄託資料の可能性を遠望しつつ―」『社会文学』（二九）特集環「日本海」文学の可能性／日本社会文学会　二〇〇九年二月　一一七〜一二六頁
天雲 成津子「雑誌『種蒔く人』にみる情報・思想の拡がり―土崎版と同人を中心に」『情報化社会・メディア研究』五／放送大学情報化社会研究会　二〇〇八年　八一〜九〇頁
北条 常久「史料　秋田文学史―小牧近江の親族」『秋田文学』（一六）／秋田文学社　二〇〇八年九月　五一〜五三頁
李 修京「戦争と文学―「クラルテ」の思想と知識人の役割」『季論21―intellectual and creative』（一）／『季論21』編集委員会　二〇〇八年七月　一六六〜一七七頁
大和田 茂「「愛国」と「過労」をめぐって―労働文学と『種蒔く人』」『社会文学』（二五）〈特集〈働くこと〉と〈戦争

すること〉〉／日本社会文学会　二〇〇七年二月　四六～五七頁
須田久美「有島武郎と『種蒔く人』」『有島武郎研究』（九）　／有島武郎研究会事務局　二〇〇六年三月　二一～三一頁
大崎哲人「「クラルテ」運動　平和と希望　創刊八十五周年を迎えた『種蒔く人』」『科学的社会主義』（九四）／社会主義協会　二〇〇六年二月　六〇～六五頁
小正路淑泰「全国水平社創立大会に参加した『種蒔く人』の作家・中西伊之助」『部落解放』（五五四）／解放出版社　二〇〇五年九月　九八～一〇六頁
野添憲治「『種蒔く人』と秋田の無産運動―民衆の目覚め」『社会主義』（五一三）／社会主義協会　二〇〇五年六月　九五～一〇二頁
島村輝「二〇世紀の夢―日本のマルクス主義と文学」『政治への挑戦』（岩波講座文学一〇）／岩波書店　二〇〇三年一〇月　二五七～二七六頁
北条常久「『種蒔く人』の「土崎版」と伊藤永之介」『社会文学』（一九）　／日本社会文学会　二〇〇三年九月　九〇～九八頁
大崎哲人「〝タネマキスト〟の遺言―永遠の平和を求める文学『種蒔く人』（特集 岐路に立つ日本の平和と自立）」『軍縮問題資料』（二六八）／軍縮市民の会編　宇都宮軍縮研究室　二〇〇三年二月　四六～四九頁
水谷悟「雑誌『第三帝国』と金子洋文―「種蒔く人」の思想形成―」『年報日本史叢』／筑波大学大学院人文社会科学研究科歴史・人類学専攻　二〇〇二年　二五～四三頁
李修京「韓国における日本近代文学運動の評価考察―『種蒔く人』の評価」『山口県立大学国際文化学部紀要』（八）／山口県立大学国際文化学部　二〇〇二年三月　一～一二頁
松澤信祐「『種蒔く人』の埋もれた同人　山川亮（亮蔵）の軌跡」『文教大学国文』（三一）／文教大学国文学会

二〇〇二年三月　三二〜四七頁
大崎 哲人「「種蒔く人」八〇周年―民衆、永遠の願い繋ぐ平和主義」『科学的社会主義』（四五）／社会主義協会　二〇〇二年一月　七六〜七九頁
北条 常久「時代を超えて現代に問うものは何か―『種蒔く人』八〇周年の集い」『初期社会主義研究』（一四）／初期社会主義研究会 編　弘隆社　二〇〇一年　一五八〜一六〇頁
大崎 哲人「小牧近江とフランス文学―「種蒔く人」八〇周年記念」『科学的社会主義』（四一）／社会主義協会　二〇〇一年九月　五六〜六一頁
伊藤 玄二郎「有島武郎と『種蒔く人』」『短大論叢』（一〇八）／関東学院女子短期大学　二〇〇一年七月　一一〜二二頁
渡辺 巳三郎「『種蒔く人』と部落問題」『部落問題と文芸』（通号一二）／部落問題文芸作品研究会　二〇〇〇年一〇月　二七〜四二頁
李 修京「植民地期の金基鎮及び関連知識人研究」立命館大学 博士（社会学）甲第一八九号　二〇〇〇年三月三一日授与

【一九九〇〜一九九九年】
大崎 哲人「反戦平和の文学運動・『種蒔く人』」『科学的社会主義』（通号 再建八）／社会主義協会　一九九八年一二月　八四〜八九頁
北条 常久他「大正ヒューマニズムの青春・『種蒔く人』」『彷書月刊』一四（一一）／弘隆社　一九九八年一〇月二〜二二頁
北条 常久「関東大震災と『種蒔く人』」『社会文学』（八）／日本社会文学会　一九九四年七月　六五〜六八頁
大和田 茂「震災後の平林初之輔―『文芸戦線』離脱のころまで」『日本文学誌要』（四九）／法政大学国文学会　一九

九四年三月　三四～四三頁
渡辺一民「「クラルテ」と「種蒔く人」—戦争と革命をめぐって（上）（下）」『文学』／岩波書店　四（二）　一九九三年四月　一三三～一四八頁、四（三）　一九九三年七月　一五九～一六九頁
千葉三郎「雑誌「金砂」の革新性—「種蒔く人」との同時代相をめぐる資料」『文芸秋田』三四／文芸秋田社　一九九二年三月　四二～六〇頁
祖父江昭二「ずいそう　—この人この本—小牧近江と雑誌『種蒔く人』」『前衛—日本共産党中央委員会理論政治誌』（一二）（六一三）／日本共産党中央委員会　一九九一年一二月　一七七頁
分銅惇作「『種蒔く人』の歴史的意義」『社会主義』（一〇）（三二九）／社会主義協会　一九九一年一〇月　七五～八一頁
佐藤静夫「「種蒔く人」創刊七〇年に」『民主文学』（三一〇）（通号三六〇）／日本民主主義文学会　一九九一年九月　一一二～一一八頁
佐藤好徳「「『種蒔く人』七〇年記念展」を観る」『民主文学』（三一〇）（通号三六〇）／日本民主主義文学会　一九九一年九月　一二六～一二七頁
北条常久「「種蒔く人」の同人畠山松治郎と近江谷友治」『文芸研究—文芸・言語・思想』（通号一二八）／日本文芸研究会　一九九一年九月　七一～八〇頁
北条常久「『種蒔く人』とクラルテ運動」『聖霊女子短期大学紀要』（一九）／聖霊女子短期大学　一九九一年三月　一〇六～一一三頁

【一九八〇～一九八九年】

須田久美「金子洋文の〈眼〉—「種蒔く人」のころ」『日本文学研究』（通号二八）／大東文化大学日本文学会　一九八九年二月　一六一～一七〇頁

小田切秀雄「私の見た昭和の思想と文学の五〇年(四五)「驢馬」と「種蒔く人」を蘇らせる・イワノフ「装甲列車」」『すばる』九(一)/集英社　一九八七年一月　二四二~二五八頁
北条常久「小牧近江と『種蒔く人』の手本誌『ドマン』について」『唯物史観』(二八)/十月社　一九八六年五月　九五~一〇〇頁
阿部正路「種蒔く人たち―昭和文学史の一基点」『國學院雑誌』八七(四)/國學院大學　一九八六年四月　一~一五頁
藤森司郎「人物風土記―社会主義者の群像　秋田―受け継がれる「種蒔く人」の偉業」『月刊社会党』(通号三五一)/日本社会党中央本部機関紙局　一九八五年六月　一八六~一九二頁
北条常久「論説『種蒔く人』の手本誌『ドマン』(Demain)の紹介」『聖霊女子短期大学紀要』(一三)/聖霊女子短期大学　一九八五年六月　一九~二九頁
渡辺和靖「平林初之輔とその時代(四)―関東大震災前後―」『愛知教育大学研究報告　人文科学』(三四)/愛知教育大学　一九八五年二月　九九~一一五頁
押切順三「「種蒔く人」の流れのなかで越後谷隆治と「風の音」(詩の図書館一七)」『第三次　処女地帯』(一三)/秋田文化出版社　一九八四年六月　三四~三七頁
渡辺和靖「平林初之輔とその時代(三)―プロレタリア文学論への道―」『愛知教育大学研究報告　人文科学』(三三)/愛知教育大学　一九八四年一月　一一七~一三二頁
金子洋文「わが若き日々(二)「種蒔く人」発刊とインターナショナル」『月刊社会党』(三二七)/日本社会党中央本部機関紙局　一九八三年八月　二一〇~二一八頁
金子洋文「「種蒔く人」と山川夫妻(山川菊栄先生追悼号―女性解放の軌跡〈特集〉)」『婦人問題懇話会会報』(三四)/婦人問題懇話会　一九八一年六月　三九頁

前田 角蔵「平林初之輔試論―震災前後の平林の動向」『日本文学』二九（一一）／日本文学協会 一九八〇年一一月 四一～五二頁

佐々木 久春「「種蒔く人」の形成三」『叢園』（一一〇）／叢園社 一九八〇年三月 一二～一六頁

【一九七〇～一九七九年】

佐々木 久春「「種蒔く人」の形成二」『叢園』（一〇八）／叢園社 一九七九年一〇月 一二～一五頁

北条 常久「「種蒔く人」の投稿欄について」『文芸研究―文芸・言語・思想』（九二）／日本文芸研究会 一九七九年九月 二二～二九頁

佐々木 久春「「種蒔く人」の形成一」『叢園』（一〇六）／叢園社 一九七九年三月 一三～一六頁

小幡谷 政吉「「種蒔く人」の再評価 外国盟友からの情報」『叢園』（一〇六）／叢園社 一九七九年三月 三四～三五頁

林 尚男「「種蒔く人」をめぐって（特集 一九二二年前後の文学）」『日本文学』二八（一）／日本文学協会 一九七九年一月 一六～三〇頁

小牧 近江「金子洋文と私（特集 大正リベラリズム）」『悲劇喜劇』三一（七）／早川書房 一九七八年七月 六～七頁

分銅 惇作「「種蒔く人」と金子洋文（特集 大正リベラリズム）」『悲劇喜劇』三一（七）／早川書房 一九七八年七月 八～一六頁

金子 夕二「洋文氏の秋田での演劇について（特集 大正リベラリズム）」『悲劇喜劇』三一（七）／早川書房 一九七八年七月 二〇～二一頁

尾崎 宏次・早川 清 他「金子洋文氏に聞く（特集 大正リベラリズム）」『悲劇喜劇』三一（七）／早川書房 一九七八年七月 二二～四三頁

分銅 惇作「金子洋文作品年譜（発表年度・初出誌・初演）（特集 大正リベラリズム）」『悲劇喜劇』三一（七）／早川書房　一九七八年七月　四四～四五頁
佐々木 孝丸「「種蒔く人」と柳瀬正夢（柳瀬正夢遺作展によせて）」『文化評論』（通号二〇五）／新日本出版社　一九七八年五月　一八三～一八四頁
小幡谷 政吉「「種蒔く人」ドイツ翻訳者W・シャモニ氏の来日」『叢園』（一〇三）／叢園社　一九七八年五月　三四～三六頁
山川 菊栄「「種蒔く人」と食用がえる」『婦人問題懇話会会報』（二六）／婦人問題懇話会　一九七七年六月　二三頁
吉田 精一「評論の系譜（八八）平林初之輔―一―「種蒔く人」の理論的指導者」『国文学―解釈と鑑賞』四二（七）／至文堂　一九七七年六月　一八三～一九九頁
金子 洋文「「種蒔く人文庫」について」『日本近代文学館』（三七）／日本近代文学館　一九七七年五月　九頁
小牧 近江「関東大震災と『種蒔く人』」『社会主義』（再建一）（一二五）／社会主義協会　一九七七年一月　二六～二七頁
分銅 惇作「『種蒔く人』の回想―金子洋文作品集のことなど」『社会主義』（再建一）（一二五）／社会主義協会　一九七七年一月　一四二～一四八頁
小牧 近江「「種蒔く人」とクラルテ運動」『叢園』（九七）／叢園社　一九七六年一二月　一〇頁
小牧 近江「特集「種蒔く人」創刊五十五年記念講演〈第一部〉種蒔く人の誕生」『原点』（五四）／ヒューマン・クラブ　一九七六年一一月　一三～一六頁
金子 洋文「特集「種蒔く人」創刊五十五年記念講演〈第二部〉秋田の県民性」『原点』（五四）／ヒューマン・クラブ　一九七六年一一月　一六～一九頁
小幡谷 政吉「「種蒔く人」記念文庫など　ドイツ翻訳者への返信」『叢園』（九六）／叢園社　一九七六年八月　三四

〜三六頁
小幡谷政吉「「種蒔く人」文庫について〔含「種蒔く人」文庫資料目録〕」『日本古書通信』四一(五)/日本古書通信社　一九七六年五月　三〜四頁
金子洋文他「座談会「文芸戦線」をめぐって」『唯物史観』(一五)〈特集マルクス主義と文学〉/十月社　一九七五年七月　一七〜四二頁
小牧近江「種蒔く人として(昭和史を歩く七)」『第三文明』(一七三)/第三文明社　一九七五年七月　五六〜六三頁
小牧近江「土崎版『種蒔く人』始末記(私の昭和史)」『第三文明』(一七二)/第三文明社　一九七五年六月　一〇〇〜一〇二頁
石田玲水「「種蒔く人文庫」のこと」『叢園』(八七)/叢園社　一九七四年四月　三五頁
小牧近江「「土崎版『種蒔く人』以前」『文化評論』(一一六)/新日本出版社　一九七一年四月　八六頁
佐々木久春「東北の文芸における二つの型―「種蒔く人」と宮沢賢治の場合」『秋田大学教育学部研究紀要　人文科学　社会科学』第二一集/秋田大学教育文化学部　一九七一年二月　一〇一〜一一三頁

【一九六〇〜一九六九年】

今野賢三「「種蒔く人」前後―私の社会主義運動史」『月刊社会党』(一五〇)/日本社会党中央本部機関紙局　一九六九年九月　六六〜一七七頁
金子洋文「半知半解の「種蒔く人」批判―秋田文学の「種蒔く人」の形成と問題性を読んで―」『叢園』(七三)叢園社　一九六八年四月　一二〜一七頁
小牧近江「文学の尊さ」『叢園』(六〇)/叢園社　一九六三年六月　四〜一一頁
小牧近江「高橋貞樹と「種蒔く人」」『部落』一五(一)/部落問題研究所出版部　一九六三年一月　七六〜七九頁

小田切 進「現代文学の源流―「種蒔く人」の時代とその意義（一）」『文学』三〇（一〇）／岩波書店 一九六二年一〇月
中野 重治「「種蒔く人」の人びとへ感謝」『日本近代文学研究所所報』（六）／日本近代文学研究所 一九六二年七月
今野 賢三「「種蒔く人」の運動（一）（二）」『文学』二九（四）、（七）／岩波書店 一九六一年四月、七月
分銅 惇作「「種蒔く人」の成立と思想的背景」『言語と文芸』三（二）／東京教育大学国語国文学会 編 国文学言語と文芸の会 一九六一年三月 四六～五四頁
分銅 惇作「政治小説論を超える立場」『社会主義文学』（特集―土崎版・「種蒔く人」第一号全編再録 座談会・社会主義文学史共同研究一）（一二）／社会主義文学クラブ 一九六〇年六月 二～一三頁
金子 洋文「文学に憑かれた作家」『社会主義文学』（特集―土崎版・「種蒔く人」第一号全編再録 座談会・社会主義文学史共同研究一）（一二）／社会主義文学クラブ 一九六〇年六月 一四頁
金子 洋文「日本には空がない」『社会主義文学』（特集―土崎版・「種蒔く人」第一号全編再録 座談会・社会主義文学史共同研究一）（一二）／社会主義文学クラブ 一九六〇年六月 五四～八三頁
今野 賢三「「種蒔く人」土崎版と同人達の歩み」『文学』二八（五）／岩波書店 一九六〇年五月

【一九五九年以前】

稲垣 達郎「日本の文芸雑誌―「種蒔く人」（上）（中）（下）」『文学』二六（一）、（三）、（五）／岩波書店 一九五八年一月、三月、五月
千田 是也、村山 知義 他「座談会 『新劇の歴史』をはじめるにあたって」『テアトロ』一八（九）／カモミール社 一九五六年一〇月 二七～四一頁
稲垣 達郎「近代日本における政治と文学の交流―再刊「種蒔く人」細目（未定稿）」『人文科学研究』（一一）／

早稲田大学人文科学研究所　一九五二年五月　七三～一五〇頁
小牧 近江「「種蒔く人」回想」『新日本文学』五（八）／新日本文学会　一九五〇年　四八～五二頁
小牧 近江「「種蒔く人」と大震災」『前進』（通号三八）／板垣書店　一九五〇年九月　四四～四五頁
青野 季吉「有島武郎と「種蒔く人」のこと」『文学』一八（七）／岩波書店　一九五〇年七月　二五～二七頁
島田 晋作「ロシアと港の祭―「飢ゑたるロシアを救え」の回想―」『月刊さきがけ』二（七）／秋田魁新報社　一九四六年七月　二〇～二一頁
清水 鼎良「プロレタリア藝術運動に就て」『司法研究』第一二輯（報告書集二）／司法省調査課　一九三〇年三月　一～二一六頁
森戸 辰男「ロシア大飢饉と其救済運動（大原社会問題研究所パンフレット　第七冊）」大原社会問題研究所出版部　一九二二年　一～一一四頁

以上

あとがき

「種蒔く人」顕彰会（以下顕彰会）が発足したのは、一九六二（昭和三七）年のことであった。初代会長には、近江谷友治の教え子で土崎版『種蒔く人』頒布の手伝いもした小幡谷政吉（一九〇二〜一九八二年）が就任し、発祥の地である秋田においてこの運動の功績を後世に伝えるべく活動を開始した。

手始めに、今野賢三『「種蒔く人」とその運動』（一九六二年一〇月）を発行するとともに、同人が集った秋田労農社の跡地を整備した。続いて、一九六四（昭和三九）年七月から募金運動を開始、翌年五月五日に『種蒔く人』土崎版の表紙をあしらった顕彰碑を土崎図書館敷地内に建立した。他方、『種蒔く人』土崎版三冊、東京版三〇冊、関連雑誌三二冊、同人の著書一〇冊、秋田労農社学習書籍一四九冊、新聞・雑誌等関係資料七七点、書簡等四二点など約七〇〇点を収集し、一九七九（昭和五四）年六月に秋田県立図書館に寄贈した。「種蒔く人」研究の基礎はこうして築かれていったのである。

また、一九七五（昭和五〇）年には創刊五五周年記念講演会開催、一九九三（平成五）年に『「種蒔く人」七十年記念誌』発行、二〇〇一（平成一三）年に「『種蒔く人』八〇周年の集い」（「『種蒔く人』『文芸戦線』を読む会」との共催)、二〇一一(平成二三)年「『種蒔く人』九〇周年の集い」(秋田県立大学・あきた文学資料館・日本社会文学会との共催)など、節目の年には雑誌と運動の顕彰・再評価を行ってきた。特筆に値するのは、二一世紀に入ってから研究者や学会との連携が成立したことだ。過去の検証に加えて、未来への展開という方向性が見出されたからである。

関係者からの資料寄贈・寄託も相次いだ。金子洋文三女の金子功子氏から洋文関係資料約一万点が秋田市に寄贈(二〇〇四年一〇月)され、小牧近江長女の桐山清井氏からは小牧関係資料二〇四四点(二〇〇三年九月)、孫の桐山香苗氏からは同約三万点が秋田県に寄託(二〇〇七年一〇月)された。それを受け、秋田市立土崎図書館は、種蒔く人資料室を設置し、『今野賢三資料目録』(二〇〇一年二月)及び『金子洋文資料目録』」(二〇〇七年三月)を発行した。秋田県は、「『種蒔く人』八〇周年の集い」の際に高まった資料散逸を危惧する声に応えてあきた文学資料館を開館し、小牧関係全資料を収蔵・管理している。つまり、研究書である本書の刊行は、顕彰会、研究者・学会、関係者、そして行政が力を合わせてこの雑誌と運動の意義を確かめ発見してきた流れの中にある。多くの方々のご尽力に対し、改めて敬意を表したい。

本書においては、プロレタリア文学研究の第一線で活躍中の方々と新進気鋭の方々に執筆を依頼し、全員に快諾いただいた。長期にわたる調査・分析に裏打ちされた重厚な論考と、新たな着眼からの独創的な論考が混在していることが、『種蒔く人』の多様性を物語る。

本来は、二〇二一年一〇月九日に予定されていた一〇〇周年の集いの場で披露する予定であった。新型コロナウィルスの感染拡大により集いを一年延期し、本書の発行も遅らせたのだが、顧みれば、一〇年前の二〇一一年（『種蒔く人』創刊九〇周年時）には東日本大震災とそれに伴う福島第一原子力発電所事故が発生した。二〇年前の二〇〇一年（同八〇周年時）にはアメリカ同時多発テロ事件、三〇年前の一九九一年（同七〇周年時）には湾岸戦争が起きた。世界主義を標榜し、『帝都震災号外』を発行し、反戦平和と人権尊重を唱えた『種蒔く人』との因縁を感じざるを得ない。この雑誌と運動が提起した問題の本質は解決しておらず、例えばＳＤＧｓ（持続可能な開発目標）という形に意匠を替えつつ現在と将来に連なっていると見ることができよう。

そうした想いを表題に託した本書は、内藤良平顕彰会第二代会長（一九一六〜一九九六年）からの多額の資金援助と、ご遺族・秋田県立図書館・あきた文学資料館・秋田市立土崎図書館・秋田県立博物館・秋田県立大学図書館の協力、そして秋田魁新報社企画事業部担当部長の生内克史氏の献身なしには成らなかった。記して感謝申し上げる。

二〇二二年二月

「種蒔く人」顕彰会副会長（編集担当）　高橋　秀晴

執筆者紹介（掲載順）

北条　常久　「種蒔く人」顕彰会会長

『『種蒔く人』研究―秋田の同人を中心として―』（桜楓社、一九九二年一月）
『種蒔く人　小牧近江の青春』（筑摩書房、一九九五年七月）
『橋のない川　住井すゑの生涯』（風濤社、二〇〇三年五月）

小森　陽一　東京大学名誉教授

『日本語の近代』（岩波書店、二〇〇〇年八月）
『文体としての物語・増補版』（青弓社、二〇一二年一一月）
『構造としての語り・増補版』（青弓社、二〇一七年九月）

ヴォルフガング・シャモニ　ハイデルベルク大学名誉教授

Kitamura Tôkoku. Die frühen Jahre. Von der "Politik" zur "Literatur". Wiesbaden: Steiner 1983.
Mori Ôgai: Im Umbau. Gesammelte Erzählungen. Frankfurt a.M.: Insel 1989（翻訳短編集）.
Erinnerung und Selbstdarstellung. Autobiographisches Schreiben im Japan des 17. Jahrhunderts. Wiesbaden: Harrassowitz 2016.

李　修京　　東京学芸大学教授、ＫＯＲＥＡ研究室代表
『帝国の狭間に生きた日韓文学者』（緑蔭書房、二〇〇五年二月）
編著『海を越える一〇〇年の記憶　日韓朝の過去清算と争いのない明日のために』（図書新聞、二〇一一年一一月）
編著『多文化共生社会に生きる　グローバル時代の多様性・人権・教育』（明石書店、二〇一九年五月）

長塚　英雄　　日本のなかのロシア研究会主宰、㈱ロシアン・アーツ代表取締役
共著『ドラマチック・ロシア ｉｎ Ｊａｐａｎ Ⅰ・Ⅱ』（生活ジャーナル、二〇一〇、二〇一二年）
『ロシアの文化・芸術』（生活ジャーナル、二〇一一年）
『日露異色の群像30』（正・続・続々・新）（東洋書店、二〇一四年）

大和田　茂　　日本近代文学研究者、日本社会文学会理事
『社会文学・一九二〇年前後――平林初之輔と同時代文学』（不二出版、一九九二年六月）
『社会運動と文芸雑誌――『種蒔く人』時代のメディア戦略』（菁柿堂、二〇一二年五月）
編著『一人と千三百人／二人の中尉 平沢計七先駆作品集』（講談社文芸文庫、二〇二〇年四月）

水谷　悟　　静岡文化芸術大学教授
『雑誌『第三帝国』の思想運動―茅原華山と大正地方青年』（ぺりかん社、二〇一五年六月）
「第一講　結社―益進会と大正地方青年」（中野目徹編『近代日本の思想をさぐる―研究のための15の視角』吉川弘文館、二〇一八年一二月）
「雑誌『種蒔く人』の読者層―投書欄の分析を手がかりに」（『近代史料研究』第二一号、日本近代史研究会、二〇二一年一〇月）

竹内栄美子　　明治大学教授
『中野重治と戦後文化運動―デモクラシーのために』（論創社、二〇一五年一〇月）
共編著『中野重治・堀田善衛往復書簡1953―1979』（影書房、二〇一八年一一月）
「堀田善衛『夜の森』成立論―松尾勝造『シベリア出征日記』との関わりから」（『文芸研究』第一三九号、明治大学文学部、二〇一九年九月）

村田裕和　　北海道教育大学旭川校准教授
『近代思想社と大正期ナショナリズムの時代』（双文社出版、二〇一一年三月）
共編著『革命芸術プロレタリア文化運動』（森話社、二〇一九年二月）
「アナキズム詩とネイション――猪狩満直『移住民』、更科源蔵『種薯』および『北緯五十度』論争について」（『日本近代文学』第一〇五集、日本近代文学会、二〇二一年一一月）

島村　輝　フェリス女学院大学教授
「「昭和文学」の輪郭――「元号」が規定したもの／隠蔽したもの」（昭和文学会編集委員会編『昭和文学研究』第八〇集、笠間書院、二〇二〇年三月）
『志賀直哉の短編小説を読み直す』（かもがわ出版、二〇二一年一月）
『小林多喜二の代表作を読み直す』（かもがわ出版、二〇二一年二月）

杉淵　洋一　日本近代文学・比較文学研究者、元愛知淑徳大学講師
「震災の内側と外部をつなぐもの――「白樺」派から村上春樹へ」（石田仁志、アントナン・ベシュレール編『文化表象としての村上春樹――世界のハルキの読み方』青弓社、二〇二〇年一月）
『有島武郎をめぐる物語――ヨーロッパに架けた虹』（青弓社、二〇二〇年三月）
「横光利一『旅愁』における音楽の訳され方――「巴里の屋根の下」と「マロニエ」を足がかりに」（『横光利一研究』第一九号、横光利一文学会、二〇二一年三月）

中村　能盛　名古屋大学研究員
『映画俳優平田昭彦』（［筆名名義・中村深海］、くまがい書房、二〇一三年三月）
『永遠の東宝映画俳優』（［筆名名義・中村深海］、くまがい書房、二〇一四年八月）
「1920年代の英文学と仏文学の翻訳表象―シェイクスピアとスタンダールを中心に―」（名古屋大学人文科学研究会『名古屋大学人文科学研究』五〇号、名古屋大学大学院文学研究科、二〇二二年三月）

阿部　邦子　　国際教養大学准教授

仏文論文「マルローとパリオペラ座シャガール作天井画」（『ＰＡＭＴ』アンドレ・マルロー文学ジャーナル電子出版、アンドレ・マルロー研究会、二〇一三年二月）

『世界の中の秋田蘭画』（国際教養大学 アジア地域研究連携機構、二〇一八年三月）

「小田野直武挿画『解体新書』附図元本調査―ワルエルダ『解剖書』」（『国際教養大学アジア地域研究連携機構研究紀要』、国際教養大学、二〇二〇年七月）

須田　久美　　大東文化大学非常勤講師

『金子洋文と『種蒔く人』―文学・思想・秋田』（冬至書房、二〇〇九年一月）

『金子洋文短編小説選』（冬至書房、二〇〇九年一二月）

「尾崎一雄第一小説集『暢気眼鏡』―「芳兵衛―或は、習俗に就て―」を中心に」（『芸術至上主義文芸』第四七号、芸術至上主義文芸学会、二〇二一年一一月）

高橋　秀晴　　秋田県立大学教授

『七つの心象／近代作家とふるさと秋田』（秋田魁新報社、二〇〇六年）

『秋田近代小説・そぞろ歩き』（秋田魁新報社、二〇一〇年）

『出版の魂／新潮社をつくった男・佐藤義亮』（牧野出版、二〇一〇年）

天雲　成津子　私設図書館本庫HonCo代表、日本ファンドレイジング協会社会貢献教育ファシリテーター

「『種蒔く人』同人金子洋文と白樺派―金子洋文資料から」（『社会文学』、日本社会文学会、二〇一二年二月）

「暮らしの中にある図書館とは―秋田県の図書館の高齢者サービス」（溝上智恵子他編著『高齢社会につなぐ図書館の役割―高齢者の知的欲求と余暇を受け入れる試み』学文社、二〇一二年九月）

「文学館にみる「地方」」（『情報化社会・メディア研究』、放送大学情報化社会研究会、二〇一三年）

甲斐　繁人　柳瀬正夢研究会代表

「柳瀬正夢研究の現段階と今日的意義」（『歴史評論』、歴史科学協議会、一九九三年八月）

「《邯鄲夢枕》の概観と夢二の影」（愛媛県美術館編『生誕１００年記念「柳瀬正夢展」図録』、二〇〇〇年八月）

「『邯鄲夢枕』表紙装画の図像を読む」（『絵画修復報告№６』、山領絵画修復工房、二〇〇四年三月）

へ

ほ

ま

み

む

も

や

ゆ

は

ひ

ふ

て

と

な

に

の

ち

つ

す

せ

そ

た

え

お

か

き

事項索引

あ

い

う

れ

ろ

わ

A-Z

ち

つ

て

と

な

に

ね

の

は

え

お

か

人　名　索　引

『種蒔く人』の射程

――一〇〇年の時空を超えて――

二〇二二年三月三〇日　初版発行

編　者　「種蒔く人」顕彰会

発　行　株式会社秋田魁新報社
〒010−8601　秋田市山王臨海町1の1
TEL　018（888）1859（企画事業部）
FAX　018（863）5353

定　価　二五〇〇円＋税

印刷・製本　秋田活版印刷株式会社

乱丁、落丁はお取り替えいたします。

ISBN 978-4-87020-422-5　C3095　¥2500E